Prologue

Mickey da Cruz est assis, son torse épais et puissant penché en avant, les coudes aux genoux, ses mains petites serrées entre ses jambes. De son œil valide, il surveille la porte battante de la cafeteria qui, telle une valve, laisse les gens entrer et sortir, tandis que l'autre ne cesse de diverger vers la tempe, son propre signal de détresse quand il angoisse : leur avion a du retard.

Une jeune femme en uniforme d'Avis se dirige vers le bar, laisse tomber son sac à ses pieds et glisse ses fesses sur le tabouret. Derrière elle, silhouette comme réprobatrice, avance un prêtre en soutane noire boutonnée jusqu'en bas. Mickey pense voir le prêtre ralentir à hauteur de l'espace libre à côté de la femme, puis continuer pour s'installer deux places plus loin.

Mickey se penche en arrière et sort ses cigarettes de sa poche. Il porte le paquet souple à ses lèvres et en extirpe une cigarette avec les dents : on ne sait jamais, la femme Avis a peut-être des yeux à l'arrière du crâne. Il voit, à la façon dont le prêtre compte les pièces pour payer son café, que c'est un étranger ; italien, probablement, comme les deux frères qui l'attendent sur le parking. Mais il y a Italiens et Italiens, et Mickey sait que les frères Scatti sont des ordures.

L'avion arrive dans un grand bruit de rafale de vent s'engouffrant dans un tunnel, et il laisse tomber sa cigarette, se lève et se tourne pour observer la piste d'atterrissage à travers la baie vitrée. Les gens commencent à se diriger vers les fenêtres pour regarder, les hommes tenant leurs vestes balancées par-dessus l'épaule. Mickey serre entre ses doigts le minuscule appareil photo au fond de sa poche. Il lui a coûté toutes ses économies, mais il estime qu'il ne regrettera pas cet investissement. Cet appareil lui permettra de montrer à tout le monde à quel point son esprit peut être imaginatif. Ils seront encore sous le choc que lui sera déjà parti d'ici à jamais.

Il entend à travers les vitres les moteurs gémir en ralentissant avant de s'arrêter. Il garde son œil valide fixé sur la porte à l'avant de l'avion. Les escaliers sont longs à apparaître et son anxiété ne fait que croître tandis qu'il regarde le conducteur effectuer sa manœuvre sans se presser. Enfin les premiers passagers émergent dans la brume de kérosène. Son œil est douloureux à force de fixer l'escalier et enfin il la repère, déjà à terre, avançant rapidement en lisière de la foule. Sa silhouette est déformée un instant par un défaut dans la vitre devant lui ou la chaleur montant du tarmac, il ne sait pas trop. Il se déplace légèrement et elle redevient normale. Elle dépasse tous les autres passagers avançant vers l'entrée de l'aérogare en dessous de lui. Comme elle se rapproche, il voit que la masse à son flanc est un sac sur lequel est posé un manteau. Viennent ensuite ses garçons, derrière elle et de chaque côté, qui courent pour rester à sa hauteur. L'aîné est affublé d'étranges lunettes et le plus jeune se cramponne à un pan de sa robe.

Mickey pousse les portes battantes et dévale l'escalier. Il prend position dans un angle mort, à gauche de la grande porte que franchissent en traînant les pieds les premiers passagers. La femme est de haute taille et avance, le menton haut levé, comme pour s'affirmer. Elle a de longs bras musclés, pas du tout féminins, d'après lui. Et voici l'enfant, l'héritier, plus petit qu'il n'avait imaginé, son sac à dos jaune rebondissant entre ses omoplates à chaque pas. Les lunettes sont des lunettes de

COLLECTION SÉRIE NOIRE
Créée par Marcel Duhamel

Parutions du mois

2649. L'ÎLE DU SILENCE
(LUCY WADHAM)

2650. L'ASSASSIN DU BANCONI
SUIVI DE L'HONNEUR DES KÉITA
(MOUSSA KONATÉ)

2651. LUTTE DES CASSES
(JON STOCK)

LUCY WADHAM

L'île du silence

TRADUIT DE L'ANGLAIS
PAR JANINE HÉRISSON

GALLIMARD

Titre original :
LOST

© *Lucy Wadham, 2000.*
© *Éditions Gallimard, 2002, pour la traduction française.*

plongée. La mère passe maintenant devant lui, si proche qu'il pourrait la toucher. Il les suit dans le hall d'arrivée. Les cheveux de la femme oscillent en une masse sombre. Elle s'immobilise, se penche pour entendre ce que lui dit son fils cadet, retenant ses cheveux pour les écarter de son visage. Le petit garçon lève les bras pour les nouer autour de son cou ; elle se redresse en le soulevant pour le poser sur sa hanche, et elle repart d'un même élan, si fluide et si gracieuse que Mickey se sent soudain glacé, comme si un courant d'air froid soufflait sur ses entrailles.

Pendant qu'elle attend ses bagages, le petit garçon toujours dans les bras, il fume une autre cigarette pour se calmer les nerfs. Il remarque qu'elle regarde les autres passagers attendant eux aussi. Elle observe le petit frémissement agressif qui s'empare d'eux quand le moment approche où ils pourront empoigner leurs biens et les traîner jusqu'au chariot pour lequel ils se sont bagarrés. Son aîné décrit autour d'elle des cercles de plus en plus larges. Mickey contemple la mère, en alerte. Il sent une poussée d'adrénaline courir jusqu'au bout de ses doigts et son cœur cogne dans son vaste thorax, tout son corps se rebellant tandis qu'il bande ses forces pour combattre la sagesse de l'île. Il aspire profondément la fumée. Quand enfin il écrase du pied sa cigarette et suit la femme dans l'écrasante chaleur de l'après-midi, il sait qu'il est prêt.

Ils traversent une pelouse où fonctionne un arroseur. Les garçons, dans leur course, percent la bruine en suspension dans l'air, mais la mère poursuit son chemin sans s'attarder, et ils s'arrachent à leur jeu pour la rejoindre dans le mirage du soleil réverbéré par la route. Mickey se détourne et regagne la voiture, sans perdre la femme des yeux.

Il s'installe au volant, les Scatti à l'arrière, comme s'il était leur chauffeur. Tous trois attendent, les vitres relevées, dans le ronron de la climatisation. Ils observent la mère en silence quand elle émerge du pavillon Hertz. Elle jette les deux valises et le sac à dos dans le coffre et son sac à main par la portière, sur le siège du conducteur. Ils perçoivent son irritation devant son aîné qui traînaille. Quand l'enfant se décide enfin à monter dans la voiture, elle claque la portière derrière lui.

Elle conduit vite, freinant à peine pour négocier les tournants aigus de la route en lacets vers les montagnes. Mickey baisse une fenêtre pour fumer et l'injurie du coin des lèvres, admiratif.

« *Putain !* dit-il. *La garce.* »

À l'arrière, les frères sont assis côte à côte, chacun regardant par sa propre vitre teintée, plongés dans leur silence renfrogné, étranger.

CHAPITRE 1

Comme ils passaient à hauteur du terrain de jeux à l'entrée du village de Santarosa, Sam arracha ses lunettes de plongée et se dévissa la tête pour mieux voir.

« Assieds-toi. »

Sa mère tendit le bras devant lui, comme une barricade. Il lui jeta un coup d'œil, puis se détourna de nouveau pour regarder, à travers la poussière soulevée par la voiture, le terrain de jeux désert.

« Reste assis, Sam. S'il te plaît.

Dan dormait à l'arrière, les cheveux collés au front par la sueur. Sam ramassa un biscuit sur la banquette et le mangea.

— J'ai dit, s'il te plaît.

Sam se remit face à l'avant.

— On peut aller à la plage ?

Elle le regarda. À ses yeux, il vit qu'elle n'était pas de bonne humeur.

— Sam. Pas maintenant.

Elle jeta un coup d'œil à Dan dans le rétroviseur.

— Ça court vite, un scorpion ? Plus vite qu'un serpent ? Lequel court le plus vite ?

— Aucune idée.

— Allez…

— Je ne sais pas.

— Dis-moi juste ce que tu crois.
— Tu veux que j'invente une réponse ? À quoi ça rime ?
— Non, mais dis-**moi** juste ce que tu penses. Le scorpion ou le serpent ?
— Le serpent.
— Pourquoi ?
— Parce qu'il est plus gros et qu'il a plus de muscles. Regarde, on est arrivé. »

Sam se souleva sur les mains pour regarder la grande place. Trois vieilles personnes s'y trouvaient, un homme et deux femmes, assis sur la fontaine. Sa mère lui faisait toujours embrasser les vieux du village, l'un après l'autre, quatre fois chacun. Ça faisait douze. Comme ils passaient devant eux, Sam se laissa retomber sur son siège.

Sa mère essayait de s'engager dans l'étroite ruelle qui montait vers la grande maison, mais elle n'arrivait pas à prendre le tournant. La voiture était trop large. Il la regarda changer de vitesse, en avant, en arrière, en avant, en arrière, ses bracelets d'argent cliquetant à ses poignets, le front soucieux tandis qu'elle regardait dans le rétroviseur. Il baissa sa vitre.

« Combien on peut boire avant d'exploser ?
— Tu veux bien te taire ? »

Elle changea de vitesse et le moteur émit un grincement.

Sam se retourna, attrapa un autre biscuit sur la banquette arrière et entendit la voiture racler le mur du côté de sa mère.

— Tu as esquinté la voiture.

Elle recula brusquement, puis descendit. Sam se tourna pour regarder le visage endormi de son frère. Un filet de bave lui coulait au coin de la bouche. Sam tendit la main pour effleurer sa joue congestionnée.

— Laisse-le tranquille ! chuchota sa mère d'une voix sifflante, debout à sa portière.

Ce fut alors qu'il se rappela.

— Mon poisson !
— Oh, Sam. Tu ne l'as pas emporté !

Il ouvrit sa portière, bouscula sa mère pour passer et courut jusqu'au coffre.

— Vite, maman !

Elle lui ouvrit le coffre et il sortit son sac à dos, dont le fond était trempé.

— Je t'avais dit de ne pas le prendre.

Sam se laissa tomber à genoux et fit coulisser la fermeture du sac. Il plongea la main à l'intérieur et en extirpa une boîte Tupperware, qui s'était vidée de son eau, et en renversa le contenu sur la route. Son poisson rouge, d'une raideur anormale, se détachait parmi ses personnages en plastique. Il ramassa le poisson et le tint au creux de sa main, doux et froid au toucher, il regarda sa bouche ouverte, et il sentit sa propre gorge se déssécher.

— Ne t'inquiète pas, Sam. Il n'est pas mort. »

Elle lui prit le poisson et s'éloigna. Il la regarda disparaître à l'intérieur de l'hôtel Napoléon, de l'autre côté de la place. Elle resta absente trop longtemps, et il resta assis là à fixer ses personnages en plastique stupidement couchés sur le sol ; il essayait de ne pas pleurer. Et soudain elle réapparut, tenant un verre d'eau à la main et tous deux regardèrent son poisson flottant à la surface mouvante de l'eau, aussi mort qu'on pouvait l'être.

DIMANCHE

CHAPITRE 2

La chaleur du matin assaillit Antoine Stuart quand il ouvrit la porte en verre armé de son appartement et émergea sur les marches à l'extérieur. Il louait une chambre au dernier étage de cette vaste maison trapue, construite dans le style d'un chalet. Le propriétaire l'avait peinte en vert cru pour l'été — afin de donner une impression de fraîcheur, avait-il dit, mais elle évoquait plutôt un glaçage en train de fondre au soleil. Stuart boucla sa porte et descendit les marches. Derrière le son d'un moulin à café, il entendait un enfant pleurer quelque part dans l'immeuble. Il avait remarqué que les parents de nos jours semblaient incapables de laisser leurs enfants seuls.

L'endroit s'était rempli pour l'été de locataires qui avaient encombré leurs balcons d'objets gonflables aux couleurs éclatantes et éparpillé leurs maillots de bain parmi la végétation. Stuart récita une brève prière pour le retour de l'hiver, quand il pourrait être seul de nouveau et savourer la fraîcheur, et le silence protecteur des étages du dessous. Il avait pris l'appartement en raison du garage qui fermait à clef. Il releva la porte métallique et tâtonna pour prendre la lampe électrique pendue à un clou à l'entrée. Une cigale solitaire stridulait dans les broussailles. Il s'accroupit et braqua le faisceau de la lampe sous sa voiture à la recherche d'une bombe éventuelle. Il remit ensuite la lampe en place, monta dans la voiture, ferma les yeux et mit le contact.

À certains moments, sa peur d'exploser dans le néant quand il tournait la clef de contact prenait possession de lui si violemment qu'elle pouvait neutraliser des zones entières de son corps, débrancher des parties de son système nerveux au point qu'il n'éprouvait plus aucune sensation dans ses doigts, ses mains, ses bras, son estomac. Et tandis qu'il roulait vers son travail, il ne sentait plus que le contact de ses pieds sur les pédales, son moi physique réduit à une paire de chaussures pointure quarante et un. Il savait à ces moments-là que lorsque son corps lui serait rendu, une de ses migraines lancinantes l'assaillerait.

Stuart sortit en marche arrière de son garage et descendit la rampe jusqu'à la route. Il tourna à gauche devant le pin parasol sous lequel les hommes de Coco Santini s'étaient si souvent tenus, à cheval sur leurs motos, en train de fumer, d'observer ses allées et venues, sans aucune raison qu'il pût élucider sinon lui rappeler en toutes circonstances quels étaient ses ennemis. Maintenant la plupart du temps, preuve que sa propre importance allait en diminuant, il n'y avait plus personne.

Il passa sur les ralentisseurs dans sa rue, son crâne heurtant chaque fois le toit de la voiture. Sa Datsun marron n'avait plus d'amortisseurs et c'était une vraie épave, mais le culte de la voiture sur l'île l'avait toujours écœuré et il gardait donc la sienne à titre de protestation. Il baissa sa vitre, entendit les arroseurs qui marchaient derrière les haies et huma le puissant parfum des eucalyptus.

Il gagna la plage en contournant la ville pour l'éviter. La route serpentait à travers une série de jardins dans les faubourgs étagés sur les collines derrière Massaccio. Les chiens aboyaient au passage de sa voiture. À une époque, les caniches faisaient fureur mais la préférence allait maintenant aux chiens capables de vous égorger. Il voyait partout des dobermans, trottant le long de la plage aux aurores, en compagnie de leurs maîtres skinheads, couchés en travers du seuil de plus en plus de cafés, ou longeant les trottoirs, coiffés de bonnets en laine avec des trous pour les oreilles. Pour la plupart des gosses sur l'île, leur première arme était un pit-bull. Stuart n'avait jamais reproché aux insulaires leur violence. Il la comprenait ; elle lui avait été inculquée à lui aussi. Et il voyait bien que c'était le seul atout qu'on possédait dans ce monde moderne. Mais depuis Santini, la violence était devenue incohérente. Ce n'était plus le simple langage utilisé pour exprimer ses griefs ou son désir de vengeance. On en était environné comme par des ondes et plus personne ne la comprenait.

Stuart jeta un regard dans le rétroviseur à la route vide derrière lui. Ils avaient raison : ce n'était plus la peine de le filer. Il essayait de se rappeler quand avait débuté ce sentiment de détachement. Les symptômes étaient surtout physiques — la bouche et les narines qui se dessèchent, la peau qui se tend, comme s'il se ratatinait rapidement, comme si soufflait un vent brûlant qui le consumait un peu plus chaque jour. D'ici peu, Gérard, son adjoint, entrerait dans son bureau, découvrirait ses restes, le prendrait pour un noyau de pêche abandonné négligemment sur son fauteuil à pivot et le ramasserait pour le jeter d'un geste habile dans la corbeille à papier en métal.

Stuart avait cessé de convoquer des réunions. Les secrétaires, Annie et Inès, ne s'attardaient plus à l'entrée de son bureau pour demander quand aurait lieu la prochaine. La Brigade des Stups ne venait plus se plaindre à lui de la Criminelle, et Zanetecci du bureau central l'appelait à jet continu sur sa ligne directe, mais personne ne répondait car il avait en général débranché. Il aurait aimé se cacher quand il travaillait, mais il n'avait jamais osé fermer sa porte — geste qu'il estimait mesquin, en quelque sorte — et Annie et Inès, dans la pièce à côté, étaient donc au courant de ses moindres faits et gestes, et lui des leurs. Certains jours, elles bavardaient et riaient ; d'autres fois, elles s'étaient querellées et travaillaient en silence. Stuart, très souvent, se sentait cerné par les femmes, affecté par leurs sautes d'humeur, qui s'engouffraient par la porte ouverte de son bureau et s'étalaient jusqu'à ses pieds comme une marée toxique.

Il se gara dans le parking. Il était encore tôt et il y avait beaucoup de places libres sous l'auvent en bambou au centre. Stuart choisissait cette plage car il ne risquait guère d'y rencontrer des gens de connaissance. C'était une plage familiale avec un gigantesque château gonflable où les enfants bondissaient et rebondissaient, et il n'y avait pas de bars à proximité. Même Gérard ignorait qu'il venait ici et personne ne pouvait le contacter. Il claqua la portière de sa voiture et enleva ses chaussures. Avançant pieds nus sur le sable brûlant, il se dirigea vers l'escalier en ciment qui descendait jusqu'à la plage. Sans chercher spécialement un endroit, il étendit sa serviette à mi-distance entre la mer et les marches. Il y avait toute une série de groupes familiaux, installés à intervalles réguliers sur le sable. À mesure que le soleil monterait dans le ciel, ils commenceraient à s'agiter, à sortir leurs jouets, les cris parviendraient jusqu'à Stuart et le chasseraient de la plage.

Il enleva ses jeans et sa chemise et entreprit de construire un monticule, en assemblant le sable avec les pieds ; puis il étendit sa serviette par-dessus et s'installa. Les rares femmes avec lesquelles il avait partagé un lit désapprouvaient sa façon de dormir. Les femmes, peut-être, n'aimaient pas qu'un homme dorme à plat ventre. Il avait bien senti qu'elles s'attendaient à être étroitement associées à son sommeil, mais le poids d'une tête appuyée sur sa poitrine l'avait suffoqué même à l'époque, et maintenant, c'était tout à fait hors de question. Il se rappelait la sensation éprouvée lorsqu'il était dans le ventre d'une femme. Le souvenir lui revenait brusquement et était suivi, comme maintenant, par une impression de vertige, comme si un pont cédait sous lui. Il voyait parfois le visage de sa femme en dessous de lui, les yeux fermés, le menton dressé, comme tendue vers son propre plaisir, se mordant la lèvre dans sa concentration. Avec le souvenir de Maya, venait toujours une odeur d'amande. Lorsqu'il l'avait rencontrée pour la première fois, elle s'était désignée comme *coiffeuse-shampouineuse*. Qu'il n'ait pas sursauté au contact de ses doigts mais simplement fermé les yeux était un signe. Il avait éprouvé la dureté de la porcelaine, froide contre sa nuque, écouté le bruissement de sa blouse blanche quand elle bougeait, senti ses doigts agiles, dessinant un arbre de plaisir qui s'épanouissait sur son cuir chevelu, descendait dans son cou et sa colonne vertébrale, tout droit jusqu'à ses testicules. Il était demeuré silencieux, avait écouté le timbre puéril de sa voix intarissable, et perçu le désir qu'il lui inspirait, froid comme l'ambition. Il se réjouissait que les femmes aient cessé, semblait-il, de le remarquer, sauf Annie au bureau — une femme, il voyait bien, prompte à s'apitoyer.

La peau de son dos commençait à le brûler. Il souleva la tête et jeta un coup d'œil au groupe qui s'était installé à deux pas de lui vers les marches. Deux couples d'adolescents entrelacés, alanguis au soleil. Stuart s'étendit de nouveau et ferma les yeux.

« Vous allez choper un cancer. »

La voix n'était pas familière. Stuart, de nouveau, leva la tête et regarda l'ombre de l'homme sur le sable devant lui. Il constata que les ados étaient partis. Il se redressa sur son séant, s'abritant les yeux de la main. C'était le garde du corps de Santini, Georges Rocca. Il se tenait debout devant lui, dans son complet noir, les mains dans les poches.

« Quelqu'un est mort ? demanda Stuart.

Georges resserra le nœud de sa cravate rouge.

— Monsieur Santini veut vous parler. Il attend dans la voiture.

Stuart brossa le sable de ses mains.

— D'accord, mais je n'ai pas encore nagé. Je n'en ai pas pour longtemps. »

Il se leva et passa devant Georges en direction de l'eau.

Il plongea, ouvrit les yeux, vit les reflets laiteux de la mer, zébrée de rayons de soleil, il entendit les bruits assourdis de son propre corps fendant l'eau et sentit les bulles d'air cascader sur son cou, tandis qu'il pivotait sur lui-même, tournait et retournait, un sourire aux lèvres, laissant l'eau entrer dans sa bouche et en ressortir quand il pivotait, souriant à l'idée que Santini s'était mis à sa recherche.

Quand il revint à sa serviette, Georges était parti. Il endossa sa chemise, enroula sa serviette autour de ses jeans et se dirigea d'un pas rapide vers l'escalier, laissant derrière lui le petit monticule de sable qu'il avait amassé pour sa tête.

Quand il aperçut la nouvelle Saab noire de Santini dans le parking, il ralentit. Santini était assis à l'arrière, derrière Georges. Avant que Goerges ait eu le temps de descendre, Stuart ouvrit la portière arrière et se pencha à l'intérieur.

« Stuart. Montez.

Stuart indiqua les banquettes en cuir beige.

— Je suis tout mouillé.

Santini ouvrit les mains.

— S'il vous plaît. »

Dans la bouche de Santini, cette formule n'exprimait jamais une requête. Stuart monta à côté de lui et croisa les bras. Santini pouvait parler le premier. Tout en attendant, Stuart sentait l'eau salée s'égoutter plaisamment de ses cheveux sur le dos de sa chemise. Santini se détourna de lui pour regarder par la fenêtre.

« J'étais venu pour le zeppelin et j'ai vu par hasard votre voiture…

— Quel zeppelin ?

Santini tourna vers lui ses yeux pâles.

— Le Casino vient de lancer un de ses zeppelins publicitaires au-dessus de la plage. »

Stuart n'avait pas vu Santini depuis un certain temps, et ce dernier avait pris du poids. Stuart regarda sa barbe noire d'encre et songea pour la première fois que cette couleur provenait peut-être d'une bouteille.

« Je fais partie du conseil d'administration. Alors... »

De nouveau, il ouvrit la main. « J'ai vu votre voiture. On peut pas la louper. Vous devriez faire réparer le phare. On dirait...

Santini ferma un œil et grimaça, ressemblant à la Datsun de Stuart.

Stuart sourit. Il sentait l'agressivité de Santini, toujours présente, affleurant à la surface.

— C'est quoi, ces conneries avec le Père Pierre, Stuart ? demanda Santini, d'une voix qu'il voulait affable.

— Quelles conneries ?

Santini se pinça le nez et considéra le reflet de Georges dans le rétroviseur.

— On vient d'interdire mes visites. Comme ça. — Il fit claquer ses doigts. — Sans rime ni raison.

Il continuait à s'exprimer sur un ton copain-copain.

— Je vois.

— Ça n'a aucun sens, dit Santini.

Stuart haussa les sourcils.

— Aucun sens pour qui ?

— Pour vous. Vous n'obtiendrez rien en m'empêchant d'aller me confesser. Vous le savez. Vous avez déjà essayé. La vie de cet homme est foutue. Un an, c'est long dans ce trou à rats et il n'a personne d'autre que moi.

— La Santé est relativement convenable, pour une prison. Fresnes, c'est bien pire.

Le regard de Santini l'enveloppa un moment avant de dériver ailleurs, comme il en avait l'habitude.

— Vous devenez mesquin, Stuart.

— C'est vous qui le dites.

— Pour moi, c'est la preuve que vous avez perdu les pédales. J'ai cru comprendre qu'ils envoyaient Mesguish. Je dirais que c'est vraiment la fin, non ? — Il observa une pause. — Vous devriez partir avec élégance.

— Écoutez, Santini. Vous avez foutu en l'air la vie de ce prêtre. Avant que vous décidiez de vous servir de lui, c'était simplement un homme faible et pas un très bon prêtre. C'est vous qui l'avez fait basculer. Nous avons parlé ensemble. Un homme qui se croit damné n'a pas grand-chose à perdre.

Santini s'adresa au reflet de Georges dans le rétroviseur.

— Tout ceci m'ennuie.

Stuart ouvrit la portière et descendit.

— Je sais à quel point vous aimez les prisons, Santini. Si vous continuez à aller le voir, c'est uniquement pour vous assurer qu'il continuera à la boucler. — Il se pencha à l'intérieur de la voiture. — Et c'est le point de vue de madame Lasserre et la raison pour laquelle elle a mis fin à vos droits de visite. Ce qui était une aberration dès le départ.

— Roule, Georges. »

Et à l'honneur de Georges, la réaction fut si rapide que Stuart eut juste le temps d'écarter la main de la porte avant que la voiture ne démarre en trombe dans un nuage de sable.

CHAPITRE 3

Coco Santini voyait bien à la façon dont Georges ne cessait de le regarder dans le rétroviseur qu'il prenait son courage à deux mains pour lui adresser la parole.

« Qu'est-ce qu'il y a, Georges ? »

Georges avait perdu la jaquette d'une de ses dents de devant et il gardait la bouche fermée, ce qui conférait à son sourire un côté niais. Il était laid, avec un visage comme de guingois ; on avait l'impression que ses yeux, son nez, sa bouche avaient été façonnés grossièrement et à la diable dans une pâte grisâtre, et une boule de la couleur et de la taille d'un grain de raisin muscat ornait l'aile de son nez. Georges avait voué à Santini une reconnaissance éternelle quand celui-ci avait décidé de le prendre à son service alors que la mode était aux gardes du corps beaux gosses. Coco avait estimé, et il avait vu juste, que celle des monstres lui succèderait.

« Je suis emmerdé pour hier soir », dit Georges.

Coco regarda les mains de Georges sur le volant. Il portait au petit doigt une bague de jais carrée ornée d'un minuscule diamant. Son allure posait souvent des problèmes. À cause d'elle, il y avait un certain nombre d'endroits — un restaurant entre autres où on servait de minuscules vol-au-vent en forme de croissant avec les légumes — où Coco ne pouvait pas l'emmener. Mais quelle importance ? Georges Rocca était un bouclier vivant et il n'y avait pas tellement de gardes du corps dont on pouvait en dire autant.

— Évelyne a été formidable, poursuivit Georges, encouragé par le silence de Coco. Vraiment.

— Heureusement qu'il y avait quelqu'un pour garder la tête froide.

— Vous avez raison, Coco. Pour ça, elle est fortiche. Vraiment fortiche. — Georges, hésitant, lui jeta un coup d'œil. — Le Mouvement, c'est... plutôt impressionnant.

— Non, Georges, Le Mouvement n'est pas impressionnant. Jamais. — Il leva l'index pour appuyer ses dires. — Le Mouvement, comme tu l'appelles à tort — car un mouvement implique le soutien d'une majorité —, le FNL, tu devrais dire, est un ramassis de criminels minables se faisant passer pour des combattants de la liberté. Ils sont une insulte à l'idée même d'un mouvement d'indépendance. Il ne leur reste pas la moindre trace d'idéologie. — De nouveau, une douleur aiguë lui poignarda la nuque. Il ferma les yeux. — Le FNL n'est pas un mouvement politique, Georges. C'est un gang.

— Vous avez raison, approuva Georges, solennel. C'est pas vraiment un mouvement politique.

— Ce sont des extorqueurs, dit Coco en se massant la nuque.

Coco se consolait en songeant que Georges était trop stupide pour reconnaître le paradoxe : c'était lui-même qui avait aidé le FNL à arriver au stade où ils pouvaient maintenant lui mettre le couteau sur la gorge. Coco savait qu'il avait commis ce jour-là une grave erreur ; sans doute la première de sa vie. Pour obtenir les voix du FNL à l'élection de la dernière Assemblée de l'Île, il les avait autorisés à cacher des armes dans sa villa.

Coco avait mal dormi en attendant le coup de fil de Georges. Il avait su que c'était Georges, en entendant sa respiration sifflante à travers ses narines obstruées en permanence.

— Qu'est-ce qui s'est passé ?

— Il y avait deux Sam-7 dans la livraison.

C'était alors que Coco avait ressenti ce pincement sur sa nuque.
— J'avais dit pas d'armes lourdes.
— Ils vous prennent pour Saddam Hussein, ricana Georges... Non, je plaisantais. Ça s'est mal passé. Mais Évelyne a été... Évelyne a été formidable.
— Ferme-la. — Coco se posa une main sur la nuque. — Qu'est-ce qui est arrivé ?
— J'ai perdu les pédales quand j'ai vu les missiles et j'ai cogné sur un môme.
— Qui ?
— Personne, juste un gamin. Un nouveau.
— Et, alors ?
— Évelyne l'a conduit à l'hôpital. Il avait le nez cassé. Elle a calmé tout le monde. Elle a été du tonnerre. Ensuite on s'est remis à combler le trou. Après ça, tout c'est bien passé.
— Elle a re-rempli la piscine ?
— Oui, je crois.
— Elle a commencé à la remplir hier soir ? Tu l'as vue faire ?
— Elle est en train de la remplir. Coco, j'ai prévenu que vous auriez votre mot à dire pour les Sam-7.
— Tu es un connard, Georges. »
Il avait imaginé Georges se curant d'un geste obscène l'oreille avec l'index, son signe de servilité.
Coco laissa errer son regard sur les marécages qui entouraient l'aéroport. Ces terrains avaient toujours été inutilisables. C'était un point noir, source de déception, au cœur même de son territoire. La malaria avait disparu, mais la terre néanmoins n'avait aucune valeur. Seuls les étrangers y engouffraient leur argent et le regardaient disparaître dans le sable. Tout en contemplant les marais, il caressait sa barbe, pinçant et faisant rouler entre ses doigts les poils drus et noirs. Sa femme, Liliane, l'avait taillée ce matin avant qu'il ne parte pour le lancement du zeppelin. Elle avait tenu son visage entre

ses mains fraîches et menues, laissant sa tête reposer contre sa poitrine. C'était agréable d'être soigné par sa femme. Sans Liliane, il le savait, il risquait de perdre de vue la notion d'insulaire.

« Georges ? Il était quelle heure quand le gosse a été admis à l'hôpital ?

— Vers deux heures et demie du matin. — Il eut pour son patron un sourire plein de sollicitude. — Vous en faites pas, Coco. Ils l'ont inscrit comme "X".

— Tu ne le connaissais pas, ce gosse ?

— Non. C'était un nouveau. Un skinhead. »

Ils étaient tous skinheads de nos jours. Coco songeait à l'époque où le FNL aurait pu être considéré comme l'égal des grands mouvements d'indépendance comme l'IRA ou même l'ETA. C'était du temps où Titi, le fondateur, était encore en vie. Le bruit avait couru que Titi avait envisagé un sommet avec l'ETA. Un émissaire basque était venu dans l'île pour lui parler. L'évocation de Titi déclencha de nouveau une douleur dans sa nuque.

Il observa la végétation, dense comme une forêt tropicale, qui formait une voûte au-dessus de la route de Santarosa. Évelyne lui avait dit récemment que le stress qu'il subissait était trop lourd. Elle pouvait le sentir dans ses trapèzes quand elle le massait. D'abord, la cache d'armes, ensuite la désagréable rencontre avec Antoine Stuart et enfin le problème avec le Père Pierre, Évelyne aurait été d'accord, engendraient chez lui une tension insupportable. Il avait quand même remarqué avec satisfaction que Stuart avait bien vieilli. Tout son visage était buriné de rides.

« Georges ?

— Monsieur ?

— Sais-tu quelle est la définition du vrai pouvoir ?

— Non, monsieur.

— Ça n'est pas de faire ce qu'on veut, mais de ne jamais faire ce qu'on ne veut pas.

Georges eut un sourire radieux, exhibant ses dents en mauvais état.

Coco détourna les yeux. Pour la première fois de sa vie d'adulte, il avait fait quelque chose qu'il ne voulait pas faire. En contradiction flagrante avec ses principes, il avait accepté que des armes soient cachées chez lui et les autres lui avaient donné la preuve de son erreur, en ajoutant des missiles. Ils avaient voté pour Russo, le seul homme là-bas qui ne menaçait pas ses intérêts, mais ils croyaient manifestement avoir gagné la partie. Maintenant que Russo avait tranquillement accédé au pouvoir, il n'aiderait personne. Peu lui importait la façon dont Coco l'avait amené là où il était. « Je suis votre bienfaiteur, Santini, disait-il. Pas votre confident. »

Coco se maudissait maintenant de ne pas avoir tenté d'établir une alliance avec les vieux jetons pompeux du MRP, ou même avec les socialistes.

Il appuya la tête contre le dossier du siège et pratiqua les exercices respiratoires que lui avait enseignés Évelyne : « Inspire, expire, inspire, expire… Compte tes respirations, et laisse aller… » avait-elle dit. Mais ça ne marchait pas. La douleur sur sa nuque persistait. Il décida d'enfreindre la règle fixée pour l'été et d'aller faire sa sieste à la villa avec Évelyne. Il voulait être sûr que la piscine se remplissait. Il n'avait pas particulièrement envie de baiser Évelyne, simplement de sentir son odeur. Ce qu'il préférait chez elle, c'était son odeur ; piquante, comme de la pelure d'orange, avec une autre composante, un parfum chaud et doux de vanille.

— Viens me chercher après le déjeuner, d'accord ?
— Après votre sieste ?
— Non. Avant. Je vais à la villa.

Georges jeta un coup d'œil à son patron.

— Quelle heure ?
— Deux heures.

Coco sentait l'irritation le gagner maintenant. Il existait d'innombrables petits signes de son dysfonctionnement. Le fait de changer sa routine et d'aller faire sa sieste à la villa, par exemple.

— Et n'emploie plus jamais le mot Mouvement pour désigner le FNL, s'il te plaît, Georges.

— Okay, Coco.

Ils passaient devant la pompe à essence à l'entrée du village. Vraiment, il était temps de quitter Évelyne. Son corps commençait à se déformer, ce qui le déprimait. En septembre, il se mettrait à la recherche de quelqu'un d'autre. Évelyne pourrait rester à la villa jusqu'à ce que la cache ait été vidée de ses armes, et ensuite, il lui faudrait partir. Il songea qu'elle s'était pas mal débrouillée depuis douze ans qu'elle était avec lui : sa propre école de conduite et quarante-neuf pour cent de parts dans l'une des boîtes de nuit les plus prospères de l'île. Elle voulait qu'il transforme La Bomba en casino à grand spectacle. Aucune raison qu'ils ne continuent pas à faire des affaires ensemble. Elle était très douée.

— La femme Aron est arrivée ? demanda-t-il et cette perspective lui remonta un peu le moral.

— Hier soir. — Georges le regarda, refrénant un sourire. — Mais elle est pas allée à la maison. Ils sont descendus au Napoleon.

— Pourquoi ?

— Sais pas.

— C'est quoi, son prénom, Georges ? J'ai oublié.

— Alice. Mais elle est anglaise, alors ça se prononce « Alès ». Comme la ville.

Alice Aron. Depuis le cocktail donné pour l'ouverture de la galerie d'art moderne à Massaccio l'été dernier, des images de la jeune femme avaient commencé à défiler dans l'esprit de Coco. Il voyait sa lourde chevelure basculer en avant lorsqu'elle se penchait pour écouter quelqu'un à côté d'elle. Il la voyait la retenir entre ses doigts pour la remettre en place ; son long cou ; la qualité de sa peau. Et, avec cette image, naissait en lui la même excitation intense éprouvée enfant lorsqu'il avait atteint son premier lapin et l'avait regardé se débattre puis s'écrouler.

— Elle vendra pas sa maison, reprit Georges en clignant de l'œil. Pas besoin de vous en faire pour ça.

— Pose-moi ici. Je vais rentrer à pied.

Il descendit de voiture sur la place principale. Un jeune homme aux cheveux longs et emmêlés était assis sur la fontaine tarie, jouant de la guitare. Coco frappa à la fenêtre de Georges au moment où il allait passer en marche arrière. Georges baissa sa vitre.

— Débarrasse le terrain de ce hippie allemand avant de partir. »

Georges jeta un coup d'œil à l'adolescent dans son rétroviseur latéral et acquiesça d'un signe de tête. Coco se détourna et se dirigea vers la ruelle qui donnait accès à sa maison. Une grosse Mercedes bleue barrait la ruelle. Coco jeta un coup d'œil à l'intérieur par la fenêtre ouverte. Sous les pédales, traînait le contrat de location Hertz dans son enveloppe. La banquette arrière était constellée des débris de leur voyage ; jouets, papiers d'emballage de bonbons, biscuits. Sur le siège du passager était posée une carte mal pliée de l'île, une écharpe orange, et, sur le siège de la conductrice, un paquet de biscuits éventré. Une profonde éraflure rayait la carrosserie sur toute la longueur de la voiture. Elle avait de la classe, cette jeune femme, certes, mais elle n'était pas soigneuse.

Oui, une femme devait être propre, c'était essentiel. Propre, comme l'était Évelyne. Elle représentait également un havre de paix à un moment où la situation devenait d'une instabilité déplaisante. Peut-être ferait-elle l'affaire encore un an, songea Coco en rentrant chez lui.

CHAPITRE 4

Alice était dans son lit, le drap rabattu sur la tête. La longue matinée avait été marquée par le bourdonnement d'une unique mouche s'envolant et atterrissant sur différentes parties de son corps. Elle venait juste de rentrer son pied exposé et la mouche s'était vivement envolée pour venir se poser sur sa lèvre inférieure, provoquant chez elle une onde de dégoût. Elle ne savait pas depuis combien de temps elle avait été ainsi terrassée en lisière du sommeil, lorsqu'elle entendit la voix de son plus jeune fils.

« Réveille-toi, Alice.

De sous le drap que le petit commençait à tirailler, elle répliqua :

— Appelle-moi maman.

— Alice, reprit la voix geignarde de Dan. Réveille-toi, maman.

— Le poisson est parti », dit Samuel. Elle perçut la tristesse dans sa voix et se redressa sur son séant. Le verre d'eau à la main, il se tenait près de la fenêtre. Il s'était habillé.

Elle s'extirpa du lit, s'enroulant dans le drap. Comme elle se levait, le petit tira brusquement sur le drap, lui découvrant les seins.

— Poitrine, dit-il.

— Lâche ça, Dan, dit-elle, récupérant le drap. Elle traversa la pièce, s'immobilisa derrière Sam et posa les mains sur ses maigres épaules.
— Regarde. Il est parti, dit-il, en regardant au fond du verre. Tu crois qu'il est allé au ciel ?
— Oui, dit-elle. Sans doute.
Elle contemplait ses fins cheveux blonds qui formaient une spirale parfaite sur sa nuque.
— Regarde, répéta-t-il, en soulevant le verre dans la lumière qui filtrait par les rideaux. Il est vraiment parti.
— Il a des ailes ? demanda Dan, tiraillant le drap de nouveau.
— Probablement », dit Alice.
La fenêtre donnait sur la place. Elle était vide, à part un chien au pelage moucheté couché juste en dessous, qui haletait sur la chaussée blanche, brûlante. Elle fut déçue de voir que la fontaine moussue au centre était tarie.
« Je veux pas aller au ciel, déclara Dan.
— Et pourquoi pas, mon chou ?
Elle se retourna. Dan était couché par terre, les pieds sur le lit.
— Je veux pas avoir des ailes. Je veux pas avoir des ailes. Ça fait mal.
— Tu peux pas voler si tu as pas d'ailes, dit Samuel.
Penché à la fenêtre, il vidait lentement le verre d'eau dans la rue en dessous. Le chien, éclaboussé, cligna des yeux, résigné, trop écrasé de chaleur pour bouger, apparemment.
— Ne fais pas ça, Samuel, dit-elle en lui prenant le verre des mains.
— Si, tu peux, affirma Dan. Peter Pan a pas d'ailes. Robin des Bois non plus.
— Robin des Bois peut pas voler, dit Samuel.
— Si, il peut.
— Maman. Il peut voler, Robin des Bois ?
— Non.
— Tu vois ? dit Samuel.

Alice posa le verre et alla ramasser les vêtements de Dan sur le sol. En se redressant, elle fut prise de vertige et se rassit sur le lit.

— Je veux pas être un ange, pleurnicha Dan.

Alice se leva, enjamba Dan et lui tendit la main. Il la laissa le remettre sur pied, puis s'affaissa sur lui-même.

— Oh, Dan, je t'en prie. On va se préparer et aller dans la grande maison.

— Je l'aime pas.

— Tu as la trouille, dit Samuel.

Dan leva la tête, prêt à riposter.

— Sam ! glapit-il. Pas les lunettes. C'est mon tour !

— Elles sont à moi, répondit calmement Sam.

— Fais-lui enlever, maman !

Mais Sam passa devant son frère et se dirigea vers la porte.

— C'est mon tour !

— Reste sur la place, Sam ! lui lança-t-elle.

Il claqua la porte.

— Pousse, dit-elle à Dan. S'il te plaît.

Elle essayait de glisser son pied inerte dans sa sandale. Il faisait des bulles avec sa salive.

— Nous allons prendre notre petit déjeuner maintenant ? lui demanda-t-elle.

— J'ai pas joué.

Elle lui tâta le front. Il était encore brûlant.

— Tu peux aller jouer cinq minutes sur la place avec Sam. Je t'appellerai quand ce sera prêt. »

Ils descendirent l'escalier en se tenant par la main. Sur le palier à mi-étage, une petite fille était adossée à la rampe. Elle avait le regard fixé sur Dan qui avançait vers elle. Elle ne devait pas avoir plus de cinq ans, mais ses yeux sombres aux lourdes paupières lui conféraient un air précocement las. Elle portait des boucles d'oreilles et autour du cou, pendu à une chaîne, un petit médaillon qu'elle faisait passer de droite à gauche sur ses lèvres. Une voix d'homme résonna dans le hall :

« Ophélie ! »

La petite fille se redressa brusquement et se mit à courir telle une ballerine appliquée, dans l'escalier devant eux, et traversa le hall d'entrée, ses petites boucles d'oreilles en or reflétant la lumière. Alice lâcha la main de Dan et le regarda franchir la porte ouverte de l'hôtel et disparaître dans le soleil. Elle poussa ensuite la porte vitrée de la salle à manger.

Le thème évoquait un campement napoléonien : un papier peint à rayures rose, rouge et or tapissait les murs ornés de gravures sombres et de tout un assortiment d'accessoires militaires, épées et pistolets pour la plupart. La salle était vide. Quelques tables étaient encore jonchées des reliefs du petit déjeuner. Elle se dirigea vers la seule où le couvert était mis, et s'assit.

Elle avait laissé Sam venir dans son lit la nuit dernière. Il avait dormi à côté d'elle, Sam de l'autre côté, et elle et Sam étaient restés éveillés ensemble, écoutant les échos citadins et inattendus du service, en bas, dans la salle à manger, et les cris aigus des enfants sur la place. Avant de s'endormir, Sam avait dit : « Je sais comment on va l'appeler. » Il n'avait jamais réussi à trouver un nom pour son poisson quand il vivait encore. « On va l'appeler Poisson-Souffle. » Elle lui avait répondu que c'était un très joli nom.

Plus tard, elle avait pris dans ses bras son corps endormi pour le porter de l'autre côté de la pièce, sur le lit de camp près de la fenêtre. Elle l'avait étendu, sans jamais quitter des yeux son visage, immobile et parfait comme un masque couleur lilas à la lumière de la place. Elle s'était penchée sur lui, avait senti son souffle sur ses lèvres et lui avait alors posé un baiser sur la joue, et il avait poussé un petit gémissement et effleuré son propre visage comme s'il avait des moignons à la place des mains. Elle avait pris ensuite le verre posé sur l'appui de la fenêtre, jeté le poisson mort dans les toilettes et tiré la chasse, avant de remplir le verre de nouveau.

Alice, assise dans la salle à manger, savourait un moment de paix avant le retour des garçons. Quelqu'un battait des œufs dans la pièce voisine. Elle songea au long été qui l'attendait avec les garçons ; il lui faudrait apprendre à mieux s'organiser. L'employé de la réception vint prendre sa commande. Il avait un teint blafard de boulanger et il portait un T-Shirt blanc sale avec l'emblème de l'île imprimé en noir sur sa poitrine. Elle avait l'impression d'entendre résonner dans sa tête un bruit de pas sur du gravier et sa propre voix lui paraissait assourdie. L'employé se gratta le bras, l'écouta passer sa commande sans la regarder, et s'éloigna.

Ce refus des insulaires de manifester le moindre signe de servilité avait toujours irrité son mari. Il y avait tant de choses qu'il détestait ici. Il disait même qu'il l'avait choisie parce qu'elle était aussi éloignée de cette île qu'on pouvait l'être. Mathieu avait passé la majeure partie de sa courte vie à effacer toutes les traces que cet endroit avait laissées chez lui. Pourtant, elle savait que si elle ne cessait de revenir ici avec ses enfants, c'était parce que c'était ici qu'elle se sentait le plus proche de lui.

La petite fille aux boucles d'oreilles passa le bout du nez à la porte battante qui menait à la cuisine. Alice lui sourit, mais trop tard : elle avait déjà disparu. Penser à Mathieu était devenu un luxe. Elle se sentait vivement impressionnée par le processus qui s'opérait en elle et grâce auquel une source de souffrance était devenue une source de plaisir. La mort de son mari avait pris un sens pour elle ; il représentait une histoire qu'elle se racontait à elle-même et aux garçons, et son absence faisait tout autant partie de sa vie que ses enfants. Sa mère, avec son flair infaillible, avait vu juste. « Il faut que tu cesses de transporter avec toi ton mari mort, ma chérie. Tu fais fuir les gens. » Elle voulait dire les hommes, bien entendu. Alice avait couché avec deux hommes depuis la mort de Mathieu, tous deux des amis à lui. Mais maintenant, le sexe la faisait

pleurer. Elle se rendait compte qu'elle aurait mieux fait de coucher avec un inconnu, si tant est que ce statut fût immuable.
Dan apparut à son côté.
« Arrive pas à trouver Sam, dit-il.
Alice le dévisagea.
— Je lui ai dit de rester sur la place.
Elle se leva et le suivit à travers le hall. Sur le pas de la porte de l'hôtel, elle s'abrita les yeux de la main. Jamais la lumière du soleil n'avait paru si blanche. Le chien avait disparu et la place était vide.
— Merde, dit-elle.
De l'autre côté, se dressait une rangée d'arbres plantés serrés. Elle avança à grands pas dans la chaleur, maudissant Sam.
— Tu es fâchée contre lui ?
— Oui. Samuel ! appela-t-elle.
— Merde, dit Dan.
Les arbres étaient d'énormes châtaigniers et sa voix s'envolait vers leur épais feuillage. Elle s'immobilisa et regarda autour d'elle, attendant qu'il réponde. Il n'y avait pas un souffle de vent.
— Appelle encore, dit Dan, en tirant sur sa robe.
— Sam !
Elle était en colère. Les troncs des arbres étaient parfaits pour se cacher derrière, mais elle savait qu'il n'était pas à portée de voix. Il n'aurait pas osé la provoquer à ce point. Elle se tourna vers Dan.
— Où est-il ?
Il la fixa, ouvrit les mains et haussa les épaules. Sans la lâcher des yeux, il hurla le nom de son frère, en deux syllabes suraiguës.
— Sa-am !
— Viens avec moi. »
Elle empoigna Dan par le bras et partit en direction de la route principale qui montait vers l'église. Deux vieilles femmes vêtues de noir descendaient la colline dans leur direction.

« Avez-vous vu un petit garçon ? Blond. »

Elle tendit la main, indiquant sa taille. Les deux femmes perçurent l'anxiété d'Alice et essayèrent de la rassurer. Elles ne l'avaient pas vu. Mais Alice scrutait déjà le haut de la colline, balayait du regard la rue étroite, et elle se remit en marche, traînant Dan derrière elle, suivie des yeux par les deux vieilles femmes.

« Sam ! »

L'écho de sa voix se réverbérait contre les maisons brûlées de soleil derrière leurs volets. Elle hissa Dan sur sa hanche et se mit à courir, accablée par l'écrasante chaleur de la journée.

Elle arriva à la promenade poussiéreuse devant l'église. Elle ne pouvait appeler car elle était à bout de souffle. Elle assit Dan sur un banc métallique vert et se redressa, haletante. À quelques pas de là, trois hommes jouaient aux boules.

« Reste là, dit-elle d'un ton sec, le doigt pointé sur Dan. Ne bouge pas.

Elle se dirigea vers les boulistes et s'immobilisa devant eux, accrochant ses cheveux derrière ses oreilles. Elle était encore essoufflée.

— Vous n'avez pas vu un petit garçon ? À peu près de cette taille ? Des cheveux blonds ?

Les trois hommes la dévisagèrent. Un seul répondit. Il avait un réseau violet de veines capillaires éclatées sur les joues et des sourcils noirs comiques, épais et drus.

— Nous n'avons pas vu d'enfant.

Il se tourna vers ses compagnons pour confirmation de ses dires et tous deux secouèrent la tête. L'homme aux épais sourcils l'observait maintenant, sans prêter attention au silence des deux autres l'incitant à reprendre leur partie.

— Pour autant que je sache, il n'y a pas eu d'enfants sur l'esplanade depuis la fin de la messe.

Il restait immobile, défiant ses amis. Sur ses lèvres, elle repéra la ligne de crasse noire du vin rouge.

— Vous voulez bien le surveiller un instant ? demanda-t-elle en montrant Dan qui essayait maintenant de faire passer des petits graviers à travers les perforations du banc métallique. — Je veux jeter un coup d'œil dans l'église. »

L'homme ferma les yeux et inclina la tête sans mot dire en signe d'assentiment.

Alice monta en courant les trois larges marches de l'église, trébucha et tomba en avant sur les mains. Elle se releva, frottant l'une contre l'autre ses paumes cuisantes, et avança dans l'obscurité fraîche. C'était le genre d'endroit qui plaisait à Sam. Il serait là, regardant les bougies allumées sous la Vierge. Il serait en train de réciter une prière pour Poisson-Souffle. Tout en remontant l'aile latérale, elle pouvait déceler son angoisse dans le cliquetis de ses talons sur les dalles. Une silhouette se profila derrière l'escalier en spirale qui montait à la chaire.

« Sam ? » chuchota-t-elle.

Un prêtre en surplis clair apparut, le visage dans l'ombre. Il avança vers elle et elle vit sa barbe noire et, au-dessus, un front et un crâne chauve, blanc et luisant. Elle s'immobilisa et les larmes lui montèrent aux yeux.

« Je ne trouve pas mon fils, dit-elle, d'une voix rendue aiguë par l'effort qu'elle faisait pour ne pas pleurer. Vous n'avez pas vu un petit garçon ?

Le prêtre fit un pas en avant et tendit le bras, non pas pour la toucher, mais pour la guider vers un autre endroit, plus approprié, car cette jeune femme créait un climat d'angoisse dans son église fraîche, silencieuse.

— Nous pouvons parler à la sacristie, madame. »

Mais elle regardait, derrière lui, la rangée de bougies clignotant dans les petits gobelets en verre rouge aux pieds de la Vierge. Elle se détourna alors, si brusquement que le prêtre songea à un oiseau s'envolant d'une haie, et elle repartit en courant dans l'aile latérale en direction de la porte.

Lorsqu'elle arriva à Dan, elle avait la gorge sèche, douloureuse. Il avait couvert le banc de gravier. Les hommes s'étaient déplacés vers l'autre extrémité de l'esplanade. L'homme aux épais sourcils lui tournait le dos.

« Merde », dit Dan de nouveau.

Elle l'arracha du banc, le serra contre elle et commença à descendre la colline en direction de la place, lançant sans cesse le nom de Sam. Les gens étaient en train de déjeuner et les échos des cuisines et de la télé passaient par les persiennes closes.

À l'hôtel, elle posa Dan par terre dans le hall, poussa la porte de la salle à manger. Les tables étaient mises maintenant pour le déjeuner, mais la salle était vide. Chaque fois qu'elle appelait son nom, elle prenait de plus en plus conscience de son absence. Elle s'imaginait elle-même comme vue de loin se ruant dans l'escalier, courant dans le couloir, ouvrant la porte de leur chambre. Elle se voyait constater que la chambre était vide sans même regarder. La panique avait pris possession de sa voix et une sensation de froid liquide s'était répandue dans sa poitrine.

Elle croisa le concierge en redescendant.

« Mon fils a disparu. Je ne comprends pas. »

L'homme s'était immobilisé sur le palier et regardait ses pieds, gêné.

Dan, dans le hall, tournait en rond en décrivant des cercles de plus en plus petits. Elle le saisit par la main.

— On va essayer la grande maison, dit-elle, le traînant dehors au soleil.

Elle commença à courir, l'entraînant à sa suite, passa devant sa voiture, s'engagea dans l'étroite ruelle. Cette partie de Santarosa semblait toujours vide, résonnant d'échos. Elle courut entre des murs qu'elle croyait aveugles, mais les fenêtres étaient là, tout en haut des façades. Dan la ralentissait, traînait en arrière. Elle se retourna pour le regarder. Le menton levé, il était à bout de souffle et sa petite poitrine haletait.

Elle le prit dans ses bras et se remit en marche. Elle avait la bouche sèche et la gorge brûlante.

— Maman, dit Dan, et il enfouit son visage dans son cou.

Elle le cala sur sa hanche et poursuivit sa route à grandes enjambées rapides, invoquant le nom de Sam à chaque pas, en faisant une incantation.

— C'est trop loin, murmura Dan.

La rue commençait à s'élargir et amorçait un virage en pente raide. Ils dépassèrent la dernière maison avant la propriété. Un chien attaché à une chaîne bondit vers eux et s'étrangla, réduit au silence. Dan se cramponna à elle.

— N'aie pas peur. On est presque arrivé. »

Lorsqu'ils atteignirent l'entrée, Alice posa Dan à terre et s'arrêta un moment pour reprendre son souffle. À son côté, Dan levait la tête vers elle, agitant nerveusement les mains. Elle le reprit dans ses bras et passa entre les deux piliers en pierre qui marquaient l'entrée de la propriété. Elle se mit alors à courir le long du chemin gravillonné qui serpentait à travers un bosquet de pins et de chênes verts jusqu'à une pelouse circulaire devant la maison. Elle posa Dan à terre et courut jusqu'à la volée de marches en pierre qui desservait la porte principale. Elle tira sur la chaîne de la cloche mais n'entendit aucun son. Elle appela, une fois, mais personne ne vint. Reprenant Dan dans ses bras, elle contourna la maison et monta l'escalier donnant sur la large terrasse qui occupait toute la longueur de la façade, avec vue sur la mer au loin.

Babette apparut à l'autre bout de la terrasse. Elle portait un bouquet de glaïeuls orange avec des tiges pourpres qu'elle posa sur le parapet en pierre, et elle avança vers eux, souriante, ouvrant les bras pour accueillir Dan. Alice le lui passa.

« Sam est ici ?

Babette contemplait Dan d'un regard plein de tendresse. C'était son préféré.

— Il a grandi, dit-elle.

— J'ai perdu Sam, dit Alice, en essuyant ses larmes. — Babette leva la tête et remarqua sa détresse pour la première fois. — Il était sur la place. Nous ne le trouvons nulle part, ajouta-t-elle d'une voix qui tremblait.

— Vous avez essayé le café ? Ils ont des jeux électroniques maintenant. Les gosses adorent ça.

Alice fixait Babette.

— Non, dit-elle. Non, je n'ai pas essayé.

Elle tendit les bras vers Dan.

Babette embrassa Dan sur la joue.

— Je vais y aller. Restez ici. Vous êtes épuisée.

— Non, non. Je préfère y aller.

— Nous allons téléphoner. Entrez. »

Alice suivit Babette le long de la terrasse jusqu'à la porte du fond, vitrée, qui donnait sur un étroit couloir menant à la cuisine. Le téléphone était un vieux modèle acccroché au mur à côté de la cuisinière. Babette posa Dan sur une chaise à côté d'une longue table en bois couverte de pots de confiture vides qui étincelaient sous les rayons du soleil. Dan ne quittait pas sa mère des yeux. Alice sentit le froid qui étreignait sa poitrine se répandre dans son corps, en prendre possession.

« Bettie ? » demanda Babette d'une voix sonore dans le téléphone.

Alice voyait que Babette parlait, mais elle ne l'entendait plus. Le silence emplissait sa tête. En esprit, elle se voyait filant comme le vent dans le village vide, autour des troncs d'arbres et dans les feuilles, scrutant des yeux la place désertée. En haut de la colline, au-delà de l'église et dans le cimetière, qu'elle savait être là, mais où elle n'était jamais entrée. Elle savait où aller et où chercher. Tous les endroits évoqués lui donnaient l'impression de soutenir son regard. Tu vois, disaient-ils. Vide. Ce n'est pas une blague.

— Merci, Bettie. Appelle-nous si tu le vois.

Alice se tourna vers Dan.

— Où est-il, Dan ? Dan, est-ce que tu l'as vu dehors sur la place ? — Dan sembla se dérober.— Dan. Est-ce que tu l'as vu ? Réponds-moi !

Elle prit conscience de l'expression du petit garçon et lui effleura le visage.

— Je t'en prie, Dan.

Babette avança d'un pas.

— Est-ce que tu as vu Sam ?

Il secoua la tête.

— Il était pas là.

— Si vous buviez quelque chose ? suggéra Babette. Asseyez-vous un instant. Il a probablement rencontré un ami dans le village. Je vais me mettre à sa recherche. Je demanderai à tout le monde. »

Alice sentit une onde de calme l'envahir comme un anesthésique. La voix de Babette lui semblait de plus en plus ténue, comme si elle avait été brusquement emportée loin d'elle.

« Tu veux venir avec moi chercher ton frère ? » disait-elle à Dan.

Et déjà elle avait quitté la pièce et courait le long de la terrasse. Son sentiment de calme s'était dissipé, et son cœur s'était mué un une sorte de mécanisme dément, inutile, qui cognait dans sa poitrine. Ses yeux ruisselaient de larmes, son nez coulait tandis qu'elle dévalait l'escalier et courait le long du chemin en direction du portail. À l'entrée, elle s'arrêta, suffoquant.

« Samuel. Mon tout petit. Où es-tu ? »

Les mains crispées sur l'estomac, elle scrutait les bois autour d'elle, les troncs d'arbres dressés dans le vide. Elle ferma les yeux et vit son visage, ses lèvres closes, retroussées aux commissures, ses yeux ronds, et leur perpétuelle interrogation. Elle regarda autour d'elle. Les bois étaient toujours là, la clairière herbeuse et le banc en ciment imitant le bois, un banc pour les amoureux venus contempler la mer. En esprit, elle appelait son mari, le suppliant de lui pardonner.

Une vague de nausée la submergea et un liquide acide lui jaillit des lèvres, éclaboussant le sol. Elle s'essuya la bouche d'un revers de main et regarda au-delà du banc le précipice aux flancs tapissés de buissons épineux. Au loin, entre deux collines mauves, métalliques et scintillantes, on apercevait l'inévitable triangle de la mer. Elle leva la tête et vit la courbe parfaite d'une traînée de vapeur tranchant sur le bleu dense du ciel. Ses larmes avaient séché sur ses joues, laissant une trace brillante. La sensation de froid dans sa poitrine s'était muée en un bloc de plâtre. Elle regarda la traînée dans le ciel s'élargir et se désintégrer petit à petit. Comme si elle pouvait voir le monde reflété dans le ciel, elle sut qu'il avait disparu. Elle prit son souffle et hurla le nom de son fils dans la chaleur impitoyable, une seule fois et avec une telle force que sa voix se cassa.

CHAPITRE 5

La sonnerie du téléphone s'interrompit pendant que Stuart ouvrait la porte de son appartement. Gérard était le seul à l'appeler chez lui. Pauvre Gérard, qui assistait au transfert progressif d'autorité de Stuart à Mesguish, incapable de lutter pour obtenir ce qui lui était dû après avoir occupé pendant vingt-cinq ans le poste d'inspecteur dans tous les pires endroits que le Bureau Central pouvait trouver. Lorsqu'ils auraient enfin poussé Stuart dehors pour mettre Mesguish à sa place, il interviendrait en faveur de Gérard, mais il n'aboutirait à rien. Gérard serait affecté en dehors de l'île, et lui également.

Il entra dans la pièce obscure et poussa le verrou à l'intérieur. Il s'était attardé sur la plage, attendant que le sable se rafraîchisse et que les premières étoiles apparaissent. La grande fenêtre au bout de la pièce était maintenant un rectangle de ciel amarante. Il n'alluma pas, car il avait mal à la tête, mais se dirigea droit sur le réfrigérateur. Il y avait à l'intérieur un bocal de cornichons, une casserole pleine des spaghettis à la sauce tomate de la veille, six petits cartons de lait chocolaté munis de pailles. Il en prit un et le but d'un trait. Puis il enleva ses chaussures et, le sable encore collé à ses pieds, s'allongea à plat ventre sur son lit étroit.

C'était sa mère qui lui avait donné l'habitude de dormir à

plat ventre. Enfant, il avait eu les cheveux collés et emmêlés sur la nuque, et les autres gosses avaient trouvé là une des multiples raisons qu'ils avaient de le taquiner. Elle avait essayé de lui imprégner les cheveux d'huile d'olive le soir et l'avait même obligé à dormir avec un bonnet de bain en caoutchouc pour essayer de les aplatir. Puis elle était morte. Mais elle s'était tourmentée pour ses cheveux et avait essayé de l'aider, et rien n'avait marché. Il se rappelait le son accompagnant sa mère quand elle marchait ; un bruissement doux et léger comme le vent dans un champ d'orge. Il savait maintenant que c'était le frottement de ses grosses cuisses dans ses collants en nylon. Il se rappelait sa voix l'appelant dans le village quand il avait disparu, répétant patiemment d'une voix pressante son prénom — Antoine — que plus personne n'utilisait. Il aimait écouter ses appels. Il se tenait accroupi dans sa cachette entre l'église et le cimetière, un étroit passage encombré de pierres, obstrué par des ronces que traversait un tunnel, et il écoutait la voix de sa mère. Elle avait deux fois la taille de son père et valait beaucoup plus que lui en tant qu'être humain. Il aurait continué à adorer sa mère si elle n'était pas morte. Quant à son père, il y avait un grand trou à la place des sentiments qu'il aurait dû éprouver pour lui. Et sa sœur Béatrice — il avait peur d'elle, et en avait toujours eu peur.

Il se réveilla en sursaut et se leva de son lit, en quête de nourriture. Les spaghettis dans le réfrigérateur feraient l'affaire. Il s'accota à l'évier, les mangeant froid directement dans la casserole et s'écouta mastiquer. Autour de lui, la maison était incroyablement silencieuse. Il déclara à haute voix, la bouche pleine :

« On va continuer à lui céder la place, pas vrai, Titi ? »

Il se consola en se rappelant que Coco avait eu l'air ébranlé quand il lui avait parlé de sa conversation fictive avec le Père Pierre. Et il avait mouillé les sièges de sa Saab.

Stuart se sentit soudain écœuré par sa propre attitude. Il posa ses spaghettis et, en lui-même, présenta ses excuses. À sa mère, à sa sœur et à Titi, son frère ; presque son frère, car Titi et lui étaient nés la même semaine et avaient tous deux été allaités par la même femme, la mère de Stuart. Malgré cela, la vie de Titi avait tellement éclipsé la sienne qu'il était devenu un dieu pour les gens du pays, et maintenant, des années après sa mort, pas une semaine ne passait sans que quelqu'un dans le village ne mentionne son nom. La propre mère de Titi avait quinze ans lorsqu'elle lui donna le jour. Elle avait le corps d'une enfant malade, pas trace de lait, et pas trace d'amour non plus, pour autant que se rappelât Stuart. Titi fut donc nourri par la mère de Stuart, qui l'allaita à satiété, et il prospéra. Il poussa comme une asperge, les yeux toujours pleins de lumière, et tout le monde l'adorait. Il devint le meilleur footballeur que Santarosa ait jamais eu, et, quand il courait, ses boucles noires dansaient sur ses épaules. La nuit, les filles dormaient avec les fenêtres de leurs chambres ouvertes et leurs cheveux étalés sur l'oreiller, au cas où il lui arriverait de grimper par le tuyau de la gouttière.

Titi était le seul, hormis sa mère, à rechercher Stuart quand il disparaissait. Titi avait essayé de l'aider en le prenant comme gardien de but, mais ça n'avait pas marché ; Stuart ne pouvait se rappeler pourquoi. C'était comme si les autres gosses pressentaient sa faiblesse. Bien vite, Titi prit trop d'importance pour faire attention à lui. Il avait commencé à partir seul en montagne pour des excursions qui duraient de plus en plus longtemps. Au début, il ne partait que pour quelques jours, puis un mois, puis durant tout l'été. Stuart le suivait le long du sentier jusqu'en bordure des bois et observait ses jambes minces et poussiéreuses sous son sac à dos. Ensuite, sans se retourner, Titi disparaissait parmi les arbres. À l'âge de seize ans, il partit pour de bon.

Après la mort de sa mère, Stuart se cacha encore davantage. Quand elle pouvait encore s'asseoir sur la fontaine avec les autres femmes et parler de lui, de son appétit, du fonctionnement de son intestin, chanter ses louanges ou se plaindre de lui, elle défendait la place qu'il occupait dans le village. Quand elle était morte, il était devenu un garnement, dépourvu de statut. Son père avait disparu dans les recoins obscurs du bar de Santarosa et bu tant de pastis qu'il était devenu presque sourd et aveugle et pouvait à peine se rappeler qu'il avait des enfants. La mère de Titi, qui était devenue plus grasse mais pas plus aimante pour autant, venait chaque jour faire la cuisine et la lessive jusqu'à ce que sa sœur Béatrice, ayant atteint l'âge de dix ans, puisse prendre la relève.

Le téléphone sonna de nouveau. Stuart fixait l'appareil. À la quatrième sonnerie, il se dirigea vers la table sous la fenêtre et décrocha. Il écouta la voix de ténor, propre aux hommes corpulents, de Gérard.

Une femme pleurait dans son bureau.

« J'appelle depuis six heures... J'ai envoyé quelqu'un chez Enrico. L'enfant a disparu vers midi. Dans ton village », déclara Gérard.

Son village. L'idée était amusante. Santorosa, pour toute l'île, était le lieu de naissance de Coco Santini.

« Quel âge ? demanda Stuart

— Sept ans.

Gérard attendait des questions de Stuart, mais rien ne vint.

— La gendarmerie s'est pointée à deux heures, reprit-il. Leurs premières investigations n'ont rien donné. Ils ont appelé le procureur à six heures.

L'évocation de Van Ruytens, le procureur, agaça Stuart. L'homme était un bourgeois indolent venu du continent qui avait choisi l'île parce qu'il aimait faire du bateau. Sa précédente affectation avait été Brest. Et Stuart ne pouvait lui pardonner ses interminables discours sur le caractère breton, son courage, sa rigueur, son cœur à l'ouvrage. Il ne pouvait donner de leçons à personne, pourtant. Passé cinq heures, les coups de fil à son bureau étaient retransmis sur son portable, parce qu'il était sur son yacht.

Stuart se demanda pourquoi Van Ruytens avait fait appel à eux si vite. La police judiciaire intervenait rarement avant que le procureur ait accumulé des motifs suffisants pour justifier une enquête.

— Pourquoi a-t-il renvoyé si vite les gendarmes ? Ils n'avaient pas eu le temps de faire quoi que ce soit.

— C'est à cause de la femme. Elle insistait.

— Qui est-ce ?

— Elle s'appelle Aron. Elle est anglaise. La femme de Mathieu Aron.

— Connais pas.

— Aron, des « Machines Aron ». Textiles.

Stuart ne connaissait pas non plus.

— Il est de l'île.

— Pas son nom, dit Stuart.

— C'est un Colonna, du côté de sa mère. C'était... Il est mort, il y a trois ans.

— Les Colonna, comme Constance Colonna ?

— Oui.

Stuart se rappelait à quel point la vieille femme le terrifiait quand il était petit. Il se rappelait ses dents de cheval et la peau translucide sur ses mains.

— La mère a réussi à convaincre Van Ruytens au téléphone que son enfant avait été enlevé, dit Gérard.

— On peut le convaincre de n'importe quoi. Qu'est-ce que tu en penses ?

— Je pense qu'elle est complètement hystérique. Le gosse a disparu sur la place principale en plein jour.

— Le milieu de la journée est calme à Santorosa. Et même complètement mort à l'heure du déjeuner.

— Stuart. — Gérard avait baissé la voix. — Ça fait quatre heures qu'elle est là.

— Où est-elle ?

— À côté, dans ton bureau. J'appelle avec le téléphone d'Annie.

— Et les recherches ? Elles commencent quand ?

— Cinq heures et demie à la mairie à Santarosa. Elle est dans tous ses états, chuchota Gérard. Elle s'imagine qu'on est en Colombie. C'est la faute de Van Ruytens. Elle l'a chauffé à blanc. Elle a des amis de son beau-frère qui lui ont téléphoné depuis le Ministère. Alors il nous a appelés pour se couvrir. J'ai dit à cette femme que le kidnapping, ici, ça n'existait pas.

— Ce n'est pas ce qu'elle veut entendre, dit Stuart. Ce qu'elle veut entendre, c'est qu'il ne s'agit pas d'un pédophile. C'est un garçon ou une fille ?

— Un garçon.

— Où est Santini ? Avec sa femme ou avec Évelyne ?

— Aucune idée.

— Renseigne-toi. J'arrive dans vingt minutes. »

Stuart traversa à ville allure le centre de la ville. Les premiers touristes, en tenues trop succinctes pour l'île comme d'habitude, déambulaient, inélégants, sur le front de mer, en mâchonnant des moignons de sandwiches. Ils paraissaient livides et affreux sous les nouveaux globes qui éclairaient la promenade. Aux abords du port principal, la circulation s'intensifia. Stuart déclencha la sirène, mais il avait perdu son gyrophare, et les autres conducteurs, ne pouvant identifier l'origine du bruit, freinaient en pleine confusion. Stuart monta sur le large trottoir en pierre le long des docks et accéléra. Lorsqu'il eut dépassé les docks, il coupa la sirène et redescendit sur la route. Il remonta la vitre pour se protéger des émanations de son propre moteur diesel. Il pensa à la Saab de Santini, avec son pot catalytique, et se rappela la première Mercedes de Santini et les attroupements qu'elle avait provoqués quand il l'avait ramenée sur l'île. Coco était revenu triomphant du continent, fortune faite grâce aux machines à sous, et avait trouvé Titi lui barrant le chemin. Titi était alors chef du FNL depuis cinq ans. Il avait cessé de descendre du maquis et on disait qu'il était resté aussi pur que l'air qui régnait là-haut. Il était devenu un héros même au-dehors de l'île, mais aucun journaliste n'avait jamais réussi à l'interviewer. Les gens avaient commencé à parler de lui comme d'un saint.

Santini avait fait venir un jeune de Marseille pour le liquider. Aucun insulaire n'aurait osé, ils étaient trop superstitieux. Le gosse de Marseille avait traqué Titi pendant trois mois, puis l'avait tué avec une arbalète pendant son sommeil. Stuart faisait une licence de droit à Massaccio à l'époque, se préparant à rallier le FLN. Il avait estimé qu'il pourrait rendre plus de service comme juriste que comme soldat. En mourant, Titi avait emporté avec lui la vocation de Stuart. Il avait laissé tomber le droit et était parti sur le continent. S'il était devenu un policier, c'était parce qu'il ne voyait pas d'autre activité à sa portée ; il était hors de question qu'il soit dans le même clan que Santini. Il n'avait fallu qu'une année à Coco pour prendre le contrôle du FNL. Maintenant, vingt ans seulement plus tard, personne ne prononçait plus jamais le mot d'indépendance.

Stuart actionna le contrôle à distance et regarda s'ouvrir le portail de l'enceinte. Si Santini s'était abaissé jusqu'à donner dans le kidnapping, l'île ne le lui pardonnerait pas. Tout en embrayant, Stuart sourit en songeant que Coco venait peut-être de commettre sa première erreur.

Stuart rencontra Gérard dans l'entrée. Il portait l'imperméable qui ne le quittait jamais, même en été, un manteau de pluie kaki avec des épaulettes et une ceinture qu'il ne nouait pas. Il disait que dans cette tenue, qui voilait sa corpulence, il se faisait moins l'effet d'un plouc et plus celui d'un général.

« Le bip ne répondait pas, déclara Gérard.

Stuart l'avait, depuis des mois, laissé chez lui dans la moisissure verdâtre qui poussait dans son armoire à pharmacie.

— Rentre chez toi, dit-il. Tu as l'air fatigué.

Gérard sortit un mouchoir de la poche de son imperméable et essuya la sueur qui perlait sur son front.

— Je vais t'attendre. Ça ira. Elle est dans ton bureau.

Là résidait la différence entre eux ; Gérard aimait son boulot.

Stuart, quant à lui, se sentait encore sali par ce travail ; il s'était simplement peu à peu habitué à cette sensation. Il était frappé par ce don qu'avait Gérard de demeurer intact, de garder, si résolument, et malgré tout, son bon naturel. Il pensait que seuls les enfants pouvaient rester si obstinément aveugles à la laideur.

Gérard examina son mouchoir et le remit dans sa poche.

— Munis-toi de kleenex avant d'entrer, dit-il.

Stuart n'était pas pressé.

— Et les recherches ? demanda-t-il. On dispose de quoi ?

Gérard s'accota à la table couverte de brochures syndicales qu'Annie exposait consciencieusement, comme des fleurs fraîchement coupées, chaque fois que le Bureau Central en envoyait de nouvelles.

— Une centaine d'hommes, dit-il. Avec la gendarmerie et les CRS. Les gendarmes ont un hélicoptère et nous avons deux chiens, un appartenant aux CRS et l'autre à la Protection Civile. Le procureur sera présent à la mairie.

— Cette femme doit avoir de l'influence.

— Elle connaît la procédure, dit Gérard.

— Comment se fait-il ?

— Son mari était avocat.

— Je croyais qu'il était dans le textile.

— C'est une affaire familiale, dirigée par le frère aîné, David Aron. Il semble que ce soit lui qui ait de l'argent.

— Et elle, de quoi elle dispose ?

— Elle n'est pas claire sur ce point. Elle dit qu'elle possède vingt-neuf pour cent de l'affaire ; ensuite elle déclare qu'elle n'a pratiquement rien.

— Comment le mari est-il mort ?

— Accident de ski.

Stuart se dit que c'était une façon particulièrement humiliante de partir. Il s'aperçut que son mal de tête diminuait.
— J'ai soif, dit-il.
Il poussa les portes battantes qui donnaient dans le couloir au rez de chaussée et appuya sur la minuterie. Elle cliqueta comme un détonateur.
— Tu as trouvé Santini ? demanda-t-il, tenant la porte ouverte pour Gérard.
— Il est chez Évelyne, répondit Gérard, le suivant jusqu'à la cuisine.
— Il a donc enfreint sa règle de l'été, dit Stuart en allumant la lumière. Dans la pièce flottait l'odeur des étranges plats qu'Annie réchauffait au micro-ondes. Il prit un verre sur la paillasse. L'eau jaillit du robinet, et du fond de l'évier en acier, éclaboussa le pantalon de Stuart. Il avala d'un trait l'eau qui sentait le chlore.
— C'est sûrement pas Coco, Stuart. Plutôt des étrangers.
Stuart rinça le verre et le remit sur l'égouttoir.
— Peut-être, dit-il.
Gérard le suivit dans le couloir.
— Rentre chez toi, lui dit Stuart. — Il regarda son adjoint palper ses poches. — Qu'est-ce qu'il y a ?
Gérard contemplait ses clefs.
— Le procureur a contacté Mesguish, dit-il sans relever la tête, en tripotant ses clefs.
— Bon, dit Stuart. Il vient quand ?
— Demain matin.
— À quelle heure ?
— Je ne sais pas.
— Il amène ses hommes ?
— Six d'entre eux.
Stuart laissa la colère s'enfler en lui puis s'apaiser.
— Bien, dit-il. On avisera en temps voulu.
Gérard le contempla, avec trop de compassion dans le regard, et Stuart se détourna et se dirigea vers son bureau.

— Bonne chance, lui lança Gérard. Au fait... Elle a perdu sa voix. »

Stuart traversa le bureau des secrétaires, s'immobilisa un instant quand Gérard claqua la porte d'entrée, puis il pénétra dans son propre bureau.

La femme lui tournait le dos. Elle ne bougea pas quand il entra. Ses cheveux étaient séparés par une raie au milieu et la peau de son crâne, visible, luisait, trop blanche entre ses cheveux noirs, trop humaine. À cette vue, Stuart eut envie de battre en retraite.

La pièce sentait le renfermé. Il contourna sa table de travail et s'assit en face de la femme. Elle regardait ses mains, inertes sur ses genoux. Il jeta un coup d'œil à la première page de sa déposition : ARON, Alice.

« Madame Aron. »

Il attendit qu'elle lève la tête, tout en comptant ses doigts. Ils étaient au complet. Il aurait aimé éteindre la lumière principale. Il préférait la lampe d'architecte posée sur son bureau, mais il savait que c'était hors de question. Deux bandeaux de cheveux raides voilaient en partie le visage de la femme.

— Madame, répéta-t-il.

Elle leva la tête. Ses yeux étaient gonflés, presque fermés à force d'avoir pleuré, sa bouche semblait tuméfiée, comme si elle avait été frappée. Il pensa aux victimes d'accidents de voiture qu'il avaient vues, à leur stupeur hébétée, et il renonça à lui tendre la main.

— Je m'appelle Stuart. — Il avait soif de nouveau. — Désirez-vous boire quelque chose ?

Elle secoua la tête.

— Que fait-on pour retrouver mon fils ?

Il dut se pencher en avant pour entendre son chuchotement rauque. Il ne décela aucun accent dans sa voix.

— Vous ne croyez pas qu'il s'est perdu ? Ou enfui ?

Elle tendit brusquement la main et heurta la table. Stuart se recula. Elle saisit un stylo à bille dans un verre, qu'elle renversa. Stuart le redressa, remit son contenu en place. Elle écrivait sur son bloc, appuyant fermement sur le crayon. Il lut : « Faites quelque chose. Je vous en prie. »

Stuart leva la tête. Elle avait tourné son visage vers la fenêtre ouverte. L'air était parfaitement immobile derrière les persiennes closes. Les cigales continuaient à striduler. Sans bouger, la femme chuchota :

— Il fait nuit. Il a peur.

Elle se plaqua une main sur la bouche et ferma les yeux, mais les larmes jaillirent néanmoins. Stuart la regardait pleurer, prisonnier derrière son bureau, incapable de bouger. Il s'imagina se levant, contournant sa table pour aller s'agenouiller à côté d'elle. Il se vit levant les bras pour la prendre par les épaules et l'immobiliser afin de l'empêcher de trembler. Mais il se contenta de baisser les yeux vers les papiers sur son bureau. Gérard avait noté de son écriture penchée :

ARON, Alice
Âge : 26 ans
Nationalité : *anglaise*
Enfants : *Daniel (5 ans) Samuel, (7 ans)*
Situation de famille : *veuve*

— Qu'est-ce que vous allez faire ?
Son chuchotement rauque le fit tressaillir.
Il leva la tête.
— Nous commencerons les recherches dès qu'il fera jour, dit-il.

Elle s'essuyait le nez du dos de la main. Il ouvrit un tiroir de son bureau et en sortit un paquet des petits mouchoirs en papier qu'Annie mettait toujours là.

— Tenez.
Elle tendit la main pour les prendre.
— Et ensuite ? insista-t-elle.

Stuart était si atterré par le visage ravagé de larmes de cette femme qu'il ne comprit pas tout de suite le sens de sa question.

— Une fois les recherches effectuées. Vous faites quoi ?
— Si nous ne trouvons pas Sam demain, le procureur désignera un juge d'instruction et nous procéderons à une enquête. L'affaire sera traitée comme un enlèvement.

Elle le dévisageait. Stuart se rendait compte que ça n'était pas une réponse à sa question. Il ne tenait pas à lui révéler le peu qu'elle pouvait espérer de lui ; pas encore.

— Vous êtes apparentée à Constance Colonna ?

Elle se moucha.

— Mon mari était son neveu, chuchota-t-elle.

Stuart la regardait. Il se rappelait les deux garçons blonds qui étaient venus chaque été du continent. L'un d'entre eux avait été son mari. Tous les étés, Stuart et sa sœur Béatrice se rendaient une fois à la maison Colonna où on leur servait de la citronnade et des biscuits au chocolat. Les garçons blonds disparaissaient toujours. Tandis que les vingt ou trente enfants du village se déchaînaient dans la vaste maison, claquaient les portes, crachaient par les fenêtres du grenier, Stuart déambulait le long des couloirs, ouvrait des portes, vérifiait des alcôves, dans l'espoir de les découvrir. Il n'avait jamais trouvé leur cachette.

Stuart détacha une petite photo en couleur de l'enfant disparu qui avait été fixée à la déposition de la femme. Il était blond, mais, à part ça, ne ressemblait en rien à l'un ou l'autre des deux garçons.

Cet enfant-là riait face à l'appareil photo, le soleil dans les yeux, un joyeux sourire un peu édenté aux lèvres.

— C'est Sam ? demanda-t-il, levant les yeux sur elle.

Elle acquiesça. Une unique veine, gonflée, obstinée, signal de sa souffrance, palpitait sur son front.

— On est en train d'imprimer une circulaire avec sa photo et son signalement. Tous les commissariats de l'île en recevront une copie.

La femme enfouit son visage entre ses mains. Stuart se pencha vers elle mais ne put entendre ce qu'elle disait. Il observa ses longs doigts fuselés.

— Vous avez une voiture ? demanda-t-il. Vous êtes venue ici avec ?

Elle écarta les mains de son visage.

— La gendarmerie m'a amenée.

— Je vais vous ramener à Santarosa. Je ne peux pas faire grand-chose de nuit, mais vous pouvez me montrer où se trouvait votre fils.

Elle le regardait. Ses sanglots s'étaient taris, mais des larmes coulaient encore de ses yeux très noirs. Ils semblaient prendre conscience de sa présence pour la première fois. Il baissa la tête vers les papiers étalés sur son bureau.

— Je ne pouvais pas dormir, chuchota-t-elle.

— Non.

— Votre patron ne croit pas qu'il ait été kidnappé. — Elle tendait le visage vers lui et il trouva gênant de la regarder. — J'ai passé quatre heures à répondre aux mêmes questions. Il était tellement... Il n'a fait montre d'aucun respect.

— Ce n'est pas mon patron, répliqua Stuart en levant les yeux. Je suis le commissaire.

Elle essuya les larmes sur ses joues du dos de la main comme une enfant.

— Je vois.

Stuart ne put s'empêcher de se demander ce qu'elle entendait par là. Il avait le sentiment, insolite pour lui, qu'il s'engageait dans une conversation. Il se leva comme pour y échapper.

— Vous pouvez m'attendre à côté ? J'ai un coup de fil à donner. J'en ai pour un instant.

— Un coup de fil à qui ? demanda-t-elle, lui faisant face.

— Au procureur.

— C'est un imbécile, murmura-t-elle.

Stuart eut un sourire triste.

— Oui. Mais il n'aura plus à intervenir.

— Qui est le juge d'instruction ? — Cette fois il décela un léger accent. — Est-il expérimenté ?

— C'est une femme. Christine Lasserre. Personne ici n'a d'expérience en matière d'enlèvement. Mais c'est quelqu'un de compétent.

Elle se montrait soudain plus attentive. Les réponses précises semblaient la calmer.

— Elle était aux finances. Une femme de tête et elle est très calme. Lucide, je veux dire.

Il tenait des propos décousus.

— Mon mari était avocat, chuchota-t-elle. Il n'aimait pas les juges d'instruction. Il disait que c'était des cow-boys. Qui tiraient de la hanche.

— Votre mari avait raison. Dans la plupart des cas. Lasserre n'a rien d'un cow-boy. Je crois que c'est ce que j'essayais de vous dire.

La femme assise sur sa chaise le dévisageait. Stuart, debout, subissait cet examen, de plus en plus conscient du fait qu'il ne correspondait pas à ce qu'elle espérait chez un commissaire. Il se croisa les bras sur la poitrine.

— Je vais vous ramener à Santarosa, dit-il. Je resterai chez vous ce soir. Dorénavant, il y aura toujours quelqu'un dans la maison avec vous au cas où on appellerait. S'il a été enlevé, ils téléphoneront et nous essaierons de localiser l'appel.

— Ont-ils appelé ? chuchota-t-elle. Est-ce qu'ils auront appelé ?

Stuart ne voulait pas la regarder. Il ramassa la pointe bic sur son bureau et garda les yeux fixés dessus.

— Non. Pas encore. C'est trop tôt.

Il commença à rassembler les feuillets couverts de l'écriture méticuleuse de Gérard et les rangea, avec la déposition de la femme, dans son tiroir. La femme se leva et se dirigea vers la porte.

— Votre sac, dit-il.

Il contourna son bureau, prit le sac pendu à la chaise et le lui tendit. Il la regarda accrocher la courroie à son épaule de ce geste si féminin et il pensa au contenu du sac, à tout le bric-à-brac que les femmes transportent avec elles. Il l'amena dans le bureau des secrétaires et lui indiqua le fauteuil d'Annie. Elle s'y assit, lui tournant le dos.

Il regarda sa nuque, sa tête légèrement penchée en avant. Il se sentait à l'aise, en l'observant de dos. Si seulement il avait pu procéder ainsi à tous ses interrogatoires. Il en apprenait davantage sur une personne en regardant l'arrière de son crâne plutôt que son visage, qui, en général, le perturbait. Il ferma la porte.

Il espérait, en composant le numéro de Van Ruytens, qu'il allait le réveiller. Stuart l'imaginait tâtonnant sur sa table de nuit à la recherche de ses lunettes. L'homme usait toujours d'un ton flagorneur, même s'il éprouvait pour vous une vive antipathie.

« Ah, Stuart. Oui. Vous étiez injoignable. J'ai dit à Gérard qu'il serait prudent à ce stade d'envisager le pire. Espérons que nous nous trompons. Après avoir parlé à madame Aron, toutefois, je pense qu'elle a d'excellentes raisons.

— Des raisons pour quoi ?

Van Ruytens hésita.

— Pour quoi ? insista Stuart.

— Pour croire qu'il s'agit d'un enlèvement.

Stuart demeura silencieux. Le procureur s'obstina.

— Elle est très angoissée. Elle estime qu'on a perdu beaucoup de temps.

Stuart attendait.

— C'est une première, si je comprends bien. Le Mouvement, dans le passé, n'a jamais donné dans le kidnapping.

— Ce n'est arrivé qu'une fois, et c'était le fait d'étrangers. Et il s'agissait d'un adulte, pas d'un enfant, déclara Stuart.

— Le Mouvement ne serait donc pas impliqué dans un enlèvement.

— Ce n'est pas le FNL.

— Pardon ?

— Ce n'est pas le Mouvement, comme vous l'appelez. Il n'y survivrait pas.

— Pourquoi, quel est votre point de vue ?
— Je n'ai pas de point de vue.
Stuart laissa le silence vibrer durant un instant.
— Bien entendu, ajouta Van Ruytens, il faut laisser la presse en dehors de tout ça.
Stuart baissa le ton.
— Un enfant a disparu. Les enfants sont sacrés sur cette île. Demain, des recherches impliquant plus d'une centaine d'hommes vont être déclenchées à partir d'un village qui s'est toujours fait un devoir de tout savoir en toutes circonstances. Si la presse n'est toujours pas au courant, je peux vous garantir qu'elle le sera demain.
— Cette île... — Van Ruytens s'interrompit.
— Autre chose, monsieur le procureur. Confier cette affaire à Mesguish est une erreur.
— Personne n'a jamais parlé de confier l'affaire à Mesguish...
— Si des gens du continent interviennent dans cette enquête, tout le monde sera bouche cousue. Personne ne nous aidera et nous deviendrons l'ennemi. L'île ne tolère pas les crimes commis contre des enfants. Pour une fois, ils pourraient nous aider. Ne les perturbez pas en faisant venir des gens du dehors.
Une pause s'ensuivit. Stuart était aux anges. Il sentait ses oreilles en feu. Il y avait bien longtemps qu'il n'avait pas pris quelque chose sufisamment à cœur pour se mettre en colère.
— Je comprends votre raisonnement, Stuart. Mais Mesguish n'intervient qu'en renfort, rien de plus.
— J'espère bien. »
Après avoir raccoché, Stuart garda un instant la main fermement posée sur l'appareil. Puis il se leva, alla ouvrir la fenêtre pour laisser entrer l'air à travers les persiennes et brancha le ventilateur. S'attardant un moment devant la porte, il regarda les pales tourner au-dessus de sa tête. Les secrétaires avaient toujours réclamé des ventilateurs et, pendant des années, il s'était bagarré avec le Bureau Central pour les obtenir. Un

appareil avait été installé depuis une semaine seulement, alors qu'il avait depuis longtemps renoncé. Ce jour-là, les femmes l'avaient gratifié de leurs sourires les plus charmeurs. Ines avait déclaré, comme s'il s'était rendu à lui-même un grand service : « Maintenant, je vais pouvoir laisser retomber mes cheveux. » Stuart estimait que plus rien ne pouvait l'effrayer — ni sa solitude, si le fait qu'il était en train de perdre son emploi, ni le sentiment qu'il se sentait glisser vers la mort. Seules les femmes, et ce qu'elles attendaient de lui, lui faisaient peur.

Il ouvrit la porte, et la trouva debout à côté de la fenêtre, les bras croisés, son sac inutile accroché à l'épaule.

— Nous pouvons y aller maintenant, dit-il.

Comme il la précédait au-delà des bureaux des secrétaires vers l'entrée, il se réjouit qu'elle fût venue au milieu de la nuit lorsqu'il n'y avait personne pour les voir, car il pensait qu'en présence d'autres personnes, il aurait fait encore plus mauvaise impression.

Il tint ouverte la portière de sa voiture et la regarda s'installer. Elle portait une robe bleue fermée de petits boutons blancs. Lorsqu'elle l'avait mise ce matin, elle avait encore son fils.

Il appuya sur la commande à distance pour ouvrir les grilles. Comme elles pivotaient, il lui jeta un coup d'œil. Les mains crispées, elle tenait son sac sur ses genoux. Il vit ses genoux qui luisaient à la lumière du parking.

Ils s'engagèrent dans les rues silencieuses. Stuart sursauta quand la femme prit la parole. Sa voix chuchotante était trop près de lui dans la voiture. Il avait envie d'ouvrir la fenêtre.

— Tout le monde me repète qu'il n'y a jamais de kidnapping ici.

— En général, non.

— C'est déjà arrivé ?

— Non. Oui. Il y a eu une tentative. Une fois. Mais ça se passait entre étrangers. Des Italiens. Et il s'agissait de la femme de quelqu'un.

— Pas d'enfants.
— Jamais.

Elle ne bougeait pas mais regardait droit devant elle ; les yeux fixés sur la route qui fuyait, comme si l'enfant perdu pouvait d'un instant à l'autre surgir d'une rue latérale dans la lumière des phares.

— Il a été enlevé, chuchota-t-elle. Je le sens.
— Je n'exclus pas cette possibilité.

Il regrettait de ne pouvoir trouver une façon plus appropriée de lui parler.

Évitant les noctambules au centre de la ville, il empruntait les rues désertes des quartiers résidentiels en direction des quais. Il baissa sa vitre, laissant pénétrer la brise soufflant de la baie. Ils dépassèrent le plus vaste lotissement de l'île, où Stuart avait habité lorsqu'il était revenu la première fois du continent. Il était appelé *Les Mimosas*, en honneur des trois mimosas qui avaient réussi à pousser malgré le sol pierreux, et fleuri tous les mois de février, malgré les tortures que leur infligeaient des enfants malveillants, et les graffiti au couteau creusés par les drogués qui venaient se shooter à leur ombre. Les mimosas avaient fini par disparaître et les drogués s'étaient réfugiés dans l'obscurité des pièces de rangement.

— Qui savait que vous arriviez ?
— Juste la gouvernante.
— Babette ?

Elle acquiesça d'un signe de tête.

— Vous n'aviez pas prévu de descendre à l'hôtel ?
— Je n'ai pas réussi à m'engager dans la ruelle jusqu'à la grande maison. Dan dormait et Sam était fatigué et perturbé.
— Pourquoi ?
— Rien. Son poisson était mort.
— Vous avez téléphoné à Babette pour lui dire que vous ne veniez pas ?
— J'ai déjà expliqué tout ça. Oui, je l'ai appelée. — Elle le regarda. — Écoutez, j'ai tout envisagé. J'ai pensé au pire,

supposé qu'un fou l'avait enlevé. — Elle s'interrompit. — Il n'est pas mort.

Ils longeaient les docks. Des paquebots ralliant le continent se dressaient, hauts comme des immeubles, le long du quai. Stuart gardait les yeux fixés sur la route.

— Mon mari haïssait cet endroit, chuchota-t-elle. Il le haïssait vraiment. »

Stuart se tourna pour la dévisager. C'était bien normal, songea-t-il.

Ils commencèrent à monter dans les collines. Elle contemplait par sa fenêtre le spectacle, qu'il connaissait par cœur, des collines s'élevant par gradins depuis la mer. Une lune impitoyable absorbait les contours du paysage, les amenait plus près d'eux et à mesure qu'ils s'enfonçaient plus avant dans l'île Stuart éprouvait le malaise familier qui accompagnait toujours le retour à son village.

Ils dépassèrent la station-service et le bout de friche que le maître tentait d'appeler : terrain de jeux. Il avait même acheté pour l'équiper trois balançoires, mais le matériel flambant neuf n'avait pas duré plus d'une semaine. Il se dressait maintenant comme pour rappeler au village qu'il avait péché par excès d'enthousiasme — un portique vide, les cordes sciées juste en dessous des anneaux. Ils passèrent devant le portail du cimetière, découpé en rangées impeccables au flanc de la colline juste en face du village, barrant la vue sur la mer. « Nous vivons en tournant le dos à la mer, disaient les villageois aux étrangers. La mer ne nous a jamais apporté rien de bon. »

CHAPITRE 6

Dans le noir, Sam gardait les yeux grands ouverts. À travers les minces cloisons, il pouvait entendre leurs voix. Ils parlaient français, mais à cause de leur accent, il avait du mal à comprendre. Ses poignets, que l'homme avait agrippés sans ménagement, le brûlaient et son doigt était insensible. Il ferma les yeux en se rappelant l'homme assis à côté de lui dans la voiture, maintenant son doigt dans la machine pour couper les cigares.

— Ça, ça sert à couper les cigares, avait-il dit. Si tu bouges, je le ferme et tu perds un doigt.

Il avait senti une douleur aiguë juste après que la lame eut entaillé sa peau. À cause des lunettes qu'ils lui avaient mises, il ne pouvait voir, en baissant les yeux, que la main de l'homme couvrant la sienne, blanche avec des poils noirs sur les jointures. Ils avaient collé quelque chose sur les verres pour l'aveugler totalement.

L'homme s'était approché de lui pendant qu'il cherchait ses lunettes de plongée. Penché vers lui, les mains appuyées sur ses genoux, il lui avait demandé où se trouvait l'église. Ses lunettes de soleil étaient noires en haut et claires en bas, si bien que Sam entrevoyait ses yeux. Sam lui avait répondu qu'il ne savait pas, ce qui était faux. L'homme lui avait demandé son âge et quand Sam le lui avait dit, il avait ajouté qu'il avait un fils du même âge. Sam pouvait sentir son odeur — il était parfumé — et il avait reculé d'un pas. C'était alors qu'il avait vu la voiture. Elle était juste derrière lui. Il avait entendu la porte s'ouvrir. Le sourire de l'homme avait soudain disparu et Sam avait ressenti un pincement au cœur. L'homme l'avait alors empoigné fermement par les épaules et tiré en arrière, Sam avait crié et l'homme, les dents serrées, avait dit quelque chose qu'il n'avait pas compris et l'avait poussé dans la voiture. À l'intérieur, il lui avait mis les lunettes sur le nez, puis lui avait attrapé le doigt pour l'immobiliser dans cet objet dur en métal, en lui expliquant ce qu'il allait faire s'il bougeait. Sam avait ensuite entendu les pneus qui crissaient sur le gravier et il avait été projeté contre l'homme, puis quelqu'un dans la voiture avait hurlé quelque chose, et il avait pensé qu'ils allaient avoir un accident, mais ils avaient continué à rouler sur un sol lisse, et il comprit qu'ils descendaient la colline par la route en lacets que sa mère avait empruntée la veille.

Sa mère lui avait dit de rester sur la place. Peut-être s'en était-il éloigné sans s'en rendre compte. Où donc avait-il joué ? Comme il essayait de s'en souvenir, le rythme de son cœur s'accéléra de nouveau.

Ils étaient entrés tout droit à l'intérieur d'un immeuble. Il avait remarqué l'obscurité de part et d'autre de ses lunettes et entendu une lourde porte métallique se refermer bruyamment derrière eux. Dès qu'ils avaient ouvert la portière, il avait senti une odeur de garage. Ils lui avaient immobilisé le bras si brutalement qu'il avait eu mal et l'avaient conduit à une porte par laquelle il avait dû ramper. Quelqu'un, passé avant lui, lui avait attrapé les poignets de l'autre côté. Il faisait très clair dans la pièce et il entendait le grésillement d'une longue ampoule comme celles qu'ils avaient dans la cantine scolaire. Il avait traîné les pieds parce qu'il avait peur de celui qui lui serrait si fort les poignets qu'il en avait la circulation coupée. Ils avaient ensuite ouvert une autre porte et l'avaient jeté à l'intérieur. Quand il avait enlevé ses lunettes, il se trouvait dans le noir.

Pelotonné sur lui-même, il pensait à sa cousine Jeanne, qui était née sans pouces. Le docteur avait cousu l'un de ses quatre doigts à la place du pouce manquant afin qu'elle puisse saisir les objets. Quand il était petit, les mains de sa cousine lui faisaient peur, mais maintenant il aimait le contact de cette main, avec un doigt en moins, si petite et si douce dans la sienne.

Il essaya de se redresser, tendant les bras au-dessus de lui au cas où il se cognerait la tête. Ses mains ne rencontrèrent que le vide. Il écarta les bras de chaque côté et posa les mains à plat contre les deux murs. Il avança ensuite, les mains en avant, et au bout de quatre pas, le bout de ses doigts effleura un autre mur.

Il prit appui des deux mains contre les murs de part et d'autre, puis des deux pieds, et il commença à grimper comme il le faisait dans l'étroit couloir derrière la cuisine dans sa maison. Cela faisait sourire sa mère de le voir ainsi au-dessus de lui contre le plafond. Elle faisait mine de croire qu'il ne pouvait pas sauter de là-haut. « Si, je peux », disait-il, et sa mère disait, « Non, tu ne peux pas », et alors il sautait.

Après quatre tractions, il heurta le plafond et trouva un carré de petits trous dans le mur. À travers les trous, il entendait plus distinctement les voix des hommes. Il y avait un peu de lumière. Il leva la main à hauteur des trous pour examiner son doigt douloureux. Son pied glissa et il retomba, battant des mains contre les cloisons de sa prison, dans l'obscurité. Il heurta le sol et, le souffle coupé, resta immobile, incapable de respirer ou de crier. Son dos le faisait souffrir. « Maman », réussit-il à hoqueter en fermant les yeux et il pleura enfin, tout le corps secoué de sanglots.

— Le môme pleure.
— J'entends.

Mickey da Cruz fixait la porte de la prison de l'enfant. Ils l'avaient construite spécialement pour lui. Ils avaient insonorisé la pièce, mais pas la cellule du gosse. Il le regrettait maintenant, car ces pleurs étaient pénibles à entendre. De sa fourchette, il coupa un morceau de raviolis à la sauce tomate et le glissa dans sa bouche. Il se mit à mâcher énergiquement, son regard revenant sans cesse au placard de l'enfant.

— Dites donc, fit-il, en reposant sa fourchette sur l'assiette. Je vais lui donner à manger. Il doit avoir faim.

Quand il se leva, sa chaise racla le sol en ciment et les deux frères levèrent les yeux sur lui.

Mickey versa quelques raviolis froids, sortant de la boîte, sur une assiette. Puis il glissa un bas sur son visage. Quand il ouvrit la porte, le gosse eut un recul, se protégeant les yeux de la lumière. Il lui fourra l'assiette entre les mains et referma la porte. Les pleurs avaient cessé.

— On a bien fait de le piquer à ce moment-là, dit-il, en arrachant le bas et en s'asseyant.

— C'était pas du travail de pro.

Mickey regarda chacun des deux frères à tour de rôle, ne sachant trop lequel avait parlé. Ce n'était pas la première fois que cela arrivait et cela le déconcertait. Il estimait que le moment choisi avait été un coup de génie, mais s'abstint de le dire. Il sentait à l'intérieur de la poche de sa veste le poids froid de son couteau. Ouvrant et refermant la lame d'une main, il observait les frères qui fumaient leurs petits cigares de pédé à bout doré.

— Ils vont perdre beaucoup de temps. Ils ne penseront pas à un enlèvement, pas vrai ? dit-il, ouvrant et fermant son couteau d'un coup sec avant de le poser sur la table. La nuit à l'hôtel n'était pas prévue, n'est-ce pas ?

— C'était pas du travail de pro.

C'était Paolo, le plus gras des deux frères, celui qui en général parlait en leur nom, celui qui avait aussi négocié le coup pour le môme. Sylvano s'était tenu juste derrière lui, les mains dans les poches, observant avec attention chaque expression de Mickey, comme si c'était la consigne qu'il avait reçue et qu'il entendait suivre scrupuleusement.

— Impromptu ! s'exclama Mickey d'un ton triomphant.

Voilà le mot qu'il avait cherché. Le coup avait été minutieusement planifié. Le professionnalisme des deux frères était indéniable, mais ils n'avaient pas de flair. Il suffisait de regarder la façon dont ils mangeaient. Mickey avait dû se bagarrer dur pour qu'ils acceptent d'enlever l'enfant à cet endroit et à ce moment-là, pendant qu'il jouait sur la place. Ils avaient hésité et avaient failli louper le bon moment. Le cadet était apparu à l'entrée de l'hôtel à l'instant où ils démarraient.

— Ils penseront qu'un pervers l'a embarqué, dit Mickey, souriant. — Les frères se levèrent. — Vous partez déjà ? demanda Mickey en les regardant prendre leurs vestes sur les dos de leurs chaises. Ramenez-nous des sèches, d'accord ? — Tous deux boutonnaient leurs vestes. — Des Winston.

Mickey regarda Paolo se glisser péniblement par la porte du garage et il ressentit une pointe d'irritation. Contrairement à Coco, ils manquaient vraiment de style. Quel dommage de devoir faire appel aux frères Scatti, mais ils représentaient sa seule chance d'accéder à la liberté. Des gens comme Georges Rocca pouvaient se contenter d'être les chiens de garde de Santini toute leur vie, mais pas lui. Grâce à ce coup, il quitterait l'île et irait s'installer à Cabo Verde.

Il alla s'immobiliser devant le placard du gosse et écouta. Pas un son. Il regretta qu'il n'y ait pas de miroir. Il avait tristement cessé de grandir lorsqu'il avait douze ans. Son thorax, artificiellement développé et musclé par des années d'haltérophilie, dominait toute sa silhouette. Ses membres n'avaient pas réussi à suivre le mouvement. Ses bras, bien que musclés, étaient longs et minces, et restaient écartés de ses flancs, et ses jambes courtes et atrophiées s'étaient arquées sous le poids de son buste.

Il s'attarda à examiner la pièce qu'il avait choisie pour être sa prison. Ils avaient décidé de ne pas laisser traîner l'affaire. Si au bout de trois mois, ils n'avaient pas obtenu l'argent, ils tueraient l'enfant. Ces mots, prononcés dans sa tête, entraînèrent cette familière contraction de l'anus, moitié plaisir, moitié crainte. Les frères Scatti s'occuperaient du ravitaillement. Il ne quitterait pas la pièce avant que la rançon soit payée. Il n'y avait pas de fenêtres, juste une gaine de ventilation en haut du mur qui donnait sur une petite cour, invisible de la rue. De délicieuses odeurs arrivaient par vagues de la pizzeria de l'autre côté de la cour. Il avait une fois dîné là en compagnie d'Évelyne à qui Coco avait posé un lapin. Pour autant qu'il sache, c'était leur petit secret. Il aimait bien Évelyne. Elle avait du cran. Ou peut-être était-elle simplement stupide. À cette idée, Mickey se mit à rire. Son rire s'enfla, incontrôlable, au point qu'il se mit à se balancer d'avant en arrière sur sa chaise, les mains crispées sur le ventre. Ce coup était si... comment dire ? Audacieux, c'était le mot. Santini ne croirait jamais qu'il était capable d'une chose pareille. Mickey, à force de s'esclaffer, se sentit si faible qu'il se laissa glisser à terre et resta étendu sur le ciment froid, les genoux repliés sur la poitrine. Il se rappela l'enfant assis là dans le noir et tout l'argent qu'il allait ramasser, et il cessa de rire, et il écouta, parfaitement heureux, la vague rumeur des fabricants de pizzas de l'autre côté du mur.

CHAPITRE 7

Stuart se gara sous le marronnier de la place d'où Sam avait disparu. Alice descendit de la voiture et claqua la portière. Elle entendit le bruissement des feuilles dans la brise et sentit les larmes lui monter aux yeux de nouveau, aussi s'éloigna-t-elle de la voiture et commença-t-elle à marcher. À pas rapides, elle se dirigea vers la fontaine au centre de la place.

« Trop sensible, lui avait dit son maître d'école. Cet enfant est anxieux. »

Ses petites mains tenant son visage : « Je t'aime, maman. »

« Moi aussi, mon chéri. Maintenant, va dormir. Tu es fatigué. »

Pourquoi pas simplement « je t'aime », mais aussi, « tu es toute ma vie » ? Parce qu'elle ne le savait pas à ce moment-là.

Lorsqu'elle arriva à la fontaine, elle se mit à marcher de long en large. Stuart fit le tour de sa voiture, bouclant soigneusement toutes les portières. Elle le regarda s'approcher, cet homme censé lui rendre Sam. Il était petit, plus petit qu'elle peut-être, et si frêle dans ses vêtements qu'ils auraient pu être vides, n'eussent été ses mains, qui semblait pendre au bout de ses manches, trop grandes et carrées. Elle les avait vues trembler dans son bureau. Il avait un visage dur qui semblait figé en une expression renfrognée. Ses sourcils noirs formaient un bourrelet qui lui barrait le front et surplombait ses yeux. Il avait des joues creuses, sillonnées de rides.

Les mains dans les poches, il se tenait à côté d'elle, fixant la place d'un regard stupide.

« Qu'allez-vous faire ? demanda-t-elle. Il tourna vers elle son visage renfrogné. — Que comptez-vous faire ? — Sa voix flancha et elle porta une main à sa gorge. — Je n'ai vu personne faire quoi que ce soit d'utile. Le gendarme... il est simplement resté planté là tout l'après-midi... comme une célébrité locale. — Elle tendit les deux mains vers la place déserte. — Tout le village était là. — Elle s'écarta de lui. — Et pendant ce temps, Sam s'éloignait de plus en plus.

Elle se plaqua une main sur la bouche, suffoquée par ses larmes.

Un bruit retentit. Elle se retourna et vit un chien couleur sable qui fourrageait dans une poubelle renversée contre le mur de la mairie.

— Nous allons établir un réseau de surveillance, dit-il. Observer tout le monde. Des renforts arrivent du continent.

— Et ensuite ?

— Ensuite nous restons vigilants et nous attendons.

— Qui allez-vous surveiller ? demanda-t-elle. Les gens du Mouvement ?

— Je ne pense pas que le FNL puisse jouer un rôle dans un enlèvement.

— Pourquoi pas ?

— Parce que ce serait leur fin.

— Qui alors ?

La poubelle roula sur elle-même et le chien fit un bond en arrière. Il regarda les morceaux de plastique déchiquetés et la peau d'orange sur le sol et, découragé, se détourna et revint dans leur direction, l'arrière-train baissé, montrant les dents. Alice recula. Stuart lança un coup de pied et hurla :

— Fiche le camp !

Le chien s'éloigna en trottinant, sans animosité.

— Dès demain matin, dit-il. Nous allons fouiller toute la campagne autour du village. Je ne pense pas que nous trouverons quoi que ce soit, ajouta-t-il, l'air honteux.

Elle lui tourna le dos et fit quelques pas pour ne pas se laisser aller à frapper cet inconnu, à le frapper violemment au visage, parce qu'il était la personne dont elle dépendait maintenant.

Lorsqu'elle se tourna à nouveau, il était accroupi, de dos, examinant quelque chose par terre. Il se releva et vint vers elle. Il lui tendait les lunettes de plongée de Sam.

— Prenez-les par la courroie », dit-il.

Elle obtempéra. Les lunettes étaient rayées et couvertes de poussière.

« Tu ne ranges jamais rien. Il faut toujours que je passe derrière toi. Je ne suis pas ton esclave. »

« Oh, maman, te fâche pas... » Enjôleur, un léger sourire aux lèvres, plein de douceur et de sagesse.

« Seigneur. Comment ont-ils pu ne pas les voir ? »

Elle se tenait sur la place vide du village, sous la lumière crue et inégale de la lune, le cœur comme emmuré, froid et lourd.

Elle lui rendit les lunettes. Stuart les lui prit des mains, parce que c'était le geste qu'on attendait de lui. Elles iraient dans un sac en plastique transparent, cacheté, numéroté, portant ses initiales inutiles. Il relèverait les empreintes, sans grande conviction. Cette femme croirait au mythe des indices, de l'examen scrupuleux des détails, consciencieusement rassemblés et étudiés. Mais les indices, ça n'existait pas, seules comptaient les erreurs. Les indices suggéraient un schéma, quelques règles internes pour un jeu où il pouvait gagner, en faisant montre de ruse et d'intelligence. Mais son boulot consistait à rester assis tel un lézard au soleil et à attendre que le mécanisme se déclenche, permettant ou non une capture. Si cette femme avait su à quel point son champ d'action était réduit...

— Je vais vous ramener.

Il la regarda se moucher. Ses yeux étaient pleins de larmes. La veine gonflée palpitait sur son front.

— Votre fils a besoin que vous soyez forte, dit-il. Votre chagrin ne peut rien vous apporter, pas maintenant.

Il baissa les yeux. Quand il les releva, elle s'éloignait en direction de la voiture.

Ils grimpèrent l'étroite route qui menait à la maison Colonna. Il ne l'avait pas revue depuis son enfance. Deux piliers de pierre délimitaient toujours l'entrée du domaine, mais les grilles en fer avaient disparu. L'allée était toujours couverte de graviers et le grand cèdre se dressait toujours sur la pelouse devant la maison, les basses branches maintenant à sa portée. À côté de lui, la femme eut un bref frisson.

Il s'arrêta devant la porte principale. La date, 1746, était gravée dans le linteau de granit. Tous les volets étaient fermés. Il coupa le contact.

« Il jouait, dit-elle. Il joue tout seul, à toutes sortes de jeux. Il joue au gendarme et au voleur. Il court dans tous les sens en changeant de voix. Je l'observe quelquefois de loin. Il est tellement pris par ce qu'il fait ; si je l'interromps, il a l'air honteux, comme s'il avait été surpris nu. »

Sa voix lui revenait. Elle était encore rauque, mais le chuchotement mécanique avait disparu. Il en entendait la cadence maintenant, le léger accent, et les intonations propres à sa classe.

Il se détourna et plongea le bras à l'arrière de la voiture pour prendre le téléphone portable de secours.

« Prenez ça. Gardez la ligne libre chez vous pour leur appel. » Elle prit l'appareil. Il alluma la lampe au-dessus du rétroviseur, trouva un vieux ticket de parking dans le vide-poches de sa portière et inscrivit dessus trois numéros.

« Tenez. Le premier, c'est chez moi, ensuite, le bureau, et ma voiture. »

Il lui tendit le ticket et elle examina les trois numéros. Comme elle descendait de la voiture, il se dit qu'il lui était aussi inutile que n'importe qui d'autre.

Il longea derrière elle la maison et grimpa les marches donnant accès à la terrasse. Elle balançait légèrement les bras en marchant, remarqua-t-il. Elle ouvrit la porte vitrée à l'arrière et ils pénétrèrent dans le couloir obscur. Il reconnut aussitôt l'odeur : relents de cuisine, de carrelage ancien et un parfum indéterminable, attrayant mais douceâtre, qui évoquait encore pour lui des vieilles dames riches. Elle tâtonna sur le mur à la recherche du commutateur. Deux lampes murales s'allumèrent, fausses bougies coiffées de petits abat-jour roses. Il songea au fait que Titi n'était jamais venu dans cette maison. Il avait toujours refusé d'assister aux petites fêtes. Même enfant, il avait su obscurément qu'il fallait payer pour ce genre de choses. Stuart suivit la femme dans la cuisine. La lampe fluorescente grésilla, puis s'alluma. La maison lui appartenait maintenant ; elle l'avait héritée.

— Si je pouvais dormir au rez-de-chaussée... dit-il.

— Je vais demander à Babette de vous préparer un lit dans le salon, dit-elle. — Elle repartit vers la porte. — Je vais jeter un coup d'œil à Dan, ajouta-t-elle et elle disparut.

Guère attentif à ses propres mimiques, il essaya de se rappeler l'expression qu'il avait arborée. Se dirigeant vers l'évier, il but à grandes lampées au robinet, les yeux fermés. De nouveau, une femme demandait son aide. Non loin de là, sa sœur Béatrice dormait dans la maison de leur père. En apprenant qu'il était venu au village sans passer la voir, elle serait contrariée. Mais il n'aimait pas aller là-bas et rester assis sans mot dire pendant qu'elle le nourrissait. Il se redressa et s'essuya la bouche d'un revers de main. La nourriture, songea-t-il, était devenue leur unique forme de communication.

Il jeta un coup d'œil autour de lui. Une vieille pendule électrique sur le mur au-dessus de l'évier égrenait bruyamment les secondes, avec le même bruit métallique que la pendule dans la cuisine de son père. Stuart avait commencé à croire au processus qui s'était instauré au cours de l'année précédente, un sentiment de détachement de plus en plus prononcé. Il espérait qu'il était en train de se libérer du piège du désir, de la déception, de l'échec. Mais sa mémoire, cette partie de son esprit qui le mettait le plus mal à l'aise, semblait résister à ce phénomène de rétrécissement. Alors que son attachement au présent diminuait, le passé semblait prendre possession du terrain abandonné. Des souvenirs surgissaient, tels des petits cailloux dans ses chaussures et il lui fallait s'arrêter et se baisser péniblement ; enlever le caillou et le jeter. Comme le visage de sa sœur, enfant, qui apparaissait au moment où il allait s'endormir — une diapo en couleur derrière ses paupières.

Babette se tenait sur le pas de la porte, en chemise de nuit, les bras croisés sous sa poitrine. Elle était chaussée d'une paire de pantoufles en peluche rose d'où dépassaient ses doigts de pied cornus.

« Madame Aron m'a dit de vous faire un lit dans le salon. »

Elle avança dans la pièce, prenant soin de ne pas croiser son regard. Il ne bougea pas. « Elle a dit de la réveiller s'il y avait quelque chose. » Cédant brusquement, elle le regarda. « C'est terrible », dit-elle comme si elle lui lançait un appel, cherchant à établir un lien de sympathie, mais il se contenta de la fixer, impassible.

« Quand avez-vous été informée de l'arrivée de madame Aron ?, demanda-t-il.

Babette croisa les bras plus étroitement encore et soutint son regard, se rappelant sans aucun doute à quel point elle le trouvait antipathique.

— Fin mai. Pourquoi ?

Elle ne pouvait pas fermer complètement la bouche et ses dents débordaient sur sa lèvre inférieure, laissant de légères traces sur la chair. Ses seins, énormes, reposaient sur ses bras croisés, telles deux têtes qui le dévisageaient.

— Vous avez parlé de sa venue dans le village ?
— Non. Je ne sais pas. Peut-être. J'ai dû y faire allusion. Qu'est-ce que vous essayez de dire ?
— Je ne dis rien. Je pose des questions. Elle vient souvent ici, madame Aron ?
— Plus souvent depuis la mort de son mari. Elle disait toujours qu'elle aimait beaucoup cet endroit. Pas lui, en tout cas. Les gens n'aiment pas toujours qu'on leur rappelle d'où ils viennent, pas vrai ? »

Elle laissa retomber ses bras, libérant ses seins de leur piège.

Il remarqua que tous ses doigts étaient ornés de bagues en or.

« Quand est-elle venue pour la dernière fois ?
— À Pâques, et avant ça, l'été dernier. C'est l'été dernier qu'elle m'a dit qu'elle serait obligée de vendre. Mais ça fait près d'un an que la maison est en vente. »

Elle secoua la tête.

« Ça n'intéresse personne. Il y a trop de travaux à faire, c'est trop loin de la mer et c'est situé à Santarosa. » Elle haussa les sourcils comme pour l'encourager. « Ils ont écrit dans l'annonce publicitaire : un village historique. Historique à quel titre ? À cause du Mouvement ? Pour n'importe qui ailleurs, ça signifie terroristes, pas vrai ? »

« Vous faites visiter ?
— Oui, bien sûr.
— Mais non, fit-il.`

Babette haussa les épaules.

— Quand avez-vous reçu quelqu'un pour la dernière fois ?
— Après son dernier passage. Fin avril.
— Qui ?
— Un couple d'Italiens. Jeunes. Elle était très désagréable.
— L'agence envoie toujours des gens pour visiter ?

— Oui.

— Hier soir, quand elle ne s'est pas manifestée, avez-vous appelé quelqu'un ? Qu'avez-vous fait ce soir-là ?

— J'ai regardé la télé. » Elle s'interrompit. « Qu'est-ce que vous insinuez ? »

Sa voix, aiguë et puérile, lui portait sur les nerfs.

« Je vous demande si vous avez dit à quelqu'un qu'elle ne s'était pas montrée.

— Non. Pourquoi j'aurais fait ça ? » Il la fixait, inflexible. « Je l'ai peut-être dit à Liliane. On se parle tout le temps. Je ne me rappelle pas. »

« Liliane ?

— Liliane Santini.

— Je sais. Alors ?

— Alors quoi ? cracha-t-elle.

— L'avez-vous dit à Liliane ? demanda-t-il calmement.

— Oui. »

« Bon. Voudriez-vous me montrer où je dors ? dit-il. Et donnez-moi les clefs des deux portes, d'entrée et de derrière. »

En haut, Alice était étendue tout habillée sur le lit. À côté d'elle, sur une frêle table de nuit, était posé un dragon en porcelaine avec un abat-jour abricot d'où provenait l'unique lumière, un vaporeux halo qui assombrissait encore l'obscurité alentour. De l'autre côté dormait Dan, la bouche ouverte, les bras rejetés en arrière sur l'oreiller, en une posture triomphale. Les yeux fixés sur les taches brunes au plafond, elle écoutait son souffle léger.

Du plat de la main, elle appuya fermement sur l'os entre ses seins où une sensation de constriction lui faisait comme une brûlure, lui coupant le souffle. Elle s'exerça à respirer profondément. Les yeux fermés, elle essaya de se rappeler Sam au début. Il était entré dans sa vie avant qu'elle ne fût prête à l'accueillir, et elle lisait dans ses yeux une expression d'excuse, come celle de quelqu'un qui a fait irruption sans être annoncé.

Elle voyait le corps nu de Mathieu étendu devant elle, à plat ventre, les trois plis comme des petites virgules derrière ses oreilles. Elle se voyait agenouillée à son côté, lui caressant à deux mains le dos, les fesses, les cuisses. Elle n'arrivait pas à se rappeler quand Sam avait été conçu, mais c'était à une époque où elle se méfiait encore de Mathieu. Elle avait senti, même alors, le profond ennui qui rôdait en lui.

Le poing qui lui étreignait le cœur resserra son étreinte et, le souffle court, elle laissa le chagrin la submerger de nouveau. C'était Mathieu qui l'avait persuadée de garder leur bébé. Le désir qu'il avait de cet enfant était si violent qu'elle en avait été terrifiée. Mais les semaines s'étaient écoulées néanmoins et les hormones l'avaient envahie telle une marée et elle s'était cramponnée au désir de Mathieu comme la seule chose tangible dans son monde fluctuant.

Avant de le dire à Mathieu, elle avait téléphoné à sa mère en Angleterre pour lui annoncer qu'elle allait garder le bébé. Elle avait considéré cet appel comme un acte de rébellion. Elle avait cru qu'elle larguait ainsi les amarres. Elle voyait maintenant qu'elle avait court-circuité Mathieu. Elle voyait que c'était un geste dont sa mère aurait été fière.

Pour Mathieu, avait-elle découvert rapidement, son acte de foi la rendait digne d'un amour si profond qu'elle ne l'en aurait jamais cru capable. Il avait vénéré la mère en elle. Depuis sa mort seulement, elle avait fini par se résigner à l'idée de n'avoir rien été de plus.

À côté d'elle, Dan dormait. Elle se pencha sur lui pour sentir son souffle sur son visage, effleura ses cheveux. L'existence de celui-ci lui avait toujours paru une évidence, ne soulevant aucune question. Il était arrivé dans le monde tel un être complet, auquel rien ne manquait, semblait-il. Il lui réclamait en toute simplicité les mille petits soins de la vie quotidienne. Alice éteignit la lampe de chevet, se rallongea sur le dos et fixa l'obscurité. Elle se sentait incapable d'affronter Dan à moins qu'il ne fût ainsi endormi ; il lui semblait l'opposé de Sam a tant d'égards. Elle considérait Dan comme invulnérable et savait qu'elle le lui ferait payer.

Elle regarda la pendule digitale à côté du lit. Les chiffres verts lumineux indiquaient quatre heures. Il restait moins de deux heures avant que les recherches ne commencent. Dans le noir, elle essayait d'imaginer la peur ressentie par Sam. Mais elle n'arrivait pas à l'imaginer comme il était, seul et terrifié — seulement comme il avait été. Elle comprenait que sa courte vie l'avait amené à cette nuit de terreur, que c'était cette terreur qui l'avait attendu. Toutes les questions qu'il s'était posées, depuis le moment où il avait pu les identifier, étaient une manifestation de cette peur qui avait grandi derrière lui toute sa vie, comme une houle s'enflant en une vague qui avait aujourd'hui déferlé sur lui.

« Oh Seigneur. Qu'est-ce que j'ai fait ? »

Elle trouva la lampe à tâtons et l'alluma, puis se leva et se dirigea vers le lavabo dans un coin de la pièce. Elle alluma la rampe au néon au-dessus du miroir, et éprouva un choc en voyant son visage. La veine au milieu de son front était dilatée, modifiant son expression. Ses yeux étaient opaques, comme deux trous. Elle avait changé. Rien, pas même la mort de son mari, ne l'avait préparée à cette épreuve. Elle serra les dents si fort que les muscles de ses mâchoires se gonflèrent, douloureux. Cramponnée des deux mains au lavabo, les dents bloquées, elle laissa l'envie de pleurer l'envahir et disparaître. Le policier avait raison : elle ne devait pas céder à son chagrin. Elle se regarda de nouveau et comprit que tout ce qu'elle avait vaguement aimé en elle-même avait disparu, laissant ceci à la place.

LUNDI

CHAPITRE 8

Il était à peine passé cinq heures, et le ciel était encore bleu marine. Stuart remonta la rue principale en direction de la mairie. Santarosa lui paraissait à la fois familier et oppressant, et pourtant si loin de lui ; même les maisons semblaient se rétracter à son passage. Le vent lui soufflait de la poussière dans les yeux. Les gens avaient fermé leurs volets pour s'en protéger, parce que c'était le *maestrale*, un vent qui faisait surgir le pire en chacun. Sa mère disait qu'il rendait les chats fous et les chiens chagrins ; il poussait les femmes à harceler leurs maris et les maris à battre leurs femmes et leurs enfants, plus cruellement que jamais.

Il y avait de nouveaux graffiti sur la place centrale. D'énormes lettres rouges à la gloire du FNL saignaient sur le mur de la mairie à côté de l'inscription : Raymond a le sida. Une nouvelle équation avait été barbouillée sur la fontaine : *Drogues = Capital*, et quelqu'un avait ajouté en longues lettres noires : *Allah est un pédé.*

Le vent agitait les arbres et faisait tourbillonner la poussière autour de la place vide, et la girouette sur le clocher de l'église grinçait sans discontinuer.

Stuart s'immobilisa sous le porche de la mairie pour écouter le vent. Il sortit de sa poche un sachet de pastilles de menthe, laissé par Gérard dans sa voiture. *Adoucissant et rafraîchissant.*

Recommandé aux fumeurs et aux personnes amenées à parler en public, lut-il sur le paquet. Il sourit et glissa une pastille dans sa bouche.

Il sortit ensuite de sa poche intérieure un petit carnet de notes à spirale. L'occasion d'y écrire quelque chose était si rare qu'il l'avait depuis des années sans avoir jamais réussi à le remplir. Il y avait des pages de notes concernant des réunions avec le Bureau Central ou avec des magistrats. Son attention fléchissait chaque fois et ses notes étaient rares et indéchiffrables. À la dernière page figurait un diagramme dessiné par Monti, le seul informateur décent qu'il ait jamais eu, la veille du jour où il avait été abattu.

Gérard et Paul Fizzi furent les premiers à arriver. Gérard descendait toujours de la voiture de la même façon, d'abord un pied, puis il agrippait d'une main le toit pour prendre appui et extirper sa masse du véhicule. Paul Fizzi apparut derrière lui. À quarante ans passés, avec ses jeans serrés et ses chaussures de tennis, il avait la démarche d'un adolescent. Stuart plaignait ses couilles coincées, qu'il remettait toujours en place d'un petit geste péremptoire. Ils se serrèrent la main, tournant le dos au vent. Paul se tenait les pieds écartés, les mains dans les poches de sa veste en cuir, sautillant sur place comme pour lutter contre un froid imaginaire. Il eut un grand sourire.

« Alors, fin prêt ? » dit-il.

Stuart détecta une odeur de vin dans son haleine. Sous son bronzage, Paul était blafard. Stuart le regarda sortir ses cigarettes de la poche poitrine de sa veste. Ses manches étaient roulées et les veines ressortaient sur ses avant-bras. Quand il pencha la tête pour allumer une cigarette, une boucle de cheveux noirs tomba en travers de son visage.

« Tu as envoyé les imprimés ?

Paul inclina la tête tout en tirant sur sa cigarette. Stuart avait renoncé aux cigarettes. Il songea que fumer avait été sa

seule occupation sérieuse. C'était d'une cigarette qu'il avait envie, pas d'une pastille à la menthe. Il la cracha.
— C'est pas bon ? dit Gérard.
Stuart sortit le sachet de pastilles de sa poche et lui en proposa une.
Gérard examina les pastilles.
— Non merci. »
Tous trois attendirent, tandis que Paul faisait cliqueter son briquet en or, l'allumant et l'éteignant. Il possédait également une montre en or et un Laguiole avec lequel il coupait généreusement du pain pour tout le monde à l'heure du déjeuner. Stuart avait entendu dire que tous ces objets lui avaient été offerts par des femmes.

Les trois hommes regardèrent le maire s'approcher. Il portait un complet au lieu de son bleu de travail habituel. Il maudit le *maestrale* d'un ton d'excuse comme s'il en était responsable, et serra pour commencer la main de Stuart, puis celles de Gérard et de Paul, sans jamais les regarder. Stuart se rappela la nervosité du maire que quelqu'un avait pris autrefois pour cette efficacité qui avait fait sa réputation. Il se tenait devant eux, inspectant la place. Il sortit un mouchoir de sa poche, cracha dedans, le remit dans sa poche et répéta plusieurs fois l'opération tout en bombardant Stuart de questions sans jamais attendre les réponses.

« Vous pouvez disposer du club des aînés. Il sera assez grand, d'après vous ? Qui doit venir, de la gendarmerie ? C'est Morin ? Je ne l'ai pas vu. À qui est cette voiture, alors ? Celle du procureur...

Stuart sentait l'impatience du maire grandir tandis qu'il regardait Van Ruytens se garer sous les marronniers et descendre de sa voiture. La 2CV qu'il conduisait tapait sur les nerfs de Stuart, tout comme sa pipe, ses complets en tweed et tout ce qui le concernait. D'une démarche rapide, tête baissée, il traversa la place dans leur direction, son porte-documents à bout de bras ; il secoua vigoureusement la main de Stuart, les épaules légèrement redressées, le menton pointé en avant, feignant le plus grand zèle.

— Bravo d'avoir tout organisé si vite, Stuart, dit-il.

— Ce n'est pas moi, monsieur le Procureur. C'est la gendarmerie. »

Trois cars de CRS, qui arrivaient, se garèrent à la queue leu leu derrière la voiture du procureur, bloquant son départ. Van Ruytens observa la manœuvre, sembla songer à protester, puis se ravisa. La demi-heure sonnait au clocher de l'église lorsque Morin, le gendarme, arriva, en tête de quatre cars bleu marine. Le maire ouvrit la pièce du rez-de-chaussée de la mairie avec une grosse clef rouillée.

Stuart, à l'entrée, regarda les hommes emplir la salle. Une puissante odeur de pain qui cuit arrivait de la boulangerie de l'autre côté du mur, emplissant la pièce d'un parfum voluptueux et incongru de levure. Il prit la parole avant que tout le monde se fût tu, et sa voix résonna dans le brusque silence. Le plus bref possible, car il avait conscience de la présence d'Alice Aron au fond de la pièce à côté de deux CRS en uniforme tenant chacun en laisse un chien policier, il définit la nature des recherches à entreprendre et présenta Morin, le capitaine de gendarmerie. S'écartant pour laisser la place au capitaine Morin, il remarqua que ses mains tremblaient et les enfouit dans ses poches. Le nouveau capitaine, cheveux argent coupés en brosse et yeux bleus, approchait la soixantaine. Il portait le nouveau sweater ridicule des gendarmes avec les épaulettes cousues dessus. Son regard allait consciencieusement du plan de travail entre ses mains à l'assemblée devant lui, tandis qu'il assignait un secteur à chaque groupe. Stuart voyait bien qu'il avait la mentalité d'un chef scout et il ne lui donnait pas longtemps sur cette île.

Christine Lasserre, le juge d'instruction, arriva et s'immobilisa sur le pas de la porte, attendant que le gendarme en ait terminé. Stuart la salua d'un signe de tête et elle lui adressa un joyeux sourire comme une mère qui vient de repérer son enfant. C'était une femme étrange, mais il l'aimait bien. Comme les hommes commençaient à sortir de la pièce, elle s'approcha de lui.

« Je suis venue pour rencontrer madame Aron, chuchota-t-elle. J'ai demandé à monsieur Van Ruytens s'il n'y voyait pas d'inconvénient. Si on m'appelle, ce sera plus simple pour elle de pouvoir mettre un visage sur mon nom. »

Stuart acquiesça d'un signe de tête. Alice Aron se tenait toujours au fond de la pièce, coincée par le maire et le procureur.

« Vous êtes matinale », dit Stuart.

« De toute façon, je ne dors pas beaucoup », dit Lasserre, en effleurant le bras de Stuart.

Debout à côté de lui, elle jouait avec le pendentif en argent qu'elle portait toujours autour du cou Il n'en était pas sûr, mais il lui semblait que le bijou était en forme de poire. Il avait toujours trouvé Lasserre sympathique, même au début quand elle venait de quitter le barreau, ayant passé le concours de la magistrature à cinquante ans. Les autres étaient irrités par sa simplicité. Mais Stuart avait vu à quel point elle avait vite appris. Elle ne craignait pas de paraître stupide.

« Stuart. Vous êtes écossais ? demanda-t-elle.

Il secoua la tête.

— Stuart, c'est le nom qu'on donnait aux enfants illégitimes laissés par les Anglais après qu'ils ont occupé l'île. C'est un terme générique pour bâtard.

Lasserre sourit.

— Vous devez avoir de l'Anglais en vous, alors », dit-elle.

D'un signe de tête, elle indiqua Alice Aron, toujours coincée au fond de la pièce. « Et si nous l'attendions dehors ? »

Stuart franchit la porte à sa suite. Lasserre s'adossa au mur de la mairie et le dévisagea avec attention. Le vent faisait larmoyer ses yeux très bleus.

« Qu'est-ce que vous en pensez, Stuart ? »

Une rafale de vent rabattit ses cheveux gris sur son visage et elle les écarta d'une main, attendant patiemment.

Il avait le sentiment qu'elle était de son côté, mais sa méfiance de policier envers un juge d'instruction le fit hésiter.

« Allons, fit-elle, souriante. Pour vous, l'enfant a été kidnappé, et vous espérez que Santini a quelque chose à voir là-dedans.

Stuart se décida à dire ce qu'il pensait, presque furieux d'y avoir été encouragé.

— Russo est l'adjoint pour le nord de l'île. Donc, théoriquement, Santini peut espérer mener une vie paisible...

— Théoriquement, oui.

Elle leva une main. Angel Lopez, un journaliste, trottait dans leur direction, les pans de sa veste voletant derrière lui.

— Votre ami.

Stuart fut atterré.

— Qui l'a prévenu ?

Lasserre sourit. Angel Lopez lui prit la main et la garda dans la sienne, inclinant légèrement la tête.

— Madame le juge. »

Lopez avait quitté l'Espagne depuis plus de vingt ans, mais il avait conservé un fort accent. Il se tourna vers Stuart et claqua des talons, puis sourit, laissant voir ses petites dents grisâtres. Il avait un teint cireux et les joues constellées de cicatrices d'acné.

Lopez glissa les mains dans les poches de sa veste et souleva les épaules.

« Terrible, ce vent, dit-il. Quand vont-ils prendre le départ ?

— Qu'est-ce que vous faites ici ?

— Je fais mon boulot. Comme vous, Stuart. » Il sourit et se tourna vers Lasserre. « Vous avez donc été convoquée, madame le juge », dit-il en enlevant les mains de ses poches et en croisant les bras.

— Cessez de m'appeler madame le juge, Lopez. Non, je n'ai pas été convoquée.

— Ah, fit-il en ouvrant les mains. Alors que faites-vous ici ?

— Un enfant a disparu, dit-elle. Je suis ici au cas où on ne le retrouverait pas.

— Un enfant riche, dit Lopez, en hochant tristement la tête. C'est la mère que je viens de voir ? Cette belle femme brune ?

Stuart se sentit soudain gêné en entendant Lopez parler de la beauté de Mme Aron. Lopez savait comment mettre les gens mal à l'aise Sa méthode consistait à trouver toujours l'endroit où ça faisait mal et à appuyer dessus violemment. Ancien militant du GRAPO, il avait débarqué sur l'île dans les années soixante-dix après un séjour dans les prisons de Franco. Il avait entendu parler du mouvement de Titi et était venu pour y adhérer. Quand Titi avait été tué, il était descendu à la ville et s'était mis à écrire pour *L'Insulaire,* son passé d'anti-franquiste lui conférant une aura qui compensait son manque de talent. Derrière son attitude guindée d'Espagnol, il possédait toujours la même logique inflexible d'un marxiste révolutionnaire.

— Lopez, écoutez. Si vous avez l'intention d'écrire un article là-dessus, je veux d'abord vous parler.

— Bien sûr, dit Lopez. Je comprends fort bien.

Van Ruytens avançait dans leur direction, flanqué d'Alice Aron.

— Il paraît que c'est une Anglaise, dit Lopez. Elle comprend ce qu'on lui dit ?

— Elle parle parfaitement, dit Stuart.

Le procureur portait de nouvelles lunettes, deux ridicules rectangles étroits sans monture qui lui donnaient l'air d'un souffleur de verre. Il serra la main de chacun avec un enthousiasme déplacé. Alice Aron se tenait en bordure du groupe, plus grande que tout le monde, son sac à l'épaule.

Van Ruytens la présenta à Lasserre, puis à Lopez. Stuart épia sa réaction devant le journaliste, mais son visage était un masque blême.

— Et Stuart, vous connaissez, bien sûr ?

Stuart salua Alice d'un signe de tête puis se tourna vivement vers Lopez.

— Retrouvez-moi dans mon bureau à dix heures, dit-il et il adressa un bref signe de tête à Lasserre qui lui sourit.

— Nous nous verrons après les recherches », dit-elle et elle reporta son attention sur Alice. Les membres de la police à qui elle déplaisait faisaient courir le bruit qu'elle était lesbienne. Stuart ignorait tout de sa vie privée mais supposait que, tout comme lui, elle n'en avait aucune.

Il laissa les deux femmes ensemble et traversa la place en direction des camions de CRS. Gérard parlait aux deux CRS maîtres-chiens. Stuart lui toucha le bras en passant.

« Je te verrai au bureau. »

Gérard lui sourit en levant deux de ses doigts boudinés et Stuart ressentit pour lui un élan d'affection.

Lorsqu'il arriva à la maison de Santini, les premières lueurs de l'aube mouchetaient le ciel. Le vent semblait avoir réduit les oiseaux au silence. Il s'immobilisa au portail et, penché en avant, regarda, à travers un trou dans le fer rouillé, un petit carré de cour.

Il tira sur la corde de la cloche qu'il entendit résonner au loin. Il se rappela la dernière fois où il était venu chez Coco, l'été précédent, pour le meurtre de Monti, et où il avait vu Coco maîtriser sa colère pendant que lui, Gérard et Paul mettaient sa maison sens dessus dessous, sans rien trouver.

Il sonna de nouveau, puis cogna du poing contre la grille métallique. Il jeta ensuite un coup d'œil à la ruelle qui reliait la maison des Santini à celle des Battesti. La voiture de Raymond, une Fiat orange avec une bande noire sur chaque flanc, était garée sur la place minuscule. On ne voyait guère comment il y montait ou en descendait. Cinq chats étaient couchés sous le chassis, à l'abri du vent. Il leva le poing pour frapper de nouveau et la grille s'ouvrit. Liliane Santini apparut, en chemise de nuit jaune. Elle tenait les mains crispées devant elle et le considérait avec un tel dégoût qu'il sourit.

« Il n'est pas là », dit-elle.

— Je sais. »

Liliane Santini levait la tête vers Stuart, car elle était de petite taille, plus petite maintenant que la plupart des enfants du village. Elle était corpulente, depuis aussi loin qu'elle pouvait se rappeler et elle peinait à monter un escalier, bien qu'elle eût à peine dépassé la cinquantaine. Ses mains, petites et juvéniles, étaient sa seule beauté, et elle en prenait grand soin. Elle mettait des gants pour s'occuper du potager et faire le ménage, et elle les enduisait de crème régulièrement. Betty, manucure de son métier, la soignait gratuitement. Elle consulta sa montre.

« Vous êtes en avance. C'est illégal.

— Pas pour une visite amicale.

— Je lui dirai que vous êtes passé, dit-elle, et elle commença à refermer la grille.

— Un enfant a disparu, dit-il, bloquant la grille avec son pied.

— Pardon ?

— Un enfant. Un petit garçon a disparu sans laisser de trace hier après-midi. Il jouait sur la place. »

Elle le dévisagea, attentive. Il lui montra la photo de l'enfant blond, souriant. Son regard s'y attarda plus longtemps qu'elle n'aurait voulu, étudiant le large sourire, l'expression légèrement inquiète dans les yeux. Elle songea à ses propres petits-enfants qu'elle n'avait jamais vus. Elle aurait donné n'importe quoi pour avoir une photo d'eux comme celle-là. Elle la lui rendit et le regarda la remettre dans son portefeuille. Si le sort de l'enfant dépendait d'Antoine Stuart, elle plaignait la mère.

« Voyons, Liliane, dit-il. Tout le village était dehors avec la gendarmerie hier. Vous avez été sans doute une des premières à savoir. »

Liliane essayait de lire ses intentions sur son visage. Ses yeux, sous ses épais sourcils, n'exprimaient rien d'autre que la perpétuelle colère qui l'habitait. Sa bouche, qui avait gardé la netteté de ses contours, n'avait pas changé depuis qu'il était petit garçon. Elle avait toujours ressenti pour Stuart un mélange de pitié et de dégoût. C'était un de ces enfants qui semblaient reculer devant la vie, comme s'ils étaient encore à demi dans le ventre de leurs mères. Elle se rappelait quand sa mère était morte, en donnant naissance à son étrange sœur. Il avait un regard de lâche, comme son père. On se demandait si du sang coulait dans ses veines.

« Qu'est-ce que vous voulez ? Claude ne tremperait jamais dans la disparition d'un enfant. Vous le savez.

— Où est-il ?

Elle le regarda fixement, comme pour maintenir son équilibre car elle se sentait faible et nauséeuse.

— Vous savez très bien où il est, et vous savez qu'il n'a rien à voir avec l'enfant.

— Dites-lui de m'appeler dès qu'il rentrera, d'accord. S'il passe ici.

— Bien sûr qu'il passera ici.

— Mais oui, en effet. On est en juillet.

Elle se retint de répliquer, le regarda se détourner. Il n'avait fait que quelques pas quand elle l'interpella :

— Je suis restée polie. Mais vous, vous ne pouvez pas, hein ? Vous êtes si plein d'amertume.

— Passez une bonne journée, madame Santini. »

Du pas de la porte, elle le regarda s'éloigner le long de l'allée. Elle le méprisait, mais elle savait confusément qu'il n'avait pas été gâté dans l'existence. Il n'avait pas de vraie famille. Sa sœur ne comptait guère, car elle était froide comme la glace. « Mais quand même, se disait-elle, ça n'était pas une raison. » Ce qui le possédait, c'était la haine que lui inspirait son mari et si jamais il arrivait à coincer Coco, sa vie serait terminée, elle en était sûre.

Lorsque Stuart eut disparu, Liliane remarqua l'odeur du *maestrale* dans l'air. Il allait durer trois, six, ou neuf jours, songea-t-elle. Elle ne savait pas trop si c'était le vent ou la visite de Stuart qui lui avait donné la nausée. Elle allait se faire bouillir de l'eau avec de l'ail. Après l'avoir bue, elle appellerait Babette. Elle leva les yeux vers le ciel et aperçut la dernière étoile. Se détournant alors, elle rentra dans la maison.

*

Poussé par le vent, Stuart descendit la rue principale en direction de la maison de son père. Arrivé à la porte de la cave, il s'immobilisa. La porte était couverte d'affiches délavées et effilochées. Le tableau d'affichage se trouvait sur le mur de la mairie un peu plus haut sur la colline, mais ceux qui ne voulaient pas se donner la peine de grimper si loin s'arrêtaient ici. Stuart hésita. Il n'avait pas envie de voir sa sœur, mais éprouvait une sorte d'angoisse superstitieuse à l'idée de passer sous ses fenêtres sans entrer.

Il grimpa les marches jusqu'à la porte d'entrée et n'attendit pas longtemps qu'elle vînt lui ouvrir. Elle portait une robe de chambre rose, par-dessus une chemise de nuit blanche. Elle s'effaça pour le laisser entrer dans le couloir obscur.

« Il est tôt, dit-il en se dirigeant vers la cuisine.

Elle alla droit au réchaud et alluma le gaz.

— J'étais réveillée, dit-elle.

— Tu as repeint, dit-il en jetant un coup d'œil alentour.

— C'est Manuel, répondit-elle sans se retourner.

Stuart regardait ses cheveux qu'elle avait nattés.

— Je ne peux pas rester longtemps, dit-il.

Elle ouvrit le robinet et emplit une casserole qu'elle posa sur le réchaud à gaz.

Elle se retourna.

— Je suis au courant pour l'enfant, dit-elle... J'étais sur la place hier. J'ai vu la mère.

— Oui. J'ai quelques coups de fil à donner. Je peux appeler d'ici ?

Il ne pouvait tout simplement pas rester avec elle.

— Vas-y. Tu as mangé ?

— Je n'ai pas faim. Mais je boirais bien un café.

— Je vais faire des œufs », dit-elle, et il quitta la pièce.

Les volets étaient fermés et le salon était plongé dans l'obscurité. Stuart sentit l'odeur de la colle à papier. Il alluma la lumière et regarda le nouveau papier peint qui tapissait les murs, dont le motif évoquait des nuages couleur chair, ou encore du tissu cicatriciel. Cette pièce, c'était Béatrice tout craché ; ses animaux en verre dans des vitrines, ses rideaux à fleurs, les chromos de Provence. Il n'y avait pas la moindre touche masculine dans la pièce, pas trace de Manuel, le père de son enfant, qui vivait maintenant à l'hôtel Napoléon, parce que sa femme, comme disaient les villageois avec leur cruel euphémisme, était « froide ». Sur de nouvelles étagères qui garnissaient le mur du fond, était exposée la collection de chaussures miniatures de Béatrice, dont la vue lui avait toujours fait froid dans le dos. Stuart téléphona debout, comme pour avoir le moins de contact physique avec cet endroit.

Annie était déjà derrière son bureau. Stuart lui demanda de dire aux Finances de travailler sur le mari.

« Qu'ils vérifient tous ses liens financiers avec l'île. Qu'ils trouvent également qui il défendait. »

Les Finances détestaient toujours sortir de leur propre domaine, mais Annie ne se laisserait pas intimider.

« Pouvez-vous aussi sortir les dossiers des délinquants sexuels, les affaires graves comme les affaires mineures ? Et préparez une requête d'écoutes téléphoniques pour madame Lasserre. J'arriverai vers sept heures et demie. »

Dans la cuisine, Béatrice avait mis un couvert pour lui. Deux œufs au plat sur une assiette noire ornée de dés rouges.

Le cœur lourd, Stuart alla s'asseoir à table.

« Vraiment, je n'ai pas le temps.

— Tu peux prendre le temps de déjeuner. »

Stuart mangea le plus vite possible. Il parcourait du regard les murs repeints de frais, couleur jaune d'œuf. Béatrice, appuyée au buffet, les bras croisés, le regardait manger.

« C'est Ophélie qui a choisi la couleur », dit-elle.

La bouche pleine, Stuart manifesta son approbation d'un signe de tête. Ophélie, la fille de Béatrice, ne serait jamais de son bord. Tous les jours, elle filait retrouver son père au Napoléon, pour être avec ses semblables. Béatrice la nourrissait, l'habillait, lui tressait les cheveux. Elle faisait ce qu'elle avait toujours fait, ce qu'elle était censée faire, et rien de plus.

Elle s'assit à côté de lui à la table et le regarda finir ses œufs et avaler bruyamment son café.

« Il faut que j'y aille », dit-il.

Elle posa les mains, qu'elle tenait sur ses genoux, sur la table. Il détourna les yeux comme il le faisait toujours, bien que le spectacle lui fut familier : sa main gauche, petite et menue, comme la droite, la peau si pâle, et les deux doigts qui manquaient, coupés juste au-dessus des jointures.

— Reprends du café, dit-elle.

— Je n'ai pas le temps, répliqua-t-il en se levant. Il s'essuya les mains sur une serviette qu'elle lui tendait. Elle avait quarante ans et son ravissant visage ne portait toujours aucun signe de vieillissement.

— Tu as une idée, pour cet enfant ? demanda-t-elle soudain.

Il chercha dans son expression une trace de moquerie. N'en trouvant aucune, il baissa les yeux vers le linoleum et distingua dans les marbrures un arc et une flèche.

— Je ne sais pas. Nous verrons. »

Il lui adressa un bref sourire figé, qui, au lieu de les rapprocher, les éloigna encore davantage. Fin de partie.

En l'accompagnant à la porte, elle lui dit :

« Reviens me voir. »

Sans s'attarder, elle referma la porte derière lui dès qu'il l'eut franchie. « Pour échapper à ce terrible vent », se dit-il en descendant vivement les marches.

CHAPITRE 9

Alice se tenait devant la fenêtre, Dan dans les bras, et regardait le pin sur la pelouse avant les bois. Son tronc était si incurvé que son parasol reposait presque sur le côté et que ses aiguilles luisaient, couleur ambre, comme si elles absorbaient tout le soleil levant, en dépossédant le ciel. Tenant la tête de Dan contre sa clavicule, elle l'écoutait sucer son pouce. Elle leva les yeux vers l'hélicoptère qui bataillait contre le vent. Son vol était irrégulier, sa queue oscillant dangereusement d'avant en arrière. Elle tenait Dan collé à elle afin de lui cacher ses larmes. Il ne lui demandait rien d'autre que d'être dans ses bras, comme s'il savait qu'elle n'était pas capable de lui donner davantage. Elle appuya ses lèvres sur le sommet de son crâne, respirant l'odeur de sciure de bois de ses cheveux.

Elle essayait de trouver des solutions. Si Sam ne revenait pas, estimait-elle, elle ne serait d'aucune utilité à Dan de toute façon. Elle maudit de nouveau Mathieu d'être mort. Maintenant, si elle mourait, Dan n'aurait plus que sa grand-mère. Mais peut-être sa mère serait-elle moins nuisible pour un petit garçon qu'elle ne pourrait pas modeler à son image.

Alice se tourna vers Babette qui arrivait par le couloir dans leur direction. Ses énormes seins oscillaient, l'un après l'autre.

« Vous voulez que je le prenne un moment ?

Dan resserra son étreinte sur sa mère.

— Non. Ne vous inquiétez pas. Merci.
— Je suis montée pour avoir un peu la paix, reprit Babette.
— Un autre policier vient d'arriver pour prendre la relève du gros. Ils n'arrêtent pas de causer là en bas. »

Elle sourit et dévisagea Alice un moment. « Je sais qu'ils font de leur mieux, reprit-elle. Je sais bien qu'ici, c'est pas comme sur le continent. »

Elle observa une pause, mesurant l'effet de ses paroles. « Les gens ici, ils aiment pas les policiers. Ils sont pas populaires. Stuart en particulier. Je trouve que vous devriez essayer... — elle hésita — une autre tactique. Pour ne rien laisser au hasard.

— Que voulez vous dire ?

Babette mit la main devant sa bouche, la dissimulant à demi, forçant ainsi Alice à se pencher pour l'entendre.

— Il y a quelqu'un à qui vous devriez parler. Il pourrait peut-être vous être utile... Mieux que Stuart. Il peut se montrer très serviable. S'il dit qu'il peut vous aider, il le fera. C'est un homme important dans l'île. En fait, un des fondateurs du mouvement indépendantiste. Je veux dire un des premiers. Il fait plutôt de la politique maintenant. C'est pas un ange, mais un enlèvement, ça, il tolérerait pas. Il connaît tout le monde. Si vous l'aviez de votre côté, il pourrait vous aider. Mais il vaut mieux ne pas en parler à Stuart. Il le hait.

— Qui est cette personne ?

Babette sourit.

— Claude Santini. On l'appelle Coco. » Elle glissa la main dans la poche de son tablier et en sortit un bout de papier plié qu'elle tendit à Alice. « Vous pouvez l'appeler à ce numéro. C'est un peu un coureur de jupons », ajouta-t-elle avec un grand sourire.

Alice mit le papier dans sa poche. Babette croisa les bras.

« Si vous voulez, je pourrais amener une petite fille pour qu'il ait quelqu'un avec qui jouer, dit-elle en indiquant Dan. Elle s'appelle Ophélie. Elle doit avoir à peu près son âge.

C'est la nièce de Stuart, en réalité. Mais c'est une gentille gamine. Ça lui ferait du bien, à Dan, de jouer un peu. »

« Oui, acquiesça vaguement Alice. Il ne va pas très bien. »

Babette toucha le front de l'enfant.

« Il a un peu de fièvre. » Elle regarda Alice. « Si vous l'appelez, en tout cas, servez-vous du portable. Comme ça, ils pourront pas écouter. »

Alice fit un signe de tête.

« Je peux vous apportez quelque chose à manger, Madame ?
— Non, merci.
— Je reviendrai un peu plus tard voir si vous n'avez besoin de rien. »

Alice gagna sa chambre et posa Dan sur le lit. Elle lui enleva ses sandales mais ne le déshabilla pas, se contentant de le couvrir avec un drap. Il ouvrit brièvement les yeux, enregistra sa présence, et les referma.

Elle décrocha le portable que lui avait donné Stuart et l'appuya contre sa poitrine. Quand elle avait appelé son beau-frère, elle avait pleuré, lui avait dit combien elle avait besoin de la présence de Mathieu. Par habitude, elle avait parlé à David de son frère, mais ce n'était pas Mathieu dont elle avait besoin. Elle voulait expliquer que, comparé à ce qu'elle subissait, la mort de Mathieu, ça n'était rien, rien du tout.

Elle composa de nouveau le numéro de sa mère. Elle était sur répondeur. Elle écouta le message enregistré, de la voix grave, impérieuse de sa mère. La tonalité revint, plus longuement que toutes les autres fois. Une fois de plus, elle ne laissa aucun message.

Elle s'étendit tout près de Dan pour sentir son petit corps contre le sien. Si elle arrivait à joindre sa mère, elle arriverait immédiatement et prendrait la situation en main. Par habitude, Alice s'effacerait et laisserait faire. Même dans cet environnement, si étranger, si inhospitalier pour les femmes, sa mère affirmerait son autorité. Alice s'était enfuie loin pour échapper à sa mère. L'idée lui vint que c'était cette fuite qui l'avait poussée vers Mathieu, qui l'avait amenée ici dans ce terrible endroit, pour subir cette épreuve. Elle pensa à la maison de sa mère dans le sud de l'Angleterre. Il y avait un endroit tout près où elle allait, petite fille, et qui lui revenait encore dans ses rêves. C'était une clairière dans un bois de pins et elle allait se planter au beau milieu et laissait la peur lui nouer l'estomac. La clairière était très grande. Des nuages flottaient au-dessus comme s'ils étaient là uniquement pour servir de cadre au ciel. De jeunes peupliers poussaient çà et là et dans le bruit des feuilles agitées par le vent, elle croyait entendre sa mère chuchoter, lui enjoignant de rentrer à la maison.

Elle se redressa sur son séant, déplia le papier que lui avait donné Babette et composa le numéro de Santini. Une voix de femme répondit. Elle raccrocha.

CHAPITRE 10

Stuart laissa Angel Lopez le précéder dans son bureau. De l'homme émanait une forte odeur de cigarette et de lavande. Stuart referma la porte derrière lui.

« Asseyez-vous », dit-il, et il se dirigea vers la fenêtre pour ouvrir les volets. La lumière crue apportée par le *maestrale* inonda la pièce. Il contourna son bureau et s'immobilisa face à Lopez qui s'assit, bras et jambes croisées, petite masse brune sur la chaise.

« Vous avez beaucoup de médailles, dit-il, indiquant d'un signe de tête le mur derrière Stuart.

— Ce ne sont pas des médailles ; ce sont des insignes. D'autres forces de police. »

C'était Annie qui les avait accrochés là. Elle passait son temps à décorer le bureau de Stuart. Il sortit le dossier Aron du tiroir.

« Vous avez la Guardia Civil », dit Lopez contemplant le mur, un grand sourire aux lèvres. « *Todo por la patria* ». Il regarda Stuart. « Vous y avez des amis ? »

Stuart baissa les yeux sur le rapport concernant les recherches.

« Je suis allé à l'Escurial une fois pour suivre un cours.

— Ah, El Escorial. La Mecque franquiste. C'est un très bel endroit. On a beaucoup torturé à l'Escurial au long des siècles, mais c'est un si bel endroit. Agréable et tout près de

Madrid. » Stuart releva la tête. « Très agréable pour y passer un week-end. »

« Vous voulez un café, Lopez ?

Lopez fut déconcerté, mais un instant seulement.

— Volontiers, fit-il avec un sourire. Ne bougez pas, j'ai vu la machine. Je vais me servir.

Stuart se leva.

— Noir ?

— S'il vous plaît.

Stuart regarda le dossier sur son bureau, songea à le ranger, puis se ravisa. Il n'y avait rien dedans que Lopez ne pût obtenir de la gendarmerie.

Lorsqu'il revint avec le café, Lopez fumait. Il leva sa cigarette.

— Ça ne vous dérange pas ? Je sais que vous fumez vous-même.

— J'ai arrêté, dit Stuart en posant le café sur le bureau devant lui.

— Vous avez la Police Métropolitaine aussi, reprit Lopez en montrant le mur. Vous voyagez beaucoup.

— C'est mon adjoint qui voyage. Quant il y a un déplacement à faire, j'envoie Gérard. »

« Pinet. » Lopez se carra sur sa chaise. « C'est ce que j'appelle un nouveau flic. Paisible et sérieux. Je crois que je préfère la vieille école. Comme vous, Stuart. Au moins, on sait à quoi s'en tenir avec des policiers dans votre genre.

— Vous êtes un nostalgique, Lopez, dit Stuart.

Lopez sourit et prit le gobelet en plastique ; il but une gorgée, souffla sur le café, but une nouvelle gorgée, souffla de nouveau.

— Je veux vous demander quelque chose, déclara Stuart.

Lopez posa son gobelet. Stuart fit glisser le lourd cendrier en travers du bureau et le regarda écraser sa cigarette sur l'acronyme du Ministère.

— Je vous en prie, répondit Lopez en se passant machinalement l'index sur les lèvres.

— N'écrivez rien, dit Stuart. Pas encore.
— Pourquoi ?
— Parce que cela serait préjudiciable pour l'enquête.
— Parlez normalement. Vous vous exprimez comme un nouveau flic.
— Si vous attendez jusqu'à ce que je vous donne le feu vert, je vous donnerai accès en exclusivité au dossier.
— Au dossier ?
Stuart acquiesça. Lopez reprit son gobelet et finit son café.
— Pourquoi moi ?
— Parce que c'est vous qui pouvez faire le plus de dégâts.
Lopez ne put cacher sa satisfaction. Stuart le dévisageait.
— Vous ne m'avez jamais aidé auparavant, dit Lopez. C'est une affaire importante. Vous pensez que c'est qui ?
— Si vous attendez et m'aidez à maintenir les journaux dans l'ignorance, je vous mettrai dans le coup.
— Comment voulez-vous que je fasse ça ? Tout le monde est déjà au courant de cette disparition.
— Assurez-vous seulement que la presse du continent n'en parle pas. Vous pouvez le faire.
— Peut-être. C'est qui, d'après vous ? demanda-t-il de nouveau.
— Vous me donnerez votre parole ?
Lopez leva un doigt.
— Attendez. Vous voulez que je fasse un article en minimisant l'affaire. Et qu'est-ce que vous me donnez en échange ?
— Des tuyaux.
— Des tuyaux ?
— J'ai votre parole, Lopez ?
— Si vous me donnez des tuyaux. Sur la femme, sur les enquêteurs, et je publierai quand ce sera terminé.
— Pas la femme.
Lopez sourit et écarta les mains.
— Mais ça ne vaut rien sans la femme.

— Je vous tiendrai au courant. Je vous donnerai accès à tous les renseignements. Vous aurez le dossier, Lopez, mais vous laissez la femme en dehors. Non, c'est important. » Il hésita. « Elle n'a pas besoin de ça. » Stuart baissa les yeux sur le dossier. « Pas la femme.

— Pas d'interview de la femme », répéta Lopez, opinant du bonnet, pesant le pour et le contre. « Vous me dites où vous en êtes. Vous me tenez au courant en permanence. Et si je vous perds, j'imprime. » Il tendit la main par-dessus le bureau. « Marché conclu. » Stuart contempla la main un instant, puis la serra brièvement. Il voulait voir cet homme quitter son bureau. « Nous avons été dans le même camp une fois. »

— Pas pour les mêmes raisons.

— C'est sans importance, dit Lopez en se levant. Il sortit une carte de visite de son portefeuille et la tendit à Stuart. Stuart regarda la carte.

— Nous avons vos coordonnées, Lopez.

Lopez sourit et remit la carte dans son portefeuille.

— Je suis content de travailler avec vous.

— Pas moi.

— Ça ne fait rien, dit-il en levant la main et en reculant vers la porte. *Todo por la patria.* » Et il referma la porte derrière lui.

CHAPITRE 11

Coco leva la tête vers la façade de l'unique bar de Santarosa, contempla l'auvent orange et blanc, déchiré, qui battait dans le vent. Le bar n'avait pas été ravalé depuis le début des années soixante-dix, et donnait une mauvaise image à son village. Il allait proposer de le rénover. Comme il descendait dans le bar, il écouta, irrité, la nouvelle horloge électrique qui sonnait midi.

À l'intérieur, le poste de télé sur une haute étagère dans un coin était pratiquement la seule source de lumière dans la salle. Coco distingua vaguement un match de foot à travers une sorte de tempête de neige noire. Le maire était en train de s'installer pour jouer aux cartes avec Albert, un ancien camarade de classe de Coco. En le voyant, Coco se demanda s'il était le seul à ne pas vieillir.

« Bonjour, m'sieur le maire. Qui est-ce qui joue ? demanda-t-il en indiquant la télévision.

— Ils repassent le match d'hier soir », répondit le maire, qui, le dos tourné à Coco, inspectait ses cartes.

Albert se retourna sur sa chaise, comme si cet effort lui était douloureux. « Aucune Nissan Patrol ne lui ramènerait sa jeunesse », songea Coco. C'était déjà un vieil homme, voûté comme une douairière. Voilà ce qui vous arrivait, Coco en était persuadé, quand on épousait une beauté. Coco avait compris, même jeune homme, qu'une belle épouse était à déconseiller pour quelqu'un qui visait le pouvoir. Et il ne regrettait pas son choix : Liliane était laide, propre et éperdue de reconnaissance.

« On aurait eu bien besoin de vous hier, Santini », dit, de sa voix grinçante, le maire qui triait toujours ses cartes. Coco était sûr que cet homme avait un cancer de la gorge. « Un vrai fiasco. La gendarmerie devrait être déclarée organisation illégale. Ils sont incompétents et constituent une menace pour la sécurité publique. » Il secoua la tête. « À mon avis, le gosse est simplement parti se balader. »

« Le nouveau capitaine semble... commença Albert. Il semble...

— C'est un incapable », éructa le maire de Santarosa en agitant la main au-dessus de ses cartes. « Il n'a que du vent, là, là-dedans », ajouta-t-il en montrant sa tête. « Ils sont tous pareils. » Il leva les yeux et adressa un large sourire à Santini. « Hé, Santini ?

— Faites changer cette pendule électrique, m'sieur le maire, dit Coco. Ça fait deux ans déjà. C'est épouvantable. »

Le maire se raidit mais ne leva pas la tête, et Coco continua à avancer en direction du comptoir. Il tendit le doigt vers Betty, la femme d'Albert, qui essuyait des verres.

« Je vais t'offrir une nouvelle télé, dit-il.

Betty sourit.

— Qu'est-ce que je te sers, Coco ?

— Un Ricard, s'il te plaît, Betty », répondit-il en la fixant d'un regard si intense qu'elle dut se détourner.

Elle posa le verre qu'elle venait d'essuyer sur l'étagère et se regarda dans le miroir qui occupait tout le fond du bar. Se passant la langue sur le bout du doigt, elle essuya une tache de mascara sous un œil, vérifia qu'elle n'avait pas de rouge à lèvres sur les dents et sourit de nouveau. Son menton commençait à s'empâter. Il n'y avait rien à faire, à part sourire le plus possible. Elle laissa Coco la dévisager de nouveau et versa de l'eau dans son pastis, transformant le sirop doré en un liquide trouble, aussi pâle que les yeux de Coco. « Elle ne le repousserait pas maintenant », songea-t-elle. Quand il la regardait, elle sentait monter en elle une sensation qu'elle avait longtemps prise pour du dégoût. Elle regarda une autre mouche s'électrocuter sur le nouveau grille-mouches au néon bleu et rejoindre la pile des mortes, et l'idée lui vint qu'en tant que femme moderne, capable de commander des faux ongles américains par corrrespondance et de se procurer des produits corrects pour se faire chez elle une permanente réussie, elle était quand même supérieure aux femmes de la génération de sa mère.

Coco commanda un autre Ricard, qu'il lampa d'un seul coup. Il se pencha par-dessus le comptoir, pinça la joue de Betty, paya, laissa un pourboire, et partit.

Il traversa la place, l'intérieur de la bouche encore chauffé par le pastis. Depuis son paisible divorce d'avec le FNL, ils n'avaient jamais pris d'initiative sans le consulter. Les Sam-7 étaient une provocation évidente. Il regarda l'ombre des feuilles de châtaignier jouer sur ses chaussures, et il comprit pour la première fois qu'ils le cernaient de toute part ; c'était une armée en marche. Il était temps de les briser.

Il descendit les marches de pierre qui menaient à la partie basse du village. De chaque côté, à hauteur de sa taille, il y avait des platebandes de légumes en terrasse. Les enfants chipaient les tomates et laissaient le reste.

Dans la ruelle qui conduisait à sa maison, ses chaussures souples ne faisaient aucun bruit. Des guêpes buvaient dans les canalisations à ciel ouvert. Il avançait à l'ombre du haut mur qui longeait tout son potager, entretenu chaque jour par sa femme. Il aimait l'odeur de la ruelle, des canalisations et du chèvrefeuille fermentant dans la chaleur. Le pastis lui faisait un peu tourner la tête, et il s'immobilisa un moment, les yeux fermés. Il sentait son cœur battre très haut dans sa poitrine, comme étranglé par une angoisse qui montait de ses entrailles. Il avait perdu sa tranquillité d'esprit pour vingt-six voix qu'il aurait pu trouver ailleurs.

Coco traversa la cour jusqu'à la porte d'entrée. Les poules s'éparpillaient devant lui. C'était bon de rentrer chez soi où rien n'avait changé. Ailleurs, tout avait tellement évolué, on enlevait même des gosses. Il entra dans la maison obscure et rencontra dans l'entrée sa fille qui sortait de la cuisine. Il prit son visage entre ses mains, se pencha et l'embrassa sur le front. Sans la relâcher, il appuya sur ses joues, lui ouvrant légèrement la bouche. Elle soutint son regard sans ciller.

« Où vas-tu ?

— Me promener.

Sa voix chantait. Il lâcha son visage.

— C'est l'heure du repas.

— On a déjeuné.

— Tu veux manger avec moi demain, Nathalie ?

— Oui, Papa. »

Elle se tenait immobile, les mains pendant inertes à ses côtés, la tête levée vers lui, attendant qu'il lui donne congé. Il savait qu'elle n'avait pas envie de manger avec lui. Elle ne lui adressait jamais la parole, sinon pour répondre à ses questions. Elle se contentait d'observer et d'attendre, comme un chien de chasse intelligent. Mais lorsqu'elle se trouvait avec sa mère, elle était tout à fait différente, il le savait. Elle était pleine de hardiesse et de grâce, et certains matins, quand il était encore au lit, son rire emplissait la maison.

Coco montra le sommet de l'escalier et fit claquer ses doigts.

— Il y a trop de vent pour se promener.

Comme elle se détournait, il dut faire un effort pour ne pas la retenir. Elle avait seize ans. Cette seule idée l'accablait. Elle monta en courant le large escalier et il regarda sa tresse noire tressauter sur son dos et, juste en dessous de sa jupe, les creux derrière ses genoux.

Il poursuivit son chemin jusque dans la cuisine, déboutonnant sa chemise tout en marchant. Couleur lilas, elle avait été choisie par Évelyne et était en soie. Il ne portait plus que de la soie maintenant qu'il en avait les moyens, car sa peau était plus fine que celle d'une femme et toute autre matière l'irritait.

Dans la cuisine, il enleva sa chemise et la tendit à sa femme.

« Elle a besoin d'être lavée.

Elle plia la chemise sur son bras et le regarda s'asseoir devant la table. Il dégrafa l'épais bracelet en or de sa montre, qu'il enleva et posa sur la table à côté de lui. Liliane mit la chemise dans l'évier et entreprit de lui servir à manger.

— Où elle va, Nathalie ? demanda-t-il.
— Se promener.
— Ça rime à quoi, ces promenades ? Elle devrait pas se balader comme ça partout. C'est malsain.

Il écouta le frottement des pantoufles de Liliane sur le carrelage. Elle faisait la navette, traînant les pieds, entre le garde-manger et la table de la cuisine.

— Tu es vieille, lui dit-il, sans lever les yeux.
— Oui, acquiesça-t-elle. Tout va bien ? Stuart est passé tôt ce matin.
— Qu'est-ce qu'il voulait ?
— C'était au sujet de l'enfant.

Liliane posa une assiette de charcuterie, du fromage de chèvre et un bol d'olives noires devant son mari. Elle alla chercher le pain, qu'elle tint contre sa poitrine pour le couper, actionnant le couteau de bas en haut. Son mari inspecta des deux côtés la tranche qu'elle lui tendait, et mordit dedans.

— Il est devenu fou, dit-il en mâchant.

Liliane versa du vin rouge dans un verre qu'elle posa sur la table ainsi que la bouteille.

— Passe-moi le téléphone, dit-il en buvant une gorgée. Il est sur la table dans l'entrée. »

Liliane essuya ses mains sur son tablier et sortit de la pièce. Coco commença à manger. Il était fier de son torse, aussi puissant et lisse que dans sa jeunesse. Seul son ventre avait un peu changé. Passé la quarantaine, il s'était distendu pour donner de la place à ses intestins, qui l'avaient trahi et refusaient de digérer ses mets préférés. Son ventre le faisait souffrir et gargouillait dès qu'il mangeait, expulsant des pets virulents qui n'étaient pénibles que pour son entourage, car Coco aimait la sensation de chaleur qui les accompagnait. Sa sensibilité à la température était une composante importante de sa sensualité. Ce qu'il appréciait dans le corps d'Évelyne, c'était le contraste entre sa bouche brûlante et ses joues fraîches, son ventre chaud et ses fesses froides.

Liliane lui tendit le téléphone. Il posa son couteau, s'essuya la bouche avec sa serviette, et composa le numéro de Georges. Liliane emplit d'eau l'évier pour laver la chemise. Coco fit claquer ses doigts dans sa direction pour lui indiquer que le bruit le gênait, et elle quitta la pièce.

« Tu as trouvé Mickey ?
— Pas encore, répondit Georges.
— Dis à Karim de le chercher. J'ai besoin de toi pour organiser une réunion. Je veux une explication avec le FNL, Georges. Il faut qu'ils vident la planque. Tu comprends ? Je veux voir Jean, tout seul. Je n'ai pas besoin de ce genre de relations, alors que j'ai Stuart dans les pattes à cause de ce gamin. »

Quand Coco raccrocha, Liliane se tenait sur le pas de la porte.

Elle le regarda composer un autre numéro et s'esquiva de nouveau.

« Évelyne, commença-t-il.
— Coco. Salut, mon chou. Viens au club plus tard.
— Non.
— Je ne peux pas parler, lui dit Évelyne. J'ai là Gino qui demande plus d'argent.
— Refuse. Il n'a pas d'autre endroit où aller.

— Pas fameux, comme ambiance. Il ne baise plus la brune et maintenant elle veut quitter l'orchestre. Il demande une augmentation parce qu'il a le moral à zéro et qu'il veut pas que ça se voie.

— Refuse.

— Maintenant, il baise la blonde, celle qui te plaisait. Celle qui a de belles épaules.

— Elle n'a pas de belles épaules.

— L'ambiance est vraiment moche. Les deux filles ne se parlent plus. Il n'y a plus aucune cohésion musicale. Elles se coulent mutuellement. La brune exécute les mouvements de danse comme un agent de la circulation. Je comprends bien son point de vue. Elle n'a plus aucune confiance en elle. Il n'y a rien de pire.

— Je peux pas écouter tout ça. Je passerai plus tard. »

Il raccrocha.

Liliane, du pas de la porte, regarda Coco poser sa serviette sur la table, remettre sa montre à son poignet et se lever.

« Babette a appelé. Elle dit que tu devrais aller voir la femme.

— Quelle femme ?

— La femme Aron. Pour son petit garçon. Babette dit qu'elle devient folle. »

Il la fixait comme s'il essayait de se rappeler quelque chose ; puis il fit un signe de tête et elle s'effaça pour le laisser passer.

Elle l'écouta traverser le couloir et monter l'escalier. Il allait prendre une douche et se laver avec soin à sa façon lente et méthodique et maintenant qu'il avait enfreint la règle de ce qu'il appelait son régime d'été, il retournerait à la villa. Quelque chose le tracassait.

Elle débarrassa les reliefs de son déjeuner, lava sa chemise et sortit par la porte de derrière pour aller l'étendre. Le rideau anti-mouches, des bandes de plastique rouges et blanches, battait violemment. Elle étendit la chemise et regarda ses huit poules, chassées par le vent, tourner en rond dans la cour pavée, à la recherche d'un abri. Dévorées de tiques, elles couraient dans un tourbillon de feuilles sèches d'eucalyptus, s'éparpillaient, se regroupaient. Les bras écartés, elle avança vers elles, en faisant claquer sa langue, les exhortant à retourner dans le poulailler. Depuis que le *maestrale* s'était levé, elles avaient cessé de couver.

Liliane gardait deux chaises en aluminium sous le tilleul dans un coin au fond de la cour fermée. Tous les après-midi, Babette venait s'y asseoir avec elle. Elle apportait en général un magazine ou un catalogue de vente par correspondance et, installées côte à côte, elles tournaient les pages et discutaient comme si elles envisageaient vraiment d'acheter quelque chose. Mais depuis la disparition de l'enfant, Babette était coincée à la maison. Elle disait que la mère, dans l'état où elle se trouvait, était incapable de s'occuper du plus petit. L'eucalyptus échevelé qui se dressait derrière le mur de pierre grinçait dans le vent.

Elle alla chercher une des chaises en aluminium, la plaça sur le pas de la porte, grimpa dessus et décrocha le rideau en plastique, qu'elle emporta dans la cuisine où elle l'étala sur la table, pour le laver. Alors qu'elle mettait ses gants en caoutchouc pour protéger ses belles mains blanches, elle entendit Coco claquer la porte d'entrée derrière lui.

En dépit de tout, sa propre vie lui appartenait. Elle l'avait construite contre vents et marées, tout comme son potager qu'elle avait créé sur un bout de terrain en pente, aride et caillouteux. Les gens reconnaissaient la qualité de sa vie. Ils venaient lui rendre visite, lui demander son avis. C'était par sa volonté et son silence qu'elle avait pu conserver son existence en marge de celle de son mari. Elle faisait le nécessaire pour le rendre heureux. Elle lui préparait à manger, lui taillait la barbe, lui lavait le dos, coupait ses ongles de pied. Depuis la naissance de leur fille, il n'avait plus été question qu'elle couche avec lui.

Babette était déconcertée par la détermination de Liliane à ne rien demander à Coco.

« Ton mari est un des hommes les plus riches de l'île, et tu vis dans cette blouse noire ; tu ne veux même pas faire asphalter ta cour. Tu pourrais au moins lui demander des pantoufles neuves.

— Qu'est-ce que je ferais avec des pantoufles neuves ? » avait-elle répliqué.

La voix de Nathalie résonna dans l'entrée. Elle entendit aussi celle de Raymond Battesti et remercia le ciel que Coco fût parti. Il lui faudrait bien accepter qu'un jour Nathalie s'en aille. C'était une bonne fille, un peu obstinée seulement. En cela, elle ressemblait à son père. Liliane entendit le rire de Nathalie et leurs pas sur les marches. Ils montaient dans sa chambre. Liliane jeta un coup d'œil au plafond puis se remit au travail.

Il était bien normal que la femme Aron devienne folle. Enlevez un enfant à sa mère et elle en perdra l'esprit ; Liliane avait perdu le sien depuis longtemps. Ce qui restait d'elle imitait la perfection ce qu'elle avait été. Un autre éclat de rire de sa fille lui parvint à travers le plafond. Liliane ne parlait jamais à Nathalie de son frère. Elle estimait que sa fille ne devait pas prendre conscience de son chagrin. Sa vie devait demeurer libre et légère comme ce rire.

Nathalie ne savait même pas que Rémy, son frère, aurait trente ans dans quinze jours. Cela faisait douze ans que Liliane n'avait pas vu son fils. Il vivait à Paris avec sa femme et deux enfants qu'elle n'avait jamais vus. D'autres insulaires rentrant du continent lui avaient dit qu'il travaillait à la Poste Centrale ; sinon, elle ne l'aurait jamais su. Elle avait une fois envoyé Betty le voir quand elle s'était rendue à la Foire Internationale de la Manucure. Betty lui avait téléphoné et ils avaient pris un verre dans un café près de son travail. Betty avait toujours eu de l'amitié pour Rémy. À son retour, elle ne pouvait parler de rien d'autre que de la surprise qu'elle avait éprouvée en voyant la photo de sa femme. Elle s'était attendue à quelqu'un de beaucoup plus joli.

« Et les enfants ? avait demandé Liliane.

— Il m'a montré des photos. Il en a deux. Un garçon et une fille.

— Comment ils s'appellent ? Quel âge ils ont ?

— Je ne connais pas leurs noms. Oh, ils doivent avoir à peu près trois ans, et un an. L'un était un bébé. L'autre était sur une balançoire. » Puis, voyant la déception de Liliane, elle avait ajouté : « Ils sont très mignons. Je crois qu'ils resssemblent à Rémy. »

Liliane entendit les chaussures de tennis de Raymond glisser sur le carrelage. Ils arrivaient dans la cuisine. Elle enleva ses gants et les jeta dans l'évier, puis remit rapidement en place le rideau de plastique. Comme ils entraient dans la pièce, elle était en train de flairer ses mains qui sentaient l'eau de Javel.

Nathalie sourit à sa mère.

« Il est parti ? »

Liliane acquiesça. Nathalie alla droit au réfrigérateur. Raymond s'attardait sur le pas de la porte.

« Bonjour, Raymond. Entre donc.

— Bonjour, madame Santini.

C'était un beau garçon, mais il avait l'air malade, avec son visage blême, les cernes violets qui soulignaient ses yeux.

— Tu as faim, Raymond ?

— Non, merci, madame Santini.

— Liliane.

— Liliane », répéta-t-il.

Il lui sourit, un gentil sourire. C'était un garçon charmant, il l'avait toujours été. Elle le regarda plier sa maigre carcasse pour s'asseoir sur la chaise de Coco. Sa poitrine osseuse était blafarde par contraste avec le rouge de son survêtement, dont il avait baissé la fermeture à glissière jusqu'à la taille.

« Tu veux un coca ? demanda-t-elle.

— Oui, s'il vous plaît. »

Nathalie, derrière la porte ouverte du réfrigérateur, lampait à la bouteille un yaourt aux fraises. Lorsqu'elle eut fini, elle apporta son coca à Raymond. La façon dont elle le posa devant lui avec un verre choisi dans le placard et dont elle avait vérifié la propreté en disait long à Liliane sur les sentiments qu'elle éprouvait pour lui.

« Je vais voir ce que le vent a fait à mes légumes », leur dit-elle et elle sortit de la pièce.

Le mur avait protégé son jardin. Elle s'aventura dans les étroites allées, marmonnant une prière que le vent emportait : « Gardez-la enfant. C'est ma petite fille. Je vous en prie, faites qu'elle reste une enfant. Encore un moment. » Liliane parcourut son jardin du regard. Chaque plante avait été touchée et soignée par ses propres mains. Chaque feuille qui poussait, d'un vert trop violent contre la terre jaune, était le résultat de son labeur. C'était le domaine qu'on lui avait laissé. Elle fut prise de rage à la vue du jardin, obscènement intact derrière ses hauts murs. L'envie lui prit de lui cracher dessus, mais elle se détourna et regagna la maison.

CHAPITRE 12

Bien qu'elle attendît sa visite, Alice sursauta lorsque Babette ouvrit la porte du salon et le fit entrer. Coco, sans la regarder, se dirigea à grands pas, ses chaussures silencieuses sur le carrelage, vers les trois portes-fenêtres qui donnaient sur la terrasse et ouvrit en grand les volets, une fenêtre après l'autre, laissant entrer la chaleur de l'après-midi et les stridulations des cigales.

« Ça pue la vieille fille ici. »

Alice, debout près de la cheminée, le regarda faire. Lorsqu'il eut fini, il alla s'asseoir sur un des fragiles sièges capitonnés disposés autour de la cheminée. C'était un sofa ne pouvant guère accueillir plus de deux personnes de carrure normale. Il posa ses deux bras écartés sur le dossier.

« Asseyez-vous donc », dit-il. Il avait une voix très profonde, qui évoquait le son d'une pendule mal remontée.

Pour la première fois, Alice sentit sa fatigue la submerger agréablement, la laissant encore plus mal en point. Elle alla s'asseoir en face de lui sur une petite chaise inconfortable aux minces pieds torses. Un petit tapis rond orné de guirlandes rose, jaune et rouge les séparait. Le rose dominait également dans le tissu d'ameublement. La présence de Santini dans cette pièce semblait incongrue. Mais Constance Colonna n'avait jamais dû partager une maison avec un homme.

Il était assis, jambes croisées, les bras étendus sur le dossier du sofa. Il ne portait pas de chaussettes et elle vit ses pieds nus, striés de veines bleuâtres. Sa barbe était très noire. Barbe-Bleue était le favori de Sam parmi les méchants.

Ils prirent la parole ensemble.

« Excusez-moi, dit-elle. Continuez.

Il sourit, croisa haut une jambe sur l'autre et s'empoigna la cheville.

— J'ai été un des derniers à apprendre ce qui était arrivé à votre fils. Je me trouvais à Massaccio à ce moment-là. Je regrette de ne pas avoir été ici.

— Pourquoi ? Pouviez-vous… Vous savez quelque chose ?

— La police, je crois, a conclu à un enlèvement.

— Ils ont perdu beaucoup de temps, dit-elle.

Il posa les deux pieds à terre et se pencha en avant, les mains jointes comme s'il priait en silence.

— Je ne peux pas vous dire ce qui est arrivé à votre petit garçon. Tout ce que je peux affirmer, c'est que c'est l'œuvre d'un étranger, de quelqu'un qui n'est pas de l'île. C'est également quelqu'un qui n'est pas très prudent. » Il battit silencieusement des mains tout en réfléchisssant. « Je pense que Stuart est un salopard incompétent, rongé d'amertume, dit-il, mais vous aurez vite fait de vous en apercevoir. D'ci là, je vais me livrer à mes propres enquêtes. Nous verrons qui arrivera le premier. Qu'est-ce que vous en dites ? »

Il sourit et elle entrevit un éclat d'or au fond de sa bouche.

Lorsqu'il se leva, elle prit conscience de la rigidité de son propre corps, car son cou était douloureux et ses bras engourdis. Elle se leva à son tour et lui fit face. Il avait un semis inattendu de taches de rousseur sur le nez et ses yeux étaient vert pâle, presque jaunes.

« Dès que je sais quoi que ce soit, je vous préviens. Par Babette.

Quand il lui parlait, il regardait sa bouche.

— Pourraient-ils lui faire du mal ? demanda-t-elle.

Son expression s'assombrit. Peut-être était-elle supposée ne pas parler du tout.

— Non, bien sûr. Ce sont des amateurs. Aucun professionnel ne tenterait un coup pareil. Stuart devrait le savoir. » Il lui sourit brusquement. « Non, ils ne feront pas de mal à votre petit garçon. Il représente leur seul espoir d'accéder à la célébrité. »

Il lui tendit la main. Il avait la peau douce et sèche, d'une fraîcheur remarquable. Cet homme lui inspirait une profonde aversion ; il lâcha sa main. Il se tenait trop près d'elle. Elle recula d'un pas.

« Ils vont vous contacter bientôt. Assurez-vous que l'argent est accessible. Ils voudront qu'il leur soit remis. On peut donc les faire attendre un peu. Pas trop longtemps. Nous devons avoir la situation en mains.

— Ce n'est pas le cas, dit-elle. Ce sont eux qui l'ont.

Son impatience le reprit.

— Ça dépend à qui ils ont affaire. »

À nouveau, il regardait sa bouche. Elle se rendait compte que sa personnalité ne comptait absolument pas pour lui. C'était la raison pour laquelle sa voix l'irritait tellement. Sa technique consistait à rechercher dans une personne uniquement ce qu'il pouvait utiliser. L'unique intérêt des femmes, pour lui, soupçonnait-elle, c'était le sexe. Un coureur de jupons, selon l'expression de Babette.

« Combien vont-ils demander ?

— Vous disposez de combien ?

Elle hésita ; elle voulait se montrer honnête.

— Peu importe, dit-il. S'ils ont bien fait leur boulot, ils savent. Quand avez-vous perdu votre mari ? ajouta-t-il brusquement.

— Il y a trois ans.

— Je suis désolé. De quoi est-il mort ?

— D'un accident de ski. »

Il ne fit aucun commentaire, laissant l'absurdité de la chose parler en soi. Il regardait ses yeux maintenant, d'abord l'un, puis l'autre. Elle soutint son regard et soudain il sourit. Il lui tapota le bras d'un geste d'une simplicité inattendue et s'en alla.

Elle resta debout dans la pièce vide, avec le sentiment qu'elle s'était durcie en sa présence et elle savait que c'était une bonne chose. Cela valait mieux pour le but qu'elle poursuivait que de craquer comme elle l'avait fait avec le policier. Le mépris général qui semblait accabler Stuart l'inquiétait. Les deux hommes, pour elle, étaient tout aussi étranges et tout aussi répugnants. Si Mathieu s'était trouvé avec elle, tous deux se seraient tenus à distance respectueuse de son chagrin. Mais si Mathieu avait été là, Santini n'aurait pas proposé son aide.

Le silence avait pris possession de la pièce. Le crissement métallique des cigales s'était arrêté. La douleur qui lui taraudait le crâne avait disparu. Pour la première fois depuis son enfance, elle ferma les yeux et pria : « Je vous en prie rendez-moi Sam, Seigneur. » Elle recommença. « Dieu Tout-Puissant, je vous en prie, ne me punissez pas. » Elle ouvrit les yeux et parcourut la pièce du regard. Dans la cheminée, un gros bouquet de glaïeuls dans un vase dégageait une forte odeur poivrée.

« Je vous en prie. Rendez-moi Sam. »

Que pourrait-elle donner en retour ?

Elle donnerait tout ce qu'on pourrait lui demander. N'importe quoi.

Lorsqu'elle ouvrit les yeux, un des hommes de Stuart se tenait sur le pas de la porte.

« Vous voulez que je les ouvre ? demanda-t-il.

Elle tourna les yeux vers les portes-fenêtres.

— Oui, répondit-elle.

— Le vent est tombé.

— Oui. »

Il inclina la tête, essaya de glisser les mains dans les poches de son jeans, mais ils étaient trop serrés et il y renonça. Hésitant, il se gratta un sourcil du bout de l'index.

— Santini est venu, dit-il, indiquant la porte derrière lui d'un signe de tête. Je viens de le voir partir.

Alice croisa les bras, l'affrontant.

— Oui.

— Babette l'a fait entrer.

— Oui.

— Que voulait-il ?

— Se présenter, je suppose.

— Je vous en prie, ne recevez pas des gens sans nous le dire.

Alice acquiesça, pressée soudain de sortir de la pièce. Elle regarda la porte fermée. Elle ne se laisserait pas réprimander.

— Je serai près du téléphone », dit-elle, en le contournant. Elle ouvrit la porte et quitta la pièce.

CHAPITRE 13

Stuart emprunta la route côtière pour se rendre au night-club d'Évelyne. Gérard, assis à côté de lui, procédait à sa recherche rituelle d'un poste sur la radio. Stuart par sa fenêtre contemplait la mer, lisse et opaque comme une feuille de plastique, et les lumières à l'entrée de la baie.

« Je veux que tu ailles ramasser Raymond Battesti, dit Stuart.

Gérard se carra sur son siège.

— Tu crois qu'on peut lui soutirer un renseignement utile ? Les camés ont un sixième sens. Ça s'appelle : savoir ce que les gens veulent entendre.

— Coco l'a suralimenté, dit Stuart. Il est en train de mourir. Ça se voit dans ses yeux.

— Quand as-tu regardé les yeux de Raymond pour la dernière fois ? demanda Gérard, tripotant la radio de nouveau. Raymond ne peut plus être d'aucune utilité à Coco.

— Raymond est prêt à tout pour se procurer de l'héroïne. C'est là que commence et finit son utilité, dit Stuart. Mais Coco va le débrancher incessamment. Il court après sa fille.

— Comment le sais-tu ?

— Par Béatrice.

— La belle Béatrice.

— Laisse ma sœur tranquille », dit Stuart.

Gérard sourit et se mit à contempler le paysage. Stuart roulait vite à travers les marais salants, poussant son moteur fatigué.

Gérard ne faisait jamais état de la familiarité qui existait entre eux. Il était la seule personne à avoir vu Stuart en dehors de l'île et la seule à l'avoir jamais vu avec une femme. Ils s'étaient rencontrés alors qu'ils étaient tous deux inspecteurs de police à Paris. Gérard avait vu Maya draguer Stuart et l'épouser dans les deux mois. Il avait vu leur appartement exigu et circulaire dans la tour expérimentale décorée de nuages mauves, avec des fenêtres en forme de larmes. Il les avait taquinés parce qu'ils logeaient au treizième étage, la dernière frontière pour les Blancs, les étages au-dessus étant réservés aux familles arabes qui jetaient leurs ordures par la fenêtre. Et il avait sans doute compris, bien avant que cela ne se produise, que Maya allait déserter. Stuart se rappelait être rentré chez lui pour trouver sa boîte aux lettres ruisselante de pisse. Il se rappelait ses haut-le-cœur en respirant l'odeur de son paillasson, masse gluante en train de se consumer ; il l'avait enjambé et avait poussé la porte, contemplant à travers un nuage de plumes son appartement mis à sac (le mobilier bon marché s'était effondré au premier coup de pied), et il y avait vu un signal que son bref mariage était terminé. En fait, il s'était avéré qu'il n'y avait aucun lien entre le départ de Maya et la destruction de son appartement. Des mômes dans l'immeuble avaient simplement découvert sa profession.

Cette nuit-là, il avait dormi sur le divan de Gérard et n'était jamais retourné chez lui. Lorsque Stuart avait été nommé commissaire et envoyé en poste sur l'île, Gérard lui avait demandé s'il pouvait le faire venir aussi.

Gérard l'observait.

« Qu'est-ce qu'il y a de tellement drôle ? demanda-t-il.

— Rien », répondit Stuart.

Ils se trouvaient sur la route à quatre voies à quelques kilomètres du club d'Évelyne. Les aiguilles du compteur frémissaient sur le cadran et le tableau de bord vibrait.

« Ça fait un sacré changement, dit Stuart Pour la première fois, c'est le FNL qui a fait appel à Russo.

Gérard de nouveau tripota la radio. C'était un tic nerveux chez lui.

— Tu sais ce que je pense ? » La radio sifflait et crachotait sous ses doigts. « Coco est à la recherche de respectabilité. Russo est dans le coup et ses intérêts sont protégés. Il ne va pas saboter tout ça maintenant.

— Qui a fait affaire avec le FNL ? demanda Stuart.

Gérard abandonna la radio mais ne répondit pas.

— De quoi ont-ils le plus besoin ? De quoi ont-ils toujours besoin ?

— De munitions.

— Et quoi d'autre ? insista Stuart.

— De fonds. »

Stuart leva une main du volant.

Un peu plus loin, apparut l'enseigne du club d'Évelyne. *La Bomba*, au sommet d'un poteau de dix mètres de haut, inscrit en néon bleu sur un soleil orange. Elle se dressait au-dessus des marais et des plaines de béton de l'aéroport de Massaccio et de la zone industrielle. Stuart se gara sur le parking. Il était vide en dehors de la décapotable Mazda rouge d'Évelyne. Le lundi soir, le club était fermé. Stuart coupa le contact.

« Il n'a vraiment pas besoin d'être embringué dans une affaire pareille, dit Gérard

— Il vieillit, répliqua Stuart. Il resserre son étreinte. »

Gérard, regardant droit devant lui, secoua la tête. Stuart enleva les clefs de contact.

Évelyne avait décidé de ne pas ouvrir. Gérard alla chercher le mégaphone dans la voiture et Stuart commença à ramasser des morceaux de bois flotté, des herbes sèches et des débris de carton sur le terrain vague à proximité, dont il fit une pile précaire sur le pas de la porte du club. Gérard porta le mégaphone à sa bouche.

« Allez, Évelyne, mon petit chou, dit-il, sa voix résonnant dans la nuit. Ouvre, sinon on va embarquer toutes tes filles et il faudra que tu les remplaces par des flippers. »

Stuart s'était déjà accroupi pour allumer son petit feu de joie. Des volutes de fumée commencèrent à monter vers le ciel bistre. À côté de lui, traînait, par terre, le couvercle d'une des grandes poubelles métalliques d'Évelyne.

Gerard appela de nouveau.

« Évelyne ! On a allumé un feu devant ta porte ! »

Au-dessus de la porte, de style mauresque, se trouvait une fenêtre horizontale en verre coloré. Une lumière s'alluma et les jambes d'Évelyne, déformées par les vitres convexes, passèrent devant eux. Gérard abaissa le mégaphone.

« Ça va », dit-il à Stuart.

Le feu crépitait et crachait des flammes impressionnantes. Comme la porte s'ouvrait, Stuart les éteignit en posant le couvercle de la poubelle dessus. Il se releva, face à Évelyne.

« Il est neuf heures passées. Je ne vous laisse pas entrer, dit-elle en fixant calmement Stuart.

— Je ne veux pas entrer. Merci. »

Évelyne tourna les yeux vers Gérard puis revint à Stuart. Stuart remarqua la rareté et la lenteur des gestes d'Évelyne. Elle se tenait très droite comme pour souligner sa propre délicatesse. Quand elle parlait, elle remuait à peine les lèvres et ne clignait pas des yeux, mais abaissait simplement les paupières comme un reptile. Sa grande bouche aux lèvres minces était fardée de rouge. Ses cheveux noirs, étroitement lissés en arrière, épousaient la forme de son crâne. Ce qui ressemblait à des cerises aux yeux de Stuart pendait à ses oreilles. Lentement, elle croisa les bras.

« Qu'est-ce que vous foutez ? Je suis au courant, pour le môme. Vous ne devriez pas être à sa recherche plutôt que de glander par ici avec votre gorille ? »

Sans même daigner indiquer Gérard, elle continuait à fixer Stuart de ses yeux paresseux. Grâce à ses talons, elle pouvait le toiser de haut.

« Où étiez-vous dimanche après midi ?
— À la villa.
— Avec qui ?
Elle le fixait, méfiante.
— Avec qui ? répéta-t-il.
Évelyne soupira.
— Coco.
— Il a enfreint le réglement de l'été alors ?
Elle battit des paupières.
— Pour quelle raison ? demanda Stuart.
— Il avait un torticolis. Il lui fallait un massage.
— Excellent », intervint Gérard. Évelyne se décida enfin à le regarder. « Voilà qui est excellent. »

Évelyne battit des paupières de nouveau puis reporta son regard sur Stuart.

« L'enfant a disparu dimanche après-midi, dit Stuart. Nous sommes en juillet. Pour la première fois en dix ans au moins, Coco ne se trouvait pas au village.

Stuart vit Évelyne choisir et rejeter un certain nombre de réponses. Elle n'était pas le genre à gaspiller son souffle.

— Coco a pris sa retraite. Vous devriez bien en faire autant.

— Allons donc, Évelyne. Vous savez que Coco ne peut pas prendre sa retraite. À l'instant où il la prend, il est mort. Il s'est entouré de débiles, donc il n'a pas d'héritier. Les jeunes du Pescador lui aboient aux talons et il a une dette envers le FNL. Pas étonnant qu'il ait un torticolis.

D'un geste lent, Évelyne leva une main et se gratta le sourcil du bout de son ongle laqué de rouge.

— S'il était dans le coup, il ne vous le dirait pas. Mais ce que j'aimerais savoir, c'est combien vous pouvez accepter. » Stuart observa une pause, mais rien ne vint altérer le masque d'ennui qu'affichait Évelyne. « Il a fait pas mal de choses répugnantes, mais un enfant… » Il observa sa bouche dure. « Vous n'avez pas d'enfants…

— Et vous, si, dit Évelyne, en croisant les bras.

— Si vous ne pouvez pas penser à la mère, dit Stuart, pensez à l'enfant. Vous avez été un enfant, n'est-ce pas ? »

Il soutint son regard. La haine d'Évelyne était palpable comme le désir. Ses boucles d'oreilles oscillaient d'avant en arrière, seul indice de son désarroi. Stuart attendit son dernier mot. Mais elle recula de deux pas, la démarche ferme et assurée sur ses étroits talons, et ferma la porte.

Avant que Gérard ait pu parler, Stuart se détourna et regagna la voiture. Il n'éprouvait aucune satisfaction, mais une grande lassitude qui le terrassa subitement.

Dans la voiture, les lettres vertes annonçant un message clignotaient sur le téléphone. Stuart appela la maison. Les deux hommes étaient assis côte à côte dans la voiture, écoutant la sonnerie plaisante de la tonalité.

La voix de Paul Fizzi retentit, comme venant de très loin :
« Oui ? »

Stuart prit le récepteur.

« Ils ont appelé il y a dix minutes, dit Paul. Ils ont fait passer un enregistrement du môme.

— Vous avez localisé l'endroit ?

— Une cabine téléphonique à Massaccio.

— Où ?

— Celle à côté du *Fritz Bar*.

— Ils l'ont laissée parler ?

— Non.

— Je passe prendre la cassette et je monte à la maison.

— Stuart ?

— Oui.

— Le procureur veut que tu l'appelles, ainsi que Zanetecci. Lasserre a attendu ton coup de fil toute la journée.

— Je n'ai aucune raison de l'appeler puisque je n'ai rien à lui dire. J'arrive.
— Mesguish est ici. Il a rappliqué avec douze types et quatre voitures.
— Bien. Bonne idée. Ils pourront surveiller les cabines téléphoniques.
— Et, Stuart, reprit Paul. Coco est venu ici.
— Qu'est-ce qu'il voulait ?
— Il voulait parler à la femme.
— Et il lui a parlé ?
— Oui. »
Stuart ne fit aucun commentaire. Il raccrocha, puis mit le contact. Il démarra en marche arrière, braquant le volant, muet de fureur. La voiture émergea en trombe du parking, laissant des traces de pneus sur l'asphalte.

Ils firent en silence le trajet jusqu'au bureau. Stuart roulait à vive allure le long de la côte et Gérard concentrait respectueusement son attention sur la route. Les portes de la caserne s'ouvrirent à demi. Stuart jura et cogna du talon de la main la télécommande.

Un quart d'heure plus tard, il dévalait l'escalier du bureau, tenant à la main une enveloppe bistre du ministère de l'Intérieur contenant la cassette. Il remonta dans sa voiture et attendit un moment avant de mettre le contact. Santini s'était rendu à la maison. Il avait rencontré la femme. Il avait posé les yeux sur elle, l'avait jaugée, avait enregistré son image dans son esprit. Stuart démarra et sortit de la caserne. Une fois sur la route dans la montagne, il glissa la cassette dans l'appareil.

L'enregistrement était mauvais et on entendait un sifflement.

L'homme parlait à travers un mouchoir. Stuart cessa d'accélérer pour mieux écouter. Il lui sembla déceler un accent. Il revint en arrière. Ils demandaient seulement neuf millions. Bien qu'il s'y attendît, le hurlement de l'enfant, quand il vint, le fit sursauter. Il le repassa, une fois, deux fois. Il stoppa ensuite la voiture à un tournant aigu sur la route et écouta une troisième fois. Ce n'était pas un cri de douleur, pensait-il, mais de terreur en anticipation de la douleur. Il remit la voiture en marche et écouta jusqu'à la fin. Ils ne fixaient aucun ultimatum, se livraient seulement à une série de menaces.

Comme il passait devant le poste à essence à l'entrée du village, Stuart pensa à la femme et à la visite de Coco. Il accéléra si brutalement qu'il fit hurler ses pneus, troublant le silence du village, réveillant Béatrice qui se leva juste à temps pour voir la voiture de son frère filant sous sa fenêtre.

CHAPITRE 14

Alice se tenait dans l'étroit couloir qui menait à la cuisine, le dos contre le mur et les mains posées sur la tête de Dan. Il appuyait la tête contre son ventre et elle lui caressait les cheveux, passant ses doigts au travers et les laissant retomber. Elle pensait à une prière qu'elle avait essayé d'apprendre à Sam. Il avait mal compris les mots et elle ne l'avait jamais corrigé, prenant soin de ne pas sourire lorsqu'il la récitait :

> Gentle Jesus
> Make'em wild
> Look upon
> A little child
> Supper ma simplicity
> Supper me to come to tea
> Amen[1]

Dan parla contre son ventre. Elle l'écarta de lui et il leva la tête, les yeux tout endormis.

« Je veux du lait. »

Elle le fixa, comme si tout ce qui ne concernait pas Sam lui était devenu incompréhensible.

---

1. Mots estropiés par l'enfant. Vrai texte : Meek and mild : Suffer my simplicity, suffer me to come to thee.

La porte de derrière s'ouvrit, laissant entrer une rafale de vent qui dispersa un tourbillon de feuilles sèches sur le carrelage. Alice et Dan se tournèrent vers Stuart qui venait d'entrer. Il les salua d'un signe de tête et referma soigneusement la porte derrière lui. Elle prit conscience du fait qu'elle l'attendait et se détourna, déçue.

« Tu vas aller au lit, dit-elle à Dan.

— Du lait, gémit-il.

— D'accord. Et ensuite, au lit. »

Elle le poussa devant elle en direction de la cuisine.

Le policier en jeans serrés était assis derrière la table, plongé dans un magazine de mots croisés. Il repoussa la mèche de cheveux qui lui retombait sur le visage et se leva, au garde-à-vous, lorsqu'elle entra en compagnie de Stuart.

Elle installa Dan sur une chaise, alla ouvrir le frigo, emplit un verre de lait et le posa sur la table devant lui.

Le policier remonta la fermeture éclair de son blouson et tapota ses poches, retardant son départ.

— Je t'appellerai plus tard, lui dit Stuart.

Une chaîne métallique pendait à la ceinture du policier et disparaissait dans la poche arrière de son jeans. Alice se demanda ce qu'il y avait au bout de cette chaîne ; pas assez de place pour des clefs.

Dan lampa son lait.

« Pas de message pour Mesguich ?

— Non, répondit Stuart. Donne-lui simplement la liste des cabines téléphoniques. C'est Gérard qui l'a. Merci, Paul. »

Le policier tapota ses poches de nouveau, salua gauchement Alice et sortit d'une démarche élastique sur ses sandales de tennis de luxe.

Stuart debout, les mains dans ses poches, regardaient ses pieds.

« Ils ont appelé, dit-elle.

— Je sais.

Elle se tourna vers Dan.

— Allez, tu retournes te coucher. »

Elle le prit dans ses bras, sortit dans le couloir et appela Babette, attendant avec impatience qu'elle apparaisse. Babette s'essuya les mains sur son tablier et les tendit vers Dan.

« Viens, mon petit bonhomme. Viens avec moi. »

Alice se détourna et les pleurs du petit garçon s'estompèrent lorsqu'elle referma derrière elle la porte de la cuisine.

« Qu'est-ce qu'il voulait, Santini ? demanda Stuart. Quelque chose dans sa voix la fit se tourner vers lui. Son visage avait changé, son regard était menaçant et il semblait tendu.

— Il a proposé son aide, dit-elle, défiant sa colère et il baissa les yeux.

— Deux choses, dit-il, sans la regarder. Tout d'abord, ce sont des amateurs.

— C'est ce qu'a dit Santini.

Il ne réagit pas.

— Ils ont demandé seulement neuf millions. Vous pouvez verser davantage. C'est une bonne chose.

— Je ne peux pas réunir cette somme assez vite. Elle est en actions qu'on ne peut pas vendre. Ce n'est plus un empire industriel. Ils fonctionnent à perte. Ils sont pratiquement en faillite, mais mon beau-frère ne veut pas abdiquer.

— Et lui, votre beau-frère ?

— Il ne dispose pas de cette somme. Il a tout mis dans la compagnie.

Elle s'assit au bout de la table.

— Ils n'ont pas fixé d'ultimatum, dit Stuart. Ça aussi, c'est bon signe.

Du plat de la main, elle assena un violent coup sur la table, faisant tressauter le verre vide de Dan.

— Ils lui ont fait du mal !

— Non, dit-il. Ils ont menacé de lui en faire. Ils l'ont effrayé.

— Ils ont dit qu'ils lui couperaient un doigt.

Il demeura silencieux. Elle se frottait la main, endolorie par le coup.

— Ils pourraient le faire, n'est-ce pas ? Oh mon Dieu !

— Ils sont en ville, dit-il. Ils ont appelé depuis une cabine de la ville. Demain matin, nous surveillerons cinquante cabines dans le secteur.

— Et s'ils vont ailleurs ?

— Ils ne bougeront pas. Ce serait un risque supplémentaire. Vous ne devriez pas...

Il s'interrompit.

— Quoi donc ?

— Vous ne devriez pas faire confiance à Santini.

— Je ne lui fais pas confiance. Il est venu m'offrir son aide. Je n'ai rien répondu. Il est parti.

— Ces gens-là ne vous laissent pas les approcher sans vous faire payer.

— Je sais, dit-elle.

— Comment diable pourriez-vous savoir ?

— Je sais, simplement. » Elle soutint son regard. « Écoutez. Je me fiche de savoir qui il est et je me fiche de vos petites rivalités. Ce qui m'importe, c'est de récupérer Sam. Si cet homme est en contact avec les terroristes...

Stuart secoua la tête.

— Ce ne sont pas des terroristes.

— Qui est-ce, alors ? hurla-t-elle. Qui est-ce, pour l'amour du ciel ? »

Mais il regardait la porte derrière elle. Elle se retourna sur sa chaise et vit la petite fille de l'hôtel Napoléon. Derrière elle se tenait une très belle femme qui s'adressa directement à Stuart, d'une voix à peine audible.

— J'ai essayé de te joindre tout l'après midi. Ophélie a vu quelque chose.

Stuart écarta une chaise de la table et posa sur la femme un regard plein d'affection, comme s'il l'incitait à avancer. Alice ne l'avait jamais vu ainsi.

— Je te présente madame Aron, dit-il. Ma sœur, Béatrice Molina. Et Ophélie, sa fille.

La femme salua timidement Alice et alla s'asseoir sur la chaise que lui proposait Stuart. Elle se tenait très droite, les mains jointes posées sur les genoux, le visage tourné vers Stuart. L'enfant se tenait debout à côté de sa mère, et observait Alice, le regard méfiant.

Stuart s'accroupit devant l'enfant, mais sans la toucher. Elle baissa les yeux vers lui.

— Qu'est-ce que tu as vu ? demanda-t-il.

Ophélie se tourna vers Alice et la regarda comme si elle était une intruse. Puis elle reporta son regard sur Stuart.

— J'ai vu une grosse voiture noire et un homme a soulevé le petit garçon, l'a mis dans la voiture et a claqué la portière.

Alice se plaqua une main sur la bouche. L'enfant la dévisagea.

— Tu as vu l'homme mettre le petit garçon dans la voiture, dit Stuart. Comment il était, ce petit garçon ?

Ophélie se tourna vers lui de nouveau.

— Il était blond. Je l'ai vu à l'hôtel. Il avait des lunettes vertes.

— Et l'homme ? demanda Stuart. Tu as vu l'homme ?

— Oui.

— Tu le connais ? demanda-t-il, circonspecte.

Elle secoua la tête. Stuart observa une pause.

— Comment était-il ?

— Il était gros et il portait des lunettes de soleil.

— Gros comment ? Comme Papa ?

— Non.

— Grand ? Un homme de grande taille ?

Ophélie opina lentement du bonnet. Son intérêt commençait à s'émousser.

— Il était grand, répéta Stuart. Et ses cheveux, comment étaient-ils ?

— Sais pas.

Elle regarda sa mère dont la grâce semblait la protéger de tout ce qui se passait autour d'elle, comme si rien de tout ceci ne la concernait et qu'elle se contentât d'attendre que son enfant ait terminé ce qu'elle avait à faire.

— Tu as vu le petit garçon blond entrer dans la voiture. Comment elle était, cette voiture ? demanda Stuart.

— Toute noire.

— Et c'était une grosse voiture ?

Alice ne supportait plus d'observer simplement la scène. Elle se leva, contourna la table, vint s'accroupir à côté de Stuart, et prit entre les siennes une des mains d'Ophélie. L'enfant leva vers elle un regard endormi.

— Parle-nous de la voiture », dit Alice en souriant à l'enfant tandis que ses yeux se remplissaient de larmes. « Parle-nous de la voiture qui a emmené le petit garçon. Le petit garçon, il avait envie de monter dans la voiture ? » Ophélie secoua la tête. « Il a appelé ?

— Il se tortillait.

Alice laissa échapper un petit gémissement.

— Cette voiture, demanda soudain Stuart, elle ressemblait à celle de Papa ?

Ophélie secoua la tête sans même se donner la peine de le regarder.

— Elle a fait du bruit commme si elle criait.

— Quoi donc ? demanda Alice.

— La voiture. Elle avait un truc rond qui dépassait sur le devant.

— Est-ce que l'homme lui a fait du mal ? demanda Alice en serrant la main d'Ophélie.

L'enfant commençait à être mal à l'aise, à se fermer. Elle dégagea sa main.

Stuart s'était mis à crayonner sur un calepin. Quand il tendit le dessin à l'enfant, sa main tremblait. Ophélie fixa les yeux sur cette main tremblante.

— Comme ça ? dit-il. Le truc sur le devant. Ça ressemble à ça ?

C'était le symbole de Mercedes. Elle acquiesça d'un signe de tête.

— L'homme a mis le petit garçon derrière ou devant ?
— Derrière.
— Il est monté à l'arrière ou à l'avant ?
— À l'arrière.
— Il y avait quelqu'un d'autre dans la voiture ?
— Je pouvais pas voir. Les vitres étaient noires. Tout était noir. » L'enfant leva les yeux vers sa mère. « On peut partir maintenant ? »

La sœur de Stuart regarda son enfant, puis Stuart.

« Pas un mot pendant que les gendarmes étaient là, dit-elle. Et puis, sans rime ni raison, elle se met à parler du petit garçon avec des lunettes vertes.

Alice était toujours agenouillée, scrutant le visage buté de la petite fille.

— On peut partir maintenant ? demanda de nouveau Ophélie.

La sœur de Stuart effleura sa fille du regard.

— J'ai essayé d'appeler, dit-elle à Stuart, d'une voix à peine audible. Je tombais toujours sur les secrétaires. Je ne savais pas quoi faire. Je voulais te mettre au courant. Et puis, je t'ai entendu passer devant la maison, alors j'ai réveillé la petite, je l'ai habillée et nous sommes venues droit ici.

— Merci. Ça va nous être très utile », dit Stuart en se redressant.

Elle inclina la tête, se leva, baissa les yeux sur Alice et tenta de sourire. Alice retrouvait sur son visage certains des traits de Stuart, la même courbe de la bouche, le même nez droit, mais celui de cette femme était parfaitement lisse, épargné par la vie, alors que celui de son frère semblait avoir été ravagé par elle. Alice pensa à une nonne.

Soudain, elle n'avait plus envie de laisser partir l'enfant. Il lui semblait qu'un détail avait échappé à Stuart.

« Attends, dit-elle, retenant l'enfant par le bras. Qu'est-ce que tu as vu d'autre ? »

Ophélie leva la tête vers sa mère, comme l'appelant à l'aide. Stuart effleura l'épaule d'Alice et elle se sentit vaincue, comme si elle et l'enfant avaient longuement lutté et que l'enfant ait gagné. Elle s'assit sur la chaise au bout de la table. Elle ne vit même pas l'enfant et sa mère sortir de la pièce.

« Je vais leur passer un coup de fil au sujet de la voiture, dit Stuart. J'en ai pour une minute.

Alice ne répliqua pas. Elle s'agrippait si étroitement au rebord de sa chaise que ses poings lui faisaient mal.

— C'est très utile ce qu'a dit Ophélie, reprit Stuart. Nous recherchons une Mercedes noire à quatre portes avec des vitres teintées. Et nous avons un signalement. Ils étaient deux ou plus. Je vais reparler à Ophélie. Demain matin. » Il lui sourit. « Nous avons enfin quelque chose », conclut-il, et il quitta la pièce.

Elle sentait le froid envahir le haut de son corps de nouveau et elle se cramponnait à sa chaise pour conjurer cette sensation. Elle voyait Sam se débattre dans les bras du gros homme. Si Dan ne s'était pas arrêté dans l'escalier pour regarder Ophélie. Si seulement elle était allée chercher Sam elle-même quelques instants plus tôt. Où donc se trouvait-elle lorsqu'il avait été enlevé, quand il l'appelait à l'aide, et pourquoi n'avait-il pas crié ? Il ne pouvait pas : le gros homme lui plaquait une main sur la bouche. Elle voyait Ophélie passant la tête par la porte de la salle à manger. Ensuite Dan à côté d'elle lui disant qu'il ne trouvait pas Sam. Ophélie l'avait vu être emmené avant même ce moment-là, avant qu'ils ne descendent au rez de chaussée. Lorsqu'elle les avait croisés dans l'escalier, ces yeux au regard maussade avaient vu Sam se débattant dans les bras de l'homme.

Le téléphone sonnait. Elle se leva d'un bond, empoigna l'appareil accroché au mur.

« Oui ?

— Vous avez trois jours.
— Non ! hurla-t-elle. Stuart se tenait sur le pas de la porte. Ça ne suffit pas. Écoutez. Attendez…
— Vous avez jusqu'à sept heures du soir jeudi pour trouver l'argent. En coupures utilisées. Achetez un petit sac à dos pour les mettre. Vous recevrez des instructions pour la livraison.
— Attendez. Écoutez-moi. Je vous en prie.
— Si vous ne réunissez pas l'argent, nous tuerons l'enfant. Sans hésiter.
— Attendez. Sam. Sam.

L'appareil collé à l'oreille, elle écoutait les bips du téléphone, cramponnée à l'écouteur parce qu'elle se trouvait au bord d'un précipice. Les bips s'interrompirent cédant la place à la tonalité. La tonalité commença à onduler. Elle vit un tunnel, la lumière diminuant à l'extrémité. Le tunnel s'étrécit au moment où elle basculait dans le vide.

CHAPITRE 15

Assise dans la buanderie des Colonna, Liliane regardait Babette qui tenait le petit garçon sur ses genoux. Elle mourait d'envie de le prendre dans ses bras à son tour mais n'osait pas demander. Elle avait toujours eu un peu peur de son amie, qui avait le caractère fantasque d'une femme sans enfants.

« Comment il s'appelle ? » demanda Liliane en regardant le petit garçon aux yeux lourds de sommeil. « Quel âge a-t-il ?

Babette sourit à l'enfant.

— Et si tu le lui demandais, mon chou ?

Liliane hésita.

— Comment tu t'appelles, mon chéri ?

Mais son ton fit sans doute peur à l'enfant qui tourna le visage vers Babette.

— Il s'appelle Daniel. Pas vrai ? Et tu as cinq ans.

Babette commença à le bercer doucement et il ferma les yeux. Il faisait chaud dans la pièce où régnait une agréable odeur de repassage. Liliane les regardait, malheureuse.

— Tu veux que je lui donne à boire ? demanda-t-elle.

— Pas la peine. Il dort, répondit Babette.

— Il parle français ?

— Il parle français et anglais, dit fièrement Babette. »

La porte s'ouvrit, livrant passage à Stuart. Il regarda Liliane — elle n'avait pas le droit d'être ici — mais ce fut à Babette qu'il s'adressa.

« Madame Aron n'est pas bien, dit-il. Elle s'est évanouie.

— Où est-elle ? demanda Babette, prenant la situation en mains.

— Elle est étendue par terre dans le salon. Qu'est-ce que je dois lui donner ?

— Je descends dans un instant. Je vais simplement coucher le petit.

Stuart les laissa, sans accorder un regard à Liliane.

Babette, d'un coup d'épaule, installa l'enfant plus confortablement sur sa hanche.

— Tu veux que je le prenne ? demanda Liliane. Le temps que tu t'occupes de sa mère... »

Babette parut avoir pitié d'elle. Elle posa le petit garçon sur ses genoux.

Liliane ne vit même pas son amie quitter la pièce. Elle contemplait le visage endormi de cet enfant inconnu, et soudain, elle éprouva comme une bouffée de tendresse, plus intense que ce qu'elle avait jamais ressenti, même envers ses propres enfants. Elle observait sa bouche, légèrement entrouverte. Ses lèvres remuaient parfois comme s'il formait des mots à demi. Une de ses petits mains reposait sur sa poitrine. Elle avait envie de toucher ses doigts.

Elle eut un coup au cœur quand Babette ouvrit la porte.

« Elle va bien. Elle veut que je le mette au lit. Pauvre femme. »

La compassion qu'éprouvait Babette pour la femme en bas était soudain trop lourde à supporter. Les yeux de Liliane s'emplirent de larmes. En lui reprenant l'enfant, Babette prit conscience de la détresse de son amie. Liliane crut un instant qu'elle était furieuse. Babette cala l'enfant endormi contre sa hanche et observa son amie.

« Excuse-moi. Je n'y peux rien, dit Liliane.

Mais Babette lui tendit la main. Liliane la prit, laissant couler ses larmes.

— Mais non, bien sûr. Ne t'en fais pas. Tu as bien le droit de pleurer. »

Elle se mit à émettre des petits murmures apaisants comme la plus tendre des mères, et Liliane donna libre cours à ses larmes silencieuses. Et tandis que Babette la réconfortait, elle laissa divaguer son esprit, rassemblant tous les fils rompus de sa mémoire.

Elle avait perdu son fils. Elle formula le drame en esprit. J'ai perdu Rémy. Elle aurait aimé dire à la chère Babette ce dont elle se souvenait, mais il ne fallait pas réveiller l'enfant. Elle aurait voulu dire à Babette à quel point elle avait été heureuse quand Rémy, pendant son service militaire, était venu à la maison ce soir de Noël lors d'une permission. Il l'avait aidée à récolter les olives en secouant les arbres et en les recueillant dans des bâches en plastique. Elle lui avait à peine parlé, elle était si heureuse de l'avoir à ses côtés, et elle aurait tout le temps de le faire, pensait-elle. Ils allaient passer toute une semaine ensemble. Le matin, il rattraperait ses retards de sommeil et l'après-midi, ils regarderaient la télé. Il mangerait un morceau en sa compagnie devant *Le Juste Prix,* avant de sortir.

Puis Liliane leva la tête. Babette la regardait, l'air compatissant.

« Dis-moi, dit-elle. Dis-moi ce qui est arrivé.

Liliane avait envie de parler à Babette de Coco ; de lui dire qu'elle comprenait maintenant que son mari était un animal qui préférerait tuer sa progéniture plutôt que d'être défié par elle. Mais elle avait peur.

Babette posa une main sur la tête de Liliane. Liliane fixait le sol.

— Tu te rappelles quand Rémy est venu à la maison cette fois-là. Tous les soirs, Coco l'emmenait à Massaccio. Pour le montrer, ce fils qui était si beau.

Liliane releva la tête. Babette lui sourit.

— Je me rappelle.

— Coco était tout en haut de l'échelle à l'époque. En un an, il avait raflé tous les meilleurs clubs. Tu te rappelles ?

Babette acquiesça.

— Il avait Russo avec lui, poursuivit Liliane. Le nord de l'île lui appartenait. Il était imbu de lui-même, il a même proposé à Rémy sa nouvelle maîtresse, Évelyne. Il voulait que son garçon partage tout ce qu'il avait. Mais Rémy n'était pas comme ça.

Liliane regardait l'enfant endormi dans les bras de Babette.

— Le Premier de l'An, c'est l'anniversaire de la mort de Titi. Eh bien, ce soir-là, un poivrot a dit à Rémy que c'était Coco qui l'avait fait assassiner. Rémy admirait Titi. Comme tout le monde.

Liliane observa une pause. Elle était fatiguée.

— Continue, Liliane.

— Moi, c'était à Titi que j'en voulais. De s'être laissé tuer. Un an s'était écoulé et les gens avaient accepté. Ils acceptent tout pour finir, pas vrai ? Tout ce qui se passe ici, même le plus ignoble, finit par faire partie de l'ordre naturel des choses. N'est-ce pas ?

— J'ai bien peur que oui. Mais c'est notre force aussi.

— Rémy n'est pas rentré de la nuit, ni le lendemain. Je venais de me coucher quand je l'ai entendu arriver. Je savais bien à sa voix qu'il avait bu. Je l'ai entendu hurler après son père, puis il y a eu un grand fracas et un bruit de vaisselle cassée. C'était les bibelots de la vitrine. Il avait essayé de flanquer un coup de pied à son père et Coco lui avait empoigné la jambe et l'avait expédié en arrière contre le meuble. J'étais là assise dans le lit et j'essayais de ne pas crier. »

Tenant toujours l'enfant contre elle, Babette s'assit sur une chaise en face de son amie. Liliane se rendait compte que rien ne serait plus jamais pareil entre elles après ça, et Babette risquait de ne pas lui pardonner d'avoir rompu le silence.

Liliane raconta à son amie comment elle avait entendu claquer la porte d'entrée et était descendue en courant, pieds nus, pour trouver son fils gisant par terre dans le salon. Il avait heurté la table basse en tombant et il y avait du sang sur le carrelage, près de sa tête. Toute la nuit, elle était restée assise à côté de lui, sa tête sur les genoux, à somnoler, à se réveiller. À cause de tout l'alcool qu'il avait bu, Rémy était resté inconscient. Quand enfin, il avait ouvert les yeux, il lui avait souri et les avait refermés, car sa lèvre fendue le faisait souffrir.

Plus tard, elle l'avait lavé, lui avait frotté le dos comme lorsqu'il était petit garçon, l'avait aidé à s'habiller, à endosser avec précaution sa chemise sur ses côtes endolories. Avant de partir, il avait ramassé par terre une des statuettes cassées. Une statue de la Vierge qu'elle avait rapportée de Lourdes. La Vierge avait été décapitée. Il avait regardé la statuette.

« Je peux la garder ?

— Je peux t'en trouver une autre, si elle te plaît.

— Non. Je veux celle-là.

Elle l'avait dévisagé, debout, à l'autre bout de la pièce, parmi les débris de porcelaine.

— Au cas où il m'arriverait d'oublier, avait-il dit.

— Là-dessus il est parti, déclara Liliane à son amie. Et je ne l'ai jamais revu. »

Babette l'observa longuement, et Liliane sentit son estomac se nouer de peur, comme si elle avait commis un péché. Puis Babette appuya ses lèvres sur la tête de l'enfant et Liliane comprit qu'elle lui pardonnait.

« Et Coco ? demanda Babette, sans rancœur, semblait-il.

— Il est rentré le lendemain soir, a fait ses bagages, et il est parti. Pendant toute une année, il a vécu à la villa. Quand il est revenu à Santarosa, l'été suivant, j'ai compris qu'on ne parlerait plus jamais de Rémy.

Babette se leva. Elle posa la main sur la tête de Liliane et commença à caresser ses cheveux. Elle resta longtemps ainsi à lisser ses cheveux gris et soyeux.

— Voilà, dit-elle. Tu as réussi à en parler. Ce n'était pas si dur, n'est-ce pas ? C'est seulement quand on accepte d'avoir perdu quelque chose, Liliane, qu'on peut se mettre à espérer la retrouver. Viens, maintenant ; tu vas m'aider à coucher le petit.

CHAPITRE 16

Sam rêvait de sa mère. Il ne dormait pas, mais rêvait néanmoins, recroquevillé dans le noir, la joue sur ses mains jointes, les yeux fermés.

Elle était couchée dans son lit. Souvent, elle dormait le matin, et il savait qu'il ne fallait pas la réveiller sous peine de la mettre de mauvaise humeur. Il restait debout auprès d'elle et observait son visage contre l'oreiller. Il avait envie d'embrasser sa joue, mais il savait que s'il faisait ce geste, elle disparaîtrait. Il regardait ses yeux fermés, ses cils noirs. Elle avait une tache de rousseur plus foncée que les autres sous un œil et une autre au-dessus de la lèvre. Il essayait de sentir son odeur, mais son rêve n'allait pas jusque-là et il se retrouvait dans le noir, oppressé dans cet air confiné, et il entendait un cliquetis quelque part au-dessus de sa tête.

Depuis sa chute, il n'avait pas essayé de grimper de nouveau jusqu'aux trous. Il avait mal aux reins quand il se redressait, aussi restait-il étendu sur le dos, les genoux repliés, les pieds à plat contre le mur. Il avait le souffle court, comme lorsqu'il était fatigué à force de pédaler sur place dans l'eau du grand bassin.

Il avait cessé de pleurer parce qu'il n'aimait pas entendre sa propre voix. Cela lui rappelait l'endroit où il se trouvait. Maintenant, il dormait, se réveillait, dormait à nouveau, se réveillait. Il savait quand il était éveillé grâce aux cliquetis. Parfois il essayait de les compter, mais il n'allait jamais bien loin parce que les chiffres se brouillaient dans son esprit.

Son short était trempé de pipi. Il avait rêvé qu'il descendait l'escalier chez lui. Il arrivait à voir dans l'obscurité bleuâtre. La porte de Dan était ouverte et il l'entendait respirer en passant. Il arrivait à la porte de la salle de bains et l'ouvrait. Le carrelage était froid sous ses pieds. Il s'asseyait sur les toilettes parce qu'il avait trop sommeil pour rester debout, et regardait un poisson d'argent faire le mort puis disparaître dans une fente du mur. Il observait la fente, attendant que le pipi vienne. Le liquide chaud lui inonda le ventre et le réveilla. Plus tard, ils lui avaient remis des lunettes et l'avaient fait sortir du cagibi pour l'asseoir sur un seau en plastique bleu, mais il n'avait rien pu faire et ils l'avaient enfermé de nouveau.

Il ne savait pas depuis quand il se trouvait là, parce qu'il n'y avait pas de jours à compter, mais l'obscurité ne lui faisait pas peur. Ce qu'il redoutait, c'était la lumière quand la porte s'ouvrait, et l'odeur de l'endroit où se trouvaient les hommes.

Il ferma les yeux et essaya de retrouver le rêve avec sa mère, mais tout ce qu'il pouvait voir, c'était son poisson qui ouvrait et fermait la bouche et qui mourait dans son sac à dos noir et sec.

Sa mère devait être en train de pleurer maintenant, comme chaque fois qu'il se perdait. Les autres fois où il l'avait perdue, dans les boutiques, dans les bois ou sur la plage, il n'avait fait que s'entraîner, comprenait-il maintenant. Il adorait l'expression du visage de sa mère quand elle pleurait. Quand elle le retrouvait, elle s'agenouillait devant lui et il nouait ses bras autour de son cou, enfouissait son visage dans sa poitrine et la laissait le serrer contre elle jusqu'à ce qu'elle se fût calmée. Cette fois, c'était pour de bon.

Il se redressa sur son séant, replia les jambes contre sa poitrine et se mordit doucement les genoux, l'un après l'autre. Il aimait le goût de sa peau et de sa salive coulant le long de ses cuisses.

Ils lui avaient de nouveau mis le doigt dans le piège. Ils avaient ouvert la porte et celui qui parlait tout le temps lui avait dit qu'ils allaient enregistrer une cassette pour sa mère. Il n'avait pas réussi à ouvrir les yeux à cause de la lumière.

« Dis bonjour à ta maman. »

Mais il ne pouvait pas parler et gardait les yeux étroitement fermés. Ils lui avaient alors mis le doigt dans le piège et l'avaient fermé légèrement. C'était à ce moment-là qu'il avait crié. Il regrettait d'avoir crié. À cause de sa mère.

Depuis lors, il était resté silencieux. Il n'avait pas encore essayé, mais il pensait que même s'il avait voulu parler, les mots n'auraient pas franchi ses lèvres. En revanche, on parlait beaucoup dans sa tête : il entendait parfois la voix de sa mère, parfois celle de son frère.

— « Négoiste ! Tu es un sale négoiste ! » lança Dan. Sam se mit à rire. « Pas négoiste, idiot ! Égoïste ! » En fait, c'était Dan, l'égoïste. Il ne le laissait jamais s'amuser avec ses jouets. Même pas le bateau-pirate, dont il ne se servait jamais et qui restait en permanence sur l'étagère. « Tu perdras les morceaux », dit Dan.

« Oui, Sam, dit sa mère. Tu perdras les morceaux. »

Mais peu lui importait. Il aimerait le bateau, même sans les morceaux.

Il était en prison. Il avait toujours eu peur de la prison. Maintenant, il y était. Son pire cauchemar, c'était la prison, justement. Il n'avait jamais osé le dire à sa mère, parce que le simple fait d'en parler le terrifiait. Maintenant c'était arrivé.

Il avait faim. Il n'avait pas mangé, depuis les raviolis. Ils mettaient des choses dans sa prison, mais l'odeur lui donnait la nausée et il restait assis, la tête enfouie sur ses genoux, attendant qu'ils emportent l'assiette. Il n'avait pas envie de manger, mais il avait peur qu'ils se mettent en colère.

Il lâcha ses genoux, s'étendit dans le noir, et appuya ses pieds contre le mur. Son dos le faisait encore souffrir s'il respirait trop profondément, aussi contrôlait-il son souffle. Il ferma les yeux et l'obscurité lui parut différente. Il se mit à observer des formes vagues défilant derrière ses paupières et commença à compter les cliquetis.

Il voyait bien que tout était plus facile pour les autres gosses, mais il ne savait pas pourquoi. Sa tête était toujours si pleine de questions qu'il ne les posait même pas, parce que les réponses ne feraient que susciter d'autres questions. Il pouvait les sentir avançant à la queue leu leu dans sa tête, certaines, souvent les plus stupides, réussissant à se pousser au premier rang. Quand il avait demandé à sa mère, en partant de l'aéroport, qui avait eu l'idée de bâtir toutes ces boutiques et ces maisons, il savait que ça n'était pas là la question qu'il voulait poser, mais une autre, qui n'avait rien de stupide mais qui se cachait derrière celle-là.

Elle se mettait en colère contre lui parfois à cause de ces questions, mais parfois elle demandait qu'il les lui pose, et elle en était satisfaite. Il n'avait jamais réussi à comprendre lesquelles la mettaient en colère et lesquelles lui plaisaient. Mais ceci, il ne pouvait pas l'apprendre, car sa mère était à la fois dure et tendre. Comme son nom. « Alice », dit-il à haute voix. « A-lice. Dure. Tendre. »

Mickey, debout au milieu de la pièce, mimait son numéro favori : Jorge Ferreira chantant « Aïe Aïe, Meu Amor, Aïe Aïe ». Il regrettait qu'il n'y ait pas de miroir. Peut-être demanderait-il aux Scatti de lui en apporter un. Il connaissait toutes les paroles, mais en ignorait le sens. Peu importait, car cette chanson parlait à son âme. Il pouvait se mouvoir exactement comme Ferreira et arborer les mêmes mimiques, mais il se contentait de prononcer les paroles. S'il essayait de chanter, un son inerte sortait de sa bouche, sans aucun rapport avec celui qu'il entendait dans sa tête.

Il claqua des doigts comme pour s'arracher à une transe et exécuta une petite pirouette. Face au placard du gosse, il écouta. Il avait cessé de geindre. En fait, depuis un moment déjà, il n'avait émis aucun son. Il allait devoir se mettre à manger, sinon ils auraient un sérieux problème. Paolo avait dit à la mère qu'ils lui enverraient un de ses doigts, si elle ne trouvait pas l'argent à temps.

« Et ils le feraient, en plus », dit-il à haute voix. Il n'avait pas envie qu'on coupe un doigt du gosse. « C'est pas mon truc, ça. » Il voyait l'enfant qui hurlait de douleur, la tête renversée en arrière et il sentait une brusque montée d'adrénaline. « Regardez moi, disait-il. J'en ai les jambes coupées, rien que d'y penser. » Il avait commencé par envoyer d'abord la vidéo à la mère. Voilà qui était subtil.

Il se dirigea vers son fauteuil et s'assit pour fumer une cigarette. Trois millions de francs rien que pour lui. Ils auraient dû demander davantage. Il pencha la tête en arrirèe. « *Aïe aïe, meu amor* » chanta-t-il dans sa tête. « *Aïe, aïe.* »

Mickey tira sa chaise jusqu'à la cloison du placard du gosse et s'assit. Il bascula sa chaise en arrière et posa sa tête contre la cloison. Le gosse était silencieux. Il y avait eu beaucoup de pleurs durant la nuit, beaucoup de bruit, et Mickey avait senti le bout de ses doigts s'engourdir, comme cela arrivait chaque fois qu'il avait envie de frapper quelqu'un. Le môme pleurnichait, ce qui était impardonnable. Il n'avait jamais pleurniché, étant enfant. Il en avait la certitude.

« Tu m'entends là-dedans ?

Silence. Mickey, de son poing, frappa trois fois contre la cloison derrière lui.

— Hé ! Je te parle !

Silence.

— Ne me force pas à ouvrir cette porte. »

Trois faibles coups se firent entendre.

« O.K. » Mickey alluma une cigarette. « Tu veux fumer ? »

Il eut un large sourire, laissant la fumée s'échapper de sa bouche aux dents grisâtres. Mickey fumait toute la journée, et la majeure partie de la nuit. La fumée était son élément, faisait autant partie de lui que son propre sang. Elle était dans sa voix, dans les pores de sa peau, sous ses ongles, dans ses oreilles, entre ses dents et entre ses doigts. Si on lui avait ouvert le corps en deux, ses entrailles auraient été carbonisées, comme une grenade pourrie redevenue poussière.

« Je fumais à ton âge. Me rappelle même pas quand j'ai commencé. Tout ce que je peux dire, c'est que je me souviens pas de pas avoir fumé. Qu'est-ce que je me rappelle ? Je me rappelle pas les îles. Je me rappelle pas mon vieux. Je me rappelle m'man avant qu'elle se mette à déconner. Parce qu'il y a eu une époque où elle était vraiment chouette. Plus belle que la tienne. Pas aussi maigrichonne. Elle était moitié portugaise et moitié africaine, et elle avait ce qu'il y a de mieux chez les deux. Des cheveux portugais, noirs et soyeux, une belle peau noire et un cul superbe, comme une pastèque. Mon p'pa était pur Portugais. C'est pour ça qu'il s'est barré pour finir. Il la trouvait trop noire pour lui. Là-dessus José a débarqué et, franchement, elle était trop bien pour lui, mais elle l'a suivi ici ; on s'est installé aux Mimosas et je suis allé à l'école, mais à partir de là, on a dégringolé la pente. Mais j'ai jamais pleurniché... Je peux pas même m'imaginer avoir jamais pleurniché avec José. »

Mickey cogna contre la cloison une fois de plus.

« Tu m'entends ? »

Un coup retentit.

« Faut jamais pleurnicher. C'est un des tas de trucs que je pourrais t'apprendre. Quand on pleurniche, ça agace les gens et c'est une des façons les plus sûres de se faire cogner dessus. Je ne vais pas te faire de mal. Je dirais même que je suis favorablement disposé envers toi. Tu comprends ça ? Favorablement disposé, ça veut dire que je ne te déteste pas. Tu représentes mon billet pour foutre le camp de cet endroit de merde. Si tu ne pleurniches pas, on s'en sortira tous les deux ; je filerai sur un jet et je sais même pas quand je reviendrai », chanta-t-il de sa voix aiguë, éraillée.

« Cacilda, elle s'appelait. Cacilda. C'est un beau nom ? Pas vrai ? » Mickey se pencha en avant, laissa tomber sa cigarette et l'écrasa sous son talon. Il se leva alors et s'effleura l'entre-jambe. Puis il empoigna sa chaise et l'abattit contre la cloison du placard. Un des pieds arrière tomba bruyamment par terre. Il lâcha la chaise et lui expédia un coup de pied. « Pas vrai ? » hurla-t-il.

Mickey s'immobilisa, chaussé de ses bottes de cow-boy trop grandes pour lui, retroussées au bout. De son œil valide, il fixait la porte de la prison du gosse.

« Hé ! Réponds-moi ! »

Deux coups faibles se firent entendre à l'intérieur.

MARDI

CHAPITRE 17

Coco avança dans le parking du supermarché Casino et repéra une place libre dans un coin, au fond. Surveillant du coin de l'œil la Peugeot blanche dans son rétroviseur, il alla doucement se garer. Il ne voyait pas qui était au volant et ne reconnaissait pas la voiture. Stuart avait dû recevoir du renfort.

Il coupa le contact, jeta les clefs sous le siège et descendit. Juste au moment où les gars de Stuart commenceraient à se poser des questions, Georges viendrait prendre la voiture. La Peugeot blanche se gara à côté des caddies, cinquante mètres plus loin. Coco avança dans cette direction, prit un caddie, et salua les hommes dans la voiture, inclinant cérémonieusement la tête en passant à leur hauteur. Il ne reconnut ni l'un ni l'autre et remarqua avec dégoût que le conducteur portait un anneau à l'oreille gauche.

Il se mit à slalomer parmi les voitures garées, en sueur brusquement. Le soleil de midi ne plaisantait pas. Il avança à l'ombre de l'auvent du supermarché et se retourna. La Peugeot blanche n'avait pas bougé. Il franchit les portes automatiques et s'avança dans la cafétéria climatisée.

C'était une affaire prospère ; beaucoup de clients pour un milieu de semaine. On aurait pu les croire sur la plage à la mi-juillet, mais non, ils préféraient déambuler sur les sols frais et propres de la grande surface, leurs gosses calmés par les sucreries cueillies directement sur les rayons, à l'abri du danger au fond des caddies. Après cela, un snack, ici même, dans la cafétéria, et, sans même s'en rendre compte, ils auraient tué trois heures.

Coco passa devant la file de gens qui faisaient obstinément la queue en poussant leurs plateaux le long du comptoir. Karim, planté derrière une pile brillante d'assiettes de fromage, lui souriant stupidement. Il s'était rasé le crâne et, parmi les cheveux qui commençaient à repousser, luisait une cicatrice laiteuse, évocatrice du croissant de lune de l'Islam.

Coco poussa la porte des toilettes et alla droit à un box désaffecté. Il enleva le lourd couvercle métallique du distributeur de papier hygiénique. Les clefs de la voiture de Karim étaient accrochées à la barre transversale à la place du rouleau de papier. Coco les mit dans sa poche avant de replacer le couvercle. En sortant, il jeta un coup d'œil à son reflet dans le miroir au-dessus du lavabo. Il s'humecta les mains et les passa sur ses cheveux, vérifia qu'il n'avait pas de bribes de nourriture dans les dents, et sortit.

Empruntant la sortie de secours, il traversa un carré de pelouse jaunie à l'arrière du supermarché, escalada un talus abrupt planté de lauriers poussiéreux, s'épousseta et émergea sur le bitume. Le soleil avait fait fondre la route, et tandis qu'il se dirigeait vers la BMW noire de Karim, il sentait le goudron coller à ses semelles.

Il faisait si chaud dans la voiture que l'air brûlait les poumons. Il maudit Karim de s'être garé en plein soleil. Après avoir baissé les deux vitres, il s'engagea avec précaution sur la bretelle d'accès au sol inégal pour gagner l'autoroute qui filait vers le nord à la sortie de Massaccio.

Ne céder sur rien. Il ne devait asolument rien céder. Il sentait la main de Jean Filippi se refermer sur ses tripes et serrer brutalement. Ces mains petites et blanches, inaptes à accomplir un travail honnête, l'avaient rattrapé au bout de vingt ans. Coco revoyait les mains de Jean, assis lors de réunions du comité exécutif. Posées l'une sur l'autre, inertes et blafardes, pendant que, de sa voix douce d'homme de réflexion, il parlait de la longue marche qui aboutirait à l'élaboration de la paix.

Le boulot de Jean Filippi, c'était le meurtre. Il dirigeait une industrie de service et permettait ainsi l'épanouissement de l'inextinguible soif de violence qui régnait sur l'île. Poussé par les jeunes qui venaient derrière lui, l'affaire de Jean prenait de l'ampleur — d'où les Sam-7. Jean n'était pas un violent, c'était un homme de pouvoir ; mais il savait ce que les gens voulaient. De plus en plus de gamins affluaient au FNL tous les jours, à la recherche d'un pistolet gratis, d'un uniforme et de quelque chose à faire de leur temps libre qui était leur seule richesse. Jean se serait contenté de sa petite industrie artisanale, mais il savait qu'il serait mis sur une voie de garage s'il ne leur donnait pas ce qu'ils voulaient.

Coco s'examina dans le rétroviseur. Son visage commençait à porter la trace de cette douleur nouvelle qu'il ressentait dans ses tripes. Mais au moins, il avait l'air moins ravagé que Stuart, qui avait pourtant dix ans de moins que lui.

D'où allaient provenir les capitaux pour financer cette expansion ? Jean avait besoin de sommes considérables pour créer une armée moderne. Coco pouvait apporter sa contribution, mais pas en espèces. Il lui fallait débarrasser sa piscine du matériel.

« Je n'aime pas ce genre de situations, Jean. Il va falloir renégocier. »

Il sortit de l'autoroute et suivit le cours de la rivière étincelante qui serpentait à travers la large vallée, toujours verdoyante, même en été. Une forêt d'eucalyptus s'étendait depuis le bord de mer, pour céder la place plus haut aux pâturages. Cette vallée était son endroit favori. Elle s'élevait en pente douce et s'étranglait pour aboutir au pied des montagnes Quelques promoteurs du continent avaient essayé de mettre la main dessus pour construire un parc à thème, mais Russo avait fait classer le site et bloquer la vente.

Coco ouvrit la fenêtre et respira les parfums qui provenaient des collines à sa gauche. Après les eucalyptus de la côte, le maquis embaumait et il pensa à l'Anglaise et se demanda quelle pouvait être son odeur. Il se réjouissait qu'elle fût brune, car il n'aimait pas trop l'odeur des blondes. Il savait qui détenait son enfant. Une Mercedes 500 noire avait été abandonnée sur la place. La police avait traîné autour toute la matinée. Les plaques provenaient d'une autre Mercedes du même modèle et de la même couleur. Il y avait une chose que Mickey da Cruz faisait très bien : voler des voitures. Elle n'avait pas de souci à se faire. « Ne vous faites aucun souci, madame. Je le retrouverai, votre petit garçon. »

Aucun village n'avait été construit le long de cette route. Une sorcière avait jeté un sort sur cette terre minérale depuis si longtemps que personne ne se rappelait pourquoi, mais on ne pouvait même pas y élever des chèvres. À mesure que la route grimpait, le maquis se clairsemait, se muant en un plateau granitique. Il longea une crête coupant à travers des éboulis de part et d'autre sur cinquante mètres. Trois vautours rôdaient tels des délinquants, décrivant des cercles dans le ciel.

Bientôt apparurent les premiers graffiti. Chaque bout de rocher d'une taille convenable le long de la route était couvert de lettres rouges. Il fut surpris de voir que même le MPC était monté dans cet endroit désolé pour marquer son territoire. Les jeunes avaient criblé de balles tous les panneaux indicateurs, laissant les triangles ponctués de trous cernés de rouille.

Coco se gara sur une aire de stationnement, dans l'ombre d'une muraille de rocher lisse et rose qui se dressait à perte de vue. Il coupa le contact et se prépara à attendre. Il avait dix minutes d'avance. L'air était frais à l'ombre du rocher. Une brise plaisante entrait par la fenêtre ouverte. Coco repoussa le siège en arrière et ferma les yeux, essayant, comme Évelyne l'avait suggéré, de visualiser la main qui lui broyait les entrailles : si tu arrives à la voir, disait-elle, tu peux la faire disparaître. Mais Coco ne réussissait à voir que les trois vautours décrivant des cercles au-dessus d'une mare de sang.

Coco se réveilla lorsque Jean ouvrit la portière de l'autre coté et monta à côté de lui. Le sommeil l'abandonna, le laissant désorienté. Il n'aimait pas être surpris à l'improviste. Il essuya la salive qui avait coulé sur sa barbe.

Jean lui tendit la main. Coco la serra brièvement, puis remit le contact. Il ferma la vitre électrique, déboîta sur la route brûlante et continua à grimper dans la montagne.

« Comment ça va en ville ? »

La question irrita Coco. Jean s'exprimait toujours comme s'il était un ermite, le saint Jean Baptiste de l'île. Mais il circulait pas mal. George l'avait vu la semaine précédente à Las Palmas. Soulas lui avait donné un boulot à la source de l'autre côté de la colline. La seule compagnie d'eau minérale de l'île survivait grâce à des subsides — quinze personnes avaient été licenciées depuis le début de l'année — alors que Jean touchait un salaire et des notes de frais assez conséquents pour pouvoir se payer du bon temps à Las Palmas.

« Je suis au village, répondit Coco. Il n'y a pas de place pour moi à Massaccio à cette époque de l'année. C'est bourré de gens chaussés de tongues. Je me sens trop habillé. »

Coco n'avait pas regardé Jean, mais il savait que cela ne le ferait pas sourire. Jean souriait toujours à contretemps, se contentant de cligner des yeux patiemment à toute manifestation d'humour. Coco effleura du regard les mains de Jean, posées une sur chaque cuisse. Les ongles horriblement rongés faisaient du bout de ses doigts des moignons. Coco aurait dû examiner ses doigts avant de le proposer comme chef de l'exécutif. Assis à côté de lui, Jean contemplait en silence toute cette nature sauvage comme s'il en était propriétaire. Dieu merci, c'était à peu près tout ce qu'il possédait.

Coco comprit que Jean n'allait pas parler le premier. Il avait espéré qu'il ferait allusion à la cache d'armes et regrettait maintenant de n'avoir pas amené Georges. Erreur de sa part, car ce n'était pas bon pour lui d'être au volant. Dans cette position, il ne pouvait être en face de Jean et regarder sa bouche informe, mal cachée par son épaisse moustache. Coco tourna la tête pour le regarder. De profil, son bec-de-lièvre n'était pas visible.

« Alors, commença-t-il. Nous avons eu une petite surprise l'autre soir.

— Oh ?

— Les Sam-7. » Jean resta sans réaction. « Tu es en train de te constituer un sacré arsenal. »

Jean se tourna vers Coco qui gardait les yeux fixés sur la route sinueuse.

— Il s'agit d'une guerre, Santini, pas d'un passe-temps.

— Je sais, je sais. Et j'ai remarqué qu'ils avaient envoyé deux nouvelles unités de CRS. Ils parlent de paix pour se donner le temps d'armer leur troupes.

— Exactement.

Coco cherchait un endroit sur le bas-côté où se garer. Il en avait marre de cette situation. Après tout, il n'était pas le chauffeur de ce type.

— En général, bien entendu, ils envoient davantage de CRS pour l'été.

— C'est de la provocation.

— Exactement.

— Je suppose que tu n'es pas monté jusqu'ici simplement pour te montrer sarcastique, dit Jean.

Coco bifurqua vers le bas-côté. Un unique acacia avait poussé dans une faille de la paroi rocheuse. Coco s'immobilisa sous son fragile auvent. Des flaques de lumière du soleil frémissaient sur le capot. Il coupa le contact.

— Je ne suis pas en mesure de garder les missiles Sam-7 sous ma piscine. Tu as parlé d'un « bouche-trou », en avril dernier. En ce moment, je suis salement dans le collimateur. Un enfant a été kidnappé, et Stuart espère que je suis dans le coup. J'ai un minimum de trois voitures au moins qui me filent le train. Je crois qu'il est temps que tu trouves une autre solution.

Jean semblait nerveux. Coco ouvrit la fenêtre pour respirer le parfum sucré de l'acacia.

— Si tu es suivi...
— T'inquiète pas. Je les ai semés en ville.
— Si tu es suivi, disais-je, tu n'as sûrement pas envie qu'on déménage quoi que ce soit maintenant. Tu veux bien fermer cette fenêtre ?
— Tu as froid ?

Jean se contenta d'indiquer la fenêtre d'un signe de tête.

— Tu veux bien ?

Coco remonta la vitre. Le ton de Jean l'écœurait. Il était pire qu'un prêtre.

— Nous sommes très reconnaissants de disposer de cet espace. Nous ne devrions pas en avoir encore besoin bien longtemps. Je me réjouis, néanmoins, d'avoir cette occasion de te parler, parce que nous voulions de toute façon te poser la question. C'est peut-être un peu prématuré, mais la situation est en train d'évoluer depuis quelques temps. Le MPC a battu en retraite, laissant pas mal de terrain libre. Nous aimerions acquérir Las Palmas.

— Quoi ?
— Nous avons contacté Édouard Getti, mais il paraît réticent.
— Tu plaisantes, non ?
— Édouard est un vieil ami à toi, nous le savons. Nous voudrions que tu lui parles.
— Ed ne vendra jamais Las Palmas. Il vendrait plutôt sa mère.

Jean se contentait de le fixer. Ses cheveux grisonnaient de plus en plus, ce qui donnait un aspect comique à son épaisse moustache, toujours d'un noir de jais. Ses yeux brillaient, comme il se doit chez un chef charismatique.

— Nous avons des projets qui dépassent de loin tout ce qu'Édouard pourrait entreprendre. Il a un attachement sentimental pour la boîte, et pourtant ça végète là-dedans.

— Tu veux installer des machines, dit Coco. Tu veux mettre la main sur le meilleur club du bord de mer, le seul endroit où on peut prendre un repas décent sans avoir une paire de nichons sous le nez, et tu veux en faire un assommoir ouvert vingt-quatre heures sur vingt-quatre.

— Coco, il va falloir que j'en discute avec toi. Tu ne te montres pas objectif.

— Pas question.

— Tu ne veux pas qu'il arrive à Édouard ce qui est arrivé à Monti.

— Descends de là.

Jean ne bougea pas.

— Je te dis de descendre.

— Tu commets une erreur, Santini.

— Descends de la voiture. Ne me menace pas. Descends de la voiture.

— Je crois…

— Descends ou je te fous dehors. » Jean ouvrit la portière. « Grouille. »

Jean descendit et claqua la portière. Coco passa en marche arrière et exécuta un demi-tour sur place. Dans le rétroviseur, il vit Jean debout sous l'acacia. Coco attendit un moment, taraudé par sa douleur dans les tripes. Son pied frémissait au-dessus de l'accélérateur, prêt à projeter l'homme contre le rocher. Jean était planté là, ses gros bras qu'il ne pouvait laisser pendre, écartés de chaque côté de son corps. Jean n'était pas armé. C'était là, songeait Coco, le succès de sa réussite.

Il passa en première la voiture de Karim et s'engagea sur la route. Il se força à conduire lentement, à se calmer, à compter ses respirations, à expirer profondément.

En deux mois à peine, le FNL était devenu incontrôlable.

« C'est moi qui t'ai fait, Jean. Je t'ai même offert le luxe de croire que tu étais un agent libre. » Coco freina brutalement et resta assis là, au milieu de la route, les mains moites de sueur sur le volant, cerné par le maquis, attaqué par lui, cette fois, par la fenêtre ouverte.

Ils voulaient *Las Palmas*. Maintenant c'était Ed, mais demain ce serait *Le Pescador* et *Le Palais de Verre*. L'année précédente, deux hommes à moto avaient abattu Monti alors qu'il remontait les marches conduisant de son club à la route principale, longeant le front de mer. Monti avait basculé dans les bambous en dessous des marches, et il avait fallu trois jours à Stuart pour retrouver le corps, dissimulé sous les bambous. Ce meurtre n'avait pas trop inquiété Coco, car il savait que Monti était un indic de Stuart et, de toute façon, Bleu Électrique n'avait jamais été une bonne juridiction, trop petite et trop isolée. Il comprenait maintenant que cela avait été la première offensive de Jean. Un tic lui tiraillait la joue. Il se passa les mains sur le visage pour essayer de calmer ses nerfs crispés. Jean l'avait menacé. Comment la situation avait-elle pu dégénérer si vite ?

Son système nerveux en partie dénoué, il poursuivit sa route. Les buissons de chaque côté continuaient à défiler sous le soleil torride. Coco accéléra, pressé de descendre dans la vallée. L'idée lui vint au moment où il passait devant une aire de stationnement indiquée par un grand « P ». Un quelconque abruti blafard du bureau du tourisme avait fait installer là une ou deux tables avec des bancs. Comme si quelqu'un pouvait choisir cet endroit pour pique-niquer.

L'idée vint peut-être à Coco en passant là que certaines choses n'étaient pas utilisées comme elles l'auraient dû. Peut-être était-ce le signe P, mais de l'image de cette aire de stationnement inhospitalière, aperçue fugitivement au passage, jaillit celle de Philippe Garetta, passant toutes ses journées assis à la table la plus reculée du *Pescador*, oisif, violent. Coco pensa à l'Anglaise. Il la vit relevant ses cheveux pour révéler ses épaules et son cou, courbé comme en offrande. Dans le plan qu'il échafaudait, il voyait également un moyen de gagner ses faveurs. Garetta était dangereux ; il était le seul à parler encore de révolution. Restait à savoir si, une fois remonté, on pourrait l'arrêter. Comme il passait devant les premiers eucalyptus bordant la route, Coco soudain se détendit. La pression exercée par le maquis était simplement son sang battant dans ses oreilles. Il garda en réserve néanmoins l'idée qui lui était venue alors qu'il n'était pas vraiment lui-même. Il allait lancer un nouveau mouvement, fomenter une guerre.

Moins d'une heure plus tard, Coco était étendu sur la banquette arrière de la nouvelle Cherokee noir et or d'Évelyne. Son parfum flottait dans la voiture et, bien qu'il le respirât avec plaisir, il savait qu'il ne lui manquerait pas.

« O.K., dit-elle. Je vais entrer maintenant. Il n'y a personne derrière nous.

Sa voix était déplaisante, comme elle l'avait toujours été.

— Ne parle pas, répondit-il. Gare-toi simplement et laisse-moi descendre.

— À quelle heure tu veux que je vienne te chercher ?

— Je rentrerai par mes propres moyens. »

Il descendit, claqua la portière, et commença à avancer vers les ascenseurs. Une âcre odeur d'urine s'élevait devant lui comme un mur invisible, lui barrant la route. Il ne voyait nulle part aucune ventilation et il sentait les vapeurs d'essence lui emplir les poumons et le plomb s'infiltrer dans les pores de sa peau. Il était furieux maintenant de devoir se cacher comme un rat dans un parking souterrain. Semer les flics avait cessé depuis longtemps d'être un plaisir pour lui.

Les portes de l'ascenseur s'ouvrirent sur un carillon à trois notes et il émergea dans l'éternel crépuscule du centre commercial. L'éclairage au néon, tirant sur le mauve, faisait virer au rouge sang le teint des gens. Dans cet endroit, personne n'était désirable. Il pourrait mettre là la femme Aron au premier étage, juste à côté du magasin de sport, et elle perdrait tout son charme. Elle aurait l'air d'un animal de laboratoire. Des ondes de musique allaient et venaient, flottant comme des relents de mauvaise haleine.

Au-dehors, il respira avec délices l'air pur, et il traversa la rue jusqu'au *Ève Beauté*. Marie-Laure, la sœur d'Évelyne, assise derrière la caisse, se vernissait les ongles. Une plaisante odeur de laque et de cire à épiler régnait dans la boutique. Deux Italiennes d'un certain âge, penchées sur la vitrine où étaient exposés des bijoux en corail, discutaient dans leur langue volubile. Marie-Laure ne salua pas Coco. Elle se contenta de refermer le flacon de vernis, souleva son vaste postérieur de l'étroit tabouret où elle était assise, et, par-dessus le comptoir, le gratifia des quatre baisers traditionnels. Elle cumulait en elle tous les défauts physiques d'Évelyne. Une grande bouche, aux lèvres plus minces, des yeux plus globuleux, et, si on pouvait avoir quelque hésitation en ce qui concernait Évelyne, il n'y avait aucun doute que Marie-Laure ressemblât à une grenouille. Coco attendit pendant qu'elle servait les clientes italiennes. Les Italiennes, même laides, donnaient toujours l'impression d'être sûres de leur sex-appeal. Après leur départ, Marie-Laure le précéda à travers les rideaux de perles au-delà de sa salle de soins où elle pétrissait, enduisait de produits, et ébouillantait ses clientes, jusqu'à son appartement. La télé était allumée et son fils de cinq ans, assis sur un sol encombré d'objets, était en train de zapper, arborant l'air accablé d'ennui qu'il avait hérité de sa mère. Marie-Laure avança vers lui et éteignit la télécommande. Le petit garçon leva la tête, et Coco vit dans ses yeux une peur fugitive se muer en ressentiment.

« Va jouer dehors », dit-elle.

Coco le regarda enfoncer les mains dans son survêtement et se frayer un chemin au milieu des jouets avec une grâce et une précision qui firent naître en lui quelque espoir pour cet enfant. Comment les petits garçons réussissaient-ils à survivre à leurs mères, avait toujours constitué un mystère pour lui.

Lorsqu'il eut disparu, Marie-Laure le gratifia d'un bref sourire.

« J'en ai pour une minute. Tu veux boire quelque chose ? Un pastis ? »

Coco secoua la tête. Superstitieux, il répugnait à aborder avec elle le moindre sujet, maintenant qu'il avait pris sa décision au sujet d'Évelyne.

Quand elle fut partie, il s'assit à la table où son fils et elle prenaient leurs repas, recouverte d'une nappe en plastique ornée de cerises, poisseuse au toucher. Il écarta la chaise de la table. Le tapis s'arrêtait net pour céder la place à du linoléum, à l'endroit où commençait le coin-cuisine. Il se rappelait avoir entendu Évelyne et Marie-Laure envisager de construire un bar pour séparer les deux secteurs. Les deux femmes parlaient de façon incessante, de rien en général.

Lorsque Marie-Laure écarta le rideau de perles pour faire entrer Philippe Garetta, Coco ne se leva pas. L'homme était de trop haute taille pour la pièce dont il parut prendre possession. À la vue de sa tenue de cuir noir de motard et de ses longs cheveux noirs frisés qui lui retombaient sur le visage, Coco se dit qu'il avait commis une erreur. Puis Garetta se pencha en avant, et Coco fut rassuré par sa poignée de main. Le cuir de sa combinaison craquait quand il bougeait. Il s'assit sur une chaise, à côté de Coco, et posa ses mains jointes sur la table, d'un geste précis. Une odeur de tabac émanait de lui.

« Vous vouliez me voir ?

Sa voix était d'une douceur insolite.

— Tu es de Marseille ?

— Mon père l'était.

— Tu as le même accent que lui.

Garetta l'observait.

— J'ai été élevé là-bas jusqu'à l'âge de treize ans. Quand il est mort, on est revenu sur l'île.

— Toi et ta mère ?
— Et mon frère.
— Je le connais, ton frère ?
— Il travaille pour Soulas.

Coco opina d'un signe de tête, ne voulant pas perdre davantage de temps.

— Tu t'intéresses à la politique ? commença-t-il, se carrant en arrière sur sa chaise comme pour donner du poids à ses dires.

— Ça dépend de ce que vous entendez par politique. Je ne m'intéresse pas à celle qui permet à des gens comme Russo d'être élus.

Coco sourit.

— Tiens, tiens.

Garetta baissa les yeux un instant, puis l'air soudain insolent, il écarta ses cheveux de son visage en un geste curieusement efféminé.

— Je ne peux pas être acheté, Santini.

— Je ne pensais pas que tu puisses l'être. J'ai une proposition à te faire, néanmoins. C'est ton zèle qui m'intéresse. C'est ton zèle dont j'ai besoin. » Coco observa une pause. « Je me demande jusqu'où tu irais pour servir ton idéal.

Garetta, attentif, cligna des yeux. Il avait un visage émacié, un teint maladif, grisâtre, et des yeux profondément enfoncés. Coco y lisait une passivité déconcertante qui le fit un moment mettre en doute la réputation de cet homme.

— Jusqu'où irais-tu, Garetta ?

Garetta croisa les bras.

— Qu'est-ce que vous proposez ?

— Je veux avoir une idée de ce que tu es prêt à faire pour servir ton idéal.

— Nous ne parlons pas le même langage, Santini, dit-il, affrontant de nouveau Coco du regard.

Coco observa ce visage blafard, ni jeune ni vieux, mais hagard.

— Tu prends de l'héroïne ?

Garetta détourna la tête pour dissimuler son sourire comme s'il s'agissait d'un tic honteux.

— Non, je ne prends pas d'héroïne. On n'a pas le temps d'être à la fois un camé et un révolutionnaire.

— Pourquoi n'appartiens-tu pas au FNL, Garetta ?

— Ils ne sont pas assez radicaux.

— Ils croient à la lutte armée.

Garetta eut un petit rire méprisant.

— La lutte armée. La lutte armée est devenue une affaire de famille sur l'île. Entrer au FNL, c'est une décision économique, pas idéologique. Ça ne les intéresse pas de changer quoi que ce soit ; ce qu'ils veulent, c'est se cramponner à leur part de gâteau.

— Et toi, tu veux une révolution Tu as des partisans ?

— Quelques-uns.

— Tu connais Mickey da Cruz ?

— Oui.

Coco hésita

— Irais-tu jusqu'à kidnapper l'enfant d'un riche industriel pour servir la cause ?

Garetta croisa les bras et le dévisagea. Ce n'était pas de la passivité que Coco avait vue dans ses yeux, mais un détachement animal, impassible.

— Certainement.

— Et tu tuerais l'enfant ? Tu mettrais la menace à exécution ?

— Absolument, répondit Garetta de sa voix douce.

— Cela va à l'encontre des valeurs les plus profondes de l'île.

— Je crois au progrès.

Coco ne décela aucune ironie dans cette remarque. Il se leva et enjamba les jouets de l'enfant pour aller ouvrir l'armoire vitrée derrière la télé.

— Je vais boire un coup. Tu veux quelque chose ? » Il prit deux verres dans le placard, les tenant d'une seule main. « Un pastis ?

— Non merci. »

Coco trouva une bouteille de Ricard dans le bas de l'armoire et se versa à boire. Il alla ouvrir le robinet au-dessus de l'évier et laissa couler l'eau sur son doigt jusqu'à ce qu'elle fût froide.

« Je pense qu'il est temps de lancer un nouveau mouvement indépendantiste, dit-il, tournant le dos à Garetta.

— Je ne suis pas idiot, Santini. Rien de ce que vous pourriez créer ne conduirait à une révolution.

Santini se tourna alors vers lui de l'autre côté de la pièce.

— Tu ne pourras pas déclencher une révolution s'il n'y a pas un mouvement, et tu ne peux pas lancer un mouvement sans capitaux. « Il alla se rasseoir à la table. » J'aime cette île autant que toi, Garetta. Je sens bien qu'elle est malade. Profondément malade. Si j'ai contribué à ça…

Il vida son verre.

— Si une révolution est indispensable… » enchaîna-t-il, en posant son verre. Garetta continuait à l'observer de son regard intelligent de bête sauvage. « Les jeunes ont besoin de nouveau. Ils ont besoin d'idées nouvelles, d'un programme nouveau. Ils arriveront en masse. Emploie des mots durs, le plus dur sera le mieux. » Coco ouvrit les mains. « Laisse-moi t'aider, » dit-il, regardant avec satisfaction Garetta allumer une cigarette roulée à la main. « Pour le monde, ton groupe commencera par faire éclater une bombe. Modeste, sans prétention. Comme toi, Garetta. »

CHAPITRE 18

Alice, agenouillée par terre dans l'obscurité, fixait l'écran brouillé de la télé pendant que la cassette des kidnappeurs, arrivée tôt par la poste ce matin, se rembobinait.

Quand Stuart lui avait tendu le paquet, il l'avait mise en garde « Leur but, c'est de vous faire souffrir. »

Le magnétoscope s'arrêta avec un déclic et elle appuya sur la touche *Lecture* de la télécommande. Elle tendit alors la main et toucha l'écran. Épuisée d'avoir tant pleuré, elle était calme maintenant, et espérait s'aguerrir en revoyant sans cesse le film. Elle appuya maintenant sur la touche *Arrêt sur image*, se cuirassant contre la douleur.

Ils apparaissaient tous les trois, traversant la piste en direction de la caméra. L'image, un instant brouillée, se précisa, montrant les garçons à côté d'elle, Sam qui gambadait autour d'elle, se rapprochait pour s'écarter de nouveau, la gênant pour avancer. Elle appuya sur *Pause* au moment où Sam croisait sa trajectoire, les bras levés. Voilà : elle vit à quel point elle était irritée. Elle appuya sur *Lecture*, et se vit faire un pas de côté pour l'éviter.

« Reste près de moi, Sam, avait-elle dit. Tiens-toi à ma robe. Toi aussi, Dan. » Elle appuya sur *Pause* et fixa le tableau qu'ils formaient tous les trois, les garçons tenant un pan de sa robe. Elle les regardait tous les trois, rendus flous par l'immobilisation de l'image. Elle appuya sur *Lecture*, puis sur *Pause*. Le genou de Sam était replié au milieu d'un bond, ses pieds tournés vers l'intérieur. « Te fâche pas, M'man. » Chaque image lui faisait prendre conscience de la vérité. Elle ne l'avait pas suffisamment aimé et on le lui avait donc enlevé.

Stuart avait visionné tout le film avec elle. Puis il l'avait regardé de nouveau, comme elle le faisait maintenant, stoppant, revenant en arrière. Il prenait des notes dans un petit calepin. Il se rendit ensuite à l'aéroport pour voir s'ils avaient été filmés sur le système en circuit fermé. Derrière les volets, elle sentait la chaleur de l'après-midi. Elle était assise là depuis des heures. Prenant le portable, elle composa de nouveau le numéro de David. Dès que la secrétaire entendit sa voix, elle la mit aussitôt en attente. Alice écouta un instant *Carmen*.

« Alice. » Il avait la même voix que Mathieu. « Rien encore. J'attends que Gerbier me rappelle.

— David.

— Je sais, Alice.

— Nous n'avons que deux jours.

— Tout va s'arranger. Gerbier va trouver une solution. Cela fait des siècles que sa famille gère notre argent. J'ai confiance. Crois-moi. »

Dans sa voix, Alice entendait à quel point David aimait les situations de crise.

« Pourquoi ne prennent-ils pas la maison comme garantie ? Elle vaut plus de neuf millions. Je ne peux pas l'hypothéquer, David. Ça prendrait un mois. Je n'ai que deux jours. » Elle avait la gorge sèche.

« Ne t'inquiète pas, dit-il doucement. Gerbier sait, Alice. Il faut simplement qu'il persuade les autres d'accepter une déclaration sous serment. Il ne peut pas tout seul obtenir la somme en liquide.

— Ils ont dit oui, ensuite ils ont rappelé...

— Alice ? On m'appelle sur une autre ligne. Si c'est lui, je te rappelle tout de suite.

— Rappelle-moi, David. Je t'en prie. »

Elle raccrocha, les yeux fixés sur le téléphone. Elle mourait d'envie d'appeler sa mère. Elle la voulait soudain à ses côtés, prête à accepter son soutien, inéluctable, mais dénué de tendresse. « Allons, allons, dirait-elle. Ma pauvre vieille... » La façon dont sa mère montrerait sa camaraderie à son égard face à leur destin : tout ce qu'elles pourraient jamais avoir, c'était leur connivence. C'était ainsi, du moins, que sa mère avait réglé le problème. Elle avait organisé sa vie en fonction de ses modestes ambitions. Elle n'aurait pas d'homme, et Alice n'aurait pas de père. Mathieu l'avait baptisée : l'Immaculée Conception. Cette plaisanterie avait amusé Alice à l'époque et en l'évoquant, elle sourit de nouveau. Non, Sam avait toujours été un obstacle entre elle et sa mère. Elle ne l'appellerait pas.

Elle appuya sur *Lecture* une fois de plus. Comment avait-elle pu ne pas remarquer quelqu'un si près d'elle avec une caméra ? Elle se regarda prendre Dan dans ses bras, et arrêta l'image. La caméra resta fixée sur Sam, à sa réaction en cet instant où il était exclu. Elle le voyait de profil. Sa résignation était perceptible dans la position de sa tête courbée, de ses épaules légèrement crispées en avant, comme pour se protéger de cet affront. De nouveau, elle appuya sur *Lecture*. Elle avait le sentiment que tout cela était très précis, très réfléchi, et que Stuart se trompait. Il n'avait pas affaire à un amateur. Elle regarda leur groupe de trois attendre les bagages. Elle vit à quel point Sam ne tenait pas en place. En ce moment même, il était emprisonné quelque part, peut-être dans le noir. Tout comme elle redoutait par-dessus tout de se noyer, Sam ne supportait pas d'être enfermé. Il lui avait expliqué une fois que ce qui le terrifiait dans la mort, c'était qu'on ne pouvait plus bouger. Assise dans l'obscurité, la tête appuyée au dossier du divan, elle se regarda disparaître avec ses enfants, effacée par l'éclatante lumière du soleil.

Elle demeura immobile, la lumière du poste de télé lui éclaboussant le visage, lui collant aux yeux.

Lorsque la sonnerie du téléphone retentit, elle se leva d'un bond et rafla l'appareil de Stuart sur la table à côté du divan. « Allô ? » Un silence. « Allô ? » Il n'y avait plus personne.

Le policier, Paul, apparut sur le seuil et lui jeta un regard interrogateur.

« Allô ? » Elle raccrocha, mais sans lâcher l'appareil, et leva les yeux sur Paul. Il s'apprêtait à lui parler, mais elle lui tourna le dos. Elle décrocha avant même la fin de la première sonnerie et entendit une voix d'homme.

« Qui est à l'appareil ?

— Ce téléphone marche mal.

C'était Stuart. Soulagée, elle laissa retomber ses épaules.

— Où êtes-vous ?

— Quelqu'un a posé une bombe en ville. Un nouveau groupe. Il y a peut-être un lien.

— Une bombe ? Stuart, attendez…

— Je vais sur les lieux. Je vous appellerai plus tard.

— Et la vidéo à l'aéroport ? demanda-t-elle.

— Rien. Ils ont repassé toute la bande du jour de votre arrivée. Ils savaient où se trouvaient les caméras.

— Vous voyez, ils ne sont pas idiots.

Il ne répliqua pas.

— Et cette bombe alors ? Ce sont eux ?

— Je ne sais pas. Je ne pense pas. Je passerai vers six heures, dit-il.

— Stuart ? »

Il avait raccroché. Elle se retourna. Paul se tenait juste derrière elle, les mains légèrement écartées à ses côtés, comme s'il essayait de la capturer. Son haleine sentait l'alcool.

« Sortez d'ici ! hurla-t-elle. Laissez-moi tranquille ! »

Il hésita un instant, ne sachant quelle décision prendre, puis lui tourna le dos et sortit de la pièce, refermant sans bruit la porte derrière lui. Alice lui emboîta le pas, pressée soudain de voir Dan et de le tenir contre elle. Elle le trouva dans la buanderie au rez-de-chaussée, assis sur les genoux de Babette. Il était en larmes.

Alice le prit dans ses bras, plaquant son petit corps contre le sien, heureuse de le retrouver. Elle lui embrassa les cheveux et se mit à le bercer

« Ne pleure pas, mon chéri. Maman est là. » Elle le tenait étroitement serré, les yeux fermés, consciente du fossé qui maintenant les séparait. « Maman est là. » Cela lui faisait du bien de dire ça. À plusieurs reprises, elle murmura : « Tu es le petit garçon de maman. »

Babette, assise sur sa chaise, ses mains couvertes de bagues en or posées sur les genoux, les observait.

Alice porta Dan en bas dans le bureau et s'assit avec lui devant l'écran allumé de la télé. Ses larmes s'étaient taries, mais elle continuait à le serrer contre elle. Elle comprenait que, quoi qu'il arrive, elle devait continuer à être une mère pour les deux. Pour la première fois, elle envisagea la mort de Sam. Elle savait que même si elle devait le perdre, toute sa vie à venir dépendait de son amour pour les deux enfants. Pénétrée de cette idée, elle prit une décision. Jamais plus elle ne se couperait de Dan. Les yeux fixés sur l'écran de télé, elle garda Dan contre elle jusqu'à ce qu'il s'endorme. Elle le porta alors dans la pièce à côté et l'étendit sur le lit de camp de Stuart dans un coin du salon. Puis elle regagna le bureau, éteignit la télé et décrocha le portable. Elle composa le numéro de Santini.

Son cœur se mit à battre plus vite lorsque la sonnerie retentit. La voix profonde de son interlocuteur, isolée de sa personne, la calma.

« Ils ont envoyé une vidéo », dit-elle, s'efforçant de ne pas parler fort. Ils veulent l'argent jeudi, pour midi. Je ne peux pas rassembler cette somme à temps. Pouvez-vous me prêter l'argent ? Je vous rembouserai dans le mois. Je peux obtenir...

— Ce ne sera pas nécessaire. Je crois que nous les tenons peut-être. » Une pause s'ensuivit. « D'où appelez-vous ?

— D'un portable.
— Le vôtre ?
Elle hésita.
— Celui de Stuart.
Il raccrocha.
Alice fixait l'appareil. Elle essayait de se rappeler ses mots exacts. Il lui semblait avoir perdu la faculté de déchiffrer le langage, mais, avec ces mots, un ressort en elle s'était détendu. Ils l'avaient trouvé.

CHAPITRE 19

Le *maestrale* avait opéré sur le ciel un nettoyage chirurgical. La lumière était maintenant si vive que Stuart avait du mal à garder les yeux ouverts. Accroupi derrière le ruban de plastique orange, à cent mètres de la voiture, il se protégea la tête au creux du bras et attendit l'explosion. Pour une raison quelconque, Mesguish était là, et Van Ruytens, qui intervenait toujours en cas d'alerte à la bombe et qui s'était maintenant installé à côté de lui, sa pipe au bec et les mains plaquées sur les oreilles. Ils attendaient que la grande aiguille atteignît le six. Il était impossible maintenant de faire appel à l'Équipe de Déminage. Il leur fallait donc attendre que la demi-heure se soit écoulée et se débrouiller ensuite avec les débris lorsque la bombe exploserait enfin, le risque zéro étant maintenant la politique en vigueur. L'homme de Mesguish lui adressa un sourire sarcastique. Lorsqu'il se détourna, Stuart vit qu'il portait une boucle d'oreille et la colère lui fit monter le sang aux joues.

À la trentième minute, la bombe explosa. Stuart ressentit le souffle sur son visage. Il était trop tard pour se protéger les oreilles. La déflagration résonna dans sa poitrine et dans sa gorge. Une pluie de verre et de morceaux de ferraille s'abattit alentour. Quelque chose volait à travers les airs dans sa direction ; il crut que c'était un corps. Tout autour de lui, les gens s'éparpillaient. C'était en fait le capot de la voiture qui oscillait maintenant à quelques pas de lui sur la place désertée.

Stuart se releva. L'homme à la boucle d'oreille souriait tout en mâchonnant du chewing-gum, cherchant des yeux autour de lui quelqu'un qui partageât son excitation.

— Putain, disait-il. Merde alors !

Stuart vit Van Ruytens épousseter son pantalon. Souriant, il était en train de parler à Mesguish. Stuart voyait le crâne rasé de Mesguish et deux rouleaux de graisse hérissés de poils reposant sur son col. Le procureur tapota le bras de Mesguish, remit sa pipe entre ses dents et entreprit d'enjamber le ruban en plastique. Stuart se rua sur lui et l'empoigna par sa manche.

— Non. Personne sur les lieux.

Van Ruytens, de sa main libre, avait réussi à enlever sa pipe d'entre ses lèvres. Il regardait maintenant Stuart, bouche bée.

— Ne vous inquiétez pas. Je ne vais rien toucher.

— Pas question, monsieur le procureur. Personne sur les lieux. Personne. Ni Mesguish ni vous. Les seules personnes autorisées seront moi-même et les experts. Vous m'avez bien compris ?

Van Ruytens cligna des paupières.

— Je suis stupéfait de votre grossièreté, dit-il, le sourire aux lèvres.

— Je m'en fiche, répliqua Stuart. Il lâcha la manche du procureur, remarqua les mines atterrées autour de lui, enjamba le ruban et traversa la place déserte en direction de la carcasse de la voiture, les oreilles encore vibrantes de la déflagration.

Gérard et Paul, des gants en plastique aux mains, se frayaient déjà un chemin parmi les débris. Fabrice circulait de son côté, prenant des photos. Il y avait un cratère précis d'environ trente centimètres de diamètre là où s'était trouvée la bombe. Le secteur était encore brûlant et Stuart voyait le goudron suinter sous la croûte comme du caramel. Il se protégea les yeux de la main et regarda Paul arracher ses gants de chirurgien.

Malgré la chaleur, Gérard portait son imperméable. Il prit dans sa poche un bout de papier plié et le tendit à Stuart. Stuart le tint à bout de bras pour l'éloigner de ses yeux déficients. C'était une copie du communiqué qui avait été lu à un journaliste stagiaire de *L'Insulaire* ce matin-là :

Notre île est devenue un trou perdu capitaliste, la cellule malade du Continent, infestée de tous ses maux, le chômage, la cupidité, la corruption et le déclin moral.
Les mouvements indépendantistes sont pollués, s'enfoncent dans les sables mouvants du crime et de la désintégration de la société.
Une rupture totale et non négociable avec le Continent est la condition préalable à la naissance d'une Nouvelle Société.
Que les masses de ce Paradis se soulèvent et balayent des siècles d'exploitation, de pillage et d'humiliation. Il est temps d'agir.

Le Comité Révolutionnaire du FRA
(Front de la Révolution Anarchiste)

Stuart leva la tête. Gérard, à quelques pas, indiquait du bout du pied un morceau de métal bleu

— Cylindre à gaz, dit-il. Et ils ont utilisé du sucre.

— C'était destiné à qui ? » demanda Stuart, regardant autour de lui comme si la cible allait se matérialiser. Il sentait la foule s'amasser derrière les barricades. La chaleur qui régnait sur la place semblait les isoler encore davantage. « Il y a un Crédit Lyonnais », ajouta-t-il stupidement.

Paul cligna des yeux, attendant que Stuart posât une question sensée. L'alcool commençait à laisser des traces sur son visage enfantin ; il avait des poches sous les yeux.

« C'est bon marché, dit-il.

— Ils visaient quoi ? demanda de nouveau Stuart.

— C'est peut-être tout simplement une inauguration.

Fabrice se mouvait avec efficacité parmi les débris éparpillés de la voiture. Il en avait vu assez pour ne pas avoir besoin d'être guidé. Gérard le suivait, de sa démarche souple, tenant à la main un rouleau de sac de congélation en plastique pour recueillir des indices. Stuart regardait Paul faire glisser son pied nu et bronzé dans son mocassin. En hiver, il portait des chaussettes de couleurs vives et Stuart avait remarqué que sur une paire était imprimée l'inscription *Frimas*. Il comprenait pourquoi les femmes adoraient Paul : il était touchant.

— Ce sont des amateurs », dit Paul. Gérard vint se placer à côté de lui et regarda Stuart, les yeux plissés. « On dirait des amateurs, lui expliqua Paul.

Stuart plia le papier, le mit dans sa poche et regarda ses deux amis. Oui, c'était ses amis, il en avait brusquement la conviction, alors que tous trois se tenaient là en silence, savourant cet instant de répit, conscient du périmètre de cent mètres derrière lequel un raz-de-marée de merde était retenu par un ruban en plastique.

—J'ai malmené le procureur, déclara Stuart.

— Il a aimé ? demanda Gérard.

Stuart sourit.

— Le procureur, Zanetecci, Mesguish et ses pirates, même Lasserre. Tous attendent que je commette une erreur. Et cette femme... » Il remarqua l'intensité de leur expression et observa une pause. « Elle est assise là dans cette maison. Elle attend. »

Debout sur cette place chauffée à blanc, incandescente, il examinait les restes calcinés d'une banquette de la voiture, gisant par terre. Il leva la tête. « Et au nom du ciel, qu'est-ce que Mesguish fout ici ?

— Ce sont les pompiers qui ont reçu le coup de fil, dit Paul. Ils se sont servis de la radio pour appeler le commissariat et Mesguish est tombé sur leur appel.

Stuart le dévisagea.

— Il y a quelque chose de bizarre dans cet attentat, dit-il. Regardez-moi ce nom. FRA. Plus personne n'utilise le mot anarchie, pas vrai ?

— Trop radical, dit Paul.

Stuart ne répliqua pas.

— Ce communiqué provient d'une autre planète, dit Gérard.

Stuart était absorbé par ses propres pensées.

— Raymond ne parle pas, dit-il. Vous pensez qu'on devrait le laisser filer ?

— Il reste combien de temps ? demanda Paul.

— Encore quelques heures, répondit Stuart.

Paul avait adopté son attitude de videur, pieds écartés, bras croisés sur la poitrine.

— Autant profiter de ce délai, dit-il.

Stuart sentait la désapprobation de Gérard. Il s'attardait entre eux, différant son départ. Poliment, ils attendaient. Il ne trouva rien d'autre à leur dire. Ils le saluèrent d'un signe de tête, Paul levant d'un coup sec le menton, et ils le regardèrent traverser le no man's land pour affronter ce qui allait suivre.

Mesguish l'attendait. Stuart enjamba le ruban et regarda son large crâne qui luisait, hérissé d'une auréole de poils blancs. Mesguish avait un visage de gargouille où tout semblait caricatural : des yeux étincelants, une bouche au pli amer, un menton agressif. Stuart se sentait accablé rien que de le regarder.

— Alors ? fit Mesguish. C'est quoi, le Front de la Révolution Anarchiste ?

Stuart répondit d'une voix contenue comme pour souligner le timbre inutilement bruyant de son interlocuteur

— Ce sont des nouveaux venus. Rien de sérieux Ils se sont servis de sucre. Et il ne semble pas qu'il y ait eu une cible. » Mesguish, perdu, furieux, le dévisageait. « Il ne s'agit pas d'un groupe dissident, car ils n'ont aucune compétence. Il se pourrait qu'ils viennent d'ailleurs.

— Vous voulez dire que ça n'a aucun lien avec l'affaire qui nous occupe ?

Stuart se réveilla.

— L'affaire qui nous occupe ? L'affaire qui nous occupe semble consister à surveiller, à surveiller étroitement, les trois ou quatre rues qui entourent le Fritz Bar. La cabine téléphonique est la seule piste que nous possédons. J'essaye de comprendre.

La bouche de Mesguish se pinça davantage encore. Et son froncement de sourcils fit apparaître un bourrelet de graisse à l'arête de son nez.

— Zanetecci m'a dit de vérifier.

Stuart prit conscience de la présence de quelqu'un derrière lui, trop près. Il se retourna et vit Lopez qui le regardait, un crayon entre les dents. Il sourit, enleva le crayon.

— Qui vous a laissé passer ?
— Le procureur.
— Attendez-moi ici. J'en ai pour une minute.

Lopez leva les mains et s'écarta, puis il se tourna pour aller rejoindre le groupe des hommes de Mesguish. Il rappela à Stuart ce chien à Santarosa, fourrageant dans les ordures.

— On parle à la presse, maintenant, dit Mesguish, opinant lentement du bonnet.

— Écoutez. On vous a fait venir ici comme renfort. Vous avez une seule tâche, répliqua Stuart, ponctuant ses dires de son index tendu. Surveiller. C'est tout. Vous comprenez ?

Mesguish avait les mains dans ses poches, ce fut donc son nez qu'il pointa sur Stuart.

— Écoutez, espèce de petit merdeux, si vous saviez le peu de temps qui vous reste sur le tas d'ordures qu'est cette île, vous montreriez peut-être un peu plus de respect. Le Bureau Central en a marre des télex crachant des flots de réclamations qui dénoncent votre incompétence. Vous allez vous retrouver sur une voie de garage.

Stuart regardait fixement la boule de graisse entre ses yeux.

— Vous ne devriez pas laisser vos hommes porter des boucles d'oreilles, Mesguish. Ça donne une mauvaise image de la police.

Comme il s'éloignait, il ressentit comme un frémissement à l'arrière de sa tête, là où il s'attendait à un coup. Il espérait même être frappé. Mais il sortit indemne du parc à voitures. Lopez, à côté du procureur, prenait des notes. Jusqu'à présent, il avait respecté sa part du marché. Il y avait eu un court entrefilet sur les recherches entreprises et le lendemain, une interview du gendarme Morin expliquant qu'il s'agissait sans doute d'une fugue. Cette théorie serait bien reçue. Elle confirmerait ce que tout le monde savait : les gens du continent n'avait aucune idée de la façon de traiter un enfant. Stuart était trop furieux après sa conversation avec Mesguish pour parler à Lopez. Il l'appellerait plus tard. Il se faufila dans la foule qui s'était amassée de l'autre côté des barrières des CRS et reprit sa voiture.

Comme il s'éloignait de la scène, il sourit en pensant à l'indignation du procureur. En un jour, il avait balayé des années d'obéissance morose et avait eu un aperçu de ses propres possibilités. Il lui vint à l'idée que c'était ce sentiment qui avait animé Titi et il se demanda, pour la première fois, si Titi avait jamais aimé quelqu'un.

Deux hommes à vélo coiffés d'une visière noire le croisèrent. D'instinct, il fit une embardée pour s'écarter de leur trajectoire, mais s'ils avaient voulu lui tirer dessus, ils auraient eu le temps. Une fois l'adrénaline retombée, il pensa à la femme seule dans la maison, attendant des nouvelles, et de nouveau il se sentit inutile et démoralisé. Il accéléra le long du front de mer. Par la fenêtre ouverte, le ululement d'une sirène, annonçant quelque nouveau désastre, s'éloignait de plus en plus.

Un vent sec et brûlant soufflait dans son bureau. Quelqu'un avait ouvert la fenêtre et laissé tourner le ventilateur au maximum et toute la pièce vibrait. Un classeur sur sa table de travail s'ouvrait et se refermait. L'odeur de son bureau, jusqu'alors familière, lui donnait maintenant la nausée. Stuart s'assit dans son fauteuil et ouvrit le classeur.

Il contenait plusieurs grands clichés en noir et blanc pris par l'équipe de jour de surveillance. Ils étaient de qualité médiocre, surexposés et un peu flous. Ils avaient dû être pris d'environ cinq cents mètres. Le premier montrait une voiture sur une aire de stationnement dont le conducteur était de profil, la tête rejetée en arrière. Au dos du cliché, Stuart lut : SANTINI, Claude, Augustin, 12h.47-17/7/99.

Ils avaient noté dessous le numéro d'immatriculation. Il ne connaissait pas la voiture, mais, de toute évidence, c'était le profil de Santini. Il feuilleta les autres photos. La dernière montrait Jean Filippi se tenant sur une aire de stationnement, son sexe pointant de sa braguette. À en juger par ses yeux levés au ciel dans une expression de contrition, Stuart estima qu'il avait été surpris dans la fraction de seconde qui précède le flot d'urine. Stuart sélectionna un cliché de Jean montant dans la voiture, sur lequel le visage de Coco était reconnaissable, et il le posa sur le classeur pour l'inclure au dossier.

Il sortit ensuite le dossier de Raymond et commença à lire l'interrogatoire de Gérard. Il lut les trois premières phrases sans bien les enregistrer, et tendit alors la main vers le téléphone. Il la garda un instant sur l'appareil comme s'il prenait son pouls, puis songea qu'il valait mieux ne pas l'appeler s'il n'avait pas une bonne nouvelle à lui annoncer, et il revint à l'écriture résolument juvénile de Gérard. Il voyait bien d'après la rédaction du procès-verbal que Gérard considérait la garde à vue de Raymond comme une perte de temps. Il l'avait laissé discourir à sa guise et son récit fourmillait de pistes inexplorées qui finissaient en queue de poisson. Il interrompit sa lecture et consulta sa montre. Il la verrait dans un peu plus d'une heure. Il ouvrit le tiroir fermé à clef de son bureau, regarda le minuscule sac en plastique qu'il avait gardé depuis la dernière rafle et referma le bureau. Pour quelle raison Coco avait-il pris le risque de rencontrer Jean Filippi ? Il sortit son calepin et inscrivit le nom de Filippi à côté duquel il dessina une flèche. Puis il ouvrit le tiroir et commença à préparer une dose pour Raymond.

Au sous-sol, Raymond était assis dans sa cellule, tiraillant le côté de ses cheveux qui n'avait pas été coupé. Sa mère coupait toujours un côté, puis l'autre, et ils l'avaient arraché à sa chaise dans la ruelle avant qu'elle ait terminé. Les yeux fermés, il était en train de savourer la caresse du soleil sur son visage quand ils avaient surgi de nulle part, faisant irruption dans son rêve. Ils l'avaient un peu malmené, mais sans véritablement l'atteindre tant il se sentait euphorique. Ils l'avaient embarqué au son des vociférations de sa mère. La scène avait eu lieu la veille. Il était maintenant baigné de sueur, les bouts de cheveux coupés collés à sa poitrine, à son cou. Il avait les jambes lourdes mais sans force, comme si elles avaient été étirées au maximum, tels deux longs rouleaux de pâte à modeler pendant au bord du lit et aplatis sur le sol. Il lui semblait qu'on le tirait à hauteur des hanches et des cuisses et il voulait flanquer des coups de pied mais en était incapable. Il eut deux haut-le-cœur, mais il n'avait rien à vomir et il ferma les yeux, de nouveau secoué de spasmes jusqu'à ce que ses yeux se remplissent de larmes épaisses et gluantes. Ils avaient laissé la lumière allumée et l'ampoule pendait au-dessus de lui, aveuglante ; ils l'avaient fait exprès. Il hurla en direction du couloir vide :

« Ma tête ! Ma tête, putain ! »

Il se recroquevilla sur lui-même. Il faisait tellement froid ici, et humide, il sentait l'humidité coller à sa peau comme une pellicule venimeuse. Son nez coulait sans discontinuer et la peau de son visage était douloureuse, se détachant par lambeaux comme le papier peint d'un hôtel minable. Il était si sale qu'il pouvait sentir sa propre odeur, comme une odeur de vieux oignons dans une poêle, et ses vêtements lui collaient au corps sans le protéger du froid. Il rabattit par-dessus sa tête la capuche de son survêtement.

« Éteignez la lumière ! » hurla-t-il. Mais sa voix s'étrangla dans sa gorge et de toute façon, personne ne pouvait l'entendre dans ce sous-sol. « Je veux du café ! Donnez-moi du café, bon Dieu ! »

Il essaya de soulever les jambes afin de pouvoir s'étendre, mais son sexe, dressé entre ses jambes telle une stupide sentinelle fidèle à son poste l'empêchait de se relever, et il ne parvenait pas à le mettre au repos. Son excitation était comme une torture malsaine qu'il s'infligeait à lui-même et son érection lui pompait toute son énergie. « Filez-moi une cigarette. » Il eut un nouveau spasme. « Je vous en prie. » Des larmes poisseuses coulaient toujours de ses yeux. « J'ai besoin d'une cigarette... Quelqu'un... s'il vous plaît. » Et il se mit à se balancer d'avant en arrière, cramponné au bord dur et froid de son lit de camp. « M'man, gémit-il. Je veux ma maman. Espèces de salauds ! » Parler lui faisait mal à la tête et il continuait à se balancer en geignant : « M'man... »

Stuart descendit les marches en ciment jusqu'au sous-sol. Il y faisait froid et une plaisante odeur d'humidité y régnait. Il se dirigea vers la cellule de Raymond au bout d'un couloir en L, à côté de la salle de repos.

Raymond se tenait la tête à deux mains. Stuart vit qu'il était à bout. Il ouvrit la porte de la cellule et entra. Raymond était secoué de tremblements. Il l'empoigna par son col.

« Non. Foutez le camp. Vous me faites mal. Je veux un avocat. Me touchez pas. » Sa voix était rauque.

Stuart l'emmena dans son bureau et le fit asseoir, lui attachant le poignet par une menotte à un anneau de métal dans le mur.

« Donnez-moi quelque chose, espèce de salopard », dit Raymond dont le nez et les yeux coulaient abondamment. Stuart se contenta de le fixer. « S'il vous plaît. »

— Qu'est-ce que tu peux me dire ?

Raymond, assis sur sa chaise, tenait sa main libre crispée sur la poitrine. Il portait un blouson de survêtement rouge vif, dont la capuche était relevée. Son beau visage semblait en train de pourrir de l'intérieur, sa peau basanée était grisâtre, ses yeux soulignés de cernes violets et il était couvert de sueur.

Stuart prit le sachet d'héroïne dans sa poche et le proposa sur sa paume ouverte. Raymond baissa les yeux vers la minuscule enveloppe blanche et tendit la main pour s'en emparer. Stuart referma les doigts. Raymond poussa un cri de détresse et se passa la main sur le visage. Il avait des croûtes sur les jointures.

— C'est bien meilleur que ce que Coco peut te donner. Qu'est-ce qu'il fricote ?

— Je vous en prie. Donnez-moi quelque chose. Je ne peux pas penser... »

Il se pencha en avant, agrippa ses cuisses de sa main libre et enfouit son visage sur ses genoux. « Je vous en prie. Ma tête. »

Stuart tourna le dos à Raymond et alla fermer les volets ; puis il prit sa chaise derrière son bureau et alla s'installer à deux mètres de Raymond. Dans l'obscurité, il demanda de nouveau :

« Qu'est-ce que tu peux me dire ?

Raymond se redressa. Sa voix tremblait.

— Je vous en prie. Vous pouvez pas me donner quelque chose ? Je suis en train de mourir.

— Qu'est-ce qu'il y a d'intéressant dans les rues du marché derrière le Fritz Bar ? Qui traîne par là ?

— Personne. C'est mort.

Raymond, la main crispée sur le ventre, se mit à gémir.

— Nous avons une Mercedes 500 noire avec des plaques minéralogiques en double. Qui l'a prise ? Allons, j'ai tous les détails ici, dit Stuart. Impeccable. Qu'est-ce que tu sais sur cette Mercedes ?

Raymond regardait le poing crispé de Stuart posé sur la table.

— Allez, dit Stuart.

— Je sais rien, geignit Raymond.

— Qu'est-ce que Coco peut bien avoir à discuter avec Jean Filippi ?

Raymond hoqueta.

— Il me fait plus confiance. Je vous en prie.

Un coup discret retentit à la porte et Annie entra. Raymond commença à vociférer :

— Laissez-moi partir ! Vous pouvez pas me garder plus longtemps...

— Mais si, dit Stuart. Possession », ajouta-t-il en ouvrant la main. Il jeta un coup d'œil à Annie. « Qu'est-ce qu'il y a ?

Elle avança, insensible aux cris de Raymond et à l'obscurité et posa une enveloppe du Ministère sur le bureau.

— Ils ont relevé ça sur le scanner, dit-elle.

— Quelque chose d'intéressant ?

— Ils n'ont pas dit. Zanetecci a appelé. Il a demandé pourquoi votre ligne directe ne répondait pas. » Stuart demeura muet. « Il veut que vous l'appeliez », ajouta-t-elle.

Stuart prit l'enveloppe et regarda à l'intérieur.

« Le Procureur Van Ruytens veut également que vous l'appeliez, ajouta-t-elle avec douceur. Le plus vite possible. » Et Lopez.

— Merci.

— Il est comme un chien avec un bout de chiffon, dit-elle.

— Oui. Je l'appellerai. Merci.

Il sentit qu'elle hésitait mais ne leva pas la tête. Après son départ, il reprit l'enveloppe sur son bureau.

— Réfléchis, Raymond. Je laisse ça ici. Pour te rafraîchir la mémoire. Jean Filippi. Réfléchis bien.

Raymond se mit à sangloter. Stuart sortit, refermant doucement la porte derrière lui.

Annie leva la tête et lui sourit quand il passa devant elle. Il essaya de lui rendre son sourire, mais y renonça, légèrement honteux. Il se dirigea vers la salle d'enregistrement, mais à l'idée de parler avec les techniciens, il changea d'avis. Montant au premier étage, il alla s'enfermer dans le bureau de Gérard et de Paul. La pièce était exiguë et il y régnait une chaleur étouffante. Du côté de Paul, le mur était recouvert de posters montrant des sites d'une grande beauté naturelle, des endroits qu'il prétendait avoir tous visités. Du côté de Gérard, le mur était nu. Sur l'étagère derrière sa place, il n'y avait qu'un seul gros livre : une encyclopédie des champignons. Sur son bureau était posé un magnétophone.

Tout en écoutant, Stuart contempla par la fenêtre les plates-bandes entretenues par Gérard où il avait planté des fleurs bleues, blanches, et rouges, soigneusement alignées sur trois rangées.

La voix de Coco le fit se retourner pour fixer l'appareil. Il arrêta la bande et revint en arrière.

Il y avait quelque chose dans la voix d'Alice : « Je ne peux pas rassembler cette somme à temps. Je dois m'adresser à vous. Pouvez-vous me prêter l'argent ? »

Une sorte d'intimité.

Puis Coco donna sa réponse et Stuart retint son souffle. La pause, inévitable, puis il raccrocha.

— Trop tard », dit Stuart en enlevant la bande de l'appareil. Il descendit l'escalier quatre à quatre. « Je crois que nous les tenons peut-être. » Ça suffisait pour l'incriminer. Annie leva la tête quand il passa et dit :

« Lopez.

— Je l'appellerai de ma voiture.

Raymond était assis dans l'obscurité, haletant comme un chien.

— Tu es libre, lui dit-il. Tu peux passer un coup de fil. Un seul. Alors il faut choisir entre Nathalie Santini et ton dealer. » Il prit ses clefs dans son tiroir, ouvrit les menottes de Raymond et l'aida à s'approcher du bureau. « Tiens, signe, là. C'est la fin de ta garde à vue. »

Le jeune garçon s'appuyait sur lui et Stuart sentit une bouffée de l'odeur acide qui se dégageait de lui. Lorsqu'il eut signé, Stuart ferma le dossier et l'emporta.

Comme ils quittaient la pièce, Raymond déclara :

« Vous êtes un pauvre mec, Stuart, un malade ! »

Mais Stuart ne s'arrêta pas pour lui répondre, car la fureur l'habitait de nouveau, le poussait en avant, et il n'essayait pas de la contrôler.

CHAPITRE 20

Liliane, silencieuse, était assise à côté de Babette qui roulait en direction de Massaccio pour se joindre à la manifestation qui devait débuter à six heures. Babette allait toujours défiler, davantage parce que ça l'amusait que par conviction profonde. Quand Liliane lui avait dit qu'elle l'accompagnerait, Babette avait eu du mal à contrôler son excitation. Elle ne cessait maintenant de jeter des regards en biais à son amie, comme si elle avait peur qu'elle change d'avis et ne saute de la voiture.

Liliane savait que ce qu'elle s'apprêtait à faire allait lui empoisonner l'existence de façon durable. Mais elle se sentait profondément affectée par la disparition de l'enfant de cette femme. Elle pensait que c'était sans doute ce qui la rendait malade, et elle éprouvait le besoin de faire quelque chose, d'avoir un geste qui, ne serait-ce que provisoirement, la sortirait de son mariage. Traverser Massaccio avec le Mouvement des Femmes pour la Paix serait perçu par tout le monde comme un acte de rébellion contre Coco. Il les appelait, même en public, « les harpies ».

Elles roulaient derrière un tracteur qui descendait, haut perché et impérieux, la côte incurvée aboutissant à la grand-rue de la ville. Babette donna deux coups de klaxon. Quand il dépassa l'aire de stationnement, elle klaxonna longuement.

« Le salaud », dit-elle à mi-voix.

Comme elle arrivait enfin à une ligne droite, elle doubla sans changer de vitesse, ce qui emballa le moteur, mais elle continua à regarder droit devant elle, ses énormes seins reposant sur le volant. Liliane leva la tête au passage. Un jeune homme aux cheveux noirs et frisés, un sourire imbécile sur les lèvres, tressautait sur son siège.

Liliane regarda les mains de Babette sur le volant, gonflées et gercées par les lessives.

Comme elle débouchait sur la route principale, Babette sourit à Liliane, de son grand sourire édenté. Elle portait sa ravissante écharpe au motif de tournesols et elle avait mis du rouge à lèvres.

« Ça va ?
— J'ai mal au cœur. Ça ne s'arrange pas.
— C'est la violence. Les femmes ont un sixième sens. Quand ça va tellement mal, on le ressent physiquement. Je ne peux pas dormir ; tu as mal au cœur. »

À Massacio, elles débouchèrent au port, droit sur un embouteillage. Les coups de klaxon se mêlaient aux ululements des sirènes. Babette se signa.

« Ça sent le brûlé, tu ne trouves pas ? »

Liliane acquiesça d'un signe de tête, trop nauséeuse pour parler. Babette se pencha à sa fenêtre et héla une policière en chemise à manches courtes et en gants blancs, debout sur le trottoir, qui contemplait le chaos d'un regard blasé.

« Qu'est-ce qui se passe ? » La voix aiguë de Babette était perceptible dans le bruit. La policière avança vers elle, la main en pavillon à l'oreille. « Qu'est-ce qui est arrivé ? Pourquoi toutes ces voitures ?
— Il y a une manifestation.
— Je sais ; on essaye d'y aller. Pourquoi les sirènes ? »

La policière détourna la tête et plissa les yeux dans le soleil. Elle portait aux oreilles des boucles dorées d'une taille incongrue.

— Il y a eu une autre bombe.
 Elle recula d'un pas au moment où Babette s'apprêtait à lui poser une autre question, et, comme soudain galvanisée, se mit à gesticuler agressivement en direction des voitures immobilisées. Babette avança légèrement.
 — Il n'y a pas de quoi en faire un tel foin, se plaignit-elle. Je veux dire, c'est pas comme si c'était rare, pas vrai ? On aurait pu croire qu'ils étaient maintenant habitués. S'ils n'arrêtent pas les poseurs de bombes, ils pourraient au moins régler correctement la circulation pour qu'on puisse vivre normalement. Tu crois pas ?
 — Cette île est comme une prison sans gardiens.
 Babette dévisagea Liliane.
 — Qui a dit ça ?
 — Personne. Moi.
 Peut-être était-ce Rémy. C'était bien le genre de réflexions qu'il pouvait faire. Liliane souvent priait le ciel qu'il revienne avant la mort de Coco. Elle priait aussi pour que Coco meure avant elle, ce qui revenait à dire, elle le savait, qu'elle priait pour qu'il meure.
 — Je vais me garer, dit Babette. On peut aller à pied jusqu'au Palais. »
 Babette obliqua en direction du trottoir, le cou tendu par-dessus le volant, évitant soigneusement de croiser le regard des autres conducteurs indignés. Elle monta enfin sur le trottoir et se gara entre deux palmiers. Liliane fut soulagée de descendre de la voiture. Elle cligna des yeux, éblouie par la lumière de la ville qui lui paraissait toujours plus aveuglante que celle de Santarosa.
 « Tu es prête ? » Babette lui souriait par-dessus le capot de la voiture. « Alors on y va. »
 Babette lui prit le bras. Elles n'avaient que trois ans de différence, mais elle laissait Babette se bercer de l'illusion qu'elle était beaucoup plus jeune qu'elle. Elles s'engagèrent dans la longue avenue qui conduisait au Palais. Il n'y avait

pas de voitures et les gens marchaient tous dans la même direction. Peut-être était-ce dû à la lumière crue ou à l'absence de voitures, mais une étrange atmosphère régnait dans la ville, qui semblait comme en attente.

Liliane prenait plaisir à se sentir soutenue par le bras de Babette, à entendre ses pas rapides et l'écho de ses talons étroits sur les dalles de pierre. Elle entendit la voix d'une femme vociférant dans un mégaphone, et elle comprit alors ce qui faisait la différence. C'était la présence de toutes ces femmes dans les rues en général pleines d'hommes, oisifs ou déterminés mais toujours arrogants, car la rue était leur domaine et les femmes et les jeunes filles étaient tolérées comme passantes, pas comme occupantes des lieux. Elle serra le bras de Babette et lui rendit son sourire. Plus haut se dressait le Palais, avec ses sept portes cintrées. Liliane chercha des yeux les caméras de télévision. Elle espérait secrètement que Rémy la verrait peut-être aux informations. C'était peu probable, mais elle l'espérait quand même.

Babette la prit par la main et la conduisit parmi la foule jusqu'aux marches du Palais, où s'était réunie la majeure partie du comité. Son porte-parole était une avocate, Suzanne Vico, une femme d'une trentaine d'années qui était revenue dans l'île après avoir fait ses études en France et en Amérique. Intelligente, coriace, avec une voix aiguë de mégère. Les hommes la haïssaient.

Elle faisait appel aux femmes pour rompre le silence immémorial, complice de la violence. Seules les femmes, était-elle convaincue, en étaient capables.

Quelqu'un prenait des photos à côté d'elle. C'était le journaliste, Angel Lopez. Liliane essaya de s'écarter, mais Lopez baissa son appareil photo et lui sourit.

« Son langage est joliment imagé et ses idées sont admirables, mais elle a un problème : le grand ennemi dans l'ombre. » Il observa une pause, les encourageant d'un signe de tête. « Si on rompt le silence, à qui parle-t-on ? À la police, évidemment.

Mais elle ne peut pas demander à des insulaires de faire ça, n'est-ce pas ? » Il attendit, bon enfant, leur approbation. « La police ? Allons donc ! » enchaîna-t-il, feignant la plus vive incrédulité.

« Alors que suggère-t-elle ? De prendre la loi entre ses propres mains ? De créer un commando de femmes vengeresses ? Cela perpétuerait les codes d'autrefois. Ai-je raison ? Babette. Vous êtes superbe aujourd'hui », dit-il en indiquant son écharpe. « Ai-je raison ?

— Je crois bien que je n'écoutais pas, répliqua Babette avec un sourire confus, et elle reporta son attention sur Suzanne Vico.

— Je suis surpris de vous voir ici, madame Santini. Ravi, mais surpris.

Liliane ne croyait pas un instant qu'il fût ravi. Pour autant qu'elle sache, il n'avait jamais rien dit dans son journal pour indiquer que la violence n'était pas son pain quotidien. Mais elle garda le silence.

— Ce mouvement, quelles que soient ses faiblesses, pourrait bien être ce qui sauvera cet endroit », dit-il, portant son appareil photo à son œil. Il prit plusieurs photos de Suzanne Vico, puis se tourna de nouveau vers elles.

« Vous allez défiler alors ? »

Liliane acquiesça d'un signe de tête.

« Pourquoi maintenant ?

— Ne réponds pas, intervint Babette en prenant Liliane par le bras. Viens, elles avancent. Tu veux qu'on se mette quelques rangs plus loin ?

— Non, non ; c'est très bien, répondit Liliane. Nous marcherons en tête.

— Vous êtes courageuse, madame, lui dit Lopez.

— Elle en a marre, tout simplement, dit Babette.

Lopez les suivit au bas des marches où s'étaient rassemblées Suzanne Vico et d'autres membres du comité. Liliane sentit la main du journaliste sur son bras, la retenant avec douceur mais fermeté. Elle se retourna et lui fit face.

— Je vous en prie, dit-elle.

— Je voulais seulement vous donner ma carte. Au cas où vous voudriez un jour rompre le silence.

Elle baissa les yeux vers la carte qu'il lui tendait, puis la prit et la mit dans la poche de sa jupe.

— Ils sont allés trop loin cette fois. Non ? » Il eut l'air sincère un moment, puis eut un brusque sourire déconcertant. « Bonne chance, madame Santini. »

Se détournant, il disparut dans la foule.

Babette prit le bras gauche de Liliane. Une jeune femme en T-shirt rose, laissant voir à travers un soutien-gorge noir, une queue de cheval oscillant dans le dos, lui sourit et prit son autre bras. Une voix de femme, caverneuse dans son microphone, lança un slogan que la foule reprit en chœur, en un écho riche et profond qui s'abattit sur elles comme un déluge. Liliane sentit une joie inconnue l'envahir et elle avança dans la rue.

CHAPITRE 21

Alice et Dan, installés par terre, étaient plongés dans une partie de jeu des paires. Alors qu'Alice cédait parfois à des accès de sommeil, Dan se concentrait intensément sur l'étalage de cartes retournées. Les volets d'une fenêtre étaient ouverts, juste assez pour laisser entrer un rayon de soleil qui chauffait le tapis et ravivait des odeurs confinées. Dan s'était émerveillé des grains de poussière dorée, les éparpillant de sa main grande ouverte. Les sourcils froncés, il fixait maintenant les cartes, son menton volontaire appuyé sur sa main. De temps à autre, il levait les yeux sur sa mère, comme s'il se méfiait de son nouveau comportement. Elle lui sourit.

« Tu en as assez ? »

Il ne prit pas la peine de répondre mais se replongea dans le jeu. La chance lui souriait et il retournait les cartes une par une, formant des paires — bananes, cerises, autobus, canaris, raisins — qu'il empilait, calme et efficace, entre ses genoux. Dan allait toujours jusqu'au bout. Il n'avait pas l'impatience exubérante de Sam. Il pouvait appliquer son attention à n'importe quoi pourvu qu'il ait une chance de gagner. Il rassembla les cartes et leva sur sa mère un regard triomphant.

« Bien joué, dit-elle.
— Sam va revenir ? »

Derrière ses yeux rieurs, son petit menton agressif, elle décelait sa fragilité. Elle prit sa main dans la sienne.

— Ton frère va revenir.

Il déglutit, sans la lâcher des yeux, attendant davantage.

— Maman t'aime beaucoup, Dan. Nous allons retrouver Sam. Mais nous devons être courageux et patients. Nous nous aiderons mutuellement. D'accord ?

— Pourquoi ils ont volé Sam ?

Elle se demanda ce qu'il avait bien pu entendre.

— Ils veulent de l'argent, dit-elle. Ils ont pris Sam et dit qu'ils le rendraient quand on leur donnerait l'argent.

— Du chantage, dit Dan, qui connaissait bien le sujet.

— Oui.

— Ils vont lui faire du mal ?

— Non.

— Maman ?

— Oui ?

— Je veux Sam.

Son menton s'était mis à trembler.

— Je sais, dit-elle en l'attirant à elle et en le serrant étroitement. Écoute. Tu entends ? Ils ont déclenché les arroseurs. On va aller dehors... »

Elle le prit dans ses bras et ils sortirent dans le jardin. L'air était encore étouffant, mais l'après-midi touchait à sa fin ; on avait la sensation que tout s'était défait dans la chaleur, que la Nature s'était laissée aller. Ils s'attardèrent sur les marches de pierre, et contemplèrent les trois arroseurs qui éparpillaient des arcs-en-ciel. Alice posa Dan par terre. Il était pieds nus et il sauta de la pierre brûlante sur la pelouse humide.

« Viens, m'man.

— Je te regarde. »

Dan n'insistait jamais. Il se précipita dans le halo de brume liquide et se mit à jouer, comme Sam et lui avaient joué trois jours avant seulement, la bouche grande ouverte pour avaler l'eau, les bras levés en un geste d'adoration.

Stuart apparut à côté d'elle.

« Vous souriez », dit-il, gardant les yeux fixés sur l'enfant. Elle reporta son attention sur Dan. « Pas de nouvelles ? » demanda-t-il.

Elle le regarda et vit que son sourire était crispé.

« Il s'est passé quelque chose ?
— À vous de me le dire, répliqua-t-il.
— Comment ça ?

Il secoua la tête et la gratifia d'un bref sourire. Elle se détourna de lui pour observer Dan. L'homme à son côté semblait à la dérive. Elle avait eu raison de s'adresser à Santini.

— Dan ! » appela-t-elle. Dan s'immobilisa pour la regarder. « Je rentre, Dan ! Viens, s'il te plaît. »

Dan baissa les bras et se mit à trotter sur le gazon gorgé d'eau. Elle regretta d'avoir mis fin à son jeu. Elle et Stuart le regardèrent approcher.

« C'était quoi, cette bombe ?

Stuart haussa les épaules, les mains dans les poches.

— Une attaque à la bombe sur cette île, c'est aussi improbable qu'un kidnapping. »

Elle le regarda, attendant davantage, mais son visage était dur. En elle-même, elle le rejeta, plaçant en Santini le peu de foi qui lui restait.

« Il faut que j'aille le changer », dit-elle, posant la main sur la nuque de Dan. « Ses vêtements sont trempés. »

Stuart enfonça ses mains plus profondément dans ses poches. Elle souleva Dan et posa son corps humide sur sa hanche, mais Stuart ne s'écarta pas de son chemin.

« Je ne sais pas encore quel rôle joue Santini... » Derrière elle, il regardait les arroseurs. « Mais ces fous furieux ne pourraient pas remuer le petit doigt sans qu'il le sache. »

Elle vit les cernes qui soulignaient ses yeux, son visage ravagé. Maintenant que Sam était retrouvé, Stuart appartenait au passé pour elle. Elle éprouva une vague affection pour ce visage, comme si c'était une sorte d'objet archéologique.

Un téléphone sonna dans la poche de Stuart. Elle posa Dan à terre.

« Va demander à Babette de faire du thé, dit-elle. Je viens. »

Dan contourna en courant la maison pour entrer par la porte de derrière. Elle suivit Stuart dans le salon. Il parlait au téléphone, lui tournant le dos.

« Peut-être, dit-il. Mais vous avez vraiment déconné aujourd'hui. Grâce à vous, il a repéré le type de Mesguish. » Il parlait d'une voix calme et contenue. « Le rapport est incomplet. Il y a un grand trou entre deux heures et quatre heures. Après sa rencontre avec Jean Filippi, il retourne à sa villa. Ils l'ont retrouvé de nouveau à Santarosa deux heures plus tard. Deux heures. » Une pause s'ensuivit. « Alors où est-il ? Il y a quelqu'un avec lui ?

Alice s'assit sur le divan. Il lui tournait toujours le dos, penché sur le téléphone, la main gauche pendant au bout de sa manche, les pieds écartés sur le tapis au motif élaboré. Sa posture était disgracieuse et pourtant il semblait solidement ancré dans le sol.

— Vous pouvez entendre quelque chose avec le laser ? demanda-t-il. Et Georges, dans tout ça ?

Il raccrocha et attendit un moment, les yeux fixés sur le téléphone ; puis il se tourna vers elle. Sa colère semblait disparue.

— Vous avez parlé à Santini, dit-il, fixant sur elle un regard légèrement décalé.

— Je l'ai appelé pour lui demander l'argent. Je ne peux pas l'obtenir assez rapidement. » Sa voix la trahit. Elle refit une tentative. « Ils accordent si peu de temps. Il a dit qu'il m'aiderait.

— Il vous a dit qu'il avait localisé votre fils.

Elle leva les yeux vers lui, se sentant soudain désavantagée.

— Oui.

— Vous lui faites confiance, dit-il doucement.

— Je ne fais confiance à personne.

Le regard de Stuart parut se préciser.

— Davantage que vous ne me faites confiance à moi.

— Il a dit qu'il retrouverait Sam ! » lui hurla-t-elle, et elle serra les dents, bien décidée à ne pas pleurer. « Je reste assise ici dans cette maison à attendre. À imaginer mon fils. » Elle baissa les yeux sur le tapis et se surprit à invoquer Mathieu de nouveau, sentit une bouffée de colère contre lui. « Santini est la seule personne qui m'ait donné l'impression de pouvoir contrôler la situation. Ce ne semble pas être votre cas.

— Je ne prétends pas le contraire.

Elle leva les yeux.

— Santini sait qui l'a enlevé, dit-elle.

— Évidemment. Il est dans le coup.

— Ça m'est égal. Si c'est le cas, il peut récupérer Sam. » Stuart demeura silencieux. « N'est-ce pas ? » Mais il regardait dans le vide. « Santini peut le récupérer, n'est-ce pas ? Stuart ! »

Il tourna les yeux vers elle. Elle songea à insister, mais son attitude distante lui faisait peur et elle se retint. Il fit un pas dans sa direction, vint s'asseoir à côté d'elle sur le divan et se pencha en avant, appuyant ses bras sur ses genoux. S'adressant à ses propres mains, il déclara d'une voix contenue :

« S'il le veut, il peut.

Elle le regarda frotter doucement ses mains l'une contre l'autre, les tourner pour les examiner.

— Qui est-il ? demanda-t-elle. D'où lui vient son argent ?

Stuart se redressa sur le divan et noua ses mains derrière sa nuque.

— La drogue pour commencer. À Marseille. Il a passé dix ans en prison dans les années soixante, soixante-dix, et il en est sorti riche. Ensuite les galeries de jeux. Depuis qu'il est rentré, ses activités ont été de plus en plus respectables. Maintenant, il est le plus gros propriétaire terrien de l'île.

Il se tourna vers elle pour la regarder de nouveau, laissant retomber ses mains. Son visage avait perdu de sa sauvagerie.

Elle remarqua sa bouche au dessin précis, incurvée comme celle d'un petit garçon, et une minuscule cicatrice à la pointe du menton.

— C'est un être dangereux, lui dit-il. Je crois vraiment que les seules limites qu'il ait jamais eues, c'était celles de l'île. Et elles semblent avoit disparu depuis longtemps.

Il leva une main et, d'un geste las, la laissa retomber sur son genou.

— Pourquoi ?
— Je ne sais pas.

Il lui adressa un fugitif sourire.

— Même le FNL lui appartient. Ils ne font jamais rien qui aille à l'encontre de ses désirs. Ils ne touchent jamais à aucune de ses propriétés. Ils font sauter des installations en bord de plage, mais jamais les siennes. Mais maintenant, ils ont leurs propres intérêts financiers. Peut-être leur a-t-il montré qu'il y avait de l'argent à rafler. C'est peut-être la raison pour laquelle les choses ont changé.

Il se pencha en avant de nouveau. Elle regarda sa nuque où ses cheveux noirs coupés court formaient une pointe. Elle pensa à la spirale blonde de Sam.

De nouveau, il s'adressa à ses mains.

— Il prétend qu'il n'est pas dans le coup. Qu'il s'agit d'un nouveau groupe, n'ayant de liens avec personne. Il découvre de qui il s'agit et il décide de vous le dire. Il veut aider une femme dans le malheur. Si Santini n'est pas un kidnappeur, c'est en tout cas un criminel. Ce n'est pas dans sa nature de faire quelque chose pour rien. Vous le savez. » Il redressa le buste et la regarda. « Vous avez bien senti qu'il vous faudrait payer d'une façon ou d'une autre. Il vous l'a bien fait comprendre, n'est-ce pas ? » Elle soutint son regard. « Il sera vraiment tenté de prendre des risques.

Son raisonnement prenait un tour autistique.

— Que voulez-vous dire ? demanda-t-elle.

— Que va-t-il faire ? Entrer en force et descendre tout le monde ? Monter une opération de sauvetage au milieu de la ville ? S'il n'était pas dans le coup, il essaierait de négocier, de prélever sa part. » De nouveau, il se pencha en arrière. « Vous devez absolument vous protéger. Allez avec Santini. Mais laissez-nous vous suivre, à une certaine distance. Ça ne vous coûtera rien.

Ses yeux brillaient. Dans la lumière jaunâtre de la pièce, dans ce décor de vieille fille, il semblait soudain plein de douceur et, malgré les rides verticales de ses joues creuses, presque juvénile.

— D'accord, dit-elle, d'une voix résolument froide.

Il lui sourit.

Elle avait l'impression que quelque chose lui échappait, qu'elle avait renoncé à quelque chose d'important. Elle se sentait épuisée, en pleine confusion.

— En tout cas, ne vous servez pas de ça pour coincer Santini.

Il secoua la tête. Il était devenu passif, lointain, comme s'il avait pris une décision qui le satisfaisait.

— Vous n'avez pas d'enfants, dit-elle.
— Non.
— Vous n'êtes pas marié.

Il hésita.

— Séparé.
— Vous n'avez aucune idée de ce que cela peut être, n'est-ce pas ?

— Non », dit-il, puis il lui prit les mains, et les garda dans les siennes. « Je ne vous laisserai pas tomber, ajouta-t-il.

Elle dégagea ses mains.

— Ne me laissez plus dans le noir. Vous devez tout me dire. Toutes les décisions que vous prenez. Je veux être tenue au courant », dit-elle. Il semblait tendu de nouveau.

— Santini part du principe que j'ai surpris la conversation, donc il ne bouge pas. Il est chez lui, au village. Rapelez-le et dites-lui que vous vous servez de votre portable. Il croit que j'ai mis le mien sur écoutes, mais ça n'est pas le cas. J'ai eu le coup de fil par le scanner. Je peux intercepter une communication si elle est sur la bonne fréquence. C'est un pur coup de chance, mais il ne le sait pas, alors appelez-le. Dites-lui que vous voulez le voir.

— Pourquoi ?

Il indiqua le téléphone sur la table.

— Il sait qui a l'enfant.

Elle tendit le bras, prit l'appareil, composa le numéro de Santini.

— Allô ? C'est moi. » Une longue pause s'ensuivit. Elle pouvait l'entendre respirer. « Alice Aron. »

« Oui, qu'est-ce qu'il y a ?

— Tout va bien ? demanda-t-elle.

— Je ne peux pas parler en ce moment.

— Ça ne risque rien, c'est mon téléphone, dit-elle.

— Je ne peux pas vous parler maintenant. Je vous appellerai demain matin.

— Mais vous avez dit...

— Je vous dis que je ne peux pas vous parler maintenant.

Il raccrocha et elle resta plantée là, le cœur battant trop vite.

— Qu'est-ce qu'il a dit ? demanda Stuart.

— Il était tendu et semblait en colère. Il n'arrêtait pas de dire : je ne peux pas parler maintenant.

— Il a déjà commis une erreur aujourd'hui, dit Stuart. Vous parler. Il en fera une autre. Nous n'avons qu'à attendre. »

Alice se sentait prise de faiblesse. Elle voulait quitter cette pièce, aller retrouver Dan et Babette, mais elle était comme paralysée.

« Vous devriez vous étendre un moment », dit-il. Elle secoua la tête. « Étendez-vous, juste un petit moment. »

Il lui effleura le bras comme pour tester ses réactions. Puis il lui prit le bras, et elle le laissa l'aider à se lever et la guider vers son lit de camp dans un coin de la pièce. Elle se coucha sur le côté, les genoux repliés. Pour la première fois en trois jours, elle avait faim. Il la couvrit avec une couverture en fausse fourrure qui sentait la poussière, la rabattant sur son épaule. Puis il alla s'installer de l'autre côté de la pièce, près de la cheminée.

CHAPITRE 22

Stuart roulait vers la plaine. Des lambeaux de brume restaient accrochés aux arbres. Le soleil était bas sur l'horizon, la température clémente, et les oiseaux chantaient maintenant effrontément. Alice avait dormi ; Stuart avait veillé sur elle, sans bouger de sa place près de la cheminée, conscient de la fragilité de son sommeil. Gérard, venu prendre son tour de garde, l'avait réveillée en ouvrant la porte, et Stuart était parti aussitôt, craignant soudain de la voir éveillée.

L'image d'Alice, endormie dans un coin de la pièce, lui revint soudain, et avec elle une déplaisante bouffée d'adrénaline. Il regarda ses yeux dans le rétroviseur. Ils exprimaient la colère. Il essaya de changer d'expression, mais ne réussit qu'à avoir l'air surpris. Il alluma la radio pour rompre le silence, mais l'éteignit aussitôt. N'ayant pas changé de chemise depuis trois jours, il décida de passer chez lui et de prendre une douche avant de retourner pour la nuit.

Stuart négocia le tournant en épingle à cheveux où la chienne de Titi avait été tuée. C'était une bâtarde, moitié caniche, moitié coyote, avec des oreilles pointues translucides et des pattes torses. Elle suivait Titi partout. Un Anglais barbu descendant sur la côte pour pêcher l'avait écrasée, lui passant sur le corps. L'Anglais l'avait ramassée au milieu de la route et était resté planté là, jetant autour de lui des regards désemparés. Dissimulé derrière un figuier, Titi observait la scène. Sa chienne, dans les bras de l'Anglais, geignait doucement et regardait le ciel. Elle sentit la présence du jeune garçon l'observant de derrière son arbre. L'homme tournait en rond. Puis elle se vida de sa substance. Titi et l'Anglais entendirent la chienne pousser comme un long soupir. L'Anglais cessa de tourner sur lui-même. Son visage était congestionné et il semblait sur le point de pleurer. Il prit alors une décision, en vint peut-être à la conclusion qu'après tout, il était sur une île de sauvage, et il se dirigea vers le bas-côté de la route.

Pendant qu'il déposait la chienne dans le fossé, Titi quitta l'abri du figuier et se glissa jusqu'à l'autre flanc de la voiture. Par la vitre ouverte du côté du conducteur, il vit un couteau à manche d'ivoire sculpté. Il plongea la main à l'intérieur et s'en empara. Cet après-midi-là, avant d'enterrer sa chienne, il coupa l'une de ses oreilles avec le couteau et il la porta ensuite autour du cou jusqu'à ce qu'elle se recroqueville et se dessèche, devienne semblable à une feuille de cire.

Stuart n'avait pas pensé à cet incident depuis des années. Il lui semblait maintenant qu'il était resté tapi dans sa mémoire, attendant d'être découvert, comme pour l'éclairer sur la vie de Titi et par conséquent sur la sienne.

Il traversa la ville, longea la mer sombre, plate comme un lac.

Les barrières érigées pour la manifestation de l'après-midi étaient maintenant empilées soigneusement sur le côté de la route.

En dehors de ça, les femmes n'avaient laissé aucune trace de leur passage. Elles n'en laissaient jamais. Elles pouvaient pleurer et hurler, mais la violence continuerait. Stuart se demandait pourquoi elles étaient ainsi condamnées au rôle de spectatrices. C'était peut-être là la qualité qu'il leur enviait, que sa sœur possédait, ainsi que sa mère et même Alice Aron, avec sa douleur — une qualité insaisissable, comme si elles étaient vaccinées contre la vie elle-même.

Gérard lui avait dit que Liliane Santini avait défilé. On l'avait vue en tête du cortège avec Vico. Stuart sourit. Pauvre Liliane : Coco le lui ferait payer cher.

Lorsqu'il arriva chez lui, le soleil était couché. Roulant par-dessus les dos d'âne dans sa rue, il songea qu'il s'offrirait une nouvelle voiture lorsque tout ceci serait terminé. Quand tout serait terminé. Il remonta la rampe d'accès à son garage et son cœur se serra.

Dans son appartement, Stuart fut rapide et efficace. Sa propre solitude emplissait les lieux comme une odeur tenace, et il était pressé de repartir.

Après sa douche, qui n'était qu'un mince filet d'eau à cette heure de la journée, il endossa une chemise propre et but un mini-carton de lait chocolaté. Il jeta le bocal de cornichons qui traînait dans le réfrigérateur et lava la casserole de spaghettis. Puis il fit son lit. À la porte, il s'immobilisa. Il allait lui donner quelque chose. Il retourna près de son lit et sortit la boîte cachée dessous. Il prit le sac en papier d'emballage contenant le revolver de sa mère, et le glissa dans la poche de sa veste. Puis il sortit précipitamment de l'appartement, comme s'il était contaminé.

Il faisait nuit quand Stuart s'arrêta devant la maison Colonna. Il reconnut la voiture de Lopez, une Honda Civic bordeaux, dont les deux roues arrière empiétaient sur le gazon. Stuart contourna la voiture, et regarda le drapeau basque collé à la vitre arrière. Seul dans l'obscurité, Stuart eut un grognement de mépris. Lopez ne pouvait se prétendre victime de persécution ethnique. Il venait de San Sebastian, mais n'était pas plus basque que Stuart ne l'était. À cette idée, Stuart tourna les talons et se rua dans l'escalier qui donnait accès à la terrasse, tenant dans sa poche le revolver de sa mère.

Ils se trouvaient dans la cuisine. Elle avait noué ses cheveux en queue de cheval. Il perçut ce changement comme une trahison. Elle et Lopez levèrent les yeux sur lui, comme si son arrivée était incongrue.

« Bonsoir, Stuart », dit Lopez.

Stuart sentit le sang lui monter aux joues et il alla se servir un verre d'eau à l'évier. Il se tourna ensuite vers eux pour le boire.

« Qu'est-ce que vous faites ici, Lopez ?

— Je fais la connaissance de madame Aron. Selon l'usage. Je viens de lui donner ma carte. Ne vous inquiétez pas. Je ne veux pas l'importuner. En fait, je pensais vous trouver ici. Je fais un papier sur la manifestation. Le changement de marée.

— Quel changement de marée ?

— Liliane y a participé.

— Quelle manifestation ? demanda Alice.

Stuart jeta un regard furieux à Lopez.

— C'était une marche des femmes, répondit-il. Une marche pour la paix.

— Qui est Liliane ?

— Liliane Santini, dit Lopez. C'est la première fois qu'elle participe à une marche des femmes. Son mari ne va pas aimer ça. » Lopez sourit à Stuart, accoté à l'évier. « Vous pouvez lire mon article, Stuart. Il n'y a rien dedans qui puisse compromettre notre accord. Ce sont des généralités.

— Je le lirai, dit Stuart.

Lopez posa les mains sur la table.

— J'ai terminé.

— Vous pouvez partir alors.

— Je peux. » Sans bouger, Lopez se tourna vers Alice. « Je vous remercie, madame.

Stuart sentit son sang lui monter à la tête. Il regarda Lopez se lever et tendre la main. Alice la prit en restant assise.

— Vous avez ma carte.

Alice inclina la tête. Stuart suivit Lopez des yeux jusqu'à ce qu'il ait refermé la porte derrière lui.

— Qu'est-ce qu'il voulait ?
— Il voulait que je lui parle en premier.
— C'est un journaliste.
— Absolument.

Stuart glissa la main dans sa poche et effleura le revolver de sa mère dans le sac en papier.

— Santini a appelé ?
— Non.
— Lopez a-t-il parlé de Santini ?
— Non.

Il tenait le revolver au creux de sa main. Quelle idée ridicule de lui offrir un revolver.

Alice consulta sa montre.

— J'ai parlé à Santini il y a quatre heures. Pourquoi n'a-t-il pas rappelé ?
— Il n'appellera pas ce soir. Il appellera demain.
— Oh, Seigneur », fit-elle, en frottant son visage avec ses mains. « Une autre nuit. »

Stuart sortit le revolver de sa poche et le posa sur la table devant elle. Elle leva la tête vers lui, ses longues mains plaquées sur son visage.

« C'est pour vous, dit-il en montrant le sac en papier. C'est un revolver de femme. Mon père l'avait donné à ma mère. »

Alice le dévisagea. Il fixait le sac en papier.

« Un revolver », dit-elle, les mains toujours sur le visage.

Il haussa les épaules sans la regarder.

Le sac était mince au point d'en être transparent par endroits. Elle sortit l'arme. Petite, de la taille d'une trousse de manucure, mais lourde. L'étui en daim marron avait de toute évidence la forme d'un revolver. Elle fit coulisser la fermeture de l'étui et sortit l'arme, puis leva les yeux sur Stuart, mais il continuait à regarder ses mains.

« Ne vous inquiétez pas. Il n'est pas chargé, dit-il. Les balles sont dans le sac. »

Elle garda le revolver sur sa paume, le canon reposant sur son index, puis referma les doigts sur la crosse quadrillée. Les mots *Manufacture française d'Armes et Cycles de Saint-Étienne* étaient gravés le long du canon, ainsi que les initiales « MF » à l'intérieur d'une guirlande. De l'autre côté, les mots « *Modèle Police* ». Elle rabattit le minuscule tenon et le barillet bascula. Elle regarda le métal bleuâtre, de la couleur de meurtrissures.

Aprés avoir glissé l'arme dans le petit étui qu'elle referma elle la remit dans le sac en papier. Quand enfin il se décida à la regarder, elle vit sur son visage la même expression d'espoir que celle de Sam, quand il lui donnait un dessin. Il n'y avait rien à conclure de ce cadeau, sinon que c'était un cadeau.

« Merci », dit-elle.

CHAPITRE 23

La pièce était empuantie. À travers ses narines, calcinées par le tabac, Mickey sentait l'odeur de sauce tomate brûlée. Assis par terre, le dos appuyé au placard du gosse, il fumait sa première merveilleuse cigarette de la journée.

Ils auraient dû penser à installer une télé. Les frères Scatti commençaient maintenant à lui taper sérieusement sur les nerfs. Paolo était un être mesquin, et Sylvano était stupide. Il leur avait demandé de la musique. Un walkman, c'était tout ce qu'il voulait, pour passer le temps, mais Paolo avait refusé, c'était trop risqué d'acheter quoi que ce soit, et Sylvano était resté planté là à le regarder d'un petit air malin.

Mickey estimait que son boulot était bien plus dur que le leur ; il était coincé là, jour et nuit, avec le gosse qui était devenu un animal. C'était dur pour ses nerfs. Le gosse était recroquevillé sur lui-même par terre, ne mangeait pas, ne parlait pas, se contentait de geindre quand il ouvrait la porte pour vider son pot de chambre. Il pouvait mourir de déshydratation, mais les frères Scatti s'en foutaient pas mal. Ils avaient tué des gens quand ils travaillaient en sous-main pour la Camora. Mickey s'était contenté d'esquinter des gens, salement parfois, toujours pour le compte de Coco Santini, et ses services n'avaient jamais été reconnus comme ils auraient dû l'être, parce que Coco était raciste. Oui, son boulot était beaucoup plus dur.

Mickey écrasa sa cigarette sur le sol en ciment. Il allait essayer de faire boire le gosse. Il s'y prendrait avec douceur, le cajolerait. Il garderait son calme s'il le fallait. Il ne voulait pas avoir la mort du gosse sur la conscience. Quand il se leva, ses articulations craquèrent. Il se dirigea vers l'évier, marchant comme Jorge Ferreira. Il sourit, sans savoir vraiment si sa satisfaction provenait des applaudissements résonnant dans sa tête, ou de l'idée qui y prenait corps à demi, selon laquelle il s'arrangerait pour s'octroyer la plus grosse part.

Il remplit un verre à moutarde de Coca-Cola. L'image de Lucky Luke, son personnage favori, était imprimée sur le verre. En s'approchant de la porte du placard, il se sentit soudain débordant d'amour pour l'enfant qu'il avait été. Comment sa mère avait-elle pu lui résister ? Adorable, beaucoup plus beau que ce gosse-là. Mais il n'avait pas grandi normalement. Seul son torse s'était développé et ceci, il le savait, parce qu'il n'avait pas eu sa part d'amour maternel.

« Après-demain, tu seras libre, dit-il, accroupi devant la porte du placard. Je vais ouvrir, alors protège tes yeux. Je t'apporte du Coca-Cola. Il faut que tu boives si tu veux voir ta maman. »

Mickey entendit la lourde porte métallique du garage qui s'ouvrait, et le choc sourd quand les poids descendirent. Les frères étaient de retour. Des brutes. Ils ne savaient acheter que des conserves et de l'alcool, jamais du vin, du fromage ou des fruits. Sylvano ne mangeait que des sucreries. Ils ne savaient absolument pas vivre. Il allait attendre qu'ils soient partis avant de donner à boire au gosse, car ils ne feraient que l'effrayer. Cet endroit aussi, c'était lui qui l'avait trouvé. Tout le coup avait été monté par lui. Il décida qu'il allait changer d'attitude envers Paolo. Toujours accroupi, Mickey se retourna en entendant Paolo, qui entrait toujours le premier, pousser la porte de leur cachette.

Il vit le visage, entendit la détonation, et glissa la main dans sa botte pour y prendre son arme, et seulement alors se rappela le nom de Garetta. Sous l'impact du projectile, son bras fut projeté de côté, le verre rebondit une fois sur le ciment puis se brisa en des centaines de morceaux géométriques. Mickey bascula en arrière et heurta la porte du placard. Il sentit un courant d'air froid lui glacer le ventre, et essaya de plaquer sa main dessus ; mais son bras refusait de bouger. Il savait qu'il allait survivre à cette blessure à l'abdomen et il eut le temps de se féliciter de sa ceinture de muscles avant de se rendre compte que Garetta, qui avançait vers lui, allait de nouveau lui tirer dessus. Mickey savait qu'il ne devait pas croiser son regard, que ce serait une erreur, aussi regarda-t-il sur sa droite. Sa vision était meilleure que d'habitude. Il voyait clairement l'épaisse couche de peinture blanche qui couvrait le mur de briques, les inexplicables traces de pattes de chien, trois en tout, dans le ciment, les pieds de la table, en tubes métalliques brillants, et les bouchons en caoutchouc aux pieds des chaises, comme il y en avait à la cantine de l'école. Garetta, tout près maintenant, braquait sur lui un pistolet, équipé d'un silencieux. Mickey avait toujours adoré le son parfait qu'émettait un silencieux. Il tendit de nouveau la main vers sa botte, sachant qu'il n'avait aucune chance. L'autre ne tirait toujours pas. Il sentait au bout de ses doigts la crosse quadrillée de son arme, mais n'avait pas la force de la saisir. Le sang qui s'écoulait de lui évoquait pour lui la sensation étrange mais plaisante d'une baignoire se vidant autour de son corps nu.

« S'il te plaît, Garetta », dit-il en fermant les deux yeux, le bon et le mauvais. Garetta lut dans ces mots un signal et Mickey vit le décor s'effacer, avant même que le projectile n'entrât dans son cerveau.

Sam se sentit flotter tout en haut, près des trous d'aération, et regarda deux grandes mains le sortir dans la lumière. Il vit son propre corps roulé en boule dans les bras de l'homme, ses propres yeux et sa bouche étroitement fermés, tout son corps contracté et vide ; il se trouvait très haut, contemplant l'homme aux longs cheveux noirs, et bien que l'homme fût un géant, il paraissait petit vu de là. Puis il aperçut l'autre homme, vêtu de noir, étendu par terre. Il vit ses jambes maigres, repliées bizarrement, comme celles de Pinocchio. Puis il vit sa tête, commença à basculer dans le vide et ferma les yeux.

« Il ne faut pas que je tombe dans le sang, dit-il. Je ne dois pas atterrir dedans. »

Quand Garetta poussa le gosse dans le garage, Paolo comprit que quelque chose clochait. Son instinct le poussait à filer de là, mais son frère était coincé à l'arrière de la voiture de Garetta, entre deux hommes armés. Paolo essaya d'aider le gosse à se relever, mais il était roulé en boule par terre, les poings crispés. Du ruban adhésif argent lui fermait la bouche et immobilisait ses mains et ses pieds. Quelque chose avait tellement terrifié ce gosse qu'il avait chié sous lui. Paolo se redressa en voyant Garetta se faufiler par l'étroite ouverture. Garetta ramassa le gosse par terre comme si c'était un petit paquet, et se dirigea vers la voiture. Paolo songea à l'interroger au sujet de Mickey, mais préféra s'abstenir. Garetta était apparu sur le bateau au petit jour. Debout au pied de son lit, il tenait à la main un sac en plastique contenant cent mille francs. « De la part du FNL », avait dit Garetta. « Pour couvrir les frais. On prend la suite des opérations. » Regardant maintenant Garetta mettre le gosse dans le coffre de la voiture, Paolo doutait que ce fût le FNL. Ce type était trop imprévisible, trop braque pour obéir à qui que ce soit.

Paolo regarda l'Arabe à l'arrière. Sur le bateau, ce matin-là, il lui avait pris son Beretta sur sa table de chevet. Il prépara soigneusement sa phrase :

« J'aimerais récupérer mon arme ; elle appartenait à mon père.

Mais Garetta s'approchait de lui et il avait toujours été intimidé par les hommes de haute taille.

— J'ai besoin de toi pour nettoyer là-bas.

— Nettoyer, répéta Paolo, la bouche sèche.

Garetta se tourna pour faire signe au jeune Arabe. Paolo sentit son cœur se serrer et il fit un pas en arière. L'Arabe descendit de la voiture, suivi par Sylvano.

— Toi et ton frère, ajouta Garetta, souriant.

Paolo comprit alors que l'homme était un loup. Il avait déjà vu une fois un individu de ce genre et il savait qu'il devait rester parfaitement immobile. Comme Sylvano se dirigeait vers lui, Paolo récita un *Je vous salue Marie* dans sa tête. Il ne ferma pas les yeux, mais veilla à ne pas regarder l'homme-loup, exécutant ses ordres lentement, prudemment. Quand il rampa à la suite de Sylvano dans la cachette, il se vit dans le rôle de la proie et s'entendit geindre.

Paolo se redressa une fois dans la pièce et regarda le corps de Mickey. Sylvano secouait les pieds pour faire retomber les jambes de son pantalon.

Des larmes de rage brûlèrent la gorge de Paolo.

— *Figlio di cane !* hurla-t-il.

Sylvano jeta un regard dénué de curiosité sur le cadavre, puis se tourna vers son frère en tiraillant sur le bas des manches de sa veste.

Paolo pivota sur lui-même et flanqua des coups de pied dans la petite porte carrée perçant le mur en ciment, mais il savait déjà qu'ils étaient pris au piège ici avec le mort, dont le sang répandu commençait à se figer.

Philippe Garetta traversa la vallée de Cortizio, passa devant la scierie où il avait travailllé dans le temps. Il avait bien aimé cet endroit, l'odeur des pins et les hommes qui travaillaient là, mais pas le patron, et il était parti un matin d'hiver où le sol était couvert de gelée blanche. Il avait demandé une paire de gants et ce connard lui avait dit que la compagnie ne fournissait pas les gants.

L'enfant ligoté et bâillonné reposait dans le coffre avec les provisions pour la planque. Garetta alluma la radio. Denis l'avait réglée sur une épouvantable programme pour adolescents. Une fille glapissait et apostrophait le DJ, qui venait de lui annoncer qu'elle avait gagné dix mille francs. « Merci. Merci. Merci à vous tous, Radio Paradis. Je vous adore ! Oh, Seigneur Dieu ! » Garetta chercha la chaîne donnant les nouvelles locales. Frigari se gargarisait de chiffres et de quotas. Garetta secoua la tête.

— Vous êtes foutus, bande de salauds hippies !

Karim et Denis suivaient sur la moto. Ils apparaissaient de temps à autre dans le rétroviseur, point noir sur la route, puis perdaient du terrain.

Garetta écouta tous les résultats sportifs. Pas un mot sur la bombe. Il avait dû louper l'information.

Coco lui avait donné Karim parce que c'était un expert mais sans matériel. Santini avait affirmé que personne n'était plus habile que Karim. L'explosion avait été considérable, compte tenu du contexte. Karim avait expliqué qu'avec les saloperies dont il disposait, il n'avait pas pu faire mieux. Dommage que ce ne soit pas un insulaire. Denis allait de paire avec Karim et n'était pas un insulaire non plus. Il venait d'Arles et avait du sang gitan. Mais enfin, songea Garetta on ne pouvait pas juger encore. Et comme l'avait fait remarquer Santini, c'était précisément parce qu'ils n'étaient pas de l'île qu'il pouvait lui demander d'être impliqué dans un enlèvement.

— Tu peux déjà former un premier noyau comme ça, avait dit Santini. Obtenir une bonne somme, acheter de la quincaillerie correcte ; je te refilerai peut-être quelques bazookas.

Garetta n'avait jamais aimé Santini. Il parlait de la révolution comme il aurait parlé d'une bonne affaire immobilière.

Pour finir, Garetta avait accepté Karim que lui proposait Santini. Tout compte fait, il n'avait pas vraiment le choix. Il n'y avait pas grand monde à qui il puisse faire confiance pour le projet qu'il caressait. Il ferait appel aux autres quand il aurait préparé le terrain. Ce qu'il voulait, c'était une vraie organisation, parfaitement disciplinée, comme la Faction de l'Armée Rouge ou l'ETA. Il créerait des liens avec d'autres groupes luttant pour les mêmes objectifs. Il rendrait à l'île le respect qu'elle avait perdu.

Il avait écrit lui-même le texte destiné au journal et s'était félicité de sa densité, du nombre d'idée qu'il avait su exprimer en si peu de mots, et les images évoquant la maladie et la pourriture. Les frères Scatti, leur grande vedette blanche amarrée dans la marina, leurs complets voyants ne lui inspiraient que dégoût. Il aurait dû également en débarrasser l'île. Ils étaient bien pires que Mickey da Cruz.

Il chercha sur la radio une musique correcte. Il avait un faible pour le heavy metal, mais c'était de plus en plus difficile à trouver et il y renonça. Il descendit dans la vallée, traversa le pont à voie unique qui enjambait le lit de la rivière à sec et prit la route en direction de Castri, son territoire. Tout en roulant, il essayait de réfléchir à la somme de trente millions que Santini lui avait dit de demander pour l'enfant. Il était grisé, non pas tellement par la somme, qui restait un peu abstraite pour lui, mais par le pouvoir qu'impliquait cette somme. Il se sentait habité d'une puissance immense. Il était temps, maintenant, songea-t-il, de la manifester.

MERCREDI

CHAPITRE 24

Stuart avançait d'un pas rapide le long de la rue du marché qui conduisait du Vieux Port au Fritz Bar. Des palmiers rabougris, ne fournissant aucune ombre, jaillissaient des brûlants trottoirs en granit. L'air était imprégné d'une déplaisante odeur de caoutchouc brûlé et de légumes pourrissants. Il aurait cru la rue déserte, mais il remarquait maintenant un public silencieux de vieilles femmes se tenant, seules ou par deux, sur le rectangle d'ombre encadrant le seuil de leur maison. Il descendit du trottoir sur la route pour éviter de passer trop près d'elles, marcha sur une tranche d'ananas qui fermentait dans le caniveau et dut gratter la semelle de sa chaussure pour la nettoyer, conscient d'être observé. Les femmes regardaient le brassard orange fluorescent avec le mot « Police » imprimé en noir, partagées entre leur désir d'un peu de distraction et une longue habitude de mutisme hostile. Sur l'île, il existait des codes différents pour les hommes et pour les femmes Les femmes ne parlaient jamais, ne signaient jamais leurs déclarations, alors que pour les hommes, il n'existait rien dont on ne puisse discuter si l'on y mettait le prix. C'était cette combinaison, le silence des femmes et la loquacité des hommes, qui rendait sa tâche si difficile. Le coup de fil de Paul était venu pendant qu'Alice dormait encore. Stuart l'avait pris dans la cuisine en présence de Babette. La planque avait été découverte ainsi qu'un cadavre qui n'avait pas encore été identifié, mais l'enfant avait disparu. Stuart écoutait Babette qui derrière lui préparait bruyamment un plateau pour Alice. Peut-être était-ce la vue de Babette poussant les portes battantes avec le plateau pour Alice entre les mains — il ne savait pas —, mais il était parti sans le lui dire.

Il s'engagea dans l'étroite rue qui passait derrière le Fritz Bar. Une ligne brisée dessinait une séparation entre l'ombre et le soleil. Les gens étaient penchés à leurs fenêtres en haut des façades décrépies de part et d'autre de la rue et il comprit qu'il approchait de l'endroit. Quelqu'un cria quelque chose qu'il ne comprit pas et il y eut un rire de femme. Il leva la tête et vit un homme entre deux âges en gilet, penché à une fenêtre du troisième étage de l'hôtel Majestic. Les persiennes de l'immeuble de couleur ocre s'ouvraient vers le haut, projetant des ombres rhomboïdales sur le mur. L'homme du Majestic fumait un petit cigare. Il l'agita en l'air en vociférant :

« Vous arrivez trop tard ! Vous arrivez toujours trop tard. Comment pouvez-vous espérer faire régner un peu d'ordre sur cette île ? C'est qu'une bande de morveux, mais ils vous roulent dans la farine. » L'homme avait un accent italien. « Quel âge avez-vous, d'ailleurs ? Vous auriez dû prendre votre retraite ! »

En tournant le coin de la rue, Stuart sourit.

La rue était barrée. Un CRS inclina la tête en voyant son badge et s'écarta pour le laisser passer. La Pizza Romano se trouvait un peu plus loin. Le camion rouge des sapeurs-pompiers en masquait l'entrée. Il avait dit à Paul de l'attendre ; il voulait examiner le corps. Il voyait maintenant Romano, un gros homme à queue de cheval grise, vêtu d'une chemise rouge et d'un pantalon noir, qui lui tournait le dos et qui fumait, le coude levé. Stuart passa à la hauteur du propriétaire sans le saluer. Ce type était une grande gueule. Deux adolescents en tablier se tenaient à côté de lui, les mains blanches de farine, l'air impressionnés.

Deux policiers en uniforme attendaient près de leur véhicule, à proximité de l'entrée du garage. Stuart reconnut l'un d'entre eux, un jeune blond rougeaud aux cheveux coupés en brosse, dont l'uniforme paraissait toujours trop petit pour lui. Son visage s'éclaira lorsqu'il vit Stuart.

« Comment ça va, commissaire ? dit-il en tendant la main.

Stuart la prit, lui tapota l'épaule.

— Content de te voir. » Il tendit la main à l'autre flic qui le gratifia d'un salut très protocolaire. Stuart inclina la tête, sourit et se tourna de nouveau vers le jeune flic blond. « Pas encore écœuré ? demanda-t-il en se dirigeant vers la porte du garage.

— Non, non, j'adore cet endroit », dit-il, aspirant à pleins poumons un air frais qui n'existait que dans son imagination.

Le jeune homme était de La Rochelle. Il débordait d'enthousiasme quand il voyait Stuart, qui se sentait toujours honteux de ne pouvoir se rappeler son nom. Le jeune homme le suivit jusqu'à l'entrée du garage.

« C'est un meurtre de représailles ? demanda-t-il. Stuart regarda en bas de la rampe l'intérieur frais et obscur. Le garage était profond et étroit, juste la place d'une voiture. Il y flottait une odeur de gasoil.

— Non, dit-il. Je ne pense pas. je ne sais pas de quoi il s'agit. » Il descendit la rampe en direction de Paul qui se tenait à l'extrémité avec un homme de petite taille en complet.

« Fausto Ribeira, lui dit Paul, quand il parvint à sa hauteur. — Le garage lui appartient. »

Fausto arborait une expression exagérément inquiète, planté là, tripotant le bord du chapeau de paille qu'il tenait entre les mains. Sa moustache semblait faite de deux fins traits de crayon dans le style qu'affectionnaient les Portugais de sa génération.

Il s'adressa à Stuart d'un ton suppliant.

« J'ai tout dit à votre collègue. Je ne voulais pas louer le garage. Il est à vendre. J'ai fait passer une annonce dans le

Journal des Particuliers. Il m'a téléphoné parce qu'il a vu à mon nom que j'étais portugais. J'ai dit d'accord. Il m'a paru très gentil au téléphone, très respectueux. Il a dit qu'il était de Lisbonne. Moi je suis de Braga, mais comme je disais, il semblait très comme il faut.

— Quel nom vous a-t-il donné ?

— Santos. » Fausto les gratifia d'un regard conciliant. « C'est un nom très courant. Il m'a dit qu'il ne passerait que l'été sur l'île. Il avait une petite amie. Il disait qu'il voulait seulement un endroit où garer sa bicyclette, juste pendant l'été. Il avait plein d'argent.

— Il vous a proposé du liquide ? demanda Stuart.

Fausto hésita. Il baissa les yeux sur son chapeau, puis regarda Paul, et ensuite Stuart.

— J'ai des problèmes en ce moment. J'ai installé deux salles de bains et un patio le mois dernier, sans être payé. J'ai dû virer mon neveu. Il n'y a pas de travail et quand il y en a, ils ne payent pas.

— Vous ne l'aviez jamais vu auparavant ?

L'homme secoua la tête.

— Il était jeune. J'ai trouvé qu'il était bien jeune pour avoir tant de fric en liquide. Mais cette île est pleine de mômes bourrés de pognon. J'ai pas besoin de vous faire un dessin.

— Vous avez dit que, d'après vous, ça n'était pas un insulaire. Pourquoi ?

Fausto eut l'air peiné.

— Il a dit qu'il était en vacances. Quand je l'ai vu...

Il s'interrompit et se passa le dos de la main sur les joues.

— Quoi donc ? demanda Paul.

— Il n'était pas blanc.

— Un Noir ?

— Non, pas vraiment noir. Basané. Très basané. Il parlait très mal le portugais.

Stuart se tourna vers le jeune homme de La Rochelle.

— Ramène-le au bureau, tu veux bien ? Quelqu'un va prendre votre déposition, monsieur Ribeira.

Fausto, suivant le jeune policier respectueusement à deux pas, remonta la rampe et émergea à la lumière du soleil.

— Allons jeter un coup d'œil », dit Stuart.

Stuart écouta les explications de Paul Fizzi. Un établi de deux mètres cinquante de long et de cinquante centimètres de large courait tout le long de ce qui semblait être le mur du garage, mais était en fait une cloison en parpaings érigée par les kidnappeurs. L'établi avait été écarté, dévoilant un lourd panneau en bois dans le bas de la cloison. Le panneau, un carré d'environ soixante-dix centimètres de côté, tenait lieu de porte. Il était maintenant ouvert, accroché à ses gonds. À l'intérieur, il y avait un mur de plâtre, épais de treize millimètres. Ils avaient fait sauter en tirant sur le mur une plaque de plâtre pour mettre à jour un coffre métallique contenant un système électrique de fermeture. Il y avait quatre balles de .38, deux encastrées dans le mur et deux sur le sol de la planque, écrasées par l'impact sur le coffre de métal. L'un des projectiles écrasés avait dû déclencher le mécanisme de fermeture, leur permettant de s'évader. Paul avait compté cinq impacts. Si les coups de feu avaient été tirés par un .38 Smith and Wesson, comme il le supposait, les kidnappeurs avaient alors eu beaucoup de chance : il ne restait plus qu'une balle dans le barillet quand la porte s'était déclenchée.

Lorsque Paul eut terminé son exposé, il resta là, l'air emprunté, en se grattant un sourcil. Plus Paul s'efforçait d'être consciencieux, plus Stuart se rendait compte avec tristesse qu'il n'en ferait jamais un bon policier. Il se détourna et s'accroupit devant l'entrée de la planque. Une forte odeur de pieds sales régnait dans la pièce. En se redressant, Stuart comprit qu'elle provenait du cadavre. La planque, qui faisait environ deux mètres sur trois, était déjà bondée ; il y avait Fabrice avec ses appareils photo, Gérard, le Portugais mort et maintenant lui-même et Paul.

Fabrice se dirigea vers la sortie. « J'ai fini, dit-il. J'ai pris tout un rouleau. Je pense que ça suffit. »

Les autres ne prêtèrent aucune attention à son départ. Tout chez Fabrice — les lunettes à montures rouges, les cheveux gris bouclés, le stylo à bille attaché par un lien autour du cou — était en accord avec l'attitude obstinée, désapprobatrice du militant syndicaliste, et pourtant, Stuart s'était pris de sympathie pour lui.

Stuart avança vers le cadavre, écrasant sous ses pieds des morceaux de verre brisé. Il se pencha pour tremper un doigt dans le liquide répandu, encore poisseux. Du Coca-Cola, semblait-il.

Gérard et Paul le regardèrent examiner le corps, en prenant soin de ne pas marcher dans le sang coagulé. À en juger par la tenue de l'homme et ses petites mains lisses, il était jeune. Il avait été abattu de deux balles. Celle dans le bas-ventre avait provoqué une forte hémorragie, ce qui évoquait une balle dum-dum. Celle qu'il avait reçue dans la nuque avait entraîné une mort instantanée. Il n'avait pas été abattu avec l'arme qui avait servi à ouvrir la porte. Il avait dû tomber en avant sur ce qui lui restait de visage et avait été ensuite retourné sur le dos.

« Pour prendre les clefs du placard, dit Stuart à haute voix.

— Il a un étui dans sa botte, dit Paul. Ils lui ont pris son arme.

— Après l'avoir tué, dit Stuart. Ils lui ont d'abord tiré dans le ventre, depuis là. » Il montra l'entrée. « Il tenait un verre à la main, donc, il a été pris par surprise. Il leur faisait confiance, probablement.

— Ils avaient une clef, dit Gérard.

Stuart releva la tête en entendant sa voix, légèrement efféminée, affectée.

— Nous pensons qu'il s'agit d'un complice, dit Paul.

Stuart acquiesça d'un signe de tête.

— Qui a dû faire sauter la porte à coups de pistolet pour pouvoir filer, dit-il.

— Ils ouvrent la porte, abattent la personne qui gardait le gosse, prennent le gosse et laissent l'autre membre du gang enfermé avec le mort. » Paul s'interrompit, l'air perplexe. « Et ils lui laissent un flingue.

— Ils ont pris l'arme du mort, dit Stuart. Dans l'étui. Il est juste de la taille d'un Smith and Wesson. »

Stuart contourna avec précaution le cadavre. Jetant un coup d'œil dans le placard, il fut frappé par l'odeur d'urine. Il pensa à Alice se réveillant pour découvrir qu'il était parti sans elle. En franchissant le portail, il l'avait imaginée l'observant par la fenêtre. Il se sentait maintenant soulagé qu'elle n'ait pas eu à voir cet endroit. Pas de lumière pour l'enfant et aucune aération à part quelques trous tout en haut de la cloison. Un bout de ravioli desséché traînait sur le mince matelas en mousse. Si le petit garçon avait eu une couverture, ils l'avaient emportée.

« Quelqu'un a peut-être perdu les pédales, dit Paul.

— Ou bien il y a eu brusquement une querelle stupide, ou alors c'est un deuxième groupe qui est intervenu et a pris la suite des opérations.

— Combien y a-t-il de gens sur cette île qui soient prêts à kidnapper un enfant ? demanda Gérard.

Stuart indiqua le cadavre d'un signe de tête.

— Qu'a dit le docteur ? Depuis quand est-il mort ?

— Six à huit heures, répondit Gérard.

— Quand aura lieu l'autopsie ?

— Trois heures, dit Gérard. J'irai.

Stuart regarda tour à tour Gérard et Paul.

— Vous savez qui c'est, n'est-ce pas ? demanda-t-il.

— Qui est-ce ? fit Gérard.

— Mickey da Cruz, dit Stuart. Regardez les bottes, ajouta-t-il. Et les jambes. Regardez.

Gérard et Paul examinèrent le cadavre avec ses jambes arquées et sa tête éclatée, pleins de respect maintenant que le jeune homme avait un nom.

— Qu'est-ce qui lui a pris ? demanda Paul.
— C'est drôle, dit Gérard. J'ai toujours cru que Mickey était arabe.
— Il s'habillait toujours comme Lucky Luke », dit Paul.

Les mots résonnaient comme une sorte d'hommage. Ils demeurèrent tous trois immobiles un moment, comme liés par l'horreur de tout ce qu'ils avaient vu. Aucun d'entre eux n'était pressé de quitter cette pièce malodorante et le jeune Portugais mort pour remonter à la surface où ils étaient méprisés, en partie à cause de ce qu'ils avaient vu. Stuart retrouva avec plaisir ce sentiment familier de détachement. Il était libéré, pour un moment, de la terrible angoisse qui avait grandi en lui depuis quelques jours. C'était une douleur qu'il reconnaissait, non pas un sentiment déjà éprouvé mais plutôt enfoui en lui depuis toujours, attendant le moment de s'exprimer. Stuart se rendit compte qu'Alice lui manquait tout le temps, même quand il était avec elle.

Gérard et Paul maintenant l'observaient, et il chercha des yeux quelque chose pour couvrir la tête ensanglantée du jeune garçon. Il alla prendre près de l'évier un torchon à carreaux et en recouvrit la tête, mais ce morceau de tissu ne faisait que rendre les jambes plus caricaturales encore.

CHAPITRE 25

Alice s'engagea dans l'étroite ruelle qui conduisait à la place centrale. Elle se sentait comme étourdie par le manque de nourriture et de sommeil. Trois jours s'étaient écoulés depuis qu'elle avait traîné Dan derrière elle dans cette même rue. Elle regardait maintenant le décor autour d'elle : la lumière dorée du soir projetant de longues ombres sur les murs, les pierres rondes, et les herbes qui poussaient dans les interstices, les fils du téléphone s'étirant en festons d'un poteau à l'autre et les hirondelles haut dans le ciel. Comme une convalescente qui a dû longtemps s'en passer, elle prenait conscience de la beauté du monde et de son inutilité. La côte s'accentuait et elle ralentit le pas. Santini l'attendait. Il avait l'argent : neuf millions dans les coupures exigées. Son cœur battit plus vite à cette idée.

Elle avait été réveillée ce matin-là, glacée de panique, par les battements de son cœur, et était descendue en courant, en chemise de nuit. Elle était tombée sur Babette dans le couloir, portant un plateau. Le caractère incongru du plateau, le sentiment de culpabilité parce qu'elle avait dormi, fût-ce quelques heures à peine, et le départ de Stuart, qu'elle comprit au moment même où elle posait la question, la firent fondre en larmes. Un policier qu'elle n'avait encore jamais vu, traversant l'entrée, avait levé la tête et l'avait trouvée assise sur les marches, en train de pleurer. Babette lui avait fait du café, qu'elle avait bu en silence dans la cuisine, Dan sur les genoux. La tasse vide de Stuart se trouvait encore sur la table. Elle l'avait regardée fixement, comme s'il se fût agi d'un talisman, comme pour inciter Stuart à l'appeler. Elle avait attendu toute la matinée, jouant au jeu des paires avec Dan sur la table de la cuisine, puis au morpion sur du sel renversé. Ce jeu plaisait beaucoup à Dan et il voulait sans cesse recommencer. Le policier s'était absorbé dans le magazine de mots croisés de Paul, levant de temps à autre la tête, pour sourire à Dan et lui adresser un clin d'œil. Babette, debout devant l'évier, grattait des moules dans un profond récipient : Dieu sait à qui elles étaient destinées. Quand le policier était sorti de la pièce pour aller pisser, Alice s'était levée brusquement, poussant un peu trop brutalement Dan de ses genoux et renversant sa chaise. Babette et Dan l'avaient observée pendant qu'elle appelait Santini. La voix de sa femme était pleine de gentillesse et Alice s'était sentie faiblir. Elle avait transmis son message rapidement et avait raccroché.

À six heures, Babette avait emmené Dan en promenade et s'était enfermée dans le bureau pour se repasser la cassette des kidnappeurs et attendre. Tandis qu'elle était là à regarder, les images de son fils commençaient à lui faire l'effet d'un document d'archives. Santini et Stuart avaient tous deux disparu. Sam avait peut-être été retrouvé, mais quelque chose avait mal tourné. Quand le coup de fil vint enfin, et de Santini, elle y vit un signe : elle allait se couper complètement de Stuart. Comme les informations de huit heures commençaient, elle avait monté le son de la télé et escaladé la fenêtre du bureau.

Elle émergea de l'étroite ruelle sur la place principale. Trois vieilles femmes étaient assises sur des chaises pliantes, le dos au mur de la mairie, face au soleil orange. Elle sentit sur elle leur regard en se dirigeant vers les marronniers. Rapidement, elle passa entre les arbres, s'efforçant de ne pas flancher, en entendant le bruit du vent dans les feuilles.

Elle avait pris le sac à dos de Sam plutôt que son sac à main, que sa mère lui avait acheté à Rome lors de leur dernier voyage. Ce sac lui apparaissait soudain comme une chose laide appartenant au passé de quelqu'un d'autre. Dans le sac à dos, elle avait glissé le pistolet de Stuart. Elle le sentait cogner au creux de ses reins au rythme de ses pas.

Il l'avait trahie. Les kidnappeurs avaient formulé leur demande. Tout ce qui importait, c'était qu'ils aient leur argent à temps.

« Ça ne vous servira à rien de leur donner l'argent », lui avait dit Stuart. Cette remarque lui paraissait soudain morbide, cruelle même.

Elle trouva l'entrée de quatre volées de marches de pierre, une brèche étroite dans un mur couvert de lierre, vibrant d'étourneaux. Elle ne voyait pas les oiseaux, mais entendait leurs cris stridents. Elle descendit les marches, serpentant au milieu de dix ou quinze chats, dont certains se chauffaient sur la pierre et d'autres déambulaient çà et là sans lui prêter la moindre attention. Au bas des marches se trouvait un muret au-delà duquel le terrain tombait en pente raide jusqu'à un cours d'eau paresseux et brunâtre. La maison de Santini se trouvait sur la gauche, au bout d'une allée. On sentait une odeur d'égout à ciel ouvert et le son d'une radio se faisait entendre quelque part au-dessus de sa tête : l'indicatif annonçant la fin des informations. Elle passa sous un pont reliant deux maisons et s'arrêta devant un portail en fer forgé. La cloche résonna à l'intérieur de la maison et elle entendit une porte qui s'ouvrait et le claquement feutré de chaussures sur le sol. Une vieille femme apparut devant elle, tenant le portail ouvert. Derrière elle s'ouvrait une cour pleine de poules. La femme lui souhaita le bonjour et s'effaça pour la laisser passer, ne manifestant aucune curiosité. Alice traversa la cour à sa suite et monta trois marches conduisant à la porte d'entrée. Elles pénétrèrent dans une entrée obscure.

« Il est dans la cuisine », dit la femme qui semblait essoufflée. « Par ici. »

Elles s'engagèrent dans un étroit couloir, brillamment éclairé. La femme s'arrêta devant une porte et regarda Alice.

« Je suis désolée, pour votre fils », dit la femme. Alice reconnut la douceur de la voix entendue au téléphone. Les yeux noirs de la femme brillaient. « Je ferais n'importe quoi pour vous aider. » Elle trouva la main d'Alice et la serra étroitement. « N'importe quoi. » Puis elle lâcha sa main, ouvrit en grand la porte de la cuisine, et s'effaça pour laisser passer Alice.

Santini était assis au bout de la table. Il portait une chemise à manches courtes ornée d'un motif tropical. Il faisait aller et venir le bout de ses doigts sur son avant-bras, replié contre sa poitrine comme pour se protéger. Il ne se leva pas, mais laissa sa femme écarter une chaise sur sa droite. Elle la souleva avec soin afin qu'elle ne racle pas le sol. Alice décrocha de son épaule le sac à dos de Sam et s'assit, serrant le sac sur ses genoux. Santini posa les mains à plat sur la table et les examina tout en prenant la parole.

« J'avais raison. Votre fils était en ville...

— Que voulez-vous dire, était ? » Il ne la regardait pas. Il ne voulait pas être interrompu. « Où est-il ? Où est-il maintenant ? » hurla-t-elle. « Dites-le-moi ! »

Santini, très calme, se décida à lever les yeux sur elle.

« Il était retenu dans une planque à Masaccio par un groupe de trois. » Il s'exprimait avec lenteur d'un ton uni, et sa voix profonde résonnait dans la pièce exiguë. « Le garçon qui a organisé l'enlèvement a été abattu ce matin. Ils l'ont tué et ont emmené votre fils.

— Qui ça ? Où l'ont-ils emmené ? » Alice sentait la pièce basculer autour d'elle. Elle agrippa le bras de Santini. « Savez-vous qui c'était ?

Il la dévisagea froidement. Ses yeux jaunes avaient la fixité de ceux des poissons.

— Non, dit-il en posant une main sur la sienne. Mais nous le saurons.

— Conduisez-moi là-bas », dit-elle en se levant. Faible et prise de vertige, elle se sentait vaciller. Elle essayait de fixer son attention sur la barbe noire qui flottait au-dessus de la jungle dense de sa chemise. « Emmenez-moi là-bas.

— Je ne peux pas.

— Pourquoi ?

— Stuart s'y trouve.

— Et alors ? Emmenez-moi. » Elle sentit le sol remonter vers son visage. Quelqu'un à son côté la tenait par le coude. « S'il vous plaît, ajouta-t-elle.

— Vous voulez boire quelque chose ? Du sirop de menthe ? » La femme de Santini l'aidait à se rasseoir. Elle entendit ses pantoufles glisser sur le sol quand elle traversa la cuisine, continuant de sa voix douce et apaisante : « Il faut prendre quelque chose, vous êtes très faible ; on voit bien à votre mine que vous n'avez pas assez mangé, vous avez besoin de sucre. Après on pourra vous aider. Il faut reprendre des forces, n'est-ce pas, Claude ? »

Alice baissa les yeux vers le verre plein d'un liquide émeraude posé sur la table devant elle. Des nuages semblaient flotter à la surface. Elle prit le verre, but une gorgée. La boisson était glacée et sucrée. Elle reposa le verre.

— Je vous en prie, emmenez-moi là-bas.

— Où voulez-vous aller, mon petit ?

La femme de Santini s'assit à côté d'elle. Alice se tourna vers Coco.

— Je vous en prie, dit-elle.

— Où veut-elle aller ? demanda de nouveau sa femme.

Coco l'effleura du regard, puis reporta son attention sur Alice.

231

— Comment savez-vous qu'ils ont emmené Sam ? Je veux voir où ils le gardaient. Je veux voir.
— Non. Stuart est toujours là-bas.
— Qu'est-ce que ça peut faire ?
— Tu pourrais la poser à proximité, Claude, dit la femme. Mon mari veut vous aider. Mais Stuart est toujours en train de le harceler, n'est-ce pas, Claude ? S'il pouvait, il le rendrait responsable de ce qui est arrivé à votre fils. C'est pour ça qu'il doit se montrer prudent, mais il va vous aider, n'est-ce pas, Claude ? — Santini regardait Alice, sans prêter attention à sa femme. — Tu pourrais la poser dans le coin.

Santini se leva, passa devant sa femme, s'arrêta à la porte de la cuisine.

— Je vais vous emmener au Vieux Port. C'est à dix minutes de marche de l'endroit. Retrouvez-moi une heure plus tard au bureau de poste de la grande place. Si vous êtes en retard, vous rentrerez par vos propres moyens. Mais vous devriez vous préparer. Ils ne vous laisseront pas passer.

Alice se leva et laissa la femme de Santini lui glisser les bras dans les courroies du sac à dos.

— Je vous en prie, mangez quelque chose avant de partir.

Mais Santini était sorti de la pièce et Alice le suivit.

Dans la voiture de Santini qui descendait vers la côte, Alice regardait par la fenêtre les collines qui défilaient au loin dans un camaïeu de pourpre. Le ciel au-dessus de la mer était rouge. Elle ferma les yeux pour les protéger du vent.

Elle vit le corps maigrichon de Sam qui accourait vers elle, remontant une petite dune de sable, la mer miroitant derrière lui. Il se tenait au-dessus d'elle, souriant, le visage poissé de sable.

— Reste sur la plage, d'accord ? Il y a des grands garçons dans l'eau avec des harpons.
— Pourquoi ?
— Ils pourraient être dangereux.
— Les garçons ?

— Les harpons.
— D'accord.

Il pouvait lui tenir tête sans se lasser, avec violence, puis renoncer soudain, comme ce jour-là, comme s'il voulait lui montrer qu'il pouvait céder et que, pour cette raison, il lui était supérieur. Quelque chose en elle qu'elle préférait ne pas analyser la poussait à vouloir le dominer. Aussi lui arrivait-il soudain de sentir l'énergie de Sam lutter contre la sienne, lui résister, et elle l'admirait pour sa détermination. Elle voyait ses petites jambes dévaler la dune dans un jaillissement de sable tandis qu'il courait vers la mer et son crâne pointu sur son cou gracile.

Santini roulait vite sur le front de mer. Il tourna la tête et lui sourit.

— Ça va ? demanda-t-il. Elle soutint son regard. — Arrêtez de faire confiance à n'importe qui. C'est une perte de temps.

Il stoppa devant trois blocs de ciment qui barraient l'entrée des rues du marché.

— Prenez cette rue. Tournez à la deuxième à gauche, puis la première à droite. Il y a un garage au bout. Une heure, dit-il, et il tendit le bras pour lui ouvrir la porte, lui effleurant le sein au passage. Elle descendit de la voiture et, sans se retourner, se mit à courir, suivant les indications de Santini.

Lorsqu'elle parvint au garage, elle était à bout de souffle. Un jeune policier en uniforme se tenait devant la porte fermée. Il la fixa d'un regard impassible quand elle s'imobilisa devant lui, haletante.

— Où est Stuart ?
— Madame ?
— Je suis la mère de l'enfant. Où est Stuart ? C'est urgent.
— Le commissaire est parti depuis deux heures.
— C'est là qu'ils le gardaient ? demanda-t-elle, regardant la porte du garage. Laissez-moi entrer. Je veux voir.
— Je ne peux pas faire ça, madame, je crains bien. — Il la dévisageait, les pouces accrochés à sa ceinture. — Vous dites que vous êtes la mère de la victime ?

— Non. Oh, pour l'amour du ciel, où est Stuart ? — Elle regarda autour d'elle, cherchant de l'aide. La rue était vide. D'un restaurant un peu plus loin provenait le son assourdi d'un accordéon. — Vous allez avoir des ennuis quand il saura à quel point vous êtes lent. — Elle sentait le poids de son arme dans son sac et avait envie de s'en servir. — Écoutez-moi. Il faut que je le voie. C'est important. — Elle sentait son hésitation. — Depêchez-vous ! — Elle lui parlait comme si elle avait été sa mère.

Elle le suivit jusqu'à la voiture de patrouille garée à l'entrée de la rue et le vit plonger la main par la vitre ouverte pour se servir de la radio. Elle entendit une voix de femme, des bruits vagues. Le ciel était maintenant bleu foncé et un vent frais s'était levé. Elle frissonna.

— Quelqu'un va venir vous chercher.

Elle inclina la tête et lui tourna le dos, croisant les bras sur sa poitrine pour se protéger du froid. Elle sentait le policier tout près d'elle dans son dos. Elle traversa la rue pour aller attendre Stuart de l'autre côté. Le jeune homme alla reprendre son poste devant la porte du garage.

Lorsque la Datsun marron s'arrêta, ce n'était pas Stuart qui conduisait. Le chauffeur se pencha en travers du siège du passager pour lui ouvrir la porte. C'était Paul.

— Où est Stuart ? Que s'est-il passé ?

— Rien. Ne vous inquiétez pas. Montez.

Il conduisait vite dans les rues étroites de la vieille ville, klaxonnant pour disperser les piétons, roulant parfois au ras du trottoir. Alice, silencieuse, écrasait de temps à autre une pédale de frein imaginaire. Ils stoppèrent devant les portes du commissariat. Paul les ouvrit avec sa télécommande.

— Dites-moi ce qui est arrivé, ordonna-t-elle.

Il machait du chewing-gum. S'arrêtant de mastiquer un instant, il la regarda avec une expression bovine dans le regard.

— Il faudra demander à Stuart, dit-il. Il entra dans la cour et freina si brutalement, écrasant le frein pour le relâcher aussitôt, que la tête d'Alice cogna contre le siège derrière elle.

Sans l'attendre, elle descendit de la voiture. Des lampes puissantes comme des projecteurs éclairaient la cour d'une vive lumière artificielle. Elle monta les marches en courant. La porte s'ouvrit devant elle sans qu'elle ait à presser l'intercom.

Elle s'immobilisa à l'entrée du bureau de Stuart. Il se tenait debout derrière sa table de travail. Un homme assis en face de lui se tourna pour lui sourire. C'était Lopez. Stuart avait les yeux tournés dans sa direction, mais sans la regarder directement.

La voix de Paul résonna juste derrière elle.

— On a trouvé le magnétoscope. De la taille d'un rouge à lèvres. Fabrice ne pense pas qu'on puisse les acheter sur l'île. Il vérifie.

Stuart adressa un signe de tête à Paul. Lopez se leva et tendit la main en travers du bureau.

— Pas de télé, pas de radio, disait Lopez. Rien qui puisse faire du bruit et alerter les voisins. Pourquoi tout compromettre en cherchant un autre endroit ? Le premier avait été soigneusement choisi. — Stuart le raccompagnait à la porte. — Pourquoi prendre le risque d'aller ailleurs ?

Alice, immobile, les regardait. Elle les entendait parler, mais le sens de leurs paroles flottait quelque part dans un autre domaine qui lui était inaccessible. Elle se sentit soudain accablée d'un désespoir comme elle n'en avait pas connu depuis son enfance.

— Ils étaient trois ou quatre, dit Stuart.

Alice regardait, hébétée. Elle entendait dans sa tête le bruit du vent dans les pins. Elle était incapable de bouger. Puis quelqu'un prononça son nom et elle s'écarta d'eux en vacillant pour entrer dans la pièce et se dirigea vers la fenêtre ouverte. Derrière elle la porte se referma. Les voix d'hommes s'estompèrent dans le couloir. Elle décrocha le sac à dos de ses épaules et le posa sur l'appui de la fenêtre, puis elle se pencha à l'extérieur pour regarder la cour inondée de lumière, laissant la brise lui rafraîchir le visage.

— Sam, chuchota-t-elle.

La faiblesse qu'elle perçut dans sa propre voix l'horrifia. Rejetant la tête en arrière, elle se cogna ensuite le front aussi fort qu'elle put contre le rebord des volets. Un instant, elle demeura comme paralysée. Puis elle sentit des mains qui l'empoignaient par les épaules et entendit un gémissement qui ne venait pas d'elle avant de basculer en arrière et de voir la pièce chavirer autour d'elle.

Une douleur terrible lui taraudait le crâne. Elle sourit comme pour la saluer et ferma les yeux.

— Vous m'aviez promis, dit-elle. Stuart ne répondit pas. Il était assis, penché sur elle, et tenait sa tête sur ses genoux.

— Vous auriez dû me réveiller, reprit-elle d'une voix étranglée.

Stuart acquiesça d'un signe de tête, posa une main contre sa joue.

— Santini savait qui avait Sam, dit-elle. Vous pas. Maintenant quelqu'un d'autre l'a enlevé. Vous ne savez pas qui. Vous ne savez pas, n'est-ce pas ?

Il scrutait son visage.

— Vous ne savez pas où il est, reprit-elle

— Vous avez mal ? demanda-t-il.

Alice toucha son front, passant le bout des doigts sur la bosse.

— Dites-moi, insista-t-elle.

Il lui prit la main et la garda dans la sienne, sans lâcher des yeux son visage.

— Quelqu'un est entré et a abattu la personne qui détenait Sam. Il s'appelait Mickey da Cruz. Il travaillait pour Santini.

Alice écoutait. Des larmes brûlantes coulaient sur ses tempes jusque dans ses cheveux.

— Mickey avait deux ou trois complices. Ils n'ont pas été tués. Ils ont été enfermés mais ont réussi à filer. Il semble que c'était des Italiens. On a vu leur bateau dans la marina. La personne qui a enlevé Sam a laissé vivre ces hommes. Ils ont couru le risque qu'ils soient pris et interrogés.

Elle déglutit, fermant les yeux pour lutter contre la douleur dans sa tête.

— Sam était ici. Au cœur de Massaccio. — Elle sourit. — J'avais l'argent. J'allais leur donner ce qu'ils voulaient et le récupérer. Maintenant, il a disparu. Personne ne sait où il est. — Elle se tut un instant, les lèvres tremblantes. — Celui qui l'a pris est un tueur.

Stuart lui serra plus étroitement la main.

— Santini sait qui l'a emmené.

De nouveau elle ferma les yeux

— Comment était-ce ? demanda-t-elle. L'endroit où ils le gardaient.

— Il avait un matelas et un duvet, dit-il.

— Comment était-ce ?

— C'était un petit appartement avec une cuisine.

— Est-ce que... il était sur un matelas dans un coin ou quoi ? Il était attaché ?

— Non. On lui avait installé un endroit à part, un petit espace, juste la place de son matelas. Il n'était pas attaché.

— Il était dans le noir ?

Stuart hésita.

— Ils le gardaient dans le noir ? insista-t-elle.

— Oui.

Elle le dévisageait, la bouche ouverte.

Il glissa les mains sous ses épaules, la souleva contre lui.

— Je le trouverai, dit-il, parlant tout contre son cou.

Il la tenait serrée contre sa poitrine Elle sentait un os qui appuyait contre son sein gauche, sinon rien. Elle posa son menton sur son épaule et regarda une traînée brune sur le mur blanc.

— Je le trouverai, répéta-t-il.

Alice se demanda si la tache brune était du sang.

Il était en train de lui dire qu'il allait la ramener au village. Elle sentait sa voix résonner dans sa poitrine. Elle n'éprouvait nulle envie de bouger ; tout mouvement semblait dérisoire.

La lumière dans le parking lui faisait mal à la tête et elle ferma les yeux. Il la conduisit jusqu'à sa voiture. Les yeux toujours fermés, la tête renversée contre le siège, elle écouta le bruit de la portière claquée, la clef de contact tournée, les grilles qui s'ouvraient. Comme ils s'éloignaient du commissariat, l'obscurité se fit plus profonde. La douleur lui étreignait la tête comme une couronne trop serrée. Elle ouvrit les yeux et regarda par la portière ce même chemin qu'ils avaient emprunté le jour où Sam avait disparu : le front de mer avec les conteneurs tels des gratte-ciel flottants, la bande de littoral urbain misérable, la route qui montait dans les collines. Revivre cette scène l'emplissait de désespoir. Comme s'il en prenait conscience, il se gara sur le bas-côté, coupa le contact et demeura immobile, fixant droit devant lui des troncs d'arbres blanchis par la lumière de ses phares.

— Je ne peux pas vous aider. — Il tendit la main vers la clef de contact, la tint un instant entre ses doigts. Puis il la lâcha et s'adossa à sa portière. — Je ne peux pas prétendre pouvoir vous aider, ajouta-t-il, lui souriant avec tristesse.

Elle avait du mal à respirer. La bouche ouverte, elle s'attendait à haleter comme le poisson de Sam. Elle regardait la main de Stuart crispée sur le frein à main. Elle avait peur de parler. L'idée qu'il puisse lâcher le frein à main l'emplissait d'une angoisse inexplicable. Elle demeurait immobile, aspirant l'air maintenant par petites goulées, avec précaution.

Il lâcha le frein à main et toucha la clef de contact.

— Je vous en prie. — Il la regarda. Elle observait sa main sur la clef. — Je vous en prie, aidez-moi, Stuart.

Il lâcha la clef et concentra son attention sur un arbre.

— Votre mari détestait cet endroit ?

Elle acquiesça.

— Moi aussi, dit-il. De nouveau, ce bref sourire. — J'ai passé toute ma vie à essayer de me sentir chez moi ici ou à essayer d'en faire un lieu où je pouvais me sentir chez moi. Je voulais m'en aller, mais je ne pouvais pas. J'ai découvert qu'il n'existait aucun autre endroit où aller. Bien que je déteste vivre ici, je ne peux survivre nulle part ailleurs.

Elle le regardait bouger les mains tout en parlant. Trois gestes revenaient sans cesse, comme un langage codé.

— Il y avait quelqu'un que j'admirais dans mon enfance, dit-il. C'était une sorte de héros pour les gens d'ici. Ils continuent à parler de lui. Il s'appelait Titi Ciccioni et il était de Santarosa. C'est lui qui a lancé le mouvement pour l'indépendance. Santini l'a fait assassiner et a pris sa place. Il a fait venir ses gens et c'est devenu sa mafia. Le pays tout entier a été corrompu par son système.

Il se frotta les yeux avec le pouce et l'index et remit la main sur la clef.

— Racontez-moi, dit-elle.

Il la regarda.

— Vous êtes bonne, dit-il.

— Pas du tout.

Il sourit.

— Non.

Il lâcha la clef, croisa les bras et les serra étroitement sur sa poitrine comme pour se protéger, les mains coincées sous les aisselles.

— Allez, dit-elle. Elle sentait qu'il choisissait les mots dans son esprit puis les rejetait. Elle avait pratiqué l'art de la télépathie. Mais il secoua la tête. Elle s'adossa à son siège, fixant les troncs décolorés par la lumière des phares.

— J'ai oublié à quoi il ressemblait, dit-elle. Au bout de trois ans, je n'arrive plus à évoquer son visage. Je crois que c'est pour ça que je continue à venir ici. Ici je peux sentir sa présence. C'est étrange, mais c'est ce souvenir qu'il m'a laissé.

— Il vous a laissé les garçons. Sam lui ressemble.

Il gardait toujours ses mains cachées, craignant, semblait-il, qu'elles ne le trahissent s'il les dégageait.

— Comment savez-vous qu'il lui ressemble ?
— Je me souviens de lui.
— Qui donc ?
— Votre mari. — Il observa une pause, mais sans la regarder. — Sa tante invitait quelquefois les enfants du village à venir prendre le thé. J'y suis allé plusieurs fois. — Il se décida enfin à se tourner vers elle. — J'avais à peu près cinq ans de plus que lui.

Il avait l'air heureux, brusquement et Alice sourit, surprise.
— Vous pouvez m'aider, Stuart.

De nouveau, il tendit la main vers la clef de contact. La tension était revenue. Elle sentait de nouveau qu'il tâtonnait, à la recherche de mots.

— Qu'est-ce qu'il y a ?
— Il s'est passé quelque chose alors que j'avais à peu près l'âge de Sam. J'ai commis un acte que je ne peux pas me pardonner. — Son ton était devenu pressant, comme s'il craignait d'être interrompu. — Ma mère était morte. Deux ans auparavant à peu près. Moi et ma sœur étions très proches. Elle me suivait partout. Il y avait un endroit où nous allions souvent après l'école, chez un homme qui habitait dans les collines derrière le village.

Il se passa la main à plat sur la bouche. Alice eut peur soudain de ce qu'il allait lui dire. Les vitres étaient relevées et il faisait une chaleur étouffante, mais elle demeura immobile.

— Nous montions jusqu'à la maison de cet homme. Lucien, il s'appelait. Il fabriquait des couteaux, de très bonne qualité, en acier feuilleté. Les gens venaient de Massacio pour les acheter. Nous allions le regarder travailler dans son atelier, tailler des couches d'acier minces comme du papier, les replier. — Il libéra ses mains, reprenant son langage codé. — Il avait des bois de différentes essences pour les manches et il nous laissait fabriquer des objets. Béatrice était toute petite mais douée pour la sculpture. Et il nous autorisait à nous servir de ses outils. Enfin bref, c'était un dimanche, après la messe. — Il s'interrompit de nouveau, appuyant son pouce et son index dans ses orbites. Alice l'observait, osant à peine remuer.— Moi et Béatrice, nous étions derrière l'atelier. Lucien était à l'intérieur et je me souviens du bruit des machines. Il m'avait demandé de lui couper des bûches de merisier. Je faisais ça tout le temps. Je ne sais pas comment c'est arrivé. Tout ce dont je me souviens, c'est que j'ai levé la hache et l'ai laissée retomber, et brusquement, il y avait là la main de Béatrice. Je me rappelle l'avoir regardée, elle, puis d'avoir regardé ses doigts sanguinolents sur le billot. Je me rappelle avoir pensé qu'on aurait dit des abats de volaille. Je n'ai pas compris tout de suite, parce qu'elle n'émettait aucun son. Sa bouche était grande ouverte pour hurler, mais elle était silencieuse. C'était moi qui hurlais.

Alice le regarda déglutir, sa pomme d'Adam montant et descendant. Elle demeura immbile. Il se frotta les yeux, puis se remit à remuer les mains.

— Après ça, elle s'est évanouie. Lucien l'a portée jusqu'au village, et moi je courais derrière lui. Il avait mis ses deux doigts dans un mouchoir. Je l'ai entendu dire à mon père de ne pas être trop dur avec moi. Il disait que j'étais assez puni de ce que j'avais fait. Mais mon père m'a enfermé dans le noir jusqu'aux premiers jours de l'école. C'était le début de l'été, j'ai donc passé trois mois seul dans le noir. — Il opina du bonnet, comme s'il félicitait son père de sa sévérité. — De toute façon, quand j'ai revu Béatrice, tout était différent. Depuis ce jour-là, plus rien n'a été pareil entre nous. Ce n'était pas tellement à cause de l'accident, mais parce qu'elle n'était plus autorisée à être attachée à moi après ça.

Il contemplait l'arbre dans la lumière de ses phares. Alice observait son profil, en desssinait le tracé dans son esprit, l'étudiait, comme un objet de valeur, digne de respect.

— C'était ces deux-là, dit-il, passant doucement la tranche de sa main d'avant en arrière comme pour scier son index et son médius. — Je n'ai jamais raconté ça à personne, dit-il et il haussa les épaules. — Je ne sais pas pourquoi.

Alice considérait ses mains, immobiles maintenant sur ses genoux.

— Vous m'en parlez à cause de Sam, dit-elle. Vous savez ce que c'est pour lui.

Il secoua la tête.

— Je ne dirais pas ça. Ce n'est pas pareil. Je vous raconte ça parce que... je ne sais pas pourquoi je vous en parle.

Sans lever la tête, elle tendit la main, la paume vers le haut. Il posa sa main sur la sienne et elle referma ses doigts. Immobile, elle regardait sa main dans la sienne.

— Ce n'est pas pareil, dit-il. Sam n'a rien fait de mal.

— Vous non plus.

Elle n'était pas préparée pour l'expression de gratitude qu'elle lut dans ses yeux et lui lâcha la main. Il parut aussitôt se retirer en lui-même, mit le contact et démarra. Elle regarda sa main sur le levier de vitesse, la peau lisse et brune, les veines gonflées. Elle leva les yeux vers son visage, buriné de rides, et elle sut ce qu'elle éprouvait, de la pitié.

CHAPITRE 26

Lorsque Coco la frappa, Liliane y vit la preuve que tout l'édifice était en train de s'effondrer. Sa bague heurta sa molaire à travers la joue et la fit saigner à l'intérieur de la bouche. Le goût du sang l'avait toujours rendue malade et elle se rendit dans la salle de bains pour vomir. Elle savait que si elle était restée au lit, il ne l'aurait pas frappée. Mais elle s'était trouvée sur son passage alors qu'il allait et venait dans la chambre à coucher, et la voir si petite et si laide n'avait fait qu'accroître sa fureur. Comme elle s'obstinait à nier savoir où se trouvait Nathalie, il n'insista pas. Il avait toujours surestimé l'effet qu'il produisait sur elle, dans tous les domaines, même sexuel.

Liliane cracha ce qui lui restait à vomir dans les toilettes et actionna la chasse. Le processus qu'elle avait déclenché quand elle s'était jointe à la manifestation des femmes était encore plus sinistre et plus menaçant qu'elle ne l'avait imaginé. Elle examina son visage dans le miroir de la salle de bains et s'adressa un pâle sourire avant de retourner dans la chambre et de se remettre au lit.

Coco composait de nouveau le numéro de Georges Rocca. Sur la table de nuit, qui avait appartenu à la mère de Liliane, recouverte d'un napperon en dentelle sous une plaque de verre, étaient posées plusieurs photos encadrées de Nathalie, mais aucune de leur fils. Coco les avait toutes détruites. Il aimait à dire : « Je ne suis pas un homme violent. » Il l'avait répété si souvent au début que lui-même et tous les autres en étaient venus à le croire. Liliane avait toujours su à quel point il pouvait se montrer violent. Il se contentait de déléguer cette violence afin de ne pas en devenir la proie.

À en juger par son expression, elle comprit que Georges lui disait ce que tout le monde savait. C'était une expression de dégoût. Coco la regardait tout en écoutant les détails concernant la liaison de sa fille. Liliane soutint son regard. Il donnait calmement des instructions et c'était à elle qu'il s'adressait.

« Trouve-le, Georges, disait-il. Occupe-t'en le plus vite possible. Donne-lui ce qu'il veut. Ce qu'il y a de plus fort. Tu sais où t'en procurer. » Puis il regarda le téléphone dans sa main et raccrocha. « Et toi, dit-il, en pointant son index sur elle, tu es une mère indigne. Tu savais tout ça. »

Liliane effleura du bout de la langue la coupure à l'intérieur de sa joue. Elle savait qu'il ne fallait pas répliquer. Elle sentait frémir en lui une sorte de faiblesse. De tout son être, elle se forçait à demeurer silencieuse, afin de protéger sa fille.

« Liliane.

— Oui, Claude.

Il esquissa un geste en direction de son visage.

— Ta bouche... » Il releva brusquement la tête. « Il y a du sang... » Liliane s'essuya la bouche du dos de la main. « Tu sais où ils sont, ajouta-t-il.

— Non, je ne sais pas.

Elle lui faisait face. Elle savait comment il la voyait ; son visage rond, pâle, flasque, ses yeux comme des cailloux noirs, trop laide pour être malhonnête.

— Je vais la punir, dit-il. Il faut la punir, sinon nous la perdrons. Tu comprends ça, n'est-ce pas ?

Liliane contempla ses mains soignées, maculées de sang, posées sur la couverture.

— Tu comprends ça, Liliane ? hurla-t-il.

— Oui, dit-elle. Je comprends. »

Mais elle éprouvait toujours cette sorte de vibration interne, déclenchée par la manifestation, et elle se recoucha en arrière, prenant ses seins au creux de ses mains sous la couverture, comme si elle protégeait une flamme dans le vent.

CHAPITRE 27

Dans la petite pièce nue qui sentait la peinture, au quinzième étage de la résidence Les Mimosas, Nathalie Santini, étendue sous le corps de Raymond, l'écoutait respirer en lui caressant le dos du bout des doigts. C'était son homme, se disait-elle. Quoi qu'il arrive. Il pesait plus lourd maintenant qu'il dormait profondément, et elle sentait son souffle dans ses cheveux. Elle avait envie de rire. C'était là la sensation qu'elle avait attendue toute sa vie. Elle ferma les yeux et demanda à Dieu de la laisser mourir maintenant.

Il l'avait appelée depuis le commissariat de police. Il pleurait. « Je suis malade », lui dit-il. Elle savait à quel point il était malade et elle comprenait son envie de se détruire. Cela faisait partie de lui et elle respectait ce désir. Il lui avait dit qu'il n'avait pas d'argent pour se ravitailler. « Je mens à tout le monde », dit-il. « Je ne peux pas te mentir à toi. »

« Raymond a besoin de moi », avait-elle dit à sa mère. Elle avait pris le car pour descendre en ville. Il l'attendait devant les grilles du commissariat. Elle s'était dit qu'il était en train de mourir. Il avait la peau grisâtre et il suait abondamment. Le souffle court, il pouvait à peine marcher, mais il lui avait souri : « Mon ange », avait-il dit. Elle lui avait donné le collier de sa communion, qui était en or et orné de perles, plus qu'il ne fallait, et ils s'étaient rendus à la maison de son dealer.

Elle l'avait attendu dehors. « J'en ai pour cinq minutes », avait-il dit et il lui avait fallu une heure au moins, mais même attendre était une sorte de bénédiction.

Elle tourna la tête pour regarder par la fenêtre. Une merveilleuse lumière bleue filtrait par les rideaux en filet. Elle avait donné son corps. Ç'avait été facile. Il n'avait pas même eu besoin de demander. Il y avait eu un tel silence entre eux, dans l'entrée des Mimosas et dans l'ascenseur... Il n'y avait pas de place pour les mots. Ce qu'elle éprouvait était si fort qu'elle avait du mal à respirer.

Il l'avait déshabillée à gestes précautionneux, comme s'il avait besoin de se concentrer. Quand elle avait été nue, il s'était agenouillé, comme s'il la vénérait, et elle s'était agenouillée à son tour. Elle n'avait pas émis un son, mais quand cela lui faisait mal, il avait essuyé ses larmes et l'avait embrassée sans la consoler, car elle n'en avait pas besoin. Ses lèvres et son visage étaient encore douloureux de tous les baisers qu'il lui avait donnés. Avant de sombrer dans le sommeil, il lui avait dit de nouveau qu'elle était son ange et qu'elle pouvait le sauver. Il s'était exprimé avec le plus grand sérieux et elle avait cru en effet qu'elle en était capable.

Elle voulait quitter Raymond pendant qu'il dormait. Elle ne voulait pas lui dire adieu. Elle se dégagea avec précaution. Il soupira et se tourna sur le côté. Assise sur le bord du lit, elle contempla la courbe harmonieuse de ses fesses et la raie sombre qui les divisait. Elle avait envie de le toucher, mais elle se retint, car elle estimait que l'amour exige une grande discipline. Elle pensa à sa mère, qui n'avait jamais voulu que son bonheur. Elle devait l'attendre, prétendrait qu'elle avait dormi et ne poserait aucune question. À cette idée, Nathalie se leva, ramassa ses vêtements et sortit sans bruit de la pièce.

En bas, au sous-sol, Georges Rocca plaçait son avant-bras sur ses narines pour se protéger de l'odeur fétide qui émanait des deux poubelles communes. Il voyait parfaitement l'entrée de l'immeuble mais ne pouvait être vu. Il venait de prévenir Coco qu'il les avait trouvés. « Appelle-moi », lui avait dit Coco. « De jour ou de nuit. » Quand Nathalie Santini franchit la porte vitrée, Georges était en train d'examiner sa cravate, qui sortait de chez le teinturier, remarquant avec irritation une traînée pâle qui était bel et bien une tache et non pas un coup de pinceau diagonal du motif comme l'avait affirmé la femme vietnamienne. Lorsqu'il releva la tête, la jeune fille avait déjà traversé la moitié de la cour. On voyait à sa démarche que c'était encore une enfant. Pour Georges, éliminer Raymond ne posait vraiment aucun problème. Lui-même n'avait pas de fille, mais il était de tout cœur avec Coco.

Lorsqu'elle eut disparu, Georges ramassa la serviette en cuir qu'il avait posée entre ses pieds et émergea du sous-sol. La serviette contenait trois seringues hypodermiques, une importante dose d'héroïne pure, une minuscule balance en cuivre, un numéro de *Penthouse*, vingt-trois contraventions dans une enveloppe adressée « aux bons soins du Lieutenant Capelli », une pochette de quatre marqueurs fluorescents, un stylo à plume en or, un descriptif avec photos d'intérieur et d'extérieur d'une propriété à vendre dans le complexe immobilier de la plage Les Hespérides, une plaquette de Lexomil et une boîte de cinquante balles, « spécial .38 ».

Il se dirigea vers l'immeuble, ses talons métalliques résonnant autour de lui sur le ciment. Il avait une jambe légèrement plus courte que l'autre et sa démarche était caractéristique, légèrement inquiétante, estimait-il. Les deux skinheads l'encadrèrent avant même qu'il n'ait atteint la porte. Ils avaient tous deux une bonne tête de plus que lui, mais cela ne diminuait en rien son autorité. Il leur avait dit que Raymond était un Arabe, afin de susciter leur enthousiasme. Ils ne verraient pas la différence.

« Un coup facile », dit-il quand ils entrèrent dans l'ascenseur. « Trop facile pour vous », ajouta-t-il en leur adressant un clin d'œil. Les deux garçons lui répondirent par un large sourire. Il voyait bien que tous deux essayaient de ne pas remarquer la verrue sur son nez. L'un d'eux avait une oreille qui semblait avoir été mâchonnée par un chien. À part ce détail, on ne pouvait les distinguer l'un de l'autre. Ils étaient habillés exactement de la même façon : blouson noir d'aviateur, T-shirts blancs, jeans délavés, et même les ceintures avec la boucle ornée du symbole d'Ordre Nouveau.

« Il sera encore dans les vapes, leur dit Georges. Alors, on va essayer de ne pas le réveiller, d'accord ? » Les deux acquiescèrent d'un signe de tête enthousiaste. « Je veux du doigté et de la précision. Je ne veux pas d'adrénaline dans le sang. D'accord ? Vous le tenez pendant que je le shoote. Rien de plus facile. Si vous vous montrez disciplinés, je ferai appel à vous de nouveau. C'est bien clair ? »

Les skinheads acquiescèrent.

Avec la nonchalance d'une équipe de techniciens de la télé, tous trois sortirent de l'ascenseur et s'engagèrent dans le couloir fraîchement repeint.

JEUDI

CHAPITRE 28

Depuis que Raymond était entré dans sa vie, Nathalie avait dénoué sa natte. Ses cheveux retombaient en une masse ondulée, quelques mèches collées à son visage inondé de larmes. Sa mère, assise à côté d'elle sur lit, essayait de la recoiffer un peu. La nouvelle était parvenue au village en début d'après-midi, et elles entendaient encore la plainte monotone d'Incarna Battesti, la mère de Raymond, dont les pleurs résonnaient dans la cour voisine. Les gens ne croyaient guère à l'éventualité d'une overdose. Et quand ils découvrirent que Nathalie avait découché, tout le monde comprit que Coco était derrière la mort du jeune garçon.

Liliane était confrontée à la douleur de sa fille. L'horreur de la chose s'était un peu estompée. Maintenant qu'elle était tournée vers l'action, la souffrance de sa fille lui faisait moins mal. Bientôt, elles seraient débarrassées de lui.

Comme s'il avait entendu ses pensées, Coco frappa une fois à la porte, violemment. Elle imagina son geste, un poing crispé au bout du bras se détendant latéralement.

Liliane se leva et se dirigea vers la porte. Nathalie, assise sur son lit, tenait ses genoux serrés contre sa poitrine.

Coco entra dans la chambre et braqua son index sur Nathalie qui cacha son visage.

« Je t'interdis de verser une seule larme sur lui. C'était un camé. Il t'aurait sacrifiée pour avoir une dose de sa drogue. Tu ne comprends donc pas, petite idiote ! » Il se tourna vers Liliane. « Tu étais au courant ! » Il tendit le bras en direction de sa fille. « Pourquoi l'as-tu laissée le voir ? » Son visage soudain s'adoucit. « Il est venu ici ? demanda-t-il. Tu l'as reçu ici ? »

Liliane lui faisait face. Elle songeait à ce qu'elle s'apprêtait à faire, sachant que de toute façon il allait à sa chute. Elle ferma les yeux. Il la frappa alors pour la deuxième fois ce jour-là. La brutalité du coup la projeta contre le petit bureau de Nathalie. Tous les petits accessoires de son enfant, soigneusement disposés, s'éparpillèrent par terre. Le soufle coupé, Liliane vit sa fille se ruer sur son père.

— Je te hais ! sanglota-t-elle. Je te hais ! Je t'ai toujours haï et je te haïrai toujours ! »

Coco la regarda s'affaisser sur le sol. Elle était tombée à genoux, les jambes écartées, le corps secoué de sanglots. Coco la dominait de toute sa taille, une curieuse expression de détachement, toute nouvelle, sur le visage. Sans regarder Liliane, il sortit de la pièce.

Liliane s'approcha de sa fille et la prit dans ses bras. La porte d'en bas claqua.

« Il est parti, dit Liliane. Il restera à la villa maintenant. Nathalie ?

Elle leva la tête vers sa mère.

— Pourquoi ne m'as-tu pas appelée ? demanda Liliane. Je t'aurais dit qu'il rentrait à la maison.

— Pourquoi n'est-il pas resté avec sa putain ?

— Il a des ennuis.

— Tant mieux. J'espère qu'ils le tueront. »

Liliane fut choquée. Nathalie n'avait jamais laissé entendre qu'elle savait ce qu'était son père. Elle en éprouvait maintenant un certain soulagement. Pour la première fois de sa vie, elle sentait qu'elle avait une alliée.

« M'man.

— Oui, mon ange.
— Je l'aimais. J'aurais pu le sauver.

Liliane contemplait le visage de sa fille, encore enfantin, avec ses lèvres gonflées, ses joues pleines.

— Je sais que tu l'aimais
— Je n'ai plus envie de vivre, maman. Je ne peux plus. Tu comprends ?

Liliane acquiesça d'un signe de tête, incapable de parler.

— C'était les meilleurs moments de ma vie. Les seuls moments.

Liliane savait qu'elle n'avait pas agi assez vite. Mais plus rien ne l'arrêterait maintenant. Elle vengerait sa fille et son fils. Respirant l'odeur des cheveux de Nathalie, elle la berçait d'avant en arrière au rythme de la berceuse qu'elle entendait dans sa tête. Elle resterait à ses côtés cette nuit et la nuit prochaine, et chaque matin, elle serait là quand son enfant s'éveillerait.

CHAPITRE 29

Karim regarda Philippe Garetta s'éloigner sous le clair de lune, un sac en toile de l'armée contenant leur literie accroché à l'épaule. Sur l'étroit sentier, il avançait trop vite, faisant ébouler sous ses pas la roche friable. Ils suivaient une étroite corniche surplombant sur leur droite un précipice si profond qu'il n'en voyait pas le fond. Quelque chose chez Garetta fichait la trouille à Karim. Sa façon de se mouvoir, toute son attitude le rendaient nerveux. Et il avait repéré le browning que Garetta gardait dans sa botte droite.

Karim longeait la falaise au plus près, évitant de regarder dans le vide. Il portait l'enfant sur son épaule et sentait son corps rigide de peur. Dès que le sentier s'élargit un peu, il s'immobilisa. Denis s'arrêta derrière lui.

« Garetta ! hurla Karim, mais Garetta poursuivit son chemin. Karim le regarda un instant, puis se tourna vers Denis qui portait une boîte en carton et deux sacs, un à chaque épaule, pleins de provisions.

— Tiens. On va changer. Prends-le un moment. Il est tellement raide, il pèse une tonne.

— Je vais pas le prendre ici, dit Denis.

Karim l'observa. En dépit de ce qu'il s'injectait dans le corps et des méfaits qu'il pouvait commettre, il gardait des yeux noirs brillants de candeur. Mais il avait un problème à l'œil gauche. Un peu de noir, semblable à un minuscule ver, semblait avoir débordé sur le blanc. Karim lui tapota la joue.

— Faut que j'en grille une, dit Karim.

— On continue, dit Denis. Sinon on va le perdre.

Garetta avait disparu.

Ils se remirent en route. L'enfant sur l'épaule de Karim était en proie à une sorte de spasme et l'idée lui vint qu'il risquait de mourir.

« Inch Allah », dit-il à haute voix.

Le sentier s'incurvait brusquement sur la gauche et s'arrêtait devant un rocher escarpé. Karim leva la tête et vit Garetta penché au-dessus de lui, ses longues boucles pendant dans le vide.

« Passe-moi le môme », dit Garetta.

Une hiérarchie déplaisante semblait s'être instaurée entre eux : Garetta au sommet, puis lui-même, enfin Denis. Karim n'était pas habitué à recevoir des ordres, sinon de Santini, qui lui avait laissé croire que Garetta serait son égal dans cette affaire. Mais Garetta l'avait forcé à rouler deux heures à l'arrière d'une moto tout terrain alors qu'il y avait de la place dans la voiture. Denis avait conduit la Cogiva, penché en avant et en proie à une si grande concentration que c'était fatigant de rouler derrière lui. Karim n'avait pas encore trouvé l'occasion de dire ce qu'il pensait. Soulagé de ne plus avoir à porter l'enfant, il le tendit à Garetta qui l'empoigna sous les bras et le hissa auprès de lui. Karim s'écarta du rocher pour éviter la pluie de poussière et de pierres qui s'abattait sur lui.

« Ça ne m'arrange pas, tout ça, déclara Karim à Denis. Il va falloir qu'on ait une conversation. »

Il leva le bras, tâtonnant à la recherche d'une prise, et se hissa sur le rocher.

Devant lui s'étendait un plateau de hautes herbes, inondé de clair de lune, qui montait en pente douce vers un bois au loin. Garetta était déjà arrivé à mi-chemin des arbres, portant toujours l'enfant et le sac sur son dos. Karim s'attarda un instant à contempler la plaine argentée jusqu'à ce que Garetta eût disparu dans le bois.

« Hé, Karim !

Karim se retourna et baissa les yeux vers Denis.

— Prends cette putain de boîte.

Il s'agenouilla pour prendre la boîte, qui contenait, semblait-il, toute une provision de conserves de cassoulet.

— Merde. Il sait que je mange pas de cette saloperie.

— Karim ! Bordel !

Denis lui tendit les sacs, l'un après l'autre, et grimpa à son tour.

— Prends les sacs », dit-il et il ramassa la boîte. « Où il est passé ? »

Karim indiqua les bois d'un signe de tête et Denis se mit en route.

Garetta avait aplati l'herbe sous ses pas, laissant une trace qui brillait à la lumière de la lune. Karim ouvrit les yeux. La nuit était pour lui comme une toute nouvelle expérience, et il n'aimait pas cette impression. Rien à voir avec la nuit dans une ville. Le ciel fourmillant d'étoiles était trop proche. Il avait la sensation que la nuit se collait à lui comme une putain lui léchant le visage, avec la lune baignant toute chose de sa lumière blafarde.

Denis avait pris de l'avance sur lui. Karim accrocha les sacs à ses épaules et lui emboîta le pas. Le contact des longues herbes qui lui effleuraient les jambes au passage le dégoûtait. Rien ne l'avait préparé à un endroit comme celui-ci. Ni sa vie à Massaccio où il était un prince avec sa BMW 328 noire qui lançait un piaulement et un appel de phares quand il appuyait sur la télécommande pour verrouiller les portes ; ni ses origines, dont il se drapait comme d'une cape mais dont il ne savait rien, car tout ce qui lui restait de l'Algérie, c'était une photo de l'équipe de football de Djidjelli prise en 1965, avec son père au premier rang, le deuxième à gauche. Son père était mort l'année de sa naissance dans un accident stupide sur le port, aussi racontait-il aux gens qu'il avait été tué par les Français durant la guerre d'indépendance. Karim avait réussi à passer toute sa vie sur cette île sans jamais avoir approché un endroit comme celui-ci. Comme s'il avait su depuis toujours que si Allah se trouvait quelque part, c'était précisément là.

Quand il atteignit les arbres, Denis avait disparu. Il faisait si sombre dans le bois qu'il ne voyait plus rien et il tendit les bras devant lui, avançant pas à pas, osant à peine respirer. Il aurait voulu connaître au moins une prière, une de celles, nombreuses, que lui chantait sa mère quand il était tout petit et qu'elle le mettait au lit, avant qu'elle l'ait perdu. Elle n'avait jamais appris le français et jamais il n'avait appris l'arabe, ils avaient donc été séparés, et toutes les larmes de sa mère et ses baisers n'avaient fait que les éloigner davantage encore l'un de l'autre.

Quand il émergea des bois dans la clairière, Garetta et Denis l'attendaient. Garetta arborait un petit air suffisant.

« T'as un problème ? » demanda Karim et il laissa tomber les sacs à terre.

Garetta secoua lentement la tête.

« C'est toi », dit-il, tout en ajustant la position du corps de l'enfant sur son épaule. « Je crois que c'est toi qui as un problème. Je crois que tu perds les pédales. »

Denis le dévisageait lui aussi et Karim se rendit compte qu'il était trempé de sueur.

« On y va, ouais ? fit-il. C'est encore loin ?
— On est arrivés, répondit Garetta.

À l'autre bout de la clairière se trouvait une hutte basse en pierre sans fenêtre. Le toit s'était effondré à une extrémité et un arbre dont les branches dépassaient par le trou béant avait poussé dans la cabane.

« Ça ? » demanda Karim. Un cure-dent était apparu entre les doigts de Denis qui commença à nettoyer sa dentition parfaite.

« S'ils nous trouvent ici, on pourra pas filer, déclara Karim à Garetta. On sera coincés.

Mais Garetta était en train de porter l'enfant vers la hutte.

— Ils ne nous trouveront pas », dit-il en se baissant pour franchir la porte.

Karim regarda Denis, mais celui-ci continuait à se curer les dents. Il lui était impossible de réfléchir dans un endroit pareil ; il s'assit donc sur un des sacs et commença à se rouler un joint.

Sam sentait le sol dur sous son dos, mais il éprouvait toujours la sensation de tomber dans le vide. Tout son corps était crispé, attendant d'atterrir. Ses bras et ses jambes étaient attachés si serrés qu'il ne les sentait plus. Il y avait un petit trou dans le toit et il apercevait la grosse lune ronde. Il savait que s'il se retournait à plat ventre, la chute s'arrêterait peut-être, mais il ne pouvait détacher ses yeux de la lune, qui essayait de lui dire quelque chose.

Sam regrettait qu'ils ne l'aient pas laissé dans le placard. Quand ils l'en avaient sorti, il avait eu l'impression d'être l'un de ses phasmes arraché à sa branche. Il aurait voulu qu'ils le laissent dans le noir avec l'homme qui lui parlait à travers le mur. Les nouveaux hommes ne parlaient pas. Le grand ressemblait à son loup-marionnette. Sam gardait les yeux fixés sur la lune. Tant qu'il regarderait le globe brillant de la lune, il ne verrait pas la tête du petit homme maigre, couverte de sang, sur le sol.

En basculant en arrière, Sam avait eu l'impression de remonter dans le temps. Il avait sept ans — l'âge de raison, lui disait sa mère —, mais maintenant il revivait sa vie à l'envers, revenait à avant sa naissance. Il se rappelait comment c'était à l'intérieur de sa mère. Il y faisait chaud, comme si une couverture invisible et impalpable l'avait protégé. Parfois des bulles minuscules couraient le long de sa peau et éclataient, légères comme la plus fine pluie du monde. Il avait entendu la voix de son père et l'avait senti appuyant sur sa mère, et il avait souri et dit « Salut, Papa », mais son papa ne pouvait pas entendre. Il se rappelait aussi quand il était tout petit. Il avait toujours le nez qui coulait, il pouvait à peine marcher et à peine parler. Sa vie était un rêve. Puis il s'était réveillé ; quand Dan était arrivé, il s'était réveillé. Maintenant, il se trouvait de nouveau dans le rêve. Il revenait en arrière.

Quand il était sorti de son rêve, il avait voulu savoir ce que voyaient les autres quand ils le regardaient. Il avait tenu entre ses mains le visage de sa mère et plongé son regard dans le sombre miroir de ses yeux.

« Maman. Qu'est-ce que tu vois quand tu me regardes ?
— Un beau petit garçon.
— Non, je veux dire, qu'est-ce que tu vois ? »
Sa mère n'avait jamais vraiment compris.

La lune, c'était maintenant son visage souriant penché sur lui dans son petit lit.

Quand Karim se réveilla, il avait mal à la tête et la bouche sèche. Il était couché dans l'herbe haute cassante, la tête appuyée sur son sac de couchage qu'il ne s'était pas donné la peine de dérouler. C'était le clair de lune qui l'avait réveillé et puis il y avait ce bruit, comme le grondement d'une lointaine autoroute, qu'il avait perçu dans son sommeil. Il se leva et jeta un coup d'œil alentour. La lune inondait toujours la clairière de sa lumière obscène. Denis dormait à quelques pas de lui, enfoui dans son sac de couchage tel un chevalier mort, les mains croisées sur le ventre. Son souffle forçait son chemin à travers ses lèvres closes avec des petits bruits explosifs. Garetta se trouvait dans la hutte avec l'enfant.

Karim contourna la hutte, avançant dans les hautes herbes jusqu'à une piste qui disparaissait dans un bosquet d'ajoncs. Les ajoncs lui piquaient les jambes à travers ses jeans. La piste commençait à descendre en pente raide et les ajoncs furent remplacés par des petits arbres rabougris qui se dressaient de chaque côté. Karim accéléra l'allure, les genoux pliés, sur la piste qui s'était muée en un escalier de pierres. Un vent léger s'était levé, apportant une odeur d'humidité. La piste s'aplanit et s'interrompit soudain au bord d'un précipice. Karim se trouvait sur une corniche, surplombant une autre gorge. Tout au fond, une cascade jaillissait de la forêt sombre pour disparaître dans une obscurité plus profonde encore. Il distinguait son écume blanche qui brillait à la lueur de la lune et il sentait sur son visage l'air froid qui montait vers lui. Le grondement de l'eau était terrifiant.

Il resta là, vacillant au bord du précipice, l'esprit vidé par le bruit. Puis il se ressaisit et remonta le sentier en courant de toutes ses forces.

Lorsqu'il atteignit la hutte, il s'immobilisa, le souffle court, à côté de l'entrée, le dos collé au mur, et écouta Garetta qui parlait au téléphone.

« Il dort », disait-il. Une pause s'ensuivit. « Si vous refusez, il dormira définitivement. Non. Trente millions ou rien. Vous avez une semaine pour trouver le reste. »

Karim attendait, entendant Garetta circuler à l'intérieur de la hutte. Puis il franchit la porte. Il faisait froid à l'intérieur où régnait une odeur de crotte de chèvre.

« Tu l'as appelée, dit-il.

Garetta, au milieu de la hutte, lui tournait le dos. Sa tête touchait presque les poutres de la charpente. Il se retourna, l'air parfaitement calme.

— Tu avais dit qu'on l'appellerait le matin, dit Karim.

— On est le matin, dit Garetta.

— On aurait dû passer ce coup de fil ensemble.

— Je t'ai entendu te lever et je suis allé te chercher. Mais tu avais disparu.

Karim le regardait. Il se rappelait sa terreur au-dessus de la cascade et il avait honte. Il enfouit ses mains dans ses poches.

— Alors, qu'est-ce qu'elle a dit ?

Garetta jeta un coup d'œil à l'enfant, allongé sur le dos dans un coin, les genoux repliés. Karim ne voyait pas s'il avait les yeux ouverts ou fermés. Garetta se pencha pour sortir. Karim le suivit.

— Alors ? fit-il.
— Fini, l'herbe, dit Garetta. Pas question de te défoncer ici.

Karim sourit.

— Parlons de ce coup de fil.

Garetta braqua un doigt sur lui.

— Pas d'herbe ici, ou tu es out.

Karim le dévisageait. Pas question de recevoir des ordres de Garetta. Il sourit néanmoins et eut un geste négligent de la main.

— J'ai besoin de toutes mes facultés, c'est ça ? » Garetta l'observait. « Alors, qu'est-ce que tu lui as dit, à cette bonne femme ?
— Je lui ai dit qu'on voulait trente millions et je lui ai donné une semaine.
— Alors, qu'est-ce qu'elle a dit ?
— Elle a dit qu'elle ne voulait même pas entendre parler de rançon avant d'avoir entendu la voix de son enfant. Je lui ai dit qu'il dormait, et elle a répliqué qu'elle ne paierait pas un sou avant d'avoir entendu sa voix. Et je lui ai dit que si elle ne payait pas, il dormirait pour de bon.

Garetta glissa la main dans la poche de son blouson en cuir et en sortit du tabac et du papier. Karim le regarda se rouler une très fine cigarette.

— Et alors ?

Garetta alluma le papier.

— Elle m'a demandé de prendre les neuf millions qu'elle avait déjà.
— Qu'est-ce que t'as dit ?
— J'ai dit que ça m'intéressait pas.
— Quoi ?
— J'ai dit que ça m'intéressait pas.

— Tu me les brises, avec tes "je" !

Garetta se concentrait sur sa clope.

— C'est Santini qui a monté ce coup, pas toi. Je suis ici parce que Santini m'a engagé. Je travaille pas pour toi.

Garetta exhala bruyamment la fumée, étudiant la cigarette au creux de sa main.

— Écoute, Garetta, je vais pas rester encore une semaine dans cet endroit merdique !

Garetta leva la tête.

— Tu sais combien de temps l'ETA peut garder les gens ?

— Je m'en contrefous !

— Ils peuvent garder un homme pendant deux ans. Tu peux comprendre ? Ils se coupent du monde et ils sacrifient leurs appétits mesquins pour une plus noble cause. Ils sont forts et ils sont motivés. Tu es ici depuis cinq minutes, et déjà tu chies dans ton froc.

— Tout ce que je dis, c'est qu'il va falloir que tu sois un peu plus cool, mec. Je veux dire, que tu partages, ajouta-t-il avec un geste significatif des deux mains. On est dans le coup ensemble.

Garetta ne semblait pas écouter. Karim se déplaça légèrement et Garetta pivota vers lui.

— Et cet endroit n'est pas merdique ! » hurla-t-il en avançant d'un pas. « C'est le plus bel endroit du monde. » Il était trop près maintenant. Karim voyait se crisper les muscles de sa mâchoire.

« On n'est pas ici pour devenir riche, enchaîna Garetta. On est ici afin de reprendre ce paradis pour le donner aux opprimés... » D'une pichenette, il expédia sa clope dans les hautes herbes. « Ses neuf millions ne m'intéressent pas. Je ne me mouille pas pour neuf millions. On pourrait même pas lancer quoi que ce soit avec neuf millions. »

Karim scrutait le visage sombre de Garetta. La lune était derrière lui.

« Tu ne plaisantes pas, hein ? Tu n'as jamais aucun sens de l'humour, donc il ne s'agit pas d'une blague. Pas vrai ? J'ai raison ou quoi ? » Garetta croisa les bras et attendit. Il se trouvait beaucoup trop près, mais Karim ne bougea pas. « Écoute, mec, la politique, j'en ai rien à foutre. Si ça m'intéressait, la politique, je me serais engagé dans le FLN, mais je l'ai pas fait. J'ai choisi de travailler pour Santini, parce que c'est un esprit indépendant. Si je suis ici », — il observa une pause pour regarder autour de lui — « dans cet endroit merdique, c'est parce que Santini m'a demandé de venir. Et si tu es ici, c'est parce que Santini veut que tu y sois. Alors si cette femme t'a offert neuf millions, je pense que tu aurais dû en discuter avec Santini avant de refuser cette proposition. »

Garetta l'empoigna par l'encolure de son sweat-shirt. Karim constatait maintenant que l'herbe avait considérablement diminué ses réflexes. Il se contenta de soutenir le regard de Garetta tandis que tous ses nerfs vibraient inutilement.

Garetta le relâcha brusquement. Karim pivota sur lui-même et vit Denis, assis dans son sac de couchage, qui les observait.

« Denis, dit Karim. Parfait. Maintenant on va pouvoir discuter tous les trois.

— Discutez tant que vous voulez, déclara Garetta en se dirigeant vers la hutte. Moi je vais dormir.

Karim le regarda s'éloigner, conscient d'avoir perdu.

— C'est cet endroit, dit-il. Qu'est-ce qu'on fout là, d'ailleurs ? À quoi il a pensé, Coco, quand il a engagé ce fou furieux ? » Il lissa son sweat-shirt blanc qui portait l'inscription *Thermocooler* imprimée en lettres noires sur la poitrine. Il n'avait pas pigé quand Nadia le lui avait donné et il avait été furieux. Maintenant, il caressait son sweat-shirt avec amour. « C'est quoi, d'ailleurs, ces conneries sur les opprimés ? » Il regarda le visage patient de Denis et prit une décision. « Je vais appeler Santini. » Il fit claquer ses doigts en direction de Denis pour qu'il lui donne le téléphone qui se trouvait dans sa veste.

« Tu peux pas faire ça.

Denis était toujours assis, les jambes entravées par son sac de couchage. Karim s'approcha à grands pas et lui flanqua un violent coup de poing sur l'avant-bras, juste sur le nerf. Il fallut quelques secondes pour que la douleur se manifeste sur le visage de Denis.

— File-moi le téléphone.

Denis attrapa son épaule et de sa main libre trouva le téléphone. Karim se pencha pour le lui arracher.

— Je suis un professionnel, dit-il. Je me suis pas tenu à l'écart de tous ces tordus du FLN pour finir dans les fantasmes d'un taré ! » Il composa le numéro du portable d'Évelyne. « La mère a proposé de lui donner carrément neuf millions, dit-il à Denis. Il aurait dû les prendre et voir pour la suite. On aurait toujours le gosse mais au moins on aurait aussi un peu de pognon.

— Ça serait risqué d'aller chercher l'argent, fit remarquer Denis.

Karim ne lui prêta aucune attention.

— Décroche, décroche, Évelyne.

— C'est le milieu de la nuit, dit Denis.

— Ta gueule, Denis. »

Karim appela le numéro principal de la maison et attendit. Le téléphone sonna sept fois avant qu'Évelyne ne décroche.

« Oui ?

— C'est moi.

Une pause, puis la voix de Santini.

— Oui ?

— C'est moi.

— N'appelle pas ici.

— Attendez ! » hurla Karim. Son interlocuteur était toujours en ligne. « Appelez-moi d'un poste sûr. C'est important. »

Karim entendait le souffle de Santini dans l'appareil. Puis une sorte de grognement, une façon d'acquiescer, savait Karim. Il raccrocha et commença à faire les cent pas tout en attendant. Santini était surveillé, mais il trouverait une solution. Karim gratifia Denis d'un sourire triomphant, puis alla dérouler son propre sac de couchage. Comment Garetta pouvait-il dormir dans cette hutte puante ? Karim se glissa dans son sac et s'allongea sur le dos, le téléphone serré entre ses doigts. C'était rassurant de penser que la voix de Santini pouvait parvenir jusqu'à lui dans cet endroit merdique.

VENDREDI

CHAPITRE 30

L'eau du bain avait commencé à se refroidir et de minuscules bulles d'air étaient apparues sur la peau d'Alice. Ici dans l'eau, elle pouvait affronter la nuit. Elle avait le sternum rouge à force de l'avoir frotté pour faire disparaître la douleur qui lui taraudait la poitrine. Dans l'eau, elle pouvait sentir son cœur, cette pauvre chose qui battait et qui n'était rien d'autre qu'une poche de sang accrochée là. La goutte qui tombait lentement du robinet sur son pied gauche marquait un rythme plus apaisant sur lequel elle pouvait fixer son attention.

Elle se laissa glisser dans l'eau, rejetant la tête en arrière. Une fois sous la surface, elle avait la certitude que Sam était vivant. Dans cette immersion, elle trouvait une logique surnaturelle. Leur lien était inviolable. Elle était sa mère. Tant qu'elle était ici, il y était également.

Elle refit surface, suffoquée. Sur sa peau, les bulles avaient disparu. Elle rajouta de l'eau bouillante. Elle se rappelait la voix du kidnappeur, sa calme brutalité. Il ne l'avait pas laissée parler à Sam et elle n'avait pas éprouvé de crainte sur le moment, seulement une vive colère. Maintenant, envahie par la peur, elle se mit à sangloter. Elle tendit le bras, ferma le robinet et resta assise là, enlaçant ses genoux, à pleurer. Secouée de sanglots, elle suppliait le sort de l'épargner.

À nouveau, elle s'immergea et laissa ses pleurs se calmer sous l'eau. Elle était la mère. Personne ne pouvait venir à sa rescousse. Elle était unique.

Lorsqu'elle revint à la surface, elle avait recouvré son calme. Elle examina son corps sous l'eau. Elle l'avait toujours apprécié avec une sorte de détachement, comme s'il ne lui appartenait pas mais lui avait été prêté. Mathieu lui avait fait l'amour comme si lui aussi avait estimé que son corps n'avait rien à voir dans tout ça. Elle ferma les yeux et laissa ses doigts remonter de son nombril entre ses seins. Elle ouvrit les yeux et regarda ses mains sur ses seins, ses longs doigts qui n'arrivaient pas à les envelopper vraiment. Elle pensa à Stuart en bas dans la cuisine. L'amour qu'il éprouvait pour elle emplissait la maison. Elle vit sa tête reposant sur sa poitrine, écartant ses doigts sous ses baisers. Elle vit ses cheveux, humides de l'eau du bain.

En bas, Stuart ouvrit les yeux et tendit la main vers le réveil posé par terre à côté de son lit. Cinq heures du matin. Il dormait depuis moins de deux heures. Habitué comme il l'était à un sommeil lourd, sans rêve, la sensation d'irréalité qui lui traversait l'esprit était légèrement déplaisante. Il se leva, enfila son caleçon et alla ouvrir les persiennes, puis les portes-fenêtres et avança d'un pas sur l'herbe humide. Le ciel semblait vide de lumière et pourtant le jardin était visible dans ses moindres détails ; les pins se détachaient sur la pelouse comme des découpages. Tout était trop immobile, trop lumineux, et Stuart eut l'impression d'avoir fait irruption dans le monde naturel pendant qu'il procédait à quelque secrète mutation. Il rentra s'habiller, laissant des empreintes de pieds humides de rosée sur le parquet de Constance Colonna.

Il fit son lit, la gorge en feu après le paquet de cigarettes qu'il avait fumées durant la nuit pour se tenir éveillé. C'était agréable de s'être remis à fumer. Il prit sa montre sur la table de nuit. Il avait bien conscience que le temps lui était compté.

Mesguish envoyait un rapport au Bureau Central dénonçant sa façon de diriger l'enquête. L'idée de perdre son emploi ne le gênait pas. Seule l'avait perturbé la détresse de Gérard, soigneusement dissimulée au téléphone. Il se rappelait la voix inquiète de son adjoint :

« Sois prudent, Stuart. Il peut te créer de graves ennuis.

— C'est trop tard pour ça. »

Il se rendit à la cuisine. La pièce était silencieuse, baignée de cette étrange lueur grise de l'aube. Il versa une tonne de café dans le filtre et brancha la machine. La veille au soir, il était resté assis là, à cette table, en compagnie d'Alice, attendant le coup de fil. Elle avait bu du whisky et il avait fumé. Elle lui avait parlé — de son fils principalement, de ses problèmes à l'école et avec les autres enfants. Elle avait pris soin de ne pas parler d'elle, mais il avait néanmoins perçu l'angoisse qui l'habitait. Lui-même s'était montré prudent, avait pris soin de ne pas la regarder, car il savait que ses yeux auraient alors transmis une impossible requête. À deux heures du matin, le téléphone avait sonné et elle s'était dirigée lentement vers l'appareil mural. Il lui avait adressé un signe de tête et elle avait décroché. Elle était calme et déterminée et il s'était demandé si ça n'était pas grâce au whisky. Il avait redouté que cette étrange énergie ne l'abandonne durant la nuit, renforçant en elle la certitude que son fils devenait de plus en plus inaccessible.

« Stuart. » Il pivota sur lui-même. Elle se tenait sur le pas de la porte. « L'eau. Vous avez oublié l'eau.

La machine à café crachotait et sentait le métal chaud. Alice s'assit derrière la table. Ses cheveux étaient trempés.

— Il est tôt », dit-il en emplissant d'eau l'appareil. Elle portait des jeans et un T-shirt blanc. Son visage semblait différent le matin ; il lui semblait voir l'enfant en elle. Elle était assise, ses bras nus croisés sur la table. « Voulez-vous du café ? demanda-t-il.

— S'il vous plaît. »

Il voyait bien que la même énergie l'habitait toujours. Il éprouva une soudaine envie de sourire et lui tourna le dos pour surveiller la machine à café.

« Vous avez dormi ? demanda-t-elle.

« Un peu. » Le rêve de Stuart lui revint et repartit. « Et vous ?

Elle acquiesça.

Il toucha son propre front.

— Et votre tête, ça va ?

Elle effleura sa bosse du bout des doigts.

— Très bien. » Elle se gratta le bras. « Vous pensez qu'is prendront l'argent ?

C'était peut-être sa façon de faire la conversation.

— Oui, dit-il. Je crois. »

Elle le dévisagea, mais cette fois, il ne détourna pas les yeux. Elle avait le visage empourpré et il la vit déglutir. Elle baissa la tête et il crut qu'elle allait se mettre à pleurer.

Il prit la cafetière à moitié remplie, trouva deux tasses et les posa sur la table. Elle le regarda verser le café, toujours en se grattant le bras.

« Les moustiques, dit-elle.

Il s'assit à côté d'elle. Elle but une gorgée de café.

— Quand ils rappelleront, dites-leur que vous allez trouver le reste, déclara-t-il. Gardez le même ton qu'hier soir. C'était très bien. »

Elle posa la tasse pour l'écouter. De nouveau, il voyait l'enfant en elle. Elle avait dû toute sa vie se comporter exactement comme il fallait ; d'où la question qu'il lisait parfois dans ses yeux : *Qu'est-ce que j'ai fait ?*

« Ils n'envisageront de négocier qu'avec quelqu'un qui se maîtrise », dit-il. Elle réfléchit un instant, puis vida sa tasse.

« Prenez votre voiture et allez chez Santini. Comme nous en avons convenu. J'attendrai au-dehors. Vous ne me verrez pas, mais je serai là.

Elle acquiesça.

— Donnez-lui l'impression que vous comptez sur lui. Encouragez le plaisir qu'il peut éprouver à vous venir en aide.

Stuart regretta la connotation de cette remarque, mais l'expression d'Alice ne varia pas. Il distinguait l'imperceptible ligne qui descendait au milieu de son front lisse, l'ombre de la veine gonflée par sa détresse.

— Vous pensez qu'il a tué deux personnes en une semaine. D'abord le kidnappeur, et ensuite le drogué.

— Je le crois.

Il finit son café, froid maintenant. Il se rendait compte qu'elle l'observait.

— Votre collègue, Paul, dit-elle. Il n'aime pas beaucoup les femmes, n'est-ce pas ?

Stuart regarda la tache de rousseur au bord de sa lèvre puis se détourna.

— Je n'avais jamais pensé à ça. Vous avez peut-être raison. Oui. Vous avez sûrement raison.

— Ils vous admirent, dit-elle.

Stuart se rendit compte qu'elle avait pitié de lui. Il sourit, se leva, emporta les tasses dans l'évier.

— Je vais aller m'habiller », dit-elle.

Il acquiesça, continuant à lui tourner le dos tandis qu'elle quittait la pièce.

*

Gérard vint prendre la relève à six heures. Comme Stuart montait dans sa voiture, Alice surgit derrière lui. Elle était pieds nus sur le gravier. Elle posa les mains sur le rebord de la fenêtre ouverte. Elle portait de nouveau la robe bleue qu'elle avait lors de leur première rencontre.

« Vous m'appellerez tout de suite après la visite chez Santini ? demanda-t-elle.

— Évidemment. »

Il mit le contact et elle recula d'un pas. Il la regarda dans le rétroviseur se tourner et se diriger vers la maison. Quand il franchit la grille en fer, il se sentit étrangement motivé, sentiment qui ne lui était pas du tout familier.

En descendant la colline, il apppela Chritine Lasserre. Il commençait à se sentir mal à l'aise chaque fois qu'il pensait à elle et il était sur le point de raccrocher quand il entendit sa voix.

« Madame.

— Où étiez-vous passé ?

Elle s'exprimait d'une voix calme et retenue. Stuart remonta sa vitre. Il ne savait toujours pas ce qu'il allait lui dire.

— Vous avez reçu le rapport de la balistique ? demanda-t-il.

— Oui. Qu'est-ce que vous fabriquez, Stuart ?

— Je vais à mon bureau.

— Que se passe-t-il ?

— Les nouveaux kidnappeurs ont appelé à deux heures du matin. Ils ont demandé trente millions.

Lasserre demeura silencieuse.

— C'est une affaire tout à faire différente, déclara-t-elle enfin.

— Pourquoi ? En quoi est-ce différent ? C'est la même affaire.

— Qu'est-ce qui vous prend, Stuart ?

— Rien.

Une autre pause s'ensuivit.

— Vous avez un indice quelconque sur le premier groupe ?

— Le bateau a été abandonné à Rimini. Les Italiens cherchent deux membres de la Camora. Des frères.

— Nous les connaissons ?

— Non.

— Vous faites confiance aux Italiens ?

— Oui. Nous entretenons de très bonnes relations. C'est une des choses qu'on me reproche, mes relations avec les Italiens.

— Stuart, pourriez-vous me parler un moment comme si je n'étais pas votre ennemie ? C'est très éprouvant. J'aimerais savoir ce que vous pensez.
— Vous le savez, ce que je pense.
— Redites-le-moi.
— Où est Mesguish ?
— Au commissariat. Il attend vos instructions. Comme nous tous.
— Avez-vous vu son rapport ?
— Je l'ai vu. » Elle s'interrompit, mais Stuart demeura silencieux. « Il veut que le Bureau Central transfère l'affaire à Paris. Zanetecci y songe sérieusement.
— Et qu'est-ce qui les en empêche ?
— Moi.
— Pourquoi ?
— Cessez de faire l'enfant. Votre boulot est de nous informer.
Stuart hésita. Il était trop isolé sans Lasserre.
Il prit le raccourci à travers la zone industrielle dans les faubourgs sud de Massaccio. Devant lui, telle une magnifique cathédrale rose dans le soleil levant, se dressait un énorme silo à grains.
— Nous avons intercepté une conversation entre madame Aron et Santini, déclara-t-il
— Que voulez-vous dire, intercepté ?
— Sur le scanner.
— Donc elle ne peut être utilisée, commenta-t-elle d'un ton las.
— Non.
— Et alors ?
— Il lui disait de ne pas s'inquiéter. Qu'il pensait savoir qui détenait Sam.
— Quand ? demanda-t-elle.
— Juste avant qu'on ne découvre Mickey.
— Quels mots a-t-il employés exactement ?
— Il a dit : *Je crois que nous les tenons.*

— Trop ambigu. On ne peut pas s'en servir de toute façon, dit-elle.
— Santini a prêté à la femme neuf millions.
— Pourquoi a-t-il fait ça ?
— Elle... Elle lui plaît.
Lasserre le laissa attendre.
— Vous pensez que Santini a fait tuer da Cruz, puis a repris à son compte l'enlèvement avec des gens à lui. » Stuart l'imaginait assise à son bureau, tripotant son pendentif. « Pourquoi ?
— Il a des problèmes. Le FLN s'agite beaucoup. Ils sont en train de rafler certains des meilleurs clubs.
Stuart savait à quel point son discours était peu convaincant. Il leva les yeux vers le sommet des palmiers le long du rivage et baissa sa vitre. L'air était confiné et il n'y avait pas un souffle de vent.
— Vous pensez qu'il est derrière le nouveau groupe, n'est-ce pas ?
Stuart ne répondit pas.
— Vous êtes toujours là ?
— Oui, dit-il, espérant qu'elle allait continuer.
— Vous avez ouvert un nouveau dossier concernant la bombe. Pourquoi donc ? Vous pensiez que c'était lié ?
— Non.
— Et vous le pensez maintenant ? insista-t-elle.
— Je ne sais pas ; mais je ne pense pas que ce soit une bonne idée de toute façon de lier les deux affaires. Cela réduit simplement nos diverses options.
— Qu'est-ce que vous cachez, Stuart ? J'en ai marre de me lancer dans des devinettes.
C'était plaisant de parler à quelqu'un.
— J'avais fait placer Raymond en garde à vue après la voiture piégée. Dès que je l'ai relâché, quelqu'un est allé lui administrer une dose d'héroïne pure, de quoi tuer un rhinocéros. Il couchait avec la fille de Santini.

Lasserre émit un sifflement.

— Il est trop prudent. Jamais nous ne pourrons le coincer pour quelque chose comme ça.

— On peut faire pression sur lui, néanmoins.

— Probablement pas. Écoutez, Stuart. Servez-vous de Lopez. Dites-lui d'écrire un article sur Raymond.

— Lopez a peur, dit-il.

— Envoyez-le-moi.

— D'accord. » Il ouvrit les grilles du commissariat. « Je suis arrivé…

— Bon. Tenez-moi au courant, Stuart. Je suis de votre côté. »

Il raccrocha. Comme il ouvrait la portière de sa voiture, il entendit le téléphone sonner dans son bureau. Il traversa la cour en courant, escalada les marches, composa le code de la porte. La sonnerie s'interrompit.

Le jeune Cesari se trouvait dans l'entrée, devant la machine à café, attendant qu'elle fonctionne. Il avait assuré le service de nuit du téléphone. Le jeune garçon rafla le gobelet en plastique et le tendit à Stuart.

— Non. C'est pour toi. » Le jeune homme hésita. « Comment ça s'est passé, cette nuit ? lui demanda Stuart. Tu as réussi à dégotter quelque chose sur ce coup de fil ?

Le visage de Cesari s'éclaira.

— C'était un portable. J'ai repéré le secteur. Mais c'est assez grand.

— Où est-ce ?

— Dans les collines derrière le Palomba Rossa. Le relais couvre environ cinquante kilomètres carrés. Mais la région est montagneuse, alors Telecom peut éliminer les zones inaccessibles.

— Appelle Fabrice, dit Stuart. Il connaît quelqu'un à Télécom. J'ai oublié son nom.

— Le Commissaire Mesguish a téléphoné juste avant votre arrivée. Il va venir à huit heures et demie.

— Rien d'autre ?
— Quelqu'un a appelé Santini à deux heures vingt.
Stuart le dévisagea.
— Où ?
— À la villa.
— Pourquoi tu ne me l'as pas dit ?

Césari écarta les bras puis les laissa retomber en un geste d'impuissance.

— Je suis désolé, commissaire. Je ne savais pas...
— Tu les as reconnus ?
— Non.
— Personne dont tu aies déjà entendu la voix ?
— Non, répondit Cesari, l'air inquiet.
— Je peux écouter ?
— Oui, bien sûr. » Le jeune homme fit quelques pas, mais le téléphone se mit à sonner de nouveau. « Patron, dit-il au moment où Stuart se détournait. Je regrette, pour l'autre jour. Je ne sais pas comment nous avons pu le perdre.
— Laisse tomber, fit Stuart en se dirigeant vers son bureau. Il est facile à perdre.

Mais ce n'était pas son numéro qui sonnait ; ce n'était pas Alice. Il décrocha l'appareil sur le bureau d'Annie et brancha la ligne un. La voix de la femme lui était familière.

— Qui est à l'appareil ?

Cesari montrait le plafond pour indiquer qu'il retournait au service d'enregistrement. Stuart lui fit un signe de tête et le regarda disparaître par la porte battante.

— Qui est à l'appareil ?
— Fouillez sa villa, disait la femme. Le Losange.
— C'est vous, Babette ?
— C'est là qu'il a sa cache.
— Une cache ? Attendez...
— Vous voulez le coincer ? Fouillez le Losange. Il y a une importante cache d'armes.

C'était Liliane.

— Et l'enfant ? Liliane ? Attendez... »

Elle avait raccroché. La lumière sur le tableau du standard clignota, puis s'éteignit. Il n'avait même pas enregistré l'appel.

Stuart gagna son bureau et ferma la porte. Il faisait sombre dans la pièce. Stuart alluma sa lampe et se mit à chercher son vieil agenda dans le tiroir. La voix de Liliane résonnait encore dans sa tête. Il trouva un petit calepin noir avec la spirale rouge où était inscrit le numéro du frère de Monti. Il le composa et attendit. Il ne pouvait s'empêcher de sourire.

« Oui ? Qui est-ce ?

Dominique Monti était du genre abrupt, mais c'était un type régulier. Quand son petit frère avait été tué, il était apparu dans le bureau de Stuart pour lui dire que si jamais il avait besoin d'un coup de main pour épingler Coco Santini, il lui suffirait d'appeler.

— C'est Stuart.
— Qu'est-ce qu'il y a ?
— Tu as dit que je pouvais t'appeler.
— Oui. Et alors ?

Il avait la même voix que son frère.

— Tu pourrais me retrouver à la villa de Santini en ville ? — Il consulta sa montre. — Dans une heure. Neuf heures et quart. Tu connais Le Losange ?

— Oui.

— Monti, j'ai besoin d'un marteau-piqueur. Deux, en fait. Pour percer un sol et un mur.

— Aucun problème. »

Stuart raccrocha doucement et laissa son cœur se calmer. Assis à son bureau, il se pencha en arrière dans son fauteuil. Jamais il n'avait eu une occasion comme celle-là et jamais plus elle ne se représenterait. Les yeux fixés sur sa lampe, il s'exhorta à réfléchir. Pour finir, il décrocha le téléphone et appela Paul. Tout en lui donnant ses instructions, il prêta attention à sa propre voix qui résonnait dans la pièce. Il la trouva d'un calme remarquable et il écouta les mots qui franchissaient ses lèvres et son ton, qui lui parut plus solennel qu'il ne l'était lui-même, car il avait envie de rire, et quand Paul lui dit : « D'accord, je te retrouve dans une heure », Stuart perçut le respect que révélait sa voix.

Il rappela Lasserre.

« Il faut que je perquisitionne la maison de Coco.
— Pourquoi ?
— Le meurtre de Raymond.
— Que s'est-il passé ? Qu'avez-vous découvert, Stuart ?

Il observa une pause.

— Le frère de Monti, Dominique, dit-il enfin. Il a entendu parler de ça il y a deux jours chez Enrico. Je viens de l'avoir au bout du fil.
— Vous allez rouvrir l'enquête sur Raymond.
— Oui.
— Qu'est-ce que vous cherchez ?
— Un moyen de faire pression sur lui. — Il hésita. — J'emmène Dominique Monti avec moi.
— Pour quoi faire ?
— Pour son marteau-piqueur.
— Stuart. Qu'est-ce que vous cherchez ? — Il ne répondit pas. — Je vous demande ce que vous cherchez.
— Rien. Je n'ai aucun indice. J'ai besoin de lui coller la trouille. Vous pouvez le comprendre.

Il entendit Lasserre soupirer.

— Merci, dit-il. Je vous remercie. Il faudrait que j'arrive avant qu'il ait le temps de passer son pantalon.
— Je vous faxe l'ordre tout de suite.
— Je vous remercie, dit-il à nouveau.
— Appelez-moi, dit-elle. Je serai au tribunal à partir de neuf heures. »

Stuart éteignit sa lampe de bureau et sortit. Il trouva Cesari la tête posée sur la table devant lui, dormant à poings fermés. Il tendit la main au-dessus de sa nuque pour brancher le magnétophone. Au bruit de la bande qui se rembobinait, le jeune garçon se redressa brusquement. Stuart leva la main pour le calmer.

— Où est-il ? Le coup de fil à Santini ?

Cesari consulta le registre posé devant lui et indiqua le code.
— Ici.

La voix d'Évelyne était bien claire, pour deux heures du matin. Coco, manifestement, devait dormir. Stuart écouta trois fois de suite la courte conversation mais ne put reconnaître la personne qui appelait.

— Voyons un peu où se trouve le relais.

Cesari déplia soigneusement la carte.

— Ici, dit-il en indiquant le cercle qu'il avait tracé au crayon rouge.

— Parfait. Merci. » Stuart nota la référence. « Fais une copie et donne-la à Paul dès qu'il arrivera. On va fouiller sa villa ce matin. »

« Qu'est-ce que je dis au commissaire Mesguish ? »

— Dis-lui que je perquisitionne Le Losange. Nous n'avons pas de secrets. Dis-lui de m'appeler dans ma voiture. »

Il adressa un clin d'œil au jeune garçon qui se détendit. Il rafla le fax de Lasserre et courut vers sa voiture pour appeler Alice.

« Filez tout de suite à la villa de Santini, lui déclara-t-il. Dites-lui que vous ne pouviez plus attendre. Faites-le parler ; laissez-le vous consoler.

— Il n'essaye pas de consoler.

— Tâchez simplement de le garder là-bas. J'arriverai dans moins d'une heure.

— Que se passe-t-il ?

— Nous allons perquisitionner sa villa.

— Pourquoi ?

— Je vous le dirai plus tard.

— Sam y est ?

— Non, non. Mais il sait où il se trouve et nous allons l'amener à nous le dire. Alice ?

— Oui.

C'était la première fois qu'il prononçait son nom.

— Je vous raconterai en arrivant. »

Quand il reposa le téléphone et tendit la main vers la clef de contact, le rêve qu'il avait fait la nuit précédente remonta à la surface. Ils se trouvaient à la cantine de l'école ; il reconnaissait les murs au carrelage blanc et il entendait les cris des enfants qui dévalaient l'escalier pour se rendre au réfectoire. Elle s'agrippait à lui, mais il ne pouvait pas voir ses mains sur son dos ni son visage ; il sentait seulement son souffle sur sa nuque et ses hanches pressées contre lui, oscillant au même rythme que les siennes, et, dans son rêve, il ferma les yeux, sachant qu'il ne trouverait jamais d'autre refuge. Comme les cris des enfants se rapprochaient, il eut soudain besoin de voir son visage et tenta de se dédoubler pour apercevoir davantage que ses propres reins allant et venant comme ceux d'une bête, puis il sentit alors qu'elle lui échappait et il se retrouva seul, devêtu, son pénis esseulé flasque devant le mur nu, et les enfants qui se précipitaient dans la pièce.

Les doigts serrés sur la clef de contact, il ferma les yeux. Puis il soupira, démarra, sortit de la cour du commissariat, passa devant les pins parasols où les hommes de Santini avaient un jour monté la garde. Cet épisode semblait remonter si loin. Il songea comment sa vie n'avait guère changé entre-temps. Peu importait. Peut-être même était-ce une bonne chose, se dit-il. Un homme pouvait peut-être donner un sens à sa vie grâce aux actions d'une seule journée.

Une camionnette vert-jaune de la voirie avançait à petite allure au milieu de la rue, arrosant la chaussée. Il baissa sa vitre pour laisser entrer l'odeur de la poussière humide. Il observa le jeune homme en salopette assortie à son engin, accroché au flanc de la benne, qui accompagnait l'arrosage des rues d'un geste vague du bras. Il avait un walkman aux oreilles et chantait, les yeux fermés. Stuart sourit.

« Merci, Liliane », dit-il à haute voix. Sa mère avait toujours dit que c'était une brave femme.

CHAPITRE 31

Stuart passa devant l'entrée de la villa de Santini et dépassa la camionnette de Dominique Monti garée sur le trottoir d'en face. Il suivit la route, qui s'infléchissait brusquement en direction de la mer. Au-delà du tournant s'ouvrait une petite aire de stationnement avec trois poubelles municipales qui débordaient. Il se gara à l'ombre d'un chêne et coupa le contact. Alice se trouvait déjà à l'intérieur de la maison de Santini.

Il tendit le bras pour ouvrir la boîte à gants, dont le couvercle lui resta dans la main. Il examina son pistolet posé au-dessus de la radio, le prit, le soupesa, puis il le rangea à sa place, remit la porte de la boîte à gants et la ferma à clef. Descendant de voiture, il remonta la route en direction de la camionnette de Dominique Monti.

Sur le flanc blanc du véhicule, les mots : *Ets. Dominique Monti, BTP, SARL* étaient inscrits en lettres noires et précises. Stuart vit un pied poussiéreux, en sandale de plage, maintenant la portière. Il surprit le visage de Dominique dans le rétroviseur latéral, une seconde avant qu'il ne lève les yeux de ce qu'il lisait. En l'apercevant, Dominique ouvrit la porte en la faisant coulisser avec son pied et descendit. Il salua Stuart d'un signe de tête et le gratifia d'une solide poignée de main. Il portait un short de footballeur en satin bleu et une veste jaune avec le numéro neuf imprimé dans le dos. Avec une poitrine large comme une bétonneuse, il pouvait porter deux sacs de ciment, un sur chaque bras. Ses jambes étaient grises de ciment jusqu'aux genoux. Il avait le même nez de boxeur que son frère mort. Stuart se rappelait le visage de son indicateur, brillant d'excitation, lui annonçant qu'il comptait avoir recours à la chirurgie esthétique en Belgique.

Dominique levait la tête vers lui. Son visage lui aussi arborait les couleurs du pastis, jaune et indigo.

— On peut s'asseoir un moment dans la camionnette ? demanda Stuart.

Dominique tendit le bras. Lorsqu'ils furent à l'intérieur du véhicule, Stuart annonça :

— On va perquisitionner chez lui.

Dominique haussa les sourcils.

— Comme tu voudras. » Il se pencha en avant, scrutant le ciel à travers le pare-brise, comme s'il craignait la pluie, puis il indiqua la villa d'un signe de tête. « Dès que tu es prêt.

— J'attends du renfort, lui dit Stuart.

— Tu as l'air en meilleure forme que l'année dernière », déclara Dominique et Stuart le dévisagea. « C'est vrai », insista Dominique. Il se pencha en avant pour observer le ciel de nouveau. « J'attends les Diables Volants. Tu sais, les pilotes de chasse. » Il se tordait le cou. « Ils sont censés survoler la baie ce matin. Incroyable ! »

Stuart inclina la tête. L'autre Monti avait été de meilleure compagnie.

« Je retourne là-bas les attendre, dit-il. Rejoins-nous à l'entrée. Tu as tout ce qu'il faut ?

— Évidemment. »

Stuart descendit de la camionnette et retourna à l'aire de stationnement. Une brume blanchâtre voilait le soleil et l'orage menaçait. Il se retourna pour observer les collines. Au-delà des crêtes, un nuage tourbillonnant comme la fumée d'un volcan emplissait le ciel. De l'autre côté, le ciel au-dessus de la mer était toujours bleu, mais il sentait venir l'orage dans ses articulations et dans l'odeur du bitume. Il baissa les yeux vers la main qu'elle avait tenue dans la voiture, la tournant dans l'autre sens, et il sourit en voyant à quel point elle tremblait.

La voiture de patrouille qu'il avait demandée était garée à côté de la sienne. Le jeune garçon rondouillard de La Rochelle était assis au volant. À côté de lui, se trouvait une jeune femme et à l'arrière, un jeune homme. Il ne connaissait ni l'un ni l'autre. Le rondouillard adressa un large sourire à Stuart et descendit du véhicule.

Ils se serrèrent la main par-dessus le capot.

« Je vous présente Mireille, commissaire. »

Stuart serra la main de la jeune femme, mais il ne pouvait rivaliser avec l'enthousiasme de son sourire. Le Bureau Central avait publié au début de l'année une brochure annonçant une offensive de la police pour améliorer les relations publiques. Paul avait déclaré que c'était un euphémisme pour empêcher les femmes laides de régler la circulation. Mireille, disait-il, illustrait cette nouvelle politique. Alice avait raison ; Paul n'aimait pas les femmes.

Le jeune homme à son tour descendit de la voiture. Petit et maigrichon, il avait un visage juvénile ravagé par l'acné. Il se présenta — un nom de trois syllabes que Stuart ne comprit pas.

Stuart se tourna vers le jeune de La Rochelle.

« Ton nom, je suis désolé, dit-il.

— Difficile à prononcer, monsieur, répondit-il. Je m'appelle Joachim. »

Stuart leur expliqua que c'était une perquisition de routine dans une affaire de meurtre et qu'ils devaient couvrir la grille d'entrée.

La villa, comme Coco aimait la désigner, avait été construite par Jug Nordstrom, l'architecte suédois qui avait conçu la demeure de Russo, puis celle de Coco, et celle de Rimini, le promoteur milanais. La dernière des créations de Nordstrom avait été dynamitée un an après avoir été terminée. Rimini, semblait-il, était allé trouver Coco, les larmes aux yeux.

« Pourquoi ? Je ne comprends pas. Vous aviez dit que tout irait bien.

Coco avait répondu qu'il allait se livrer à une petite enquête et qu'il le contacterait. Une semaine plus tard, Coco le retrouva au Pescador pour lui dire :

— Il y a eu une erreur. Vous pouvez reconstruire. »

Des jeunes du FLN avaient pris cette initiative sans se renseigner au préalable. Ils avaient dû utiliser 300 kilos d'explosifs pour arriver à leur fin.

La villa de Coco se composait de quatre structures en forme de tentes en bois et en verre, reliées les unes aux autres par d'étroites passerelles en acier et en grillage métallique. Les tentes étaient disposées en diamant autour d'une cour centrale, aussi Évelyne avait-elle baptisé la maison *Le Losange*. On racontait qu'Évelyne se promenait parfois nue sur les passerelles.

Paul arriva dans sa propre voiture en compagnie de Gérard. Arriva ensuite Fabrice dans sa fourgonnette. Stuart les prit à part pour leur donner ses instructions pendant que les trois flics attendaient dans la voiture de patrouille. Il remarqua que sa voix était toujours aussi calme et qu'il éprouvait ce même détachement que celui ressenti auparavant. Avant qu'il en ait terminé, Fabrice commença à déballer son matériel. Stuart avait conscience de sa désapprobation.

Il tendit la main vers un des appareils photos.

« Le magistrat est au courant ? demanda Fabrice en repoussant ses lunettes rouges plus haut sur son nez.

— Christine Lasserre est derrière moi.

Fabrice lui tendit l'appareil photo.

— Et elle est également derrière le type avec le marteau piqueur, n'est-ce pas ?

— Elle est au courant. »

Fabrice opina du bonnet et continua à déballer son matériel.

Tous les sept se dirigèrent vers la grille de la propriété ; Stuart se demanda pourquoi il avait choisi de ne pas prendre son pistolet.

CHAPITRE 32

Coco prenait plaisir à la présence de la femme Aron assise à côté de lui derrière la table, tandis qu'Évelyne les servait. Il aimait observer la cambrure éloquente du dos d'Évelyne quand elle sortait en trombe de la pièce. Par deux fois, elle avait tenté de rester et, deux fois, il lui avait demandé un service parfaitement inutile : aller chercher du sucre pour son café, ensuite son téléphone. Ou bien la femme Aron n'avait pas remarqué la fureur d'Évelyne, ou alors c'était une actrice accomplie.

Évelyne appelait cette pièce le solarium. Pour Coco, elle évoquait plutôt une tour de contrôle du trafic aérien. La jeune femme était assise sur un fauteuil canné à haut dossier qu'Évelyne avait rapporté d'une foire aux meubles de Milan. Derrière elle, la baie vitrée blindée offrait sur la baie une vue qui avait toujours déçu Santini. Le verre épais donnait à la piscine au-delà un aspect glauque.

— Que vous est-il arrivé au front ?
— Je me suis cognée.
— Je vois, en effet. Vous avez l'air fatiguée », dit-il en regardant sa bouche. Elle avait un grain de beauté sur la lèvre inférieure. Comme elle soufflait sur son café, il disparut, voilé par la vapeur. « Vous mangez, au moins ? dit-il. Je vais demander à Évelyne de nous appporter des croissants.

— Je n'ai pas faim. Je vous remercie.
— Vous devriez manger.

Elle reposa sa tasse et le dévisagea. Il y avait dans son regard une franchise qu'il appréciait. C'était une chose rare, surtout chez une femme. Il se pencha en arrière dans son fauteuil et la laissa l'observer.

— Pourquoi m'avez-vous prêté l'argent ? demanda-t-elle.

Le grand sac à dos rouge, plein de billets, était sous la table, à ses pieds.

— Vous me l'avez demandé.
— La dernière fois que nous nous sommes vus, vous avez laissé entendre que ce serait facile pour vous de découvrir qui l'avait enlevé. Et vous l'avez su, en effet, très rapidement.

Elle hésita, cherchant le mot juste. Contrairement à Évelyne elle ne parlait pas pour ne rien dire.

— Oui ? fit-il.
— Pouvez-vous savoir qui l'a maintenant ?

Coco caressait sa barbe tout en l'observant. Elle avait quelques rides à la naissance du nez. Sa peau par ailleurs était parfaitement lisse, mais elle se fanerait vite. S'il lui retrouvait son fils, elle lui tomberait dans les bras.

— Oui, répondit-il. Oui, je peux.
— Comment est-ce possible ?
— C'est mon secret », dit-il avec un sourire.

Elle n'était pas aussi vulnérable qu'elle en avait l'air. Il y avait chez elle un côté coriace qui lui plaisait. Elle portait une robe bleue avec des petits boutons blancs de bas en haut, ouverte au cou, et il distinguait sur sa peau laiteuse une tache de rousseur sombre en dessous de sa clavicule gauche, et une autre un peu plus bas. Il s'imaginait en train de la déshabiller et il sourit de nouveau. Il pourrait s'amuser à les relier l'une à l'autre.

Au coup de sonnette, elle se tourna vers la porte.

— Vous attendez quelqu'un ? demanda-t-il.

Elle esquissa un mince sourire.

— Je reprendrais volontiers du café, s'il y en a.
— Je vais vous en chercher. »
En la contournant pour gagner la porte, il baissa les yeux vers le vallon ombreux sous son sternum, mais ne put rien deviner.

Sur le pas de la porte, leur barrant le chemin, se dressait Évelyne, un doberman déguisé en caniche. Elle portait une tenue de cow-girl blanche et or frangée de pompons. Gérard poussa un juron en la voyant, admiratif ou écœuré, Stuart n'aurait su le dire. À l'apparition de Santini, il éprouva un soulagement. En entendant sa voix, Évelyne recula, dans un frémissement de franges en satin. Elle laissa Coco prendre sa place, mais sans jamais détourner de Stuart son regard morne.

« Qu'est-ce que vous voulez ? » demanda Santini. Il tenait à la main une tasse de café. Du regard, il effleura Dominique Monti, qui arrivait derrière Stuart avec son marteau-piqueur. « Qu'est-ce qui se passe ? Vous vous ennuyez, tous tant que vous êtes ?

— Nous voudrions fouiller la maison, Santini, déclara Stuart.
— Vous l'avez déjà fouillée. Revenez une autre fois. Je suis en réunion.
— Nous voudrions la fouiller maintenant.
— Pour quelle raison ?
— À propos de la mort de Raymond Battesti.
— Allons donc, Suart. C'était un camé et c'est la came qui l'a tué.
— Laissez-moi entrer, Coco.
— Où est votre mandat de perquisition ? demanda Évelyne.
— Vous regardez trop de films américains à la télé, répliqua Stuart. Dites-lui, Coco. Vous êtes meilleur juriste que moi.
— De quel magistrat cela dépend ? demanda Coco.
— Christine Lasserre, répondit Stuart.

Coco se figea un instant, leur faisant face, puis il se détourna de la porte grande ouverte et traversa l'entrée en direction d'une large arcade dans le mur du fond.

— Occupe-t'en, Évelyne, dit-il. S'ils font les moindres dégâts, nous porterons plainte. »

Stuart avança dans l'entrée. Les murs et le sol étaient couverts de marbre d'une blancheur éclatante. C'était le même marbre que celui choisi par Santini pour le mausolée qu'il avait fait construire à son intention sur le promontoire dominant la baie. Il faisait frais dans l'entrée où flottait l'odeur du parfum d'Évelyne.

« Je vous suggère de rester, Santini, dit Stuart. Nous allons utiliser le marteau-piqueur.

Coco se retourna. Les autres avaient suivi Stuart dans l'entrée et se tenaient derrière lui. Coco jeta un coup d'œil à Dominique armé de son marteau-piqueur. Stuart décelait sa fureur dans le pli serré de ses lèvres.

— Vous pouvez faire ce que vous voulez, déclara enfin Coco. Mais il faudra payer, d'ailleurs, vous finissez toujours par payer pour vos erreurs, n'est-ce pas, Stuart ?

Il se détourna, passa sous l'arcade et monta une volée de marches. Stuart n'allait pas lui courir après. Une fois Coco diparu, il nota l'heure de son refus d'assister à la perquisition, puis il se tourna vers Évelyne.

— Je voudrais les plans de la maison, s'il vous plaît, dit-il.

Évelyne croisa les bras et le fixa de son regard terne.

— Donnez-nous les plans, Évelyne, intervint Gérard. Sinon, nous allons percer tous les murs de la maison.

Elle ne bougea pas.

— Vous devriez aller chercher Coco, lui dit Stuart. Il doit être présent pendant la perquisition.

Évelyne cligna lentement des yeux. Des parenthèses cruelles, qu'il n'avait jamais remarquées, encadraient sa bouche.

— Si vous refusez, nous irons nous-mêmes, l'avertit Stuart. Vérifiez toute la maison, dit-il à Gérard et à Paul. Nous allons jeter un coup d'œil. Dominique ?

Dominique Monti opina du bonnet.

— Et Fabrice.

Tous trois montèrent les marches qui conduisaient à travers un bosquet de vynerium jusqu'au terre-plein devant la maison où Dominique avait laissé son compresseur. Stuart jeta un coup d'œil à la Mercedes d'Alice, puis entraîna les autres le long d'un étroit sentier, qui passait à travers une plate-bande de cactus pour aboutir à une pelouse d'un vert inhabituel. La maison se trouvait sur leur gauche. Devant eux, et hors de vue, s'étendait la piscine creusée sur une terrasse dallée dominant la mer. Stuart avança dans l'herbe humide en direction de la maison. Il n'y avait pas de système d'arrosage. Dominique marchait à côté de lui, tirant sur le gigantesque flexible qui reliait le marteau-piqueur au compresseur, jurant sous cape devant tant d'opulence. Fabrice fermait la marche, jetant autour de lui des regards faussement blasés, enregistrant chaque détail.

Stuart savait qu'il trouverait la cache d'armes plus vite en présence de Coco. Il s'immobilisa sous l'une des passerelles en bois et câbles d'acier. Deux pyramides en verre surplombaient les hauts murs jointoyés de ciment. Le hall d'entrée était en dessous du niveau du sol et éclairé par des tuiles en verre qui pavaient la cour intérieure. On ne voyait la maison de nulle part sauf des airs. Stuart et Fabrice firent le tour par derrière. Dominique suivait avec son marteau-piqueur. Stuart tourna le dos à la façade aveugle. Coco devait l'avoir emmenée dans une pièce avec vue sur la mer.

— Dominique.

Dominique s'immobilisa sur le sentier à côté de Stuart.

— Tu veux forer là-bas ? demanda Stuart en indiquant d'un signe de tête la terrasse devant eux.

— Je peux forer où tu veux.

Ils traversèrent la pelouse jusqu'au bord de la terrasse. Le flexible en caoutchouc traînant derrière Dominique laissait des bourrelets marron dans l'herbe tendre. La terrasse était dallée du même marbre blanc que l'entrée. Stuart regarda

Dominique installer sa machine. Il pensait à Alice, avec Santini à proximité.

— Où ? demanda Dominique, qui se tenait, jambes écartées, le marteau-piqueur bien en main.

Stuart indiqua au hasard une dalle de marbre devant lui. Il avait conscience du regard incrédule de Fabrice, fixé sur lui.

— Bouchez-vous les oreilles, Fabrice. »

Le frère de Monti se mit à forer. La machine était si bruyante et si puissante qu'elle muait son utilisateur en une sorte de maniaque. La mèche s'enfonça dans le marbre comme dans un glaçage, labourant la terre et le sable au-dessous. Une poussière blanche monta en spirale dans le ciel. Dominique découpa un carré irrégulier d'un mètre de large et s'arrêta. Quand il leva la tête, ses cheveux noirs et ses sourcils étaient poudrés de blanc.

Fabrice avança d'un pas.

« Attendez un instant, dit Stuart, l'arrêtant d'un geste. Il ne s'était jamais interrogé sur le statut spécial de Fabrice. Conféré par son rôle quasi scientifique, il était confirmé par son autorité tranquille et son intégrité. Fabrice avait les mains propres et Stuart ne le lui avait jamais reproché ; quelqu'un devait avoir cette attitude. Mais sa place n'était pas ici aujourd'hui. Il devrait se contenter de rédiger son rapport quand tout serait terminé.

Stuart tenait toujours sa main levée, tel un prophète inspiré. Fabrice et Dominique l'observaient en silence. On entendit le bruit d'une porte qui coulissait, puis un cri. Gérard et Paul zigzaguaient dans leur direction en travers de la pelouse, portant Coco dont chacun tenait un bras et une jambe. Coco ne semblait pas se débattre, mais Évelyne courait à leur hauteur, cognant sur chacun d'entre eux à tour de rôle, les forçant à se défendre de leur mieux sans pouvoir se servir de leurs bras. Au-dessus d'eux et dans leurs dos, cinq jets en formation plongeaient vers la mer. Dans le fracas qui déchirait le ciel,

Stuart vit Dominique Monti éructer quelques obscénités en signe d'admiration.

— Je n'étais pas présent quand vous avez fait ça, déclara Coco en indiquant sa terrasse massacrée.

— Si, vous y étiez, répliqua Stuart. Vous pouvez le poser.

— Il nous a fait le coup de Gandhi, dit Gérard en déposant Coco sur la terrasse. Il s'est assis par terre.

Paul baissa les yeux vers Coco.

— C'est une insulte à tous les vrais révolutionnaires du monde entier, dit-il.

Coco se releva. Il brossa la poussière blanche collée à son fond de pantalon. Des nuages sombres obscurcissaient le ciel.

— Personne d'autre dans la maison ? demanda Stuart.

— Madame Aron. Dans la pièce qui donne sur la piscine, répondit Paul qui se tourna pour indiquer la pyramide en verre. Là-bas.

Stuart regarda dans la direction, mais ne put voir Alice.

— Vous avez perdu les pédales, Stuart, dit Coco. Ces gens le savent et vous leur faites peur.

— C'est à vous que je fais peur, Santini, déclara Stuart. Que fait madame Aron ici ?

— Vous avez apporté un marteau-piqueur pour retrouver madame Aron ?

— Non. J'ai apporté un marteau-piqueur pour trouver une cache d'armes. »

L'amusement manifesté par Coco s'effaça, mais réapparut presque aussitôt. Stuart regarda Évelyne, qui gardait les yeux fixés sur lui. Trop tard. Il les avait vus effleurer la piscine. Il se tourna pour examiner la piscine. Elle était équipée d'un trop-plein. Il voyait bien qu'elle n'était pas remplie au maximum. Coco avait dû aménager la cache en dessous, puis la remplir. On y avait sûrement accès de l'extérieur. Stuart fixa sur Coco un regard appuyé, que soutint Coco, ses yeux verdâtres absolument vides d'expression. Les émotions chez lui étaient trahies par sa bouche, et c'était la raison pour laquelle il portait une barbe, pensa Stuart.

« Venez avec moi, Coco. J'ai une idée.

Évelyne avança d'un pas.

— Reste ici, lui dit Coco.

Côte à côte, les deux hommes se dirigèrent vers la maison.

— Nous allons rejoindre madame Aron, déclara Stuart. Elle est votre seul espoir.

— De quoi parlez-vous ?

— Vous allez voir.

Ils franchirent la porte pour pénétrer dans l'entrée. Stuart voyait la sueur qui commençait à imprégner la chemise en soie de Santini.

— Vous avez une cache d'armes sous votre piscine, Coco, dit Stuart.

— Vous avez toujours eu des indics merdiques, Stuart.

— Vous avez une cache sous la piscine. Il n'y a rien entre vous et vingt ans au trou, si ce n'est un marteau-piqueur.

Stuart dévisageait Coco. Ses yeux restaient vides d'expression, mais étaient cernés de minuscules perles de sueur. Son silence confirmait Stuart qu'il avait vu juste pour la piscine. Son cœur se gonfla de joie.

— Où se trouve madame Aron ? demanda-t-il. Allons la voir. Elle pourrait peut-être vous aider à trouver une solution.
— Stuart se dirigea vers l'arcade. — Par ici ?

Coco le précéda vers une volée de marches en marbre donnant accès à un palier. Devant, s'ouvrait une étroite arcade, au-delà de laquelle Stuart apercevait une partie de la cour fermée : acier, verre et feuillage. On entendait un gazouillis liquide.

— Une fontaine, dit Stuart. Charmant.

Coco tourna à gauche et ouvrit une porte dans une autre arcade. Stuart le suivit dans une nouvelle volée de marches couvertes d'une épaisse moquette verte assortie à la chemise de Coco. En haut, ils émergèrent dans une pièce sobrement meublée, aux murs blancs et au sol en céramique blanche. Ils se trouvaient dans une des pyramides en verre donnant sur la mer. Alice se tenait à l'autre bout de la pièce, devant une baie vitrée. Elle contourna une table en verre fumé sur laquelle étaient posées deux tasses à café vides. Au-dessous, Stuart apercevait un fourre-tout rouge. À l'intérieur se trouvait l'argent de Santini. Alice lui serra la main et il remarqua à quel point la sienne était froide ; puis elle se tourna vers Santini.

— Qu'est-ce qui se passe ?
— Demandez-le-lui, répondit Coco, en s'éloignant des deux. Leur tournant le dos, les mains dans les poches de son pantalon, il regardait la piscine à travers le verre épais.

Stuart chercha sur le visage d'Alice la trace d'un message pour lui, mais elle conserva la même attitude.

— Que se passe-t-il ? demanda-t-elle de nouveau.
— M. Santini a des ennuis. À qui appartient le matériel, Coco ?

Coco ne bougea pas. Le dos de sa chemise était trempé de sueur. Stuart vit que lui et Alice se réflétaient dans la vitre et que Coco les observait. Stuart s'adressa au dos de Coco :

— C'est pour le nouveau mouvement ? Le FRA ?
Coco se retourna.
— Ne soyez pas ridicule !
— Simplement pour le FLN, alors ?
— Qu'est-ce que vous voulez, Stuart ? Percez-le, ce putain, de trou, ou venez-en au fait.
— Je veux que vous disiez à cette femme qui détient son enfant, répliqua Stuart.
— Je n'en ai aucune idée.
— Vous avez dit que vous le saviez, intervint calmement Alice. Vous avez dit que vous pouviez facilement vous renseigner.
— J'ai dit que je pouvais me renseigner, oui.
— Alors, renseignez-vous, Santini, dit Stuart. Et vite, sinon je me mets à percer.

— Allons donc, Stuart. Vous savez que jamais je ne tremperai dans un truc pareil.
— Vous avez cinq minutes pour décider. » Il consulta sa montre. « Je ne vais pas les laisser dehors. Il va pleuvoir. » Il avait l'impression d'être en apesanteur, mais ce n'était pas, cette fois, sous le coup de la colère. Il sentait à quel point il était proche de Coco, à quel point il devait avancer avec précaution.

« Cinq minutes, reprit-il, ensuite, je donne le signal pour qu'ils creusent. »

Coco était de plus en plus nerveux à mesure que le silence se prolongeait. Il commença à se frotter le cou d'un geste répétitif, sans jamais quitter Alice des yeux. Brusquement, il laissa retomber son bras et s'approcha de Stuart. Il s'immobilisa, si près de lui, que Stuart sentait son souffle sur son visage.

« Vous savez bien que j'ignore qui a son enfant.
— Vous allez le découvrir, répliqua Stuart.

Santini fixait Stuart qui soutint son regard. Il discernait de minuscules taches brunes qui flottaient dans le vert pâle de ses yeux ; *comme de la merde dans la mer*, pensa-t-il, et il eut soudain envie de rire devant la solennité de cet instant, deux ennemis face à face, et l'odeur de l'after-shave de Coco, à peine perceptible sous celle de sa sueur.

— Très bien, dit Stuart en s'écartant. Ça fait cinq minutes.
— Je ne vous fais pas confiance, Stuart.
— Non, bien sûr. Mais vous n'avez pas le choix.
— Appelez le juge d'abord, insista Coco en voyant Stuart s'éloigner. Appelez Lasserre maintenant, devant moi, et je lui dirai que vous n'avez rien trouvé. » Stuart secoua la tête. « Ensuite, je chercherai le gosse.
— Non ! hurla Stuart dont la voix résonna dans la pièce nue. J'appellerai Lasserre quand vous m'aurez dit qui a l'enfant et où il se trouve.

— Et les autres alors ? » dit Coco. Il se dirigea vers la fenêtre et regarda au-dehors, se frottant le cou de nouveau. « Appelez le juge et annulez la perquisition. Ensuite, nous irons. Tous ensemble.

— Nous irons où ? Nous partirons d'ici pour que vous me baladiez au petit bonheur pendant qu'Évelyne vide la cache d'armes ?

— Il sait où il est, intervint Alice, ses yeux noirs brillants de colère fixés maintenant sur Santini.

Santini l'effleura du regard, puis s'adressa de nouveau à Stuart.

— Nous partons ensemble, lui dit-il. Tous. Vous pouvez annuler la perquisition devant moi, et ensuite nous partirons.

— Pour aller où, Santini ? demanda Stuart. Pour aller chercher l'enfant ? Vous êtes en train de me dire que vous pouvez faire ça ? C'est ça que vous me dites ?

— Non. Pas du tout.

— Où sont-ils ? demanda Stuart.

— Je n'en ai aucune idée.

— Ils sont dans le maquis, reprit Suart. N'est-ce pas ?

— Probablement.

— Combien sont-ils ? Plus de trois ?

— Je vous ai déjà dit, insista Coco. Nous partons d'ici et je verrai ce que je peux faire quand nous serons là-haut.

— Pas question. Vous n'êtes pas en position de poser des conditions.

— Laissez tomber, Stuart. Laissez tomber !

Stuart ne l'avait jamais vu aussi furieux.

— Nous irons tous ensemble, déclara-t-il calmement, en indiquant d'un signe de tête le groupe près de la piscine. J'appellerai Lasserre quand vous m'aurez dit où nous allons, sinon, on creuse.

Une pause s'ensuivit.

— Eh bien, creusez ! dit Coco.

Un éclair zébra le ciel.

— Non ! cria Alice.

Stuart lui jeta un coup d'œil. Pour couvrir le grondement du tonnerre, il hurla :

— On creuse !

— Stuart ! s'écria Alice, mais il sortit de la pièce.

En dévalant l'escalier, il l'entendit qui courait derrière lui.

— Stuart, je vous en prie !

Il s'immobilisa dans l'entrée pour la regarder. Coco était juste derrière elle.

— Je déclenche l'opération, lui dit-il.

— Karim est avec eux, déclara brusquement Coco. Il regardait Alice de nouveau et c'était à elle qu'il s'adressait.

— Karim, dit Stuart. Vous avez mis Karim dans le coup.

— C'est ce qu'il vous dira. Mais c'est lui qui a pris cette initiative dingue. Comme Mickey. Je ne sais pas ce qui se passe dans la cervelle de ces mômes. » Il eut un geste brusque de la main à hauteur de sa tête. « Il n'y a plus...

— Qui d'autre ?

— Aucune idée.

Stuart se tourna vers Alice.

— J'ai besoin de lui parler seul.

— Non, fit-elle en secouant la tête. Non, Stuart. Vous ne passerez pas un marché avec lui sans moi.

Stuart l'observait, attendant que sa détresse se calmât.

— Alice. Je vous en prie.

— Il faut que je vienne.

— Tout ira bien. » Il avait envie de la toucher. « Je vous promets.

Santini saisissait toutes les nuances de ce petit échange.

— Je vous en prie. Allez chercher les autres. Faites-moi confiance.

Elle hésita, puis après un bref coup d'œil à Santini, les laissa. Après son départ, Stuart prit une chaise et s'assit à la table de verre. Du bout du pied, il poussa le fourre-tout sous la table.

— Je vais vous envoyer au trou pour ça.

— Pas pour longtemps, dit Coco en se dirigeant vers la fenêtre.

— Dix ans, dit Stuart.

Coco eut deux petits claquements de langue. Il tournait le dos à Stuart, en train d'allumer une cigarette.

— Qui vous a dit ? demanda brusquement Coco en se retournant. Stuart ne lui prêta aucune attentiion, tirant sur sa cigarette. Coco hésitait entre s'asseoir ou rester debout. Il prit une chaise.

— Dites-moi une chose simplement : c'était Évelyne ? demanda-t-il.

Stuart attendit. Quand le silence devint pesant, il se pencha en travers de la table, si près de Coco qu'il voyait le grain de sa peau.

— Vous avez reçu un coup de fil la nuit dernière à deux heures vingt. De Karim », dit-il doucement. Coco s'installa plus confortablement sur sa chaise et croisa les jambes. « Vous allez rappeler Karim, comme il vous l'a demandé », poursuivit Stuart. « Vous allez les persuader de prendre cet argent. » De nouveau, il poussa le sac du pied. « Dites-leur qu'ils n'ont pas intérêt à refuser. Et vous allez organiser une rencontre pour remettre l'argent. » Il observa une pause. « Qui sont les autres ? »

Mais Coco regardait la porte par-dessus sa tête. Évelyne amenait Alice et les hommes dans la pièce.

Coco décroisa les jambes.

« Je veux te parler, dit-il à Évelyne. Va dans le bureau.

— Nous allons tous aller dans le bureau, dit Stuart. Il n'y a pas d'endroit où s'asseoir ici. » Il éteignit sa cigarette dans une des tasses à café et se leva. « Vous pourriez peut-être refaire un peu de café, Évelyne. »

Évelyne s'était adaptée à la nouvelle situation avec l'assurance tranquille d'une créature amphibie émergeant sur le rivage. Elle jeta un coup d'œil à Coco assis sur sa chaise.

Comme s'il appartenait au passé, elle tendit un doigt prolongé d'un long ongle rouge pour compter les gens dans la pièce.

« Six cafés, alors », dit-elle, et elle sortit de la pièce.

Alice se tenait entre Gérard et Paul.

« La perquisition est remise à plus tard », déclara Stuart Il s'interrompit tandis que Paul, changeant de position, croisait les bras et écartait danvantage les pieds, chaussés de sandales de tennis fatiguées. « Dominique, tu peux rentrer chez toi, mais j'aimerais que tu sois prêt au cas où j'aurais besoin de toi.

Dominique inclina la tête d'un air solennel. Comme Stuart demeurait silencieux, il demanda :

— Je m'en vais, alors ?

— Je t'appellerai si j'ai besoin de toi.

— Sans problème, dit Dominique. Chaque fois que t'auras besoin de moi pour le faire tomber, je serai ton homme.

Il baissa les yeux vers l'homme qu'il considérait comme l'assassin de son frère, et Santini soutint son regard, mais Stuart vit à quel point il avait peur.

— Raccompagne-le, Évelyne dit Coco. Ensuite, attends-moi au bureau. »

Assis dans le grand fauteuil canné, il se caressait la barbe. En le voyant ainsi, Stuart sentit soudain un doute l'envahir. Évelyne leva les yeux au ciel et précéda Dominique hors de la pièce. Coco observait Stuart et, comme Stuart soutenait son regard, il lui sembla que la pièce se rétrécissait autour de lui. La pression augmentait dans sa tête et il avait les oreilles en feu. Santini baissa les yeux, un instant seulement, puis les leva de nouveau.

Vas-y, pensa Stuart. *Vas-y, parle-lui. Tu n'en auras plus l'occasion.*

Santini se leva. Il regarda tour à tour les hommes de Stuart. Il n'avait aucun contrôle de la situation, et pourtant, il pouvait commander. Il sortit de la pièce et Stuart ferma la porte.

« Nous avons une piste pour l'enfant, déclara Stuart. Une piste sérieuse. Je n'ai pas le choix. Je dois la suivre tout de suite. » Il jeta un coup d'œil à Fabrice, mais Fabrice ne fit aucun commentaire. Il restait immobile, les yeux voilés par le reflet de la vitre dans ses lunettes. « Nous allons prendre les trois voitures dont nous disposons ; ce qui inclut celle de madame Aron... »

Sa voix résonnait, claire et assurée de nouveau, créant l'illusion d'une certitude, malgré le peu d'atouts qu'il possédait. Il leur dévoila le plan qu'il avait conçu, tous les vices de procédure et les dangers passés sous silence, annihilés par l'aisance de son discours. Durant tout son exposé, il sut qu'Alice l'observait et le jugeait. Lorsqu'il eut terminé, personne ne dit mot. Les questions étaient trop nombreuses. Il se tourna vers Fabrice, planté là avec les mains dans les poches de son anorak.

« Nous avons besoin de quelqu'un pour manipuler l'équipement de dépistage. Fabrice ?
— Il y a un technicien pour ça. Vous allez sans doute demander au Bureau Central.
— Tout doit être fait dans les règles. J'ai le soutien de Lasserre. Mais nous n'avons pas le temps... — Il s'interrompit. — Ça ne peut marcher que si nous agissons rapidement. Sinon, nous le perdrons.

Stuart regarda Fabrice et décida de le laisser partir ; il ferait ce que sa conscience lui dicterait de faire.
— Paul ? Tu peux t'en charger ?

Paul haussa les épaules. Le matériel ne lui était pas familier.
— Bien sûr.
— Des questions ? demanda Stuart.
— Le technicien peut venir avec moi dans la fourgonnette, dit Fabrice.

Stuart lui adressa un petit signe de tête, prenant soin de ne pas l'embarrasser avec sa gratitude. Il se tourna vers Alice.
— Madame Aron ?

Les autres pivotèrent vers elle. Elle se tenait près de la porte, isolée comme d'habitude par son sexe, sa classe, son chagrin.
— Pouvez-vous conduire votre voiture ? »

Elle regarda Stuart et acquiesça d'un signe de tête et, durant un instant, Stuart crut qu'il lui serait possible de l'aimer.

CHAPITRE 33

Lopez, debout derrière le bar, l'air sombre, fixait son reflet entre les étagères d'alcools. Personne ne fréquentait ce bar parce que la femme du propriétaire avait la phobie des microbes et que la salle puait l'eau de Javel. Quant à lui, il aimait cette odeur, parce qu'elle lui rappelait l'hôpital de la prison qui avait été pour lui un sanctuaire. C'était là que l'espoir était revenu par bouffées, comme l'odeur de l'eau de Javel dans la gorge ; jolie formule — il essaierait de l'utiliser un jour.

Il but une gorgée de son kir. Il aimait la douceur sirupeuse de cette boisson féminine, bourgeoise. Elle lui avait été révélée par une héritière du roi de la saucisse à Barcelone, une certaine Maria Teresa, et il avait adoré le narcissisme avec lequel elle ronronnait son prénom. Il consulta sa montre. Stuart ne l'avait pas appelé comme promis et il était déjà dix heures et quart. Il sortit son portable de sa poche pour s'assurer qu'il était bien branché et le posa avec soin sur le bar. Il allait lui accorder encore quinze minutes, et ensuite il appellerait *L'Insulaire*, et lancerait son reportage. Il but encore une gorgée de son verre, puis le liquida. Non, il n'allait pas attendre. Stuart s'était foutu de lui.

Il téléphona au journal. Thierry, stagiaire au bulletin d'information, décrocha. Le rédacteur était en réunion.

« Dis-lui que c'est moi, Thierry. Dis-lui que c'est au sujet du kidnapping.

— Quel kidnapping ?
— Dis-lui simplement.
— D'accord. Lopez ?
— Oui ?
— Tu m'as dit de me brancher sur la radio de la police.
— Oui.
— J'ai tout noté par écrit. J'ai posé le papier sur ton bureau.
— C'était pas la peine de le mettre par écrit ; dis-moi simplement s'il y avait quelque chose d'intéressant.

Une pause s'ensuivit.

— Quoi, par exemple ?
— Oh, écoute, Thierry ! Par exemple, des noms que même toi tu connais.
— Il y a eu un appel pour faire envoyer une voiture de patrouille chez Coco Santini.
— Quand ?
— Une seconde. Attends, juste une seconde J'ai noté ici. L'appel a eu lieu à huit heures trente-trois.
— Chez Santini où ? Santarosa ou en ville ?
— En ville. Sa villa sur la baie. J'ai l'adresse. Attends une minute...
— Ça va. Je sais où c'est. Merci. »

Lopez sut dès son arrivée chez Santini qu'il était trop tard. Il le comprit en regardant par la grille grande ouverte l'allée vide. Comme il descendait le talus pour regagner la route, les premières gouttes de pluie commencèrent à tomber. Lorsqu'il atteignit sa voiture, il avait les cheveux trempés.

Il s'assit au volant et alluma une cigarette. Il fumait encore des Ducados et il aimait l'odeur du tabac brun mélangée à celle de la pluie. Peut-être était-il temps de rentrer chez lui à San Sebastien. Il sortit son portable de sa poche et composa le numéro de Stuart. La secrétaire répondit. Elle avait une voix geignarde.

« Je sais que ça n'est pas de votre faute, madame. Soyez simplement assez aimable pour lui faire savoir que l'affaire paraîtra demain matin dans *L'Insulaire,* de A à Z. »

Il raccrocha, et tout en finissant sa cigarette, il réfléchit à la façon d'attaquer son article. Une belle jeune femme, pleurant encore la fin tragique de son mari, a été de nouveau frappée... Jeune femme ou jeune veuve ? Qu'est-ce qui était le mieux ? Il lui fallait un lien avec l'île. La jeune veuve d'un membre d'une des plus vieilles familles de l'île...

Lopez perçut dans le rétroviseur latéral une forme qui se déplaçait et il tourna la tête pour regarder. Il se tint parfaitement immobile jusqu'à ce que la voiture ait franchi la grille. C'était celle de Georges Rocca. Il écrasa sa cigarette dans le cendrier et descendit.

Immobile sous la pluie, il cherchait un moyen d'entrer. La villa de Santini était notoirement impénétrable. C'était un bunker. Ce qui expliquait qu'il n'ait pas besoin de gardiens. Lopez sourit, laissant la pluie lui couler dans la bouche. Il se sentait jeune de nouveau, et excité. Il était trop tôt pour rentrer chez lui.

Il suivit le sentier abrupt qui partait de l'aire de stationnement pour aboutir à la plateforme rocheuse et à la mer. Il apercevait les mouettes qui se tenaient en contrebas, toutes tournées dans la même direction, immobiles bêtement sous la pluie, attendant la venue de quelque messie des mouettes arrivant du large. Il glissa dans la boue et déchira un pan de sa veste sur une racine qui dépassait du sol sur le sentier. Un flot de jurons catholiques lui jaillit des lèvres.

Une fois sur le rivage, il courut vers les mouettes, les yeux brûlés par la pluie et les embruns, et il eut un instant de doute en voyant que les oiseaux ne cédaient pas un pouce de terrain — ils se préparaient à attaquer. Mais ils avancèrent paresseusement d'un pas ou deux, en réponse à quelque ordre mystérieux, et prirent l'air, décrivant une courbe pour aller se poser sur la crique suivante où Santini avait fait construire un petit port et une plage, le tout en ciment. Lopez suivit l'étroit sentier en travers des rochers, le cœur encore battant de sa rencontre avec les mouettes.

Depuis la crique, on ne voyait que le mausolée de Santini. Il était bâti sur un promontoire rocheux qui surplombait la mer. Le mausolée était l'œuvre de deux frères natifs d'un village, dans le nord-est de l'île, qui fournissait des tailleurs de pierre depuis des générations. Le marbre provenait d'Italie, et le travail des artisans était remarquable, disait-on. Lopez avait écrit un article du temps de sa construction, contestant le droit de Santini d'être enterré sur sa propriété. Il avait vérifié : Article L2223-9. N'importe qui est autorisé à être enterré dans une propriété privée, à condition que ladite propriété soit située à une distance prescrite des confins d'une ville ou d'un village. Le Losange n'était pas situé au-delà de la distance prescrite. L'argument était faible, mais Lopez savait que le mausolée de Coco avait pour lui une signification profonde et s'il n'avait pas été possible d'obtenir des autorités qu'elles mettent un terme à la construction, elles avaient dû néanmoins trouver un moyen de contourner cette illégalité. Entre-temps, la construction avait été interrompue, ce qui avait considérablement irrité Coco. Néanmoins, la marge de manœuvre de Lopez était étroite. Si jamais il cherchait véritablement à nuire à Coco, il pouvait dire adieu à sa paisible retraite à San Sébastien. Aucun port ne serait assez loin. C'était triste de découvrir qu'après tout ce qu'il avait subi, il avait encore peur.

Lopez entendit un coup de tonnerre au loin. Coco n'utilisait plus la crique maintenant qu'il avait une piscine, et ses constructions en ciment étaient barbouillées de tristes obscénités. Le passage qui donnait accès autrefois à sa propriété était barré par un haut grillage métallique qui s'était affaissé par endroits et gisait à terre, entortillé de broussailles. Lopez l'enjamba et examina la falaise à travers la pluie. La première partie de l'escalade était facile. Il suivit le vieux sentier, se hissant à quatre pattes quand une marche s'était effondrée, maculant ses genoux de boue. Il se parlait à mi-voix tout en grimpant, s'agrippant aux broussailles quand le sentier disparaissait. Il se réjouissait d'être si près du sol. Sa taille n'avait jamais été un handicap. Il pouvait se faufiler et ramper, franchir des barrages de police, s'introduire dans des meetings de rivaux politiques, se glisser dans les arènes de corridas et les stades de football, et même dans le lit des femmes, entre leurs bras maternels, où elles ne manquaient pas d'appuyer leurs lèvres sur le sommet de son crâne, et où, en un clin d'œil, leur nostalgie changeait de nature et leurs bouches passaient du O de la surprise au Ah de la concupiscence. Et il était trop tard : il s'était insinué au-delà de la barrière de leur désir. Car en fait, il n'était rien d'autre qu'un nain lubrique, bien réel, en chair et en os. Lopez sourit tout en poursuivant son escalade sous la pluie. La formule était de l'héritière du roi de la saucisse, et elle lui plaisait bien car elle correspondait tout à fait à ce qu'il était : un nain lubrique. Aucune femme n'était en sécurité.

Il était arrivé à une impasse. Le rocher sur lequel était bâti le mausolée se dressait devant lui, aussi imprenable que l'*alcazar* du colonel Moscardo. Les roulements du tonnerre étaient lointains. Lopez chercha une prise. La voie la plus directe semblait passer par le surplomb rocheux. S'il en tombait, il ferait une chute d'une centaine de mètres jusqu'en bas de la pente. Il lui fallait donc escalader la partie moins abrupte, où le rocher butait contre la falaise d'où coulait un filet d'eau boueuse. Il enleva ses chaussures et ses chaussettes. Pendu par des câbles, il avait eu les pieds brisés par la Guardia Civil quand il avait vingt ans. Une fois relâché, il était allé consulter un kinésithérapeute qui les avait remis en état grâce à des exercices qui, avait plaisanté Lopez, étaient tout aussi épouvantables que la torture elle-même. Mais c'était un homme austère de Huesca et il n'avait pas ri. Lopez, ses petits pieds plantés dans la boue, progressait lentement et sûrement, s'y appuyant de tout son poids, ne se servant légèrement du bout de ses doigts que pour corriger son équilibre. La falaise était parfaitement verticale et il s'émerveillait, tout en grimpant, de son agilité.

Il les entendit avant d'avoir atteint le sommet, reconnaissant aussitôt le bruit du métal attaquant la pierre. Agrippé aux longues herbes qui frangeaient le bord de la falaise, il jeta un coup d'œil au mausolée blanc, étincelant sous la pluie. Les coups résonnaient à l'intérieur. S'ils le trouvaient, ils allaient le descendre, mais s'il essayait de rebrousser chemin, il allait se rompre le cou, donc quoi qu'il pût arriver, il allait repartir par la grille d'entrée, la bite ou les pieds devant.

Il se hissa pour se mettre à plat ventre dans l'herbe mouillée, les jambes pendant dans le vide. La maison de Santini était située un peu plus haut dans la colline et hors de vue. Lopez rampa sur la pelouse et contourna le mausolée. Il entendit une voix de femme. C'était Évelyne.

« Posez-les là. Comme des bouteilles. Oui.

— Attention ! » Lopez sursauta. « Qu'est-ce que vous croyez qu'on manipule ?

C'était la voix de Georges Rocca.

— Grouillez-vous, reprit Évelyne. Je suis trempée. »

Elle se trouvait en dehors du caveau. Lopez recula d'un pas. Il savait que s'ils le découvraient, il passerait tout simplement par-dessus la falaise.

« Parfait, dit Georges. Maintenant les munitions.

C'était une cache d'armes.

— Allez, on referme.

Lopez les écouta remettre en place la dalle en pierre.

— Plus lisse que ça, reprit la voix de baby-doll d'Évelyne. Il faut que ce soit lisse. Regardez, là, ça se voit.

Ils cimentaient la dalle.

— C'est du travail de singe, dit Georges. Laissez-moi faire.

— Grouillez-vous, bon Dieu, fit Évelyne. » Elle aurait dû travailler sa voix, songea Lopez. « Grouillez-vous ! »

Vas-y, Georges. Fous-lui sur la gueule. Je sais que tu en as envie.

« Je rentre à la maison, dit Évelyne. Laissez la grille ouverte en partant. Et nettoyez tout ça. Je ne veux pas voir un grain de poussière ici demain matin. »

Après son départ, il les entendit terminer leur travail de nettoyage. Il y eut un bruit de bois qu'on cassait.

« Bon. Allons-y », dit Georges.

Lopez attendit quelques secondes, puis avança jusqu'à l'angle du mausolée pour regarder. Georges remontait le sentier qui conduisait à la maison. Derrière lui, venaient ses deux nouveaux skinheads. Ils portaient les outils et un seau de ciment et Georges, les morceaux de bois cassés d'une caisse. Lopez put lire les lettres rouges en alphabet cyrillique sur l'un des morceaux, et il chuchota un long blasphème liturgique.

CHAPITRE 34

Stuart, au volant de la Saab de Santini, montait la colline en direction de Santarosa. La pluie, qui tombait par nappes sur la route, ruisselait sur le pare-brise, et les essuie-glaces ne fonctionnaient pas assez vite pour le dégager. Alice était assise à côté de lui, la seule personne dans la voiture à avoir bouclé sa ceinture de sécurité.

« Elle tient bien la route ? demanda Coco.

Stuart lui jeta un coup d'œil dans le rétroviseur. Il était assis derrière Alice, les mains menottées dans le dos. À côté de lui se trouvait Joachim, le jeune de la Rochelle.

— Impeccable », répondit Stuart, car il ne pouvait pas nier l'évidence ; c'était assez plaisant de conduire une bonne voiture.

La Saab de Santini provenait d'un autre monde, loin d'ici vers le nord, dans une autre Europe où les gens portaient des ceintures de sécurité, buvaient du café décaféiné et ne se tuaient que rarement les uns les autres. L'idée qu'il ait choisi une voiture venant d'une telle contrée amusait Stuart. Elle venait sans doute d'Évelyne. Évelyne, maîtresse de Santini de longue date, qu'il traitait comme un chien et dont la loyauté était à toute épreuve. C'était le genre de femmes que l'on trouvait sur l'île : un cœur froid capable d'un dévouement aveugle.

Ils passèrent devant l'entrée du cimetière.

« Madame Aron ? fit Coco. Puis-je vous demander de vous avancer un peu ? Le levier est sous votre siège. »

Alice obtempéra en silence. Stuart sentait la haine que lui inspirait Santini s'irradier d'elle comme une brume de chaleur.

Santini s'était un peu détendu depuis qu'ils avaient quitté la villa. Stuart avait appelé Lasserre de la voiture, avant de quitter l'aire de stationnement. Quand il lui avait annoncé que la perquisition n'avait rien donné, un silence prolongé s'était ensuivi. Durant un instant, il avait cru qu'il avait perdu son appui.

« Vous êtes avec Santini en ce moment ? avait-elle demandé pour finir.

— Oui, avait-il répondu. Je retourne à la maison Colonna. Je vous appellerai de là-bas. »

Et il avait raccroché rapidement.

Quand ils passèrent devant la station-service pour entrer dans le village, la pluie avait diminué de violence. Paul suivait dans sa propre voiture. À côté de lui, se trouvait la policière blonde, Muriel ou Mireille. Gérard, qui conduisait la Mercedes d'Alice, était accompagné du jeune homme boutonneux. Avec Fabrice, il y avait sept autres policiers dans quatre voitures. Bien que Stuart se sentît invincible, cela ne suffisait pas.

Quand il s'engagea dans l'étroite ruelle donnant accès à la propriété Colonna, la pluie s'était arrêtée. Sous le ciel goudronneux, la pelouse et le cèdre luisaient, comme éclairés par leur propre lumière. Il coupa le moteur et regarda Alice ouvrir sa portière. Il espérait qu'elle allait se tourner vers lui et le regarder avant de descendre, mais elle n'en fit rien.

Alice, dans la cuisine, serrait étroitement Dan dans ses bras, et Babette attendait patiemment qu'elle le lui rendît. Babette portait Dan partout, mais Alice se rendait compte qu'elle n'était pas en position de formuler une objection.

« Dan, mon chéri, mon petit homme », dit-elle. Mais il ne lui appartenait pas ; on pouvait le lui enlever n'importe quand. « Maman t'adore », ajouta-t-elle comme pour corriger ses propos.

Il se cramponna à elle quand elle essaya de le rendre à Babette.

« Dan, maman doit aller dans la pièce avec les policiers. Ils vont retrouver Sam pour nous le rendre.

— Je veux venir.

Elle le serra contre elle de nouveau et l'embrassa sur le sommet du crâne.

— Il faut que tu attendes ici, Dan, mon petit homme. Je veux que tu sois là à mon retour. Je veux savoir que tu es en sûreté ici, avec Babette, et que tu m'attends. Comme ça, j'aurai envie de vite revenir. Tu comprends ? »

Dan relâcha son étreinte et elle le posa dans les bras de Babette. Puis elle lui effleura la joue de la main et quitta la pièce.

Alice s'immobilisa sur le seuil du salon des Colonna. Dans la lumière dorée qui entrait maintenant par les fenêtres, ils évoquaient des personnages mimant lourdement le drame de l'attente. Paul et Gérard étaient assis côte à côte sur le divan trop petit. Paul, penché en avant, examinait ses mains, et Gérard, assis, le buste droit, avait les bras croisés sur son imperméable militaire. Santini était assis au bord du lit de Stuart entre deux policiers, dont l'un était le gros homme qui lui avait barré le chemin l'autre soir. Ils avaient tous deux troqué leurs uniformes contre des survêtements. Santini avait toujours les mains menottées dans le dos. Stuart, qui parlait dans son portable debout près de la cheminée, semblait le seul à ne pas être frappé d'inertie.

Elle s'attarda près de la porte, répétant dans sa tête des bribes de ce qu'on lui avait dit : ils savaient dans quel secteur se trouvait Sam ; il y aurait un émetteur dans le sac où se trouvait l'argent ; quatre voitures seraient sur place, toutes équipées d'une radio. De nouveau, elle se sentait glacée de panique et n'arrivait pas à fixer son attention.

Elle regarda Stuart glisser la main dans la poche de son pantalon et soulager son pied droit du poids de son corps. Il portait une chemise propre. Alice se rendit compte que l'idée qu'elle se faisait de lui avait changé et que cette démarche de son esprit était irréversible, qu'elle ne pouvait revenir en arrière. Elle avait conscience d'avoir mis tous ses espoirs en lui, et que cet homme qu'elle avait jugé digne de pitié était devenu pour elle un personnage héroïque.

Stuart composait un autre numéro.

Santini hurla depuis le lit :

« Raccrochez ! Je vous dis de raccrocher. Je vous ai dit : pas de coups de fil, sinon pas de marché. Raccrochez, Stuart !

Stuart dévisagea Santini pendant qu'il vociférait, mais ne raccrocha pas.

— Mesguish, s'il vous plaît », dit-il dans l'appareil. Il gardait les yeux fixés sur Santini, qui ne bougea pas. « C'est moi. Je suis à la maison Colonna. J'ai besoin de renforts. Nous avons un tuyau pour aller chercher l'enfant. Lasserre est au courant. Appelez-la. » Une pause s'ensuivit. Stuart continuait à regarder Santini. « Je ne peux pas entrer dans les détails. J'ai quatre voitures ici. Un technicien est en route avec le matériel de dépistage. Ce stade est dépassé, Mesguish. Nous partons chercher l'enfant. J'ai besoin de vous pour que tout le monde soit en état d'alerte. Quand je donne le signal, vous intervenez et vous allez chercher l'enfant. » Une autre pause s'ensuivit. Santini essaya de se lever, et le policier aux cheveux coupés en brosse l'agrippa par le bras et le maintint assis. La femme flic se rapprocha au cas où on aurait besoin d'elle. Elle avait enlevé sa veste et sa cravate et roulé les manches de sa chemise.

« Je ne sais pas encore, disait Stuart. J'espère que je couvrirai la remise de l'argent. Vous avez la carte de Cesari ? Il élimine les vallées. Oui, ils sont en altitude. C'est à environ une heure et demie de chez vous. Prenez deux fourgonnettes sans vitres. Emmenez vos hommes s'il le faut mais surtout, emmenez Cesari. Il connaît le terrain. » Un silence. « Non. Nous avons besoin d'hommes, pas de voitures. Ils sont en pleine brousse. Prenez seulement une voiture avec une bonne radio. Appelez Morin et demandez-lui ses chiens. Pas des pisteurs, des bergers allemands. Mesguish. Il s'agit de votre opération de sauvetage, d'accord ? À vous de jouer. Vous comprenez ?

Il raccrocha et mit le téléphone dans sa poche.

— Je ne plaisante pas, Stuart.

Stuart effleura Santini du regard.

— On peut avoir un peu de lumière ? demanda-t-il.

La femme flic alluma un lampadaire à côté d'elle.

— Si vous voulez mon aide, Stuart, il va falloir jouer franc jeu.

— De quoi parlez-vous ? fit Stuart. Vous avez obtenu ce que vous vouliez. Je suis ici avec vous. Je ne suis pas en train de creuser des trous dans votre villa, pas vrai ? » Il regarda Alice pour la première fois. « Cette femme vous a fait confiance. Vous vous êtes vanté de pouvoir récupérer son enfant. »

Coco ne répondit pas. Il observait Alice comme s'il admettait soudain qu'elle était la véritable interlocutrice. Elle baissa les yeux et il se tourna de nouveau vers Stuart.

« Ce qu'il y a d'écœurant chez vous, c'est que vous prétendez être un type bien, alors que vous n'êtes qu'un lâche. Il n'y a pas de types bien sur cette île. Ils ne survivent pas, dit Coco.

— Ils ne survivent pas parce que vous les tuez, dit Stuart.

— Ils ne survivent pas, insista Coco. Point final.

— C'est ce qui fait la différence entre nous. Vous pensez que les gens ici sont nés corrompus. Moi je pense qu'ils se contentent de suivre un chef. Mais vous êtes d'accord avec moi, ajouta Stuart. Sinon vous n'auriez pas tué Titi.

— Ça vous reste en travers de la gorge, pas vrai ?

— Ça reste en travers de la gorge de tout le monde.

Santini, de nouveau, jeta un coup d'œil à Alice. Cette fois, elle affronta son regard. Ses mains attachées dans son dos le forçaient à tendre la tête en avant, ce qui faisait gonfler son cou.

Stuart consulta sa montre.

— Deux heures et quart. On va appeler Karim. » Il se tourna vers Santini. « Prêt ?

— Enlevez-moi ça d'abord.

Stuart fit un signe à Joachim. Le jeune homme ouvrit les menottes et les tendit à Stuart, qui se tourna alors vers Gérard et Paul.

— Attendez dans la cuisine, vous voulez bien ? Quand le technicien arrivera, dites-lui de m'attendre avec vous. »

Alice sentait que Stuart et Santini s'apprêtaient à régler le scénario de leur propre drame personnel, et qu'elle devrait se battre pour y jouer un rôle. Santini était assis, une cheville reposant sur la cuisse de l'autre jambe. Le souvenir de leur première rencontre lui revint, l'emplissant de dégoût. Elle s'effaça pour laisser les autres franchir le seuil. Un instant, elle craignit que Stuart ne lui demande de sortir avec eux, mais il n'en fit rien. Debout près de la porte, elle le regarda traverser la pièce en direction de Coco.

« Vous pouvez vous servir de mon téléphone », dit-il, en lui tendant l'appareil. Santini le regarda mais ne bougea pas. « Allez, Santini ! Bon Dieu ! »

Coco détendit le bras, et fit sauter de la main de Stuart le portable qui glissa en travers du parquet en perdant sa batterie.

« Je ne passerai aucun coup de fil avant d'avoir obtenu des garanties.

Alice regarda Stuart ramasser le portable et y remettre la batterie.

— Il n'est pas cassé, dit Stuart. Vous avez de la chance.

Il s'approcha de Santini. De sa main gauche, il lui saisit le poignet. Santini se raidit. Il semblait surtout lutter contre l'indignité de son envie de résister. De sa main droite, Stuart saisit les menottes dans la poche de sa veste. Alice entendit le déclic d'une menotte se resserrant de plusieurs crans, et un tintement métallique quand Stuart accrocha la main droite de Santini à la barre transversale au pied du lit.

— C'est illégal, dit Coco.

— Non, répliqua Stuart À l'instant même où je commençais cette perquisition, vous étiez entre mes mains. Si je veux vous passer les bracelets, j'ai le droit. Aucun besoin de me justifier. Vous comprenez ?

— Il n'y a aucun motif, Stuart. La perquisition est terminée. Vous avez trop tiré sur la ficelle et elle a cassé.

— Je me fous éperdument de votre cache d'armes, Santini. J'ai assez pour vous faire tomber. Pensez simplement au mot trahison, Santini. Ça devrait vous remettre les idées en place. Je n'ai pas besoin d'une cache d'armes. Je suis bien tuyauté maintenant.

Santini fusilla Stuart du regard.

— Je ne marche pas », dit-il. Enchaîné, il devenait plus menaçant. Alice avança d'un pas, se forçant à maîtriser la peur qu'il lui inspirait. « Et foutez-moi cette bonne femme dehors, nom de Dieu ! » Alice sursauta devant la hargne de sa voix. « Qu'est-ce qu'elle fait là, de toute façon ?

— Sa présence ne vous gênait pas jusqu'à présent, Santini. Vous aimiez bien qu'elle soit là afin que vous puissiez jouer les bienfaiteurs. Vous lui avez prêté l'argent de la rançon, rappelez-vous. Combien vous a-t-elle dit qu'elle pouvait rassembler ? Trente millions au plus ? Et là-dessus, vlan ! Ils demandent trente millions. Vous êtes pris au piège, Santini. Vous vous êtes coincé vous-même.

— Je lui ai proposé mon aide parce qu'elle me l'a demandé. Posez-lui la question. » Il tendit brusquement son bras libre. « Elle est venue me trouver parce qu'elle a tout de suite compris que vous étiez nul, bordel !

Le visage de Stuart demeura impassible.

— Vous êtes pris au piège, Santini. Vous ne pouvez pas refuser ce marché parce que je vous fais plonger, de toute façon, pour kidnapping. J'ai tous les atouts nécessaires. Croyez-moi.

— Conneries ! » Stuart lui tourna le dos et s'approcha de la cheminée. « Qui était-ce ?

Le visage de Santini était d'une pâleur impressionnante au-dessus de sa barbe bleu-noir. Alice se tenait maintenant au milieu de la pièce et n'osait pas bouger.

— Qui m'a balancé ? demanda de nouveau Santini. Dites-moi qui c'était.

— Pourquoi je ferais ça ? demanda Stuart.

— Sans moi, vous n'aurez pas le môme.

— C'est votre opinion ? Alors vous devez avoir raison.

Ils s'affrontèrent un moment en silence, chacun attendant que l'autre parle. Enfin, Santini demanda, en indiquant sa main droite :

— Enlevez-moi ça.

Stuart dévisagea Santini. Puis il traversa la pièce et le libéra. Comme Stuart se redressait, Santini se frotta le poignet.

— Qui était-ce ? demanda-t-il de nouveau. Dites-le-moi.

Alice voyait les rouages de leurs antagonismes s'articuler comme une machine de précision.

— Laissez tomber, dit Stuart. Oubliez donc ça. Ça ne contribuera pas à vous remonter le moral.

— C'est à moi d'en juger. Qui est-ce ?

Stuart prit une des chaises près de la cheminée et alla la poser à deux pas de Santini. Alice était fatiguée d'être debout, mais elle ne voulait pas attirer de nouveau l'attention sur elle.

— Maintenant, on appelle Karim et vous le persuadez de prendre les neuf millions. Nous leur donnons le temps d'organiser une rencontre. Vous irez porter l'argent…

— Pas question », coupa Santini. Les deux hommes étaient penchés l'un vers l'autre. « Je ne vais certainement pas me pointer là-bas pour que vous puissiez me coffrer avec les autres.

— C'est moi qui porterai l'argent, intervint Alice. Personne d'autre. » Ses oreilles bourdonnaient et elle avait parlé plus fort qu'elle n'aurait voulu. « Je ne laisserai personne prendre un risque pour mon enfant. » Elle regarda Stuart et sa voix baissa d'un ton. « Ils se sentiront moins menacés, si c'est moi qui viens. Santini peut fixer un rendez-vous avec eux et je porterai l'argent. » Les battements de son cœur s'étaient accélérés et elle avait le visage empourpré. « Stuart ?

— Je suis désolé, dit-il en secouant la tête.

Elle sentait la tête lui tourner.

— Je porterai l'argent. » Elle se servait de sa propre voix pour lutter contre son vertige. « Personne d'autre.

— Évidemment que c'est à elle de porter l'argent, intervint Santini. Si j'y vais, ils sauront que quelque chose cloche. Jamais je ne ferais ça, et ils comprendront que j'ai été piégé. Il lui suffit de laisser tomber le sac et de filer, pas vrai ? Elle ne risque rien. »

Stuart fixait Alice comme s'il ne la voyait pas. Elle savait qu'il était étreint par la peur, et elle comprenait à quel point il contrôlait peu la situation.

« Je vous en prie, dit-elle avec douceur. Ça doit être moi.

Il parut maintenant prendre conscience de sa présence. Son visage était empreint de tristesse.

— Vous ne pouvez pas y aller.

— Stuart.

— C'est trop dangereux. Je ne peux pas vous laisser faire ça. Je suis désolé. » Il tendit le portable à Santini. « Appelez Karim », dit-il.

Alice ferma les yeux. Elle se sentait vidée. Elle entendit Stuart craquer une allumette pour allumer une cigarette, et le bruit de la pluie. Elle pensa à Sam et elle vit son corps. Il était couché sur le côté, les genoux repliés sur la poitrine, les poings et les yeux fermés. Elle sentit que Stuart lui prenait la main. Elle connaissait le contact de cette main dans la sienne, sa taille, le grain de sa peau.

« Je vous en prie, Stuart, chuchota-t-elle. Laissez-moi y aller.

Il serra plus étroitement sa main, si fort qu'il lui faisait mal. La douleur l'aida à prendre contact avec la réalité. Santini était en train de composer le numéro.

— Je vous en prie », chuchota-t-elle une dernière fois.

Mais il ne lâcha pas sa main.

CHAPITRE 35

La pluie tambourinait sur la toile et commençait à s'infiltrer le long de la fermeture éclair.

— Putain de tente ! dit Karim en touchant la fuite d'eau du bout des doigts. Saloperie de matériel !

Il avait choisi cette tente parce qu'elle était argentée et en forme d'igloo ; l'idée ne lui était même pas venue qu'il pourrait pleuvoir. Denis était allongé à côté de lui dans sa position de gisant. Karim sentait l'humidité s'infiltrer à travers le tapis de sol et dans son sac de couchage, dont le fond était complètement trempé.

« Comment tu peux rester couché là ?

— Et qu'est-ce que tu veux que je fasse ? répliqua Denis, les yeux toujours fermés.

— C'est vraiment la merde ! Je crève de froid !

Il portait tous les vêtements qu'il avait apportés. Il tapota les poches de son survêtement, à la recherche d'un joint. De quelque part, dans le sac de couchage, retentit la sonnerie du portable.

— Vite ! Où il est ?

Il flanqua un coup de pied à Denis pour le sortir de sa torpeur et ils trouvèrent l'appareil niché entre ses jambes. Il se calma.

— Allô ? La ligne est dégueulasse.

— Tu es seul ?
— Denis est là.
— Juste Denis ?
— Oui. Pourquoi ?
— Je vais te donner des instructions et je veux que tu écoutes bien. Ne réponds pas. Écoute simplement. Quand j'aurai fini, tu diras que tu m'as compris, c'est tout. C'est bien clair ?
— Qu'est-ce qu'il y a ? Qu'est-ce qui se passe ?
— Karim, je t'ai dit d'écouter.
— D'accord. J'écoute.
— Pas de questions, dit Santini.
— D'accord.
— Combien vous êtes là-bas ? » Karim hésita. Il avait un pressentiment. « J'ai dit...
— Trois.
— Bon. Je veux que tu laisses tomber.
— D'accord, bordel de merde !
— Qu'est-ce que j'ai dit ?
— Pardon.
— La mère dispose de neuf millions, qui sont prêts. Tu vas prendre ces neuf millions. Je veux qu'on en finisse. » Karim poussa un gémissement de soulagement. « Je veux que tu parles à la personne qui est derrière tout ça. Tu vas me passer au troisième homme, et je vais le persuader d'accepter la rançon.

Santini observa une pause et Karim écouta la pluie crépiter sur la tente ; il baissa les yeux vers le joint éteint entre ses doigts. De quoi parlait-il ? Le troisième homme ?

— Ouais, bon, dit Karim.
— Je vais le persuader de prendre l'argent. Dès qu'il partira pour aller le chercher, tu m'appelles ? Tu as compris ?

Karim baissa les yeux sur Denis, étendu, les bras derrière la tête et qui l'observait, tranquille comme Baptiste.

— Je vais te donner un numéro... disait Santini.
— Santini, vous êtes derrière moi ?
— Je t'ai déjà laissé tomber, Karim ?

— Putain !
— Voici le numéro...
— Attendez, attendez, faut que je le note. Merde. » Karim était pris de tremblements. « Denis, espèce de connard. Donne-moi un stylo.

Mais Denis n'avait que faire d'un stylo.

— Tu n'as qu'à t'en souvenir, Karim.
— Ouais, bon. C'est quoi ? C'est quoi, le numéro ?
— 06 09 36 36 35. »

La voix de Santini était empreinte d'une patience surhumaine.

Les quatre premiers chiffres étaient les mêmes que les siens. Il lui suffisait de se rappeler 36 deux fois, puis 35.

« Karim, tu as bien compris ?
— Oui.
— Alors, où êtes-vous ?
— Dans un endroit de merde.
— L'itinéraire, Karim. Allons ! Je vais te sortir de là.
— Bon. D'accord. » Karim tourna un regard suppliant vers Denis, couché là, les mains derrière la nuque. Mais Denis avait toujours suivi, il ne savait donc jamais où il allait. « Traversez Cortizio et prenez la première à gauche. Elle conduit à une décharge, d'accord ? Juste avant, il y a une centrale électrique. Sur la droite. Et là, vous verrez une piste qui s'enfonce dans les bois. Elle descend dans une sorte de vallée, et après on perd la piste et il faut remonter dans la vallée.
— Attends, dit Santini. Quelle vallée ?
— C'est pas une vallée. Plutôt un grand fossé dans les bois. On remonte le long de ce fossé je veux dire sur la droite — pendant un bon moment ; ça fait une montée d'une bonne demi-heure, et puis il disparaît, je crois, et on est de nouveau à flanc de colline. Putain, j'arrive pas à expliquer.
— Continue, continue.

Karim reprit ses explications, mais il avait l'impression que ce qu'il disait n'avait aucun sens.

— On voit un sentier, un sentier de chèvres qui monte vers le haut de la colline — et on le suit jusqu'à une corniche qui surplombe un précipice sur la droite. Une sorte de gorge, vachement profonde.

Il continua à parler dans le téléphone et comme Santini ne l'interrompait pas, il comprit qu'il était enregistré.

— C'est une cabane en pierre avec un arbre qui pousse à travers le toit.

— C'est loin de Cortizio ?

— Environ quarante-cinq minutes.

Un silence s'ensuivit.

— Comment va l'enfant ? demanda Santini.

Qu'est-ce qu'il en avait à foutre, Santini, de l'enfant ? Pour Karim, l'explication était claire : la police.

— Il va bien. Je suppose. »

Karim imaginait une pièce pleine de flics en blouson de cuir avec de gros trousseaux de clefs accrochés à la ceinture, le chef tenant un doigt sur les lèvres, la mère debout, pleurant sans bruit, et le magnétophone qui tournait et tournait. Karim se demanda si Santini avait tout manigancé ainsi depuis le début. Ce n'était pas le genre à se laisser pincer. Il avait dû tout planifier de cette façon.

« Appelle ce numéro dès qu'il se mettra en route.

— Ouais. Mais tirez-moi de là.

— Je vais lui parler maintenant. Passe-le-moi.

La voix de Santini était la seule pour Karim qui eût autant d'autorité. Il s'extirpa de son sac de couchage et s'accroupit devant l'entrée de la tente.

— On dégage », dit-il à Denis.

Karim savait dans quel pétrin ils se trouvaient, mais peu lui importait à ce stade. Tout ce qu'il voulait, c'était se tirer du maquis, retrouver sa bagnole, son appartement et sa môme, Nadia ; la voir dans la baignoire, en train de se laquer les ongles des pieds, admirer son corps doré et potelé, ses cheveux noirs en chignon au sommet de son crâne.

Il secoua l'eau de ses cheveux et entra dans la cabane. Garetta était assis sur la bâche, la radio crachotant sur ses genoux. La pièce sentait le pétrole, émanant de la lampe posée à côté de lui sur le sol. Le gosse était également sur la bâche, roulé en boule dans un coin, aussi loin que possible de Garetta. Karim sortit le téléphone de sous sa veste où il l'avait glissé et le tendit à Garetta.

« Santini.

Garetta éteignit la radio.

— Pourquoi il m'a pas appelé sur mon téléphone ?

Karim haussa les épaules et agita le portable en direction de Garetta.

— Il attend.

Garetta prit l'appareil, le porta à son oreille et écouta, l'air soupçonneux. C'était un homme des cavernes.

— Allez, insista Karim. Parle-lui.

— Oui ? » fit Garetta.

Karim observa Garetta pendant qu'il écoutait Santini. Il avait un visage émacié, hérissé de poils grisâtres, des poches marquées sous les yeux. Avec ses longues anglaises noires, il avait l'air d'un pirate, et à cette idée, Karim sentait son moral remonter. La pluie, passant par le trou dans le toit, formait une mare à la base de l'arbre et coulait en un petit ruisseau sur le sol, entre ses jambes et par la porte. Entre l'odeur du pétrole, de la pluie, de Garetta et de l'enfant terrifié, l'atmosphère était lourde comme celle d'un hammam.

Garetta écoutait Santini sans mot dire. Karim se rendait compte que cela ne signifiait pas forcément qu'il était d'accord. On aurait plutôt dit une résistance muette.

Garetta déclara enfin :

« O.K., je vous rappelle. »

Il raccrocha et examina le téléphone de Karim, puis Karim, et reporta ensuite son attention sur l'appareil.

« Alors ? fit Karim.

Garetta glissa le portable dans sa poche.

— Hé ! » Karim fit claquer ses doigts dans sa direction. « Mon portable.
— Je vais le rappeler, dit Garetta. Je vais réfléchir cette nuit et ensuite je l'appellerai.
— Sers-toi de ton propre téléphone, dit Karim.
Garetta croisa les bras, faisant craquer le cuir de son Perfecto crasseux.
— Rends-moi mon téléphone, mec.
Mais Garetta ne lui prêtait aucune attention.
— Mon téléphone, mec. Sers-toi du tien.
Mais Karim savait, à entendre sa propre voix, qu'il était vaincu.
Sans même le regarder, Garetta se pencha en avant et baissa sa lampe à pétrole. La lumière pâlit dans la pièce où s'élevait le sifflement de la lampe.
— Merde alors. Il est six heures à peine et il fait déjà nuit. Quel endroit dégueulasse. »
Karim distinguait Garetta penché en arrière contre le mur, les jambes tendues devant lui, ses énormes pieds reposant l'un sur l'autre. Garetta avait servi comme légionnaire dans le nord où un homme apprenait à dormir accroché la tête en bas dans un arbre. Karim était en bonne forme. Il faisait assez d'exercice pour être fier de son corps, pour pouvoir exhiber son torse parfait devant les femmes, mais il savait que c'était de l'esthétisme, comparé à Garetta. Il avait expliqué à Santini où il se trouvait. Santini était derrière lui. Et Santini, c'était l'île tout entière, se dit-il. Il effleura du regard le petit tas dans le coin, puis se détourna et ressortit sous la pluie.

CHAPITRE 36

La pluie avait cessé et le ciel, entièrement dégagé, était d'un bleu intense. Le soleil était descendu derrière les collines sans cérémonie, comme décoloré. Stuart et Alice, assis dans la Mercedes de location, étaient garés devant les grilles fermées du cimetière de Santarosa, en retrait de la route et protégé de la vue par une rangée de cyprès de chaque côté. Ils attendaient là depuis plus d'une heure que Karim appelle pour indiquer l'endroit de la rencontre.

Un peu plus loin sur la route, sur l'aire de stationnement située en face de la station-service, Gérard était au volant de la Saab de Santini. Joachim et Santini étaient assis à l'arrière. Paul attendait dans sa propre voiture avec les deux autres flics, Mireille et le jeune homme boutonneux. Fabrice attendait sur la place principale dans sa fourgonnette. Stuart songea que même s'il se décidait à appeler le Bureau Central, il était trop tard pour envoyer des renforts. Le dernier avion en provenance du continent avait déjà décollé.

Assis à côté d'Alice, il sentait l'angoisse de la jeune femme l'assaillir par bouffées. Les coudes appuyés sur le volant de la voiture, les lèvres blanches, elle paraissait épuisée.

« Vous voulez que je conduise ? demanda-t-il. Je peux commencer, et ensuite vous me relaierez.

— Non, non.

— Vous voulez boire quelque chose ? Paul a toujours sur lui une flasque de whisky. Je vais la lui demander.
— Ça va, merci.
— Vous êtes sûre ?
Elle acquiesça et se lissa le visage avec les mains.
« Mesguish est très bien », dit Stuart. Elle le dévisagea. « Pas en tant qu'être humain, mais comme policier. Très compétent.
— Vous essayez de vous convaincre vous-même ?
— Non. Je vous promets.
— Ne promettez rien.
La radio crachota et la voix haut perchée de Gérard résonna puis s'éteignit.
— Vous auriez dû me laisser y aller, dit-elle.
Il la regarda. Son attitude distante était alarmante.
— Je ne peux pas. »
La radio siffla de nouveau.
« Stuart... — C'était la voix de Gérard. — La sept ne passe pas ici... »
Stuart lui dit de se brancher sur la cinq et de mettre en route le brouilleur. Il donna ensuite les mêmes instructions aux deux autres voitures. La voix de Paul s'éleva.
« Passe-moi Santini », déclara Stuart, coupant court. Il ne voulait pas entendre de plaisanteries à la radio devant elle.
Une pause s'ensuivit, puis retentit la voix de baryton de Santini.
« Qu'est-ce qu'il y a encore, Stuart ?
— Parlez-moi de Denis.
— Quoi, Denis ?
— D'où est-il ?
— Aucune idée.
— Allons, donc, Santini. Qu'est-ce qu'il sait faire ?
— Crocheter les serrures.
— Quoi d'autre ?

— Rien. Il est un peu simplet. Il obéit à Karim. Voilà tout. Maintenant à mon tour. On est à l'antenne ?

— Non.

— Qui m'a balancé ?

Stuart regarda Alice. Il attendit.

— C'était Georges Rocca, finit-il par répondre.

Un long silence s'ensuivit.

— Quelle connerie !

— Vous pensez que c'est qui, Santini ?

— Vous êtes foutu, Stuart.

— Vous aussi.

Alice détourna la tête.

— Je vous parie mon Sig Sauer que vous aurez pris une retraite anticipée d'ici la fin de l'année. »

L'arme en argent massif de Santini, tout ce qui lui restait de ses débuts. Stuart sourit. Il ne pouvait s'en empêcher. Il y avait quelque chose de satisfaisant dans cette conversation.

« Ça veut dire quoi, tout ça ? Si vous vous trompez, j'ai droit à votre Sig Sauer ? Qu'est-ce qui se passe si vous avez raison ?

— Il n'y a rien de vous que je veuille, dit Santini.

— Tout le monde a l'air très pressé de m'enterrer, dit Stuart. Vous pourriez m'accueillir dans votre mausolée et nous pourrions reposer ensemble jusqu'à la nuit des temps.

Alice l'observait. Il raccrocha.

« Vous pensez que vous le tenez, n'est-ce pas ?

— Ce n'est pas tellement ça. » Il hésita. « C'est que ça paraît soudain... » Il la regarda comme s'il attendait d'elle qu'elle lui fournisse une réponse. « ...si puéril.

Mais elle ne fit aucun commentaire.

— Ça va ? »

Elle inclina la tête, lentement. Elle était très loin. Il comprit que ce qu'il était en train de faire, toute cette opération qu'il dirigeait, ne la concernait pas. Elle était absorbée par un autre problème beaucoup plus important. Il supposa qu'elle priait.

Alice ouvrit les yeux. Stuart était en train de consulter la carte étalée sur ses genoux, le visage éclairé par la lueur orange du tableau de bord. Il faisait sombre maintenant au-dehors ; c'était une nuit sans lune. Elle referma les yeux. Sam était là, recroquevillé de terreur. Elle n'avait pas dormi. Son cœur angoissé l'avait violemment réveillée chaque fois qu'elle s'était assoupie. Elle avait entendu à la radio des échanges trahissant un mécontentement grandissant. L'atttente était longue. Elle ouvrit les yeux de nouveau ; Stuart avait rangé sa carte et la regardait.

« Qu'est-ce qu'ils font ? demanda-t-elle. Pourquoi mettent-ils si longtemps à rappeler ?

— Ils dorment peut-être.

— Comment peuvent-ils dormir ? » Elle se frotta le visage. « Il n'y a pas de lune », reprit-elle en regardant à travers le parebrise.

— Non. Mais nous avons des jumelles à infrarouge. Une très bonne paire de fabrication israélienne. Nous les avons trouvées lors d'une perquisition. Elles appartenaient au FLN. Je ne les ai jamais déclarées. » Elle observait les lignes dures de son profil. « C'est Mesguich qui les a. Il en aura besoin cette nuit. »

Elle se rappelait avoir été assise à côté de Matthieu dans sa voiture, observant son visage de la même façon pendant qu'il conduisait. Il était tôt dans la journée, ils se trouvaient à Paris et il l'emmenait déjeuner. C'était l'hiver, le ciel était blanc et elle sentait sous les roues les pavés inégaux. Appuyée à sa portière, elle se tenait loin de lui, se retenant de tendre la main pour le toucher. Et soudain, il avait tourné la tête et lui avait souri, un sourire plein de tendresse, puis il s'était garé sur le bas-côté, avait coupé le contact et l'avait embrassée. Elle s'était sentie terrassée de honte parce qu'elle avait compris que ce baiser était une récompense.

Elle regarda Stuart et se vit se pencher vers lui. Elle veillerait à ce qu'il n'éprouve pas de honte. Elle embrasserait son visage, sa bouche, son cou.

Il la regardait.

« Sans vous, dit-il, tout ça ne peut plus fonctionner. Je ne serai pas capable de faire ça. »

Elle lui tendit la main. Il la prit, la serra étroitement et elle ferma les yeux. Sam était toujours roulé en boule, il attendait. Elle ne bougeait pas de crainte de perdre la main de Stuart. Elle savait que ce contact était dépourvu d'équivoque. Il donnait simplement un sentiment de sécurité.

La radio rompit le silence et elle lâcha prise.

« À toi, Stuart. L'appel vient d'arriver. Tu enregistres ? Terminé.

Elle perçut le frémissement dans la voix de Gérard.

— On enregistre. Terminé. »

Ils pouvaient entendre la sonnerie aiguë du portable, et Santini qui répondit à la troisième sonnerie. Stuart trouva sa main et la serra étroitement.

« Je comprends, disait Santini. La cabine téléphonique de Cortizzio. D'accord, mais il lui faut le temps d'arriver. Donne-lui une heure. Évidemment qu'elle sera seule. Je ne viens pas. C'est une Mercedes bleu foncé. »

Ils entendirent quelqu'un qui exhalait son souffle, puis le silence. Stuart lâcha sa main.

« Stuart ? Tu as entendu ça ? Terminé. »

C'était Gérard.

Stuart assséna un coup du plat de la main sur le tableau de bord.

« Passe-moi Santini.

Une pause s'ensuivit. Stuart prit la carte dans la poche latérale.

— Il veut que madame Aron se rende...

— Va te faire foutre, Santini ! »

La radio fut coupée.

Stuart se remit à frapper le tableau de bord à coups répétés. Alice tendit le bras pour lui effleurer le visage. Il se calma aussitôt et la regarda. Posant sa propre main sur la sienne contre sa joue, il ferma les yeux.

« Vous n'irez pas.

Elle lui parla avec douceur.

— Je dois y aller. Tout se passera bien. Je vous le promets. »

Gérard revint en ligne.

« Stuart. Il dit qu'il ne marche pas si c'est quelqu'un d'autre. Qu'est-ce qu'on fait ? »

Elle lui posa une main doucement sur les lèvres.

« Il faut me laisser y aller, Stuart », chuchota-t-elle. Elle avait envie de lui dire qu'elle l'aimait.

La voix de Gérard s'éleva de nouveau.

« Stuart ? »

Alice écarta sa main de ses lèvres. Il aurait été injuste de le lui dire maintenant. Stuart prit la radio.

« D'accord, Gérard. Passe-moi Santini.

— Va te faire foutre, Stuart.

— Bon, d'accord.

— Ce n'est pas moi qui fixe les règles.

— Si, bien sûr, menteur.

— Si tu tiens à m'insulter, je te laisse.

— Remue tes menottes, tu veux bien, Santini ? Je veux les entendre. »

Une pause s'ensuivit. Alice entendait grommeler la voix de basse de Santini.

« Stuart, c'est Gérard. Il faut qu'elle aille à la cabine téléphonique de Cortizzio. Il n'y en a qu'une. À l'entrée du village. Quand on arrive de Massacio, c'est juste après la pancarte sur la droite. Il faut qu'elle attende dans la cabine et qu'elle décroche quand le téléphone sonera. Il lui donnera des instructions. »

Stuart hurla dans la radio :

« Qui est-ce, Santini ? Je te donne une dernière chance. »

Santini revint en ligne :

« Je t'emmerde, Stuart ! »

Alice regarda Stuart recouvrer son sang-froid. L'idée lui vint que c'était là le genre d'homme que Mathieu avait essayé d'être.

« Cortizzio est à quarante minutes d'ici, disait Stuart. Je vais envoyer Fabrice et les techniciens en avant dans la fourgonnette. Ils peuvent se garer dans le village et attendre. Je vais leur laisser dix minutes d'avance, ensuite nous partirons. Je demanderai à Paul de nous suivre tous feux éteints. Il peut prendre avec lui Mireille et son collègue. Vous suivrez quand je donnerai le signal. Quand Karim appellera, prévenez Mesguish immédiatement. Tu as bien compris ? Terminé. »

Il y eut un sifflement, puis Gérard déclara qu'il enregistrait.

Stuart se tourna vers elle.

« Prête ? »

Elle inclina la tête, ne voulant pas le regarder trop longtemps de peur de faiblir. Elle tourna la clef de contact. Elle avait les mains humides de sueur et ses doigts glissèrent sur la clef. Elle refit une tentative et démarra lentement sur le gravier, stoppant à l'embouchure de la rue. Stuart, penché en avant, parlait dans la radio. Elle avait conscience de sa voix, calme et autoritaire, mais la signification de ses propos ne lui parvenait que par bribes. Elle essaya de respirer lentement et profondément pour calmer les battements de son cœur.

« ... à vous, Mesguish. Vous m'entendez ? Terminé. Vous intervenez avec les chiens dès que je donnerai le signal... Allez, tout le monde, c'est parti ! »

Elle gardait toujours l'image de Sam, imprimé dans son esprit comme l'empreinte d'un fossile.

« Vous allez rouler jusqu'à Cortizzio, lui dit Stuart. Je vais me baisser. Nous roulerons lentement. Le trajet dure quarante minutes depuis ici. Vous vous rendrez à la cabine téléphonique de Cortizzio. Vous la verrez sur la droite en entrant dans le village. Il surveillera la cabine pour être sûre que vous êtes seule.

— Vous ne pouvez pas rester dans la voiture. Et s'il vous voit ?

— Il ne me verra pas. Vous allez me déposer quelque part en route. Je vous dirai quand. Vous me reprendrez après le coup de fil. Je ne vais pas vous laisser aller seule. »

Son ton était plein de douceur, inexorable.

Elle regarda son visage, si marqué, si poignant. Il se retourna et tendit le bras vers la banquette arrière. Il vérifiait que le sac était bien là, avec l'émetteur scotché au fond. Il appuya ensuite sur un bouton au dessus du rétroviseur.

« Pour que ça ne s'allume pas quand j'ouvrirai la portière », dit-il. Il se pencha en arrière. « Vous serez avec lui bientôt, vous allez retrouver votre petit garçon ce soir. Prenez à droite à partir d'ici. »

CHAPITRE 37

Arrivé au mur de la cabane, Karim fit demi-tour et repartit sur le sol boueux en direction de l'enfant. Il essayait de réfléchir, mais son esprit semblait limité par les six pas nécessaires pour traverser la pièce. Il s'immobilisa et baissa les yeux vers son pantalon en toile orange, éclaboussé de boue au bas des jambes. La pluie s'était arrêtée, mais il se sentait toujours glacé, pénétré d'humidité.

Denis était assis à la place de Garetta sur la bâche, en train de se curer les dents. Il devait avoir épuisé tout son stock de cure-dents, car il se servait maintenant de la pointe de son couteau.

« Trouve quelque chose, bordel, Denis !

Denis enleva la lame du couteau d'entre ses dents, pour montrer qu'il allait essayer.

— Il a pas confiance en nous, d'accord ? dit Karim. Il peut donc faire n'importe quoi.

— C'est à toi qu'il fait pas confiance, dit Denis.

Karim le dévisagea.

— De quoi tu parles ?

— Il a pris ton téléphone. Pas le mien.

— T'en as pas.

— Oui, mais il le sait pas.

— Moi, je fous le camp, déclara soudain Karim. Tu fais ce que tu veux, mais moi je me barre.

Denis se leva.

— Je viens, dit-il, en repliant son couteau.

Karim regarda Denis, puis l'enfant.

— Ça fait combien de temps qu'il est parti ? Cinq, dix minutes ?

— Plutôt dix, répondit Denis

— Pourquoi il a pris mon portable ? Qu'est-ce qu'il fricote ?

— Il nous fait pas confiance, dit Denis.

Karim, d'un revers de bras, l'écarta de son chemin.

— Bon, alors écoute. On va embarquer le môme. Santini veut qu'on rende le môme à sa mère.

Il s'approcha de l'enfant et se pencha sur lui.

— Regarde-moi ça. S'il meurt, on se retrouve en cabane, ça fait pas un pli, dit-il en regardant Denis. Et à perpète, en plus.

Denis se grattait un sourcil.

— Alors qu'est-ce qu'on fait ?

— On prend le môme et on se tire d'ici. J'ai dit à Santini où on serait. Je ne tiens pas à être dans les parages quand Garetta reviendra. » Denis acquiesça d'un signe de tête comme chaque fois qu'il ne comprenait pas. « On va aller rendre le môme.

— Bonne idée, dit Denis.

— Aide-moi, tête de nœud.

Denis s'accroupit à côté de Karim et regarda l'enfant immobile.

— Merde, chuchota Karim. Tout ce pognon.

— Qu'est-ce qui se passe si…

— Ferme-la et aide-moi. On n'a pas le choix.

Karim glissa les bras sous le dos de l'enfant.

— Prends ses jambes.

— Il est tout raide, dit Denis.

Ils soulevèrent l'enfant, qui restait roulé en boule. Karim regarda son visage pour la première fois et le regretta aussitôt.

Il ne savait pas à quoi il s'attendait, mais en voyant les yeux de l'enfant, grands ouverts, lucides, il prit peur.

— Putain, jura-t-il. Porte-le, mec.

Denis se tourna et arrondit le dos docilement. Karim essaya de soulever l'enfant pour le poser sur le dos de Denis, mais l'enfant parut se raidir davantage encore, toujours roulé sur lui-même.

— Putain, Denis ! Prends-le, je te dis !

Denis se retourna et tendit les bras.

— T'en fais pas », dit Denis à l'enfant, avec une douceur qui surprit Karim. « On va te ramener à ta maman. » L'enfant ne bougea pas, continuant à regarder fixement Dieu sait quoi. « Bon. Donne-le-moi », reprit Denis. Karim lui passa l'enfant et Denis poursuivit, du même ton rassurant : « Allez, t'en fais pas, on y va maintenant. »

Karim sortit à reculons de la cabane dans la nuit noire. Il n'aurait jamais cru qu'il pourrait un jour éprouver de la reconnaissance pour Denis.

Sam savait que quelqu'un lui parlait, mais il ne pouvait pas comprendre les mots. Comme si un mur s'élevait entre ces mots et lui, et qu'il ne pût percevoir que la voix. Il ne sentait plus son corps, mais il savait qu'il était en mouvement. Il regardait le ciel, si loin au-dessus de lui, et il voyait que le ciel était comme la surface de l'eau de son poisson et, qu'au-dessus, existait un autre monde qu'il ne comprenait pas. Il entendait des pas foulant l'herbe et le bruit du vent dans les arbres.

Il chercha la lune des yeux, mais elle avait disparu. Il savait que c'était bien triste, mais il ne ressentait rien.

Il avait déjà volé, dans la salle de bains de l'appartement de Paris, quand tout le monde dormait. Accroché à la tringle de la douche, il avait pédalé de toutes ses forces comme dans la leçon de natation. Il se souvenait de cette impression de chute dans le vide, et d'avoir pédalé plus fort encore pour rester en l'air. Bientôt, il volerait vers la surface. Il ne voulait pas être dans un monde d'où sa mère était absente.

CHAPITRE 38

Ils approchaient de Cortizzio et Karim n'avait toujours pas appelé. Lorque la voix de Mesguish, rendue aiguë par l'incertitude, lui demanda par radio une décision, Stuart lui répondit simplement de rester en attente. Il ne voulait pas qu'Alice se rende compte de son appréhension.

Accroupi par terre devant le siège du passager, il connaissait si bien la route qu'il pouvait la visualiser, reconnaître chaque tournant et chaque ligne droite, sans avoir à le lui demander. Elle avait entrouvert sa fenêtre et il identifiait à l'oreille l'itinéraire : la vacuité de la vallée et les intervalles de sons entre les jeunes arbres quand ils passèrent devant la plantation de pins de Cortizzio. Dans la qualité fluctuante de son silence, il sentait la peur assaillir Alice par bouffées.

« Rappelez-vous, dit-il. Quand vous aurez reçu le coup de fil, vous remontez dans la voiture et vous continuez jusqu'au village. Une fois sur la place, vous vous garez et vous m'appelez. Vous savez vous servir de la radio ?

Elle acquiesça.

— On y est, dit-il. Vous allez ralentir jusqu'à vingt à l'heure. Parfait. Maintenant restez à vingt. Au prochain tournant, je vais sauter. Il faudra que vous vous penchiez pour fermer la portière derrière moi.

Il leva les yeux vers son visage incliné sur le volant, sur son menton crispé en avant. D'une main, il ouvrit la portière et de l'autre plaqua la radio sur sa poitrine.

— Maintenant », dit-il et il se laissa rouler à terre.

Alice referma la portière derrière lui, décrivant à peine une légère embardée. Elle respirait lentement, profondément, son attention concentrée sur la route devant elle. La route s'incurva, laissant apparaître les lumières du village. Lorsqu'elle repéra la lumière au néon de la cabine téléphonique, elle retint son souffle. Elle lut avec soin le poteau indicateur, essayant de se calmer et de fixer son esprit uniquement sur sa signication fonctionnelle. Elle se gara sur le bas-côté, sentant ses mains sur le volant et écoutant le crissement de la route sous ses roues. Elle regarda sa main couper le contact.

« Non, murmura-t-elle. Laisse tourner le moteur. »

Elle remit le contact et descendit. Délibérément, elle claqua la portière, mais la nuit sembla absorber le bruit.

« Me voilà », chuchota-t-elle à celui qui l'observait. Elle tira sur la porte de la cabine qui s'ouvrit difficilement en grinçant sur ses gonds. Elle entendit ses pas sur le sol métallique. Elle posa la main sur le récepteur et attendit.

Stuart avançait le long de la route en se frottant l'épaule, endolorie par sa chute. Au-delà du prochain tournant, il serait en vue du village. La forêt montait en pente raide sur sa droite ; sur sa gauche, le sol plongeait vers la vallée. Il chercha une voie d'accès dans la forêt, mais la paroi rocheuse dominant la route formait un véritable mur couvert d'un filet métallique de protection. Il traversa pour aller jeter un coup d'œil de l'autre côté. Les arbres, à peine visibles dans l'obscurité, étaient peu serrés. La pente était trop raide ; il lui fallait rester sur la route. Il remercia le ciel qu'il n'y eût pas de lune.

Le village était un peu plus haut. Il distinguait la cabine téléphonique et la silhouette d'Alice à l'intérieur. À en juger par la façon dont elle penchait la tête, elle devait tenir le téléphone. La voir tellement hors de sa portée l'emplit d'angoisse. Si Karim n'avait pas appelé, cela signifiait qu'il n'avait pu le faire ou alors qu'il avait décidé de ne pas coopérer. Santini lui avait peut-être donné un signal quelconque durant leur conversation. La constance rassurante de la haine que lui inspirait Santini le calma.

Il déclara dans la radio :

« À toi, Gérard. Toujours rien ? Terminé.

— Rien, Stuart. Terminé.

— O.K. J'appelle Mesguish. On y va. Dis à Santini qu'il a merdé. Dis-lui bien que s'il arrive quoi que ce soit à l'enfant, il plonge. Terminé. »

Il regarda en direction d'Alice, parfaitement vulnérable dans la cabine en verre. Elle avait décroché le téléphone. Il leur fallait intervenir maintenant ; ils n'auraient pas une deuxième chance.

« À vous, Mesguish, dit-il. On y va. Vous enregistrez ? En route maintenant. Placez les chiens devant. Terminé. »

Pendant que Mesguish donnait les directives appropriées, la voix tendue d'excitation, Stuart vit Alice se détourner et sortir de la cabine. Il serra si étroitement la radio que sa main lui fit mal. Il la regarda revenir à sa voiture et y monter. Elle démarra immédiatement. Il se trouvait à dix minutes de marche du village. Mesguish était encore en train de parler.

« Appelle, chuchota Stuart. Appelle, Alice. » La voiture disparut. Immobile dans le noir, il ferma les yeux. « Alice », dit-il de nouveau.

La radio se tut. Stuart entendit un moteur à proximité.

« À toi, Paul. Je suis sur la route à cinq cents mètres avant le village. C'est toi que j'entends ? Où es-tu ? Terminé.

— On arrive très lentement. Difficile de se diriger. Il fait nuit noire.

— Je te vois, moi. Ralentis. Je suis devant toi, à cinquante mètres. Prends-moi au passage. Terminé.

La voiture de Paul s'immobilisa. Joachim descendit agilement du siège du passager et l'accueillit d'une tape sur le bras. Stuart le fit monter à l'arrière, referma sans bruit la portière derrière lui, et monta à l'avant. La voiture de Paul sentait le parfum de femme et les cigarettes refroidies. Paul tenait en travers des genoux son fusil à pompe, l'arme qu'il préférait.

— Arrête-toi ici un moment, le temps qu'elle appelle, lui dit Stuart.

Paul se pencha en avant, appuya les coudes sur le volant et se frotta les yeux. Conduire tous feux éteints sur une route de montagne était un exercice fatigant.

— Stuart ? intervint la radio.

— Laisse le bouton appuyé, dit Stuart d'un ton pressant.

— Vous m'entendez, Stuart ?

— Oui, je vous entends. Allez-y. Terminé.

— Il ne m'a pas laissée lui parler. » La voix d'Alice était devenue suraiguë. « Je pensais qu'ils me laisseraient l'entendre.

Il attendit. Un silence s'ensuivit.

— Alice, à vous. Dites-moi ce qu'il vous a dit de faire. Essayez de vous rappeler ses mots exacts. Terminé.

— Il m'a dit de monter au col de Palomba Rossa. Il a dit de traverser le village et de prendre la seule route qui en part. Il a dit que c'était à vingt minutes. C'est indiqué par une pancarte bleue. Juste à côté de la pancarte, il y a une aire de stationement. Il m'a dit de poser le sac au milieu ; juste au centre, il a dit, puis de repartir par où j'étais venue.

Paul dépliait une carte.

— Attendez là, Alice. Paul m'emmène au village.

La radio émit un sifflement.

— Non ! Stuart. Ils vous verront. Vous ne pouvez pas faire ça. Ils me surveilleront.

Stuart compta jusqu'à trois.

— Comment savez-vous qu'ils pouvaient vous voir ? Terminé.

— Il me l'a dit. Il m'a dit, *Je vous surveille.*

— Alice, écoutez-moi. Ils sont partis chercher Sam. Il faut leur donner le temps. Restez où vous êtes et mettez-vous à compter. Personne ne va me voir. Comptez simplement et je serai là avant que vous soyez arrivée à deux cents. Vous comprenez ? Terminé.
— Oui.
Il entendait les larmes dans sa voix.
— J'arrive. Comptez simplement. »

CHAPITRE 39

Karim marchait le long de la corniche. Sans Garetta le précédant et sans la lune, il progressait plus lentement que la nuit précédente. Il avançait en tâtant le mur de la falaise du bout des doigts, écoutant la voix de Denis, qui, à quelques pas derrière lui, parlait sans discontinuer à l'enfant. Karim avait l'impression d'être dans un rêve ; le ton si peu familier adopté par Denis rendait la situation encore pire.

Il pensa à son appartement, à sa penderie avec tous ses vêtements disposés selon leur couleur, à commencer par le noir à gauche, pour passer aux divers gris puis au blanc, au rouge, à l'orange. Il ne voulait porter aucune autre couleur. Nadia songeait à s'installer chez lui ; il la laisserait peut-être venir, à l'essai. Il n'avait passé qu'une nuit là-haut en pleine nature, mais il lui semblait qu'il n'avait pas vu son appartement, sa voiture, Nadia, depuis des mois. Il allait la surprendre, se glisser dans son lit et la baiser en douceur, par-derrière et elle ne saurait pas si elle était éveillée ou si elle rêvait. Si elle essayait de se retourner pour lui parler, il lui couvrirait la bouche avec la main et la tiendrait immobile en lui chuchotant à l'oreille. Il imaginait sa croupe qui se cambrait, son cul qui remuait ; puis il se rappela qu'il n'avait pas sa clef.

« Hé, Denis. Faudra que tu me fasses entrer chez Nadia.

En se retournant, il constata que Denis avait disparu.

— Hé, Denis !
— Je suis là.

Dans l'obscurité grisâtre, Karim distingua vaguement la silhouette de Denis, le paquet dans ses bras.

— Avance, bordel !

Quand Denis l'eut rattrapé, Karim reprit :

— Faut que tu me fasses entrer chez Nadia. Je veux la surprendre.

Denis avait le souffle court, et Karim sentait l'odeur de pastilles pour la toux dans son haleine.

— D'accord ?

Denis acquiesça d'un signe de tête. Karim baissa les yeux vers l'enfant, toujours roulé en boule dans les bras de Denis, le visage enfoui dans sa veste crasseuse.

— Pauvre gosse, dit Karim. Tu dois puer. Allons-y.

— Où on va ? demanda Denis d'une voix redevenue normale.

— Retrouver Santini. On va à Cortizzio et on l'appellera de là-bas. Maintenant écoute-moi : quand on quittera la corniche, on va aller se planquer dans les bois jusqu'à ce que Garetta soit passé. Ensuite, on mettra le cap sur le village, le plus vite possible. D'accord ? »

Denis acquiesça et Karim eut soudain l'impression que Denis était pour lui un boulet. C'était mauvais de passer trop de temps avec un idiot. Quand cette affaire serait terminée, il larguerait Denis.

Quand ils atteignirent l'extrémité de la corniche, Karim s'arrêta pour enlever une épine de sa chaussette. Ses tennis étaient trempées et fichues. L'idée de devoir en acheter une autre paire provoqua en lui une bouffée d'angoisse : il était en train de renoncer à trois millions de francs. Trois millions qu'il avait à la portée de la main. Il pourrait s'acheter une villa avec une piscine en forme de croissant dans la résidence des Hespérides et être peinard pour la vie. Mais alors, il perdrait Santini, et sans Santini, il ne pourrait aller nulle part. Il se redressa et se remit en marche, évoquant le cul ondulant de Nadia pour ne plus penser à l'argent.

Lorsqu'ils arrivèrent en vue des bois en contrebas, Denis demanda une pause pour se reposer.

« Tu te reposeras dans les bois », lui dit Karim. Il regarda la forêt qui s'étendit en contrebas telle un nuage noir, la dernière épreuve avant la vraie vie, pensa-t-il Il continua à avancer sur l'étroit sentier. Il entendait à son pas que Denis était fatigué.

« Lève les pieds, dit-il. Tu vas tomber.

Denis s'immobilisa brusquement.

— Écoute. »

Karim avait déjà entendu, mais il ne prit conscience de la nature du son qu'en voyant émerger de la forêt deux ombres qui montaient dans leur direction, sans précipitation, mais d'une allure régulière, implacable.

« Les chiens », dit Denis. Karim vit la peur imprimée sur son visage et il sentit dans son corps une décharge d'adrénaline. « Non, non, entendit-il. Ne cours pas ! »

Mais Karim détala. Il remonta en courant le sentier, si vite qu'il eut l'impression qu'on le tirait vers le haut de la colline. Il avait vu un arbre, un grand arbre, à un tournant du sentier. Ce n'était pas loin. S'il pouvait l'atteindre, il serait en sécurité. Mais il ne voyait toujours pas l'arbre, le sentier devenait plus raide, ses tennis dérapaient dans la boue et il se servit aussi de ses mains, presque à quatre pattes, à la recherche de l'arbre. Il grimpait toujours le long du sentier mais il avait cessé de respirer, car tout était devenu soudain silencieux. Puis, un peu plus haut, il aperçut l'arbre et se remit à respirer ; à cet instant précis, il entendit des voix d'hommes et maintenant derrière lui, au lieu d'aboiements, les halètements des chiens qui se rapprochaient, mais l'arbre était plus près encore, et il leva les bras pour agripper les branches qui s'étendaient au-dessus du sentier ; il perçut alors un son émanant non pas d'un animal, mais une sorte de gargouillis, la voix d'un homme en train de se noyer et il sut comment ils allaient le choper ; alors il plaqua la main sur son bas-ventre et pensa, je peux perdre une main pour avoir volé, mais il était trop tard, et il sentit la fourrure contre ses doigts, puis éprouva une douleur fulgurante entre ses jambes et tout sombra dans une obscurité sanglante.

CHAPITRE 40

Ils se trouvaient sur la route montant vers la crête nommée Palomba Rossa. Stuart était de nouveau accroupi à l'avant de la voiture d'Alice. Elle conduisait la tête penchée en avant, trop près du volant. Stuart n'aimait pas beaucoup cette région. Il ne l'avait jamais aimée. Ici, le ciel et le vent étaient régnaient en maîtres. Un vent aigre, qui agitait les pins sombres et les fougères. On se sentait au bout du monde. Comparé à cet endroit, le maquis était un jardin parfumé.

En hiver, la route était souvent fermée à cause des fortes chutes de neige, et les quelques villages au-delà étaient isolés. La route aboutissait à un cul-de-sac, se terminant dans la cour d'une ferme abandonnée du village de Castri. D'après la carte, la seule voie permettant de poursuivre était une piste dans la forêt. Stuart supposait que son homme disposait d'un 4 x 4 ou d'une moto trial.

« Qu'est-ce que vous voyez ? demanda-t-il.

— Il y a un à-pic sur ma gauche, et une forêt à droite. Une forêt de pins. Nous arrivons à un autre virage en épingle à cheveux. »

C'était le dernier avant la crête.

« — Bien. Vous pouvez me déposer ici. Au tournant. » Elle acquiesça, sans lâcher la route des yeux. « Prenez le sac et posez-le sur le siège à côté de vous. » Elle avait ralenti au maximum. Elle tendit le bras vers la banquette arrière et essaya de soulever le sac. « Ça ne fait rien, dit-il. Arrêtez-vous un instant pour prendre le sac et le poser devant. » Son cœur battait trop vite. Elle arrêta la voiture et posa le sac sur la banquette avant. « Je serai juste derrière vous, je veillerai sur vous, dit-il. Posez le sac simplement et redémarrez.

— Stuart ?
— Oui ?

Mais elle se contentait de le fixer. De la pitié de nouveau dans son regard. Il lui sourit.

— Je veillerai sur vous », dit-il.

En descendant de la voiture, il crut l'entendre dire quelque chose, mais elle avait claqué la portière et quand il se redressa et se retourna, elle avait déjà passé le tournant.

Il monta dans son sillage la route escarpée, mais elle avait disparu, et il se glissa dans la forêt, qui se trouvait maintenant sur sa gauche. D'un pas rapide, il se mit à avancer parmi les pins clairsemés, se tenant le plus près possible de la route où la pente était moins abrupte. Sous les arbres, il n'y avait pas un souffle de vent et il entendait l'eau qui s'égouttait des branches. Il essayait de deviner ce qu'Alice lui avait dit, de déchiffrer les mots rétrospectivement, mais tout ce qui lui restait, c'était le son de sa voix. Un peu plus haut, s'ouvrait un pare-feu, large comme une avenue, descendant la colline directement jusqu'à l'aire de stationnement. L'homme pourrait se garer dans les arbres et voir parfaitement sans être repéré. Quand il arriva en vue des feux arrière de la Mercedes, il déclara dans sa radio :

« Fabrice. À vous. Où êtes-vous ?

— J'arrive juste derrière vous, Stuart. Je viens de dépasser le panneau pour Palomba Rossa. Terminé.

— Vous êtes à un kilomètre et demi. Arrêtez-vous là. Garez-vous de façon à barrer la route si nécessaire. Au cas où il filerait par là. Je vais attendre à l'aire de stationnement. Quand je le verrai, je vous le signalerai. Après ça, je débranche.

— O.K. Stuart. Nous sommes là. Terminé. »

Il voyait maintenant la presque-totalité de l'aire de stationnement. Alice s'était garée. Il appela Paul, qui progressait à pied avec les deux jeunes flics.

« Je signalerai son arrivée, après ça, je débranche, dit-il.

— On est un peu plus bas. Je viens d'apercevoir les feux arrière. Ce n'est pas loin, mais c'est raide, dit Paul.

Stuart sortit son pistolet du baudrier et regarda Alice se diriger vers le milieu de l'aire de stationnement. Elle s'immobilisa un moment, le sac à la main, et regarda autour d'elle.

— Pas là, chuchota Stuart. Plus près de moi. »

Mais elle obéit aux instructions qu'elle avait reçues et posa le sac exactement au milieu, au niveau du pare-feu.

Alors qu'il la regardait retourner vers la voiture, il se sentit soudain glacé. Il vit la voiture reculer, puis exécuter un élégant demi-tour sur place pour sortir de l'aire de stationnement et il eut l'impression que son corps se vidait de toute sa chaleur. En l'écoutant changer de vitesse, il sut alors qu'il avait commis une grave erreur.

Serrant son arme à deux mains, il surveillait le sac, les yeux grand ouverts dans l'obscurité. Il entendait derrière lui dans la forêt les ululements des chouettes qui se faisaient écho. L'aire de stationnement évoquait un lac d'argent. Il éprouva soudain une impression de déjà-vu, comme si l'aire de stationnement plus loin, l'obscurité profonde environnante, cette solitude et son sentiment de disponibilité résumaient tout son être. À ce qu'il ressentait en cet instant, se limitait son existence.

Il entendit le bruit d'une moto ronflant dans la nuit et l'accueillit calmement comme un signal qu'il attendait Il appela Fabrice, puis Paul, et leur annonça qu'un individu monté sur une puissante moto trial arrivait par le pare-feu, qu'ils devaient se tenir prêts, et qu'il quittait l'antenne. Il coupa ensuite sa radio et affermit sa prise sur son arme.

Le deux-roues descendait le pare-feu en pente douce. Lorsqu'il atteignit l'aire de stationnement, le conducteur se dressa un instant sur les repose-pieds et Stuart constata qu'il était de haute taille. Il était vêtu de cuir noir et portait un casque noir à visière. À cheval sur sa bécane, il regarda autour de lui. Le sac était à quelques mètres. Il s'en approcha lentement et immobilisa son engin de l'autre côté du sac, face à Stuart. Il mit à terre le pied gauche et Stuart vit qu'il était au point mort. Il donna un coup de pied au sac du bout de sa botte. Le sac devait sembler trop mou. Descends de ton engin, pensa Stuart. Tu veux vérifier. Tu le sais bien. Descends de ton engin. Stuart compta qu'ils étaient séparés par quatre ou cinq pas. Mais il n'allait pas mettre pied à terre. Stuart le vit lâcher le guidon de la main gauche et s'immobiliser un instant Lorsqu'il tendit le bras, Stuart avait déjà bondi de la forêt. Le temps qu'il se redresse, Stuart s'était jeté sur lui de tout son poids, le frappant en pleine poitrine avec son épaule ; il l'entendit grogner quand il eut le souffle coupé sous le choc, puis jurer, assez distinctement malgré la visière du casque pour savoir que c'était un insulaire. La moto était tombée sur lui, le moteur émettant toujours son horrible pétarade. L'homme était sur le côté et s'agitait comme un grand insecte noir. Stuart se tenait debout au-dessus de lui et le braquait de son pistolet tenu à deux mains, l'une et l'autre tremblant en parfait synchronisme.

« Enlève ton casque », dit-il.

Stuart entendit un moteur et reconnut le bruit de la fourgonnette de Fabrice. Penser à Fabrice avec ses lunettes rouges, la personne précisément dont il n'avait pas besoin à ce stade, lui rappela que son homme allait essayer de sortir son arme, et en effet, elle était là, surgie comme par magie de sous son corps, de sa botte droite, bien sûr. Et en regardant l'arme de cet homme pointée d'une main ferme sur sa poitrine, il pensa : il est en train de me prendre le pouls et bien que ma position me donne l'avantage, il peut sentir mon hésitation, et il sait que je n'ai jamais tiré sur qui que ce soit dans ma vie et que jamais je ne tirerai. Puis il entendit l'étrange piaulement assourdi de la balle tirée avec un silencieux et sentit l'impact en haut de sa cuisse, et à sa grande stupeur, il bascula en arrière, entendit hurler Paul, et, quand sa tête heurta le sol, il eut envie de rire, car il sut à cet instant que, d'une façon ou d'une autre, Santini avait sans doute gagné son pari.

Épilogue

Un vent léger soufflait sur Massaccio, un vent chaud, sec, malsain. Traversant la mer, il venait du désert, et déposait une invisible pellicule de sable qui collait au fond de la gorge, desséchait les narines et recouvrait d'un glaçage à peine perceptible le pare-brise de la Saab de Santini. Il passa le doigt sur le verre, puis le porta à ses lèvres, percevant le goût du sel.

Le procès en était à son troisième jour et Santini était aux anges. Les barrières de la police formaient tout autour du Palais de Justice une chaîne solide. Il avança dans leur direction, projetant légèrement les pieds en l'air à chaque pas, comme Lino Ventura, à qui il croyait ressembler. Un car stoppa devant lui au moment où il allait traverser la rue, dégorgeant un groupe important d'adolescents, bruyants, excités, surchargés de bagages. Santini examina le visage des filles, toutes plus laides les unes que les autres. Il pensa à sa Nathalie, si belle, et, descendant du trottoir, la chassa de son esprit.

Un gendarme, vérifiant les papiers d'identité, jeta un coup d'œil machinal à la photo de son permis de conduire, vieille de vingt-cinq ans et qui ne lui ressemblait plus en rien, et déplaça une barrière pour le laisser passer. En montant les marches du Palais, il sentit sous ses semelles la mince couche de sable du Sahara qui les recouvrait. Il portait des chaussures du cuir italien le plus souple et ne mettait jamais de chaussettes même en hiver, car il détestait la pression d'un élastique sur sa peau.

Tout avait bien marché pour lui. L'affaire avait été portée devant le tribunal au bout d'un an seulement, parce que Christine Lasserre avait décidé de mettre Mickey et Garetta dans le même dossier. Cela signifiait qu'on ne pouvait pas le classer avant que des recherches intensives aient été lancées pour retrouver les frères Scatti qui, c'était tout à leur honneur, étaient toujours en cavale. Ce qui avait donné à Coco tout le temps nécessaire pour bien préciser sa position, à Karim et à Denis en prison.

Il poussa la porte du Palais et entra dans le hall en marbre où régnait une agréable fraîcheur. Des avocats en toge étaient assis sur les bancs de pierre tout le long du couloir, parlant à mi-voix à leurs clients angoissés. Il y avait de plus en plus de femmes dans la profession, semblait-il. Coco décida que, la prochaine fois, il trouverait une femme séduisante pour le représenter. Il avançait maintenant derrière l'une d'elles pour gagner la salle d'audience principale, admirant le chignon noué sur sa nuque et les mèches légères qui s'en échappaient.

Un autre don du ciel avait été le transfert de Christine Lasserre à Strasbourg trois mois après son arrestation. Elle avait soigneusement épluché le dossier pour le nouveau juge d'instruction, un jeune protestant d'Uzès, et avait réussi à l'indisposer. Il avait laissé Coco sortir de prison, annonçant dans une conférence de presse qu'il n'existait pas d'indices sérieux justifiant son incarcération, et qu'il était, quant à lui, hostile à la détention préventive, sauf pour les violeurs. Coco avait trouvé répugnante la libre penseuse blonde, aussi bien physiquement que moralement. Trois mois plus tard, les charges qui pesaient contre lui avaient été abandonnées, et il était devenu un simple témoin. Que ce fût la chance, et non pas Ruffo, qui fût responsable de sa libération, avait particulièrement réjoui Coco.

Le foyer précédant la salle d'audience était plein de gens qu'il connaissait. Il resta en bordure de la pièce, sous la lumière grise tombant de la verrière encrassée, pour éviter leurs salutations. Lopez, le journaliste, parlait avec la gendarme à l'entrée de la salle. Quand l'Espagnol leva la tête et l'aperçut, il se détourna. Il ne voyait Alice Aron nulle part. Elle devait comparaître aujourd'hui, mais le procès avait démarré lentement parce que l'avocat de Karim avait essayé de faire accepter sa plainte pour mutilation. Peut-être ne viendrait-elle que l'après-midi. Coco était plus déçu qu'il ne l'aurait cru possible. Il se dirigea vers l'entrée des témoins, furieux d'être venu tellement en avance.

*

Alice descendit de l'avion et traversa le tarmac. Cette fois, elle avait juste un sac accroché à l'épaule, et rien dans les mains.

En se dirigeant vers le terminal, ce n'était pas sa précédente expérience qu'elle se rappelait, mais la vidéo que les kidnappeurs en avaient fait. Elle se souvenait de la prise montrant Dan cramponné à sa robe, de Sam avec ses lunettes de plongée, sautillant dans tous les sens, et d'elle-même, de la personne qu'elle avait été.

Elle retrouva les mêmes odeurs qui étaient maintenant autant de messages : le kérosène, l'asphalte, le maquis, chaud et froid comme des zones successives dans un lac. Seule la lumière était différente, et les gens autour d'elle qui se dirigeaient vers le terminal, équipés pour l'hiver, l'air grincheux. Cette fois, elle n'avait pas de bagages à récupérer, et comme elle gagnait la sortie, elle engloba le décor du regard — le tapis roulant, les chariots, la foule qui attendait —, et elle se surprit à scruter les espaces libres, à s'efforcer de se remémorer ses perceptions, pour découvrir ce qu'elle n'avait jamais vu : l'homme armé d'une caméra.

Les palmiers plantés sur deux rangées devant le terminal avaient été emballés dans d'énormes caisses en bambou pour les protéger du gel. Le spectacle était décevant, et elle héla un taxi dans lequel elle monta, pressée de s'en aller. Mais elle ne savait pas quelle adresse donner au chauffeur. Il était trop tôt pour se rendre au Palais de Justice ; et elle n'avait pas envie d'attendre dans une chambre d'hôtel. Elle n'arrivait pas à se rappeler le nom de la place principale à Massacio, et elle demanda donc à être conduite au seul endroit dont elle se souvenait.

« Le Fritz Bar. »

Elle regardait par la portière les dépôts de marchandises, les marchands de voitures d'occasion, les terrains vagues, et elle écoutait le chauffeur fredonner pour accompagner une radio à peine audible, en essayant d'empêcher son esprit de vagabonder à la recherche de Stuart.

C'était la première fois qu'elle revenait dans l'île. Quand madame Lasserre lui avait téléphoné, une semaine après le drame, pour la reconstitution de la fusillade, elle avait répondu qu'elle ne pouvait pas laisser Sam, et ils s'étaient débrouillés sans elle. Lorsqu'ils passèrent devant une orangeraie chargée de fruits, elle baissa sa vitre pour humer le parfum, mais elle ne perçut qu'une odeur de fumée de bois. Elle regarda les platanes qui bordaient la route, leurs troncs blanchis par l'hiver et leurs branches mutilées, réduites à l'état de moignons, et elle pensa se souvenir que Stuart disait préférer l'hiver, mais elle n'en était pas très sûre. La plupart des souvenirs qu'elle avait de lui étaient tronqués, comme ces arbres. Ils passèrent devant les grands ferry-boats le long des quais. C'était dans cette île, elle s'en rendit compte, qu'elle avait laissé la personne qu'elle avait été jadis.

Le chauffeur la déposa à l'entrée de la zone piétonne, à l'endroit même où Santini l'avait déposée. Elle se dirigea vers la place principale, et remarqua, avec soulagement, qu'ici au moins les palmiers n'étaient pas prisonniers et oscillaient dans le vent chaud. Elle s'assit sur un banc vide, en dessous de la statue d'un héros de l'île sur un très haut piédestal, elle ferma les yeux et leva son visage vers le soleil.

Elle se revoyait assise à l'arrière d'un fourgon de la police à Cortizzio, Sam dans les bras. La vue de son visage blême et de ses énormes yeux vides avait été un choc pour elle, mais ce fut son silence qui lui révéla l'étendue du traumatisme qu'il avait subi. Elle était restée assise là, à le bercer dans ses bras, croyant à son propre calme, illusoire, jusqu'à ce qu'elle se mette à hurler quand une équipe de secouristes avait tenté de le lui enlever.

Elle se rappelait le médecin du service des soins intensifs, avec ses manches relevées et les poils noirs et drus sur ses avant-bras, détachant doucement Sam de son étreinte. Il lui avait braqué une lampe électrique dans les yeux, avait testé ses réflexes, pris sa tension, le tout d'un air absorbé, comme s'il essayait de percevoir un son venant de très loin. Il lui avait ensuite déclaré, d'une voix étrangement monocorde, que son fils était hors de danger, qu'il recouvrerait bientôt l'usage de la parole. « En très peu de temps », avait-il dit. Il avait fallu six mois à Sam pour qu'il se remette à parler. Un mois pour chaque jour de captivité. Il jouait avec Dan, se bagarrait même avec lui, toujours dans le plus parfait silence. Et puis, un matin, au petit déjeuner, il lui avait dit qu'il voulait plus de sucre sur ses céréales, et elle avait fondu en larmes.

Elle sourit à cette évocation et ouvrit les yeux. Une odeur délicieuse flottait dans l'air, un parfum de caramel chaud. De l'autre côté de la place, il y avait un kiosque vert foncé où l'on vendait des crêpes. Elle alla en acheter une, nappée de chocolat, et retourna sur son banc pour la manger, un peu gênée, en avalant trop vite. D'un revers de main, elle essuya sa bouche barbouillée de chocolat.

Elle se revit, un matin, après qu'on eut retrouvé Sam, sortant de l'hôpital, l'enfant dans les bras. Le même médecin se tenait au soleil, une cigarette entre les lèvres, en train de baisser les manches de sa blouse blanche. Avec lui se trouvaient Paul et Gérard, qui lui tournaient le dos. Quelque chose l'avait poussée à se diriger vers eux, et comme ils se retournaient, elle avait deviné en voyant leurs visages, exactement comme elle avait deviné, quand le meilleur ami de Mathieu lui avait téléphoné, quelques secondes avant qu'il le lui dise. Ce fut Gérard qui déclara :

« Stuart a été abattu la nuit dernière. Il est mort ce matin. »

Il avait baissé les yeux vers elle, le visage dur pendant un instant seulement, puis avait détourné la tête et regardé au-delà, clignant des yeux dans le soleil pour dissimuler son chagrin. Elle était restée plantée là, incapable d'articuler, Sam trop grand dans ses bras, et elle avait incliné la tête lentement, envahie de ce froid familier qui accompagne l'annonce d'un malheur.

De retour à Paris, elle s'était regardée dans la glace de la salle de bains et avait vu, avec plus de curiosité que de regret, à quel point elle avait changé. La mort de Stuart l'avait affectée profondément, durant des mois. Elle ne cessait de penser à lui en train de mourir cette nuit-là alors qu'elle était à l'hôpital avec Sam, peut-être dans la chambre voisine. Elle se réveillait au milieu de la nuit, le cœur lourd comme une pierre qu'elle aurait avalée. Elle avait parfois l'impression d'avoir rêvé de lui et se maudissait de ne pas se rappeler son rêve. La colère l'habitait. Elle la cachait aux garçons, mais quand elle était seule, elle en devenait la proie. Un jour, elle avait pris une assiette et l'avait projetée contre le mur de la cuisine, puis une autre, puis une autre, jusqu'à ce que les douze assiettes du service soient brisées ; ensuite, elle avait balayé les débris, terrifiée d'être capable de tant de dissimulation, même envers elle-même. Ce qui la mettait en colère, c'était de se rendre compte qu'elle survivrait, quoi qu'il pût lui arriver.

Quand sa mère était venue d'Angleterre pour la voir, elle avait esssayé de lui parler de lui. Mais elle en avait été incapable. Il y avait si peu à dire. Elle ne pouvait pas expliquer à sa mère qu'elle le soupçonnait de l'avoir aimée comme personne d'autre n'en avait été ou n'en serait jamais capable. Elle ne connaissait même pas son prénom. Elle choisit plutôt de parler en utilisant ses gestes. Elle se rappelait parfaitement le langage de ses mains.

Elle gardait son cadeau dans un tiroir fermé à clef. Parfois elle sortait le pistolet de sa mère qu'il lui avait donné, pour le regarder. Elle en sentait le métal, le frottait entre ses mains, reniflait ensuite ses paumes. Il lui semblait qu'elle pouvait le goûter. Elle enlevait la cartouche et le barillet basculait. Elle s'entraînait à charger les minuscules projectiles, les glissant un par un, le dernier dans le canon. Il lui avait donné une boîte de vingt-cinq cartouches. Sur la boîte, était inscrit en lettres jaunes et grises : *FIOCCHI cartucce pistola automatica.- balles 6,35 mm.*

Elle se leva, poussée soudain par le besoin de voir de nouveau les hommes de Stuart. Elle voulait parler de lui. Elle gagna la cabine téléphonique et composa le numéro qu'elle connaissait toujours par cœur et reconnut la voix d'Annie.

« Allô ? Ici madame Aron. Est-ce que Gérard est là, s'il vous plaît ?

— Non. Il ne travaille plus ici.

Alice percevait son hostilité.

— Est-ce que Paul est là ?

— Ne quittez pas, je vous prie. Je vais voir. »

La cabine téléphonique empestait la fumée de cigarette. Pendant qu'elle attendait, elle remonta par-dessus son nez le col de son sweater.

« Allô ?

— Paul ?

— Oui ?

Elle ne pouvait s'empêcher de sourire.

— C'est Alice Aron.

— Oui. Qu'est-ce que je peux faire pour vous ?

— Je me demandais... Je suis à Massaccio, pour le procès. Nous pourrions peut-être prendre un café ensemble ?

— Je ne peux pas. Je suis désolé. Je suis de garde. Je ne peux pas quitter le bureau.

Elle se sentit rougir de honte.

— Je vois. Peut-être au procès, alors.

— Pas aujourd'hui. J'ai été convoqué hier.

— Paul ?

— Oui ?

— Est-ce que je peux vous parler ? Je vous en prie.

— Évidemment, vous pouvez me parler. Vous avez un problème ?

— Je voulais simplement... Oh, rien. » Elle ressentait le silence de Paul comme un acte de cruauté. « N'y pensez plus. » Elle regarda par la porte vitrée de la cabine un groupe de femmes entre deux âges en manteau de fourrure. « Où est Gérard ? demanda-t-elle, voulant le punir.

— Il est retourné à Paris. À Aubervilliers, plus exactement.

— Qui est commissaire, maintenant ?

— Mesguish.

— Et vous ? Qu'est-ce que vous faites ?

— J'ai été mis sur la touche.

— Qu'est-ce que ça signifie ?

— Je travaille avec la police de l'aéroport. Sur le plan professionnel, c'est une tombe de luxe.

— Qu'est-ce qui s'est passé, Paul ?

— Je ne veux pas en parler, madame Aron. Si vous permettez.

Alice ne répondit pas. Elle se demandait ce qu'elle avait bien pu faire pour mériter ça.

— D'accord, Paul. À plus tard, alors.

— Oui. D'accord. Au revoir. »

Elle raccrocha d'un geste brutal, sortit de la cabine, et commença à marcher en direction de son hôtel. Elle avançait à grands pas, essayant de maîtriser sa colère et sa honte. Lorsqu'elle arriva à l'hôtel Majestic, elle était hors d'haleine.

Elle s'apprêtait à monter les marches vers le hall d'entrée, quand elle sentit une tape sur son épaule. Elle pivota sur elle-même, surprise que ce ne fût pas Paul. C'était Lopez.

Il haletait, une main plaquée sur le cœur.

« Excusez-moi, dit-il. Je fume trop. » Il lui tendit une main qu'elle serra. « Lopez. Nous nous sommes vus une fois. » Son sourire était plutôt une grimace, provoquée par sa douleur dans la poitrine. « Vous marchez vraiment vite.

Alice sourit.

— Vos cheveux, dit-il, tendant un doigt vers elle. Vous les avez coupés.

Elle effleura sa tête.

— Oui.

— Ça vous va bien. Je peux vous parler un moment ? Ça ne vous ennuie pas ? » Il jeta un coup d'œil de part et d'autre dans la rue. « Au bar, peut-être ? Puis-je vous offrir un café ? »

Le bar était chichement éclairé par un candélabre protégé par des sphères en opale, accroché au milieu du plafond. La pièce était vaste et vide, à l'exception de quelques tables basses et de fauteuils groupés autour d'un comptoir en bois, sculpté dans un angle. La moquette, les chaises et les rideaux étaient tous de couleur prune, tout comme l'uniforme du jeune barman. Il régnait dans la pièce une odeur de poussière et de friture.

« C'est bien, ici ? Non ? » dit Lopez, tendant la main vers le triangle de chaises le plus éloigné du bar. « Nous pourrons parler tranquillement. » Il attendit qu'elle fût assise avant de s'asseoir à son tour. « Je vous ai aperçue dans la cabine téléphonique sur la place. Il y a longtemps que j'ai envie de vous parler, et quand je vous ai vue, je me suis dit, c'est le moment ou jamais. »

Il sourit de nouveau, de son sourire fugitif, douloureux.

« Par où commencer ? » Il posa ses mains de petite taille sur ses genoux et s'asséna deux claques rapides. « Très bien. Je suis journaliste. Ça, vous le savez.

— C'est vrai.

— Très bien. » Il sourit. « Je ne suis pas un journaliste célèbre, ni même très doué. Je travaille ici, pour le quotidien *L'Insulaire*, depuis de nombreuses années. Je ne suis pas courageux. » Il haussa les sourcils en la regardant, l'invitant à partager la plaisanterie. « Pas du tout même. J'aime mon boulot, mais je ne le considère pas comme utile d'une façon ou d'une autre. Vous me comprenez ?

Alice acquiesça.

— Quand votre fils a été kidnappé, j'ai été envoyé pour couvrir l'affaire. Vous vous rappelez le commissaire ? Monsieur Stuart ? Eh bien, il m'a demandé de ne rien communiquer aux journaux. Je n'aimais pas Stuart. Je le prenais pour un policier étroit d'esprit. Mais j'ai accepté, parce qu'il m'a dit qu'il me donnerait l'exclusivité et je l'ai cru. Je ne l'aimais pas, mais je le savais honnête. »

Le barman apparut. Elle commanda un Coca-Cola et Lopez un kir.

« Stuart n'était pas un menteur. Je lui en voulais parce qu'il ne m'appelait pas assez souvent, mais il tenait parole. Il aurait tenu parole s'il n'avait pas été tué.

— Comment a-t-il été tué ? Comment, exactement ?

— Je m'étonne que vous ne le sachiez pas. »

La gorge sèche, elle ne répliqua pas.

« Je crois que c'est Paul Fizzi le responsable. C'était un cow-boy, mais Stuart n'en a jamais eu conscience. Et c'était un ivrogne. Il a abattu Garetta avec un fusil à pompe.

Lopez s'interrompit comme si ce renseignement suffisait en soi.

— Mais il l'a abattu parce qu'il menaçait Stuart, dit Alice.

— Peut-être. Peut-être pas. Ce qui est certain, c'est qu'il a visé la tête de Garetta. La balle a traversé son casque et est ressortie de l'autre côté. » Lopez fendit l'air du tranchant de la main. « Lorsqu'ils ont enlevé son casque, le sommet de son crâne s'est détaché comme le couvercle d'une théière. Fizzi a eu droit à la légitime défense parce que Garetta lui avait effectivement tiré dessus. Heureusement pour lui, ils ont retrouvé la balle.

— Êtes-vous en train de me dire que si Paul n'avait pas été là, Stuart n'aurait peut-être pas été tué ?

Lopez réfléchit un instant.

— Je ne sais pas. Philippe Garetta était un homme dangereux. Il n'avait peut-être pas besoin de la présence de Fizzi pour tuer Stuart, Fizzi lui a peut-être fait peur. Quelque chose aurait peut-être pu se passer entre les deux hommes. Stuart aurait peut-être réussi à le persuader de laisser tomber. Il était très subtil. Mais avec Fizzi surgissant l'arme au poing... » Lopez eut un geste d'impuissance. « Ce qui est certain, c'est que Stuart n'aurait pas pu survivre au deuxième projectile de Garetta. Il lui a tiré une balle en pleine poitrine, et presque à bout portant. Le projectile a dû éclater à l'intérieur de son corps. Donc... » Il ouvrit les mains.

Alice se couvrit la bouche.

« Ça ne va pas, madame Aron ? Je suis désolé. C'est pénible. »

Elle secoua la tête. Elle avait besoin d'air. Elle se leva et se dirigea vers une porte-fenêtre ouvrant sur une cour sombre envahie de lierre. Elle n'allait pas pleurer. Lopez était juste derrière elle.

« Madame Aron. Je suis vraiment désolé. »

Elle poussa les portes et sortit. Une odeur de friture était propulsée dans la cour par une soufflerie installée dans le mur. Tournant le dos à Lopez, elle vomit dans le lierre. Lorsqu'elle eut terminé, Lopez lui tendit un mouchoir blanc propre.

« Je suis désolé, dit-il une fois encore, en secouant la tête. Je ne suis pas venu ici pour vous rendre malade.

Alice s'essuya la bouche et se redressa. Elle se sentait épuisée et soulagée.

— Je crois que je suis tombée amoureuse de Stuart, dit-elle. Je ne m'en suis pas rendu compte à l'époque, mais je ne l'ai connu que durant cinq jours et je l'aimais. Je n'arrive pas à me remettre de sa mort.

Elle sourit à Lopez qui lui tendit le bras.

— Venez. Rentrons. Ça sent mauvais ici.

Elle prit son bras et le suivit à l'intérieur. Ils s'assirent de nouveau.

— Le coca, c'est bon contre la nausée, dit-il en lui montrant son verre. » Elle but une gorgée. « Je voulais vous parler. Maintenant, je suis très content d'être venu. Vous vous sentez mieux ?

— Oui.

— Aujourd'hui, vous êtes convoquée devant le tribunal. Cet après-midi, vous allez témoigner. Est-ce que vous savez ce que vous allez dire ?

Alice détourna les yeux. Elle n'avait pas réussi à penser clairement à ce procès, et maintenant elle avait honte.

— Je ne sais pas. Je suis furieuse que Santini s'en soit tiré. Quand je l'ai appris, j'ai perdu courage. Je pense que ce procès sans lui n'a pas grande importance, vraiment. Je crois que je vais juste répondre aux questions.

Lopez leva un doigt. Ses yeux brillaient d'excitation.

— Écoutez, madame Aron. Je vous ai dit que je n'étais pas courageux. Mais il y a quelqu'un qui l'est. » Il la dévisageait d'un regard intense. « Liliane Santini. »

Alice acquiesça.

« J'en suis sûre, dit-elle.

— Elle est très courageuse.

— Je vous crois. Je l'ai rencontrée une fois.

— Après que le nouveau juge a laissé sortir Santini de prison, elle m'a appelé. » Il observa une pause.

« Qu'a-t-elle dit ?

— Elle voulait votre adresse.

— Pourquoi ?

— Je ne sais pas.
— Elle ne m'a jamais écrit.
— Hier, reprit Lopez, elle m'a rappelé. » Il leva une main au cas où elle aurait décidé de parler. « Je connais quelques détails qui vous aideront à répondre aux questions qu'on vous posera aujourd'hui. » Lopez but une gorgée de son kir. « Voyons. Santini s'en tire. Ils n'ont rien contre lui. Il a envoyé un message des plus clairs à ses complices en prison, Karim et Denis. Les seuls à passer en jugement pour le kidnapping. Il leur a fait transmettre des menaces et aussi des promesses. Tous deux nient maintenant que Santini ait quoi que ce soit à voir dans cette affaire. Vous êtes au courant ?
— Oui. Je sais.
— Ainsi donc. Karim s'en tirera avec douze ou quinze ans de prison seulement, parce qu'il a ramené votre petit garçon et s'est fait dévorer les couilles. Denis de même, probablement, et ils seront relâchés au bout de six ans pour aller réclamer leur récompense.
— À Santini.
— À Santini. Voulez-vous un autre coca ?
— Non.
— Vous êtes sûre ?
Elle confirma son refus. Lopez fit signe au serveur et demanda un autre kir.
— Très bien. Santini s'en tire donc, bien que nous sachions qu'il a organisé, peut-être pas le premier, mais en tout cas le deuxième kidnapping. Stuart le savait mais il n'a jamais pu trouver de preuves parce qu'il était seul ; il n'avait pas le soutien de sa hiérarchie, pas vraiment, et il était pressé. Pour vous, peut-être. » Le garçon apporta son kir, et il en but quelques gorgées avant de reposer son verre. « Alors… » Il se pencha en avant. « Lorsque le Président vous demandera aujourd'hui pourquoi vous pensez que Santini était impliqué, vous pourrez répondre que vous vous basez sur ce que vous avait dit le

commissaire Stuart. Et que vous avait-il dit ? demandera-t-il. Et vous répondrez : Il m'a dit qu'il avait une cache d'armes dans sa propriété. Et même s'ils vous bombardent de questions, vous répondrez simplement que le commissaire Stuart vous avait dit qu'il y avait une cache d'armes dans la villa de Santini et que vous n'en savez pas plus.

Lopez sourit et se pencha en arrière sur son siège.

— Évelyne a vidé cette cache.

Lopez haussa les sourcils.

— Vous étiez au courant ?

— J'étais là quand Stuart a perquisitionné chez lui.

— Où étaient les armes ?

— Sous la piscine.

— Pourquoi est-ce que Stuart ne l'a pas coffré ?

— Il lui a proposé un marché. S'il nous conduisait à Sam, il laissait tomber.

— C'est ce que j'ai pensé et j'ai essayé d'en parler à Paul Fizzi, mais il m'a envoyé sur les roses. Il croyait que je voulais juste mouiller Stuart. Je voulais que Fizzi parle de la cache d'armes, mais je ne pouvais pas être sûr qu'il ne me désignerait pas comme étant sa source d'information.

Alice regarda Lopez boire une autre gorgée de kir.

— Évelyne a déménagé les armes, dit-elle. Dès notre départ, elle les a cachées ailleurs.

— Mais, dit Lopez en levant un doigt de nouveau, Évelyne, qui est une femme tout à fait remarquable, a pensé que ce serait trop risqué et trop évident de sortir les armes de la propriété, elle les a donc transférées de la piscine au mausolée de Santini. Je le sais, parce que j'y étais. J'ai assisté au transfert.

Alice scruta son visage épanoui.

— Pourquoi n'avez-vous pas témoigné, dans ce cas ?

— Je vous l'ai dit. Je ne suis pas courageux. Quelqu'un m'aurait tué, tôt ou tard.

Elle sourit.

— Alors qui va me tuer, moi ?

— Personne. Vous quitterez l'île. Vous laisserez tout ça derrière vous. Rien ne déborde jamais des limites de l'île. Toute la merde reste ici.

Alice but une gorgée de son coca. Un plaisant sentiment d'excitation montait en elle.

— Comment savez-vous que les armes sont toujours là-bas ?

— Je n'en ai pas la certitude, mais Santini a été assigné à résidence depuis sa sortie de prison. Je pars donc du principe qu'il n'aurait pas pris le risque de les déplacer.

Alice se pencha en arrière et regarda Lopez qui la fixait intensément. Ils avaient l'air de deux enfants mijotant un coup en secret.

— C'est Liliane Santini qui m'a dit de venir vous trouver, dit-il. C'est elle qui est courageuse. Le ferez-vous ?

— Oui. Je pense que oui.

— Vous répondrez aux questions simplement. Comme je vous l'ai dit.

— Santini sera là ?

— Oui.

— Et vous ?

Lopez secoua la tête, mimant la terreur. Elle sourit.

— Nous ferions bien d'y aller, dit Lopez, en consultant sa montre. Il ne vous reste plus qu'une heure. »

Alice monta précipitamment les marches du Palais derrière Santini. Il dut entendre ses pas et se retourna. Comme il attendait qu'elle l'ait rejoint, elle sentit sur elle ses yeux jaunâtres. Il tint la porte ouverte pour elle, et elle lui sourit aimablement.

« Vous êtes en beauté », dit-il, et il indiqua sa propre tête. « Vos cheveux.

— Je suis heureuse d'être ici.

Santini pencha la tête de côté.

— Vraiment ?

— Oui. Nous y allons ? Il ne faut pas être en retard. Vous savez où c'est ?

— Suivez-moi, dit-il.

Ils s'engagèrent dans le couloir. Santini avait les mains dans les poches de son blazer et il ne cessait de lui jeter des coups d'œil en biais, comme s'il n'en revenait pas de sa chance.

— Alors, vous avez vendu la maison de Santarosa ? Quel dommage.

— Oui.

— Ça doit être douloureux pour vous de revenir ici.

— Pas du tout, dit-elle. Je suis si heureuse. »

Ils arrivaient en vue de la salle d'audience. Elle le laissa entrer le premier dans l'endroit exigu où ils pouvaient à peine se tenir à deux entre la porte extérieure et la porte intérieure.

— Je me demande, chuchota-t-elle, connaissez-vous par hasard le prénom du commissaire Stuart ?

— Antoine. Pourquoi cette question ?

— Antoine », répéta-t-elle. Santini regardait sa bouche. Elle lui sourit. « Je vous remercie. »

Elle prit conscience d'une forte odeur de cire, et sut qu'elle n'oublierait jamais cet instant. Comme il poussait la lourde porte pour entrer dans la salle d'audience, elle s'adressa à sa nuque devant elle :

« Je vais témoigner contre vous, Santini. »

Il se figea sur place. Alice sentit son cœur palpiter dans sa gorge. Elle pensa à la main de Stuart dans la sienne.

« Vous irez en prison. »

Il remua imperceptiblement la tête, et elle sentit une bouffée de peur l'envahir en attendant qu'il se tourne vers elle. Mais il demeura immobile, et elle resta comme suspendue un moment dans ce sas étrange, entre son passé et son avenir. Puis il poussa la porte et entra dans la salle d'audience.

F I N

Composition Nord Compo.
Reproduit et achevé d'imprimer sur Roto-Page
par l'Imprimerie Floch à Mayenne
le 25 avril 2002.
Dépôt légal : avril 2002.
Numéro d'imprimeur : 54247.
ISBN 2-07-049347-4 / Imprimé en France.